DROEMER

VEIT ETZOLD

TODES DEAL

THRILLER

DROEMER

Besuchen Sie uns im Internet:
www.droemer.de

FSC
www.fsc.org
MIX
Papier aus verantwortungsvollen Quellen
FSC® C083411

Originalausgabe Oktober 2015
Droemer Taschenbuch

Redaktion: Antje Steinhäuser
Covergestaltung: Network! Werbeagentur GmbH, München
Coverabbildung: Victor Korchenko / Arcangel Images
Satz: Adobe InDesign im Verlag
Druck und Bindung: CPI books GmbH, Leck
ISBN 978-3-426-30434-1

2 4 5 3 1

Für Saskia

Staaten haben keine Freunde.
Nur Interessen.

Otto von Bismarck

Die handelnden Personen

Die Deutschen:

Martin Fischer, Journalist bei Global News, Berlin

Janine Drieling, Anwärterin für den höheren Dienst im Auswärtigen Amt

Andreas Schmidt, Staatssekretär im Verteidigungsministerium und Gründer der geheimen Gruppe »Tiamat«, Berlin

Eugen Freiherr von Stein, Leiter der Abteilung Einsatzgebiete/Auslandsbeziehungen beim Bundesnachrichtendienst, BND, Pullach und Berlin

Bernd Köppke, Global News, Berlin

Florian Wolters, genannt »Flori das Fass«, Leiter des Berliner Büros von Global News

Thomas Haller, Mitglied der Abteilung für Strategische Planung, Bundeskanzleramt, Berlin

Christian Kuhn, ehemaliger KSK-Elitekämpfer und freiberuflicher »Problemlöser« des BND, Berlin

Die Afrikaner:

Robert Otega, Kongo-Warlord und Anführer der kongolesischen Stammesarmee »Engel des Herrn«, Virunga-Nationalpark/Kongo

Joseph Kabila, Präsident der Demokratischen Republik Kongo, Kinshasa/Kongo

Albert Bugali, Chef des ruandesischen Geheimdienstes, Kigali/Ruanda

Sophie Mureki, Vizechefin des Ruanda Development Boards, Kigali/Ruanda

Buri Begali, Fahrer von Martin und Bernd, Kigali/Ruanda

Joseph Katanga, Vertrauter von Robert Otega und zweiter Mann bei den »Engeln des Herrn«, Virunga-Nationalpark/Kongo

Jacques Kalisa, Leutnant bei den »Engeln des Herrn«, Virunga-Nationalpark/Kongo

Die Chinesen:

Der Präsident der Volksrepublik China, Peking

Ku Shang Ku, Direktor des staatseigenen Rohstoffkonzerns CMCC (China Minerals and Commodities Corporation), Peking

Lucia Ming, Investmentmanagerin beim chinesischen Staatsfonds SAFE in Hongkong

Huan Yi, Leiter des Hongkong Büros des chinesischen Staatsfonds SAFE in Hongkong

Levin Wang, Leiter des internationalen Geschäfts der China Development Bank in Hongkong

Die Russen:

Wasily Worotnikow, genannt »der Eisbär«, ehemaliger »roter Direktor« eines Nickelkombinats in Sibirien und heute Afrika-Chef des russischen Rohstoffkonzerns Alcorp, Moskau

Walter und Brian, Leibwächter von Wasily Worotnikow, Moskau und Goma/Kongo

Sascha Rasamov, genannt »die Katze«, Strippenzieher und Mitarbeiter des russischen Auslandsgeheimdienstes SVR, Moskau

BUCH 1: KOMMANDOHÖHEN

Es kann sinnvoll sein, die Marktkräfte zuzulassen und Teile der Industrie in private Hand zu legen. Doch die Kommandohöhen von Wirtschaft, Energie, Stahl, Rohstoffen und Infrastruktur müssen für immer in der Hand des Staates bleiben.

Vladimir Iljitsch Uljanow alias Lenin, 1922

Prolog

Martin rannte.

Hinter ihm fauchten Schüsse. Pfeilschnelle Projektile, die rechts und links von ihm zischend durch das Unterholz des Regenwaldes peitschten.

Wenn ihn eines erwischte, würde er für den Rest seines Lebens ein Krüppel sein. Er würde ... Nein, Unsinn. Wenn diese Leute ihn fangen würden, wäre er genauso tot wie Bernd, den er vor nicht einmal einer Minute hatte sterben sehen.

Er rannte.

Zwang sich dazu, sich nicht umzusehen.

Die Schreie kamen dennoch näher. Dann waren sie wieder weiter weg. Es war wie in diesen schlechten Filmen, in denen der Held nie weiß, wo der Feind ist, in denen ein Mann mit verbundenen Augen einen Weg entlanglaufen muss und jederzeit erschossen werden kann, ein Scharfschütze hinter ihm mit dem Gewehr im Anschlag.

Er rannte schneller.

Allein und verlassen. Die einzigen Menschen in seiner Nähe waren hinter ihm her und wollten seinen Tod.

Er wusste nicht, wohin er rennen sollte. Er wusste nur, dass er wegmusste. Weg von einem Ort, wo man ihn töten wollte, hin zu einem Ort, den er nicht kannte. Und noch etwas wusste er: Wenn er stehen blieb, war er tot.

Äste peitschten sein Gesicht. Mit einem Sprung hechtete er

über einen Graben, tiefer, immer tiefer ins Unterholz des Kongoss, während die Schreie hinter ihm lauter und leiser und wieder lauter wurden und hier und da eines der tödlichen Geschosse, mal mehr, mal weniger knapp an ihm vorbeiflog. Wasser spritzte auf, und Erde stob in die Luft, dort, wo die Geschosse landeten. Es war gut, dass er keine Zeit hatte, sich vorzustellen, wie es aussehen würde, wenn *ihn* eine von diesen Kugeln treffen würde.

Was würde bei ihm fontänenartig in die Luft spritzen? Blut, Eingeweide und Knochensplitter, die an den Bäumen des Regenwaldes kleben würden, während seine Überreste im sumpfigen Wasser des Grabens verfaulten?

Die Eindrücke der letzten Minuten blitzten vor seinem inneren Auge auf wie Momentaufnahmen direkt aus der Hölle. Er sah seinen Jeep, der vor wenigen Minuten von einer paramilitärischen Einheit angehalten worden war. Der Guide und sein Begleiter, die von den Kindersoldaten des Warlords erschossen wurden. Das Gesicht seines Freundes, die Augen schielend nach innen gedreht, als wollte er dem Flug der Patrone in seinen Kopf hinein folgen, der Patrone, die seine Stirn zwischen den Augen durchschlagen, seinen Schädel gesprengt und sein Gehirn über die staubige Straßenpiste verteilt hatte.

Er verlangsamte kurz seine Schritte. Die Schreie wurden leiser, doch das hatte nichts zu bedeuten. Vielleicht waren sie ganz nah, leise und lauernd, wie eine Spinne, die ihre Beute schon beinahe in ihrer Gewalt hatte.

Er musste weiter rennen, weiter, immer weiter, hier im Nirgendwo, im Grenzgebiet. Irgendwo zwischen Ruanda und dem Kongo. Ein Weißer sollte hier niemals allein unterwegs sein. Doch er war es.

Die Schreie waren nicht mehr zu hören. Hatte er sie abgehängt?

Seine Lungen stachen, als wären sie mit Chlorwasserstoff gefüllt, und sein Atem rasselte.

Ihm war, als wäre er kurz vor dem Ersticken. Er sog die feuchte Luft des Waldes ein, dankbar und tief, als hätte er seit Jahrhunderten nicht mehr geatmet. Er lehnte sich vornübergebeugt an einen Baum, die Arme ausgestreckt, die Handflächen an der Rinde. Und atmete. Eine Sekunde. Zwei. Drei.

Die Geräusche des Regenwaldes drangen an sein Ohr. Jetzt nahm er sie erst wahr. Das Zirpen von Insekten, das Rauschen der Blätter in den riesigen Bäumen. Irgendwelche Tiere, die sich, unsichtbar für ihn, durch den Wald bewegten. Und der Geruch. Der Geruch nach Regen, vermischt mit einem leichten Zimt-Einschlag. Früher hätte er *Geruch nach Abenteuer* gesagt, doch das Wort *Abenteuer* hatte alles Positive für ihn verloren.

Dann kamen wieder die Bilder.

Bilder, die nur wenige Minuten alt waren, aber so schrecklich, dass er glaubte, sie wären aus einer anderen Welt.

Die Lichtung, auf die sie gelangt waren. Die Lichtung mit den Stammessymbolen, den Schädeln, den Tierknochen und den Amuletten, die in seltsamer Anordnung an den Bäumen hingen. Die Lichtung, die sie niemals hätten betreten dürfen.

Dann der dumpfe Knall. Erde war meterhoch in die Luft geflogen, daneben Schädel und Stammesschmuck. Wie in einem morbiden Extrembild von Max Ernst waren Knochen und Gerippe in die Luft geschleudert worden, Kleidungsfetzen und Leichenteile, in unterschiedlichen Zuständen der Verwesung. Dann kamen die Bagger und die Sandschieber.

»Scheiße«, hatte sein Begleiter zu ihm gesagt, und sein Gesicht war so weiß geworden wie die bleichen Knochen, die in den Bäumen hingen, »die sprengen den Friedhof. Irgendjemand sprengt den Stammesfriedhof.«

Sie sprengen den Stammesfriedhof. Warum? Um ihn – umzugraben. Weil etwas darunter war. Etwas Wertvolles.

Dann waren sie aufgetaucht. Die Stammeskrieger, die sich mit Macheten auf die Arbeiter in den Baggern und Sandschiebern gestürzt hatten. Die ihnen die Hände und Köpfe abhackten.

Er sah noch die Hand. Die Hand am Lenkrad. Am Lenkrad des Sandschiebers. Noch immer hatte sich das groteske Bild in seinem Gehirn gehalten. Denn was er gesehen hatte, war *nur* die Hand, die die Machete des Stammeskriegers abgeschlagen hatte und die das Lenkrad der Baumaschine umfasst hielt wie ein satanischer Talisman.

Die Schmerzens- und Todesschreie hallten noch in seinem Kopf wider. Auf Englisch, auf Französisch. Und in einer Sprache, von der er glaubte, es sei Chinesisch.

Das Massaker war fürchterlich gewesen.

Doch damit war es noch nicht vorbei.

Denn dann waren *die anderen* gekommen.

Die Stammesarmee, die für die Gegenseite kämpfte. Die keine Speere hatte, sondern Kalaschnikows. Die die schwarzen Angreifer unter Beschuss nahm und sie in eine zerrissene Masse aus blutigem Nebel verwandelte.

Da hatte Martin gewusst: Was hier geschieht, durfte nicht geschehen.

Aber es geschah trotzdem.

Und er wusste auch: Wenn sie hier jemand entdeckte, waren sie genauso tot wie all die Schwarzen und Chinesen, die am Boden lagen.

Jetzt war der Guide tot.

Sein Freund war tot.

Martin sollte tot sein. Doch er war noch am Leben.

Die Frage war nur, wie lange noch.

Er spürte den Stich in seinem Magen und die Angst, die ihm die Kehle zudrückte: Die Schreie und die Schüsse waren wieder da.

Lauter als je zuvor. Näher als je zuvor.

ZWEI WOCHEN ZUVOR

Kapitel 1

Berlin
Berliner Korrespondenzbüro
Global News, Friedrichstraße

Martin hetzte durch die Gänge der Großraumredaktion.

Einunddreißig Jahre alt, mit blonden Locken, blauen Augen und seiner sportlichen Statur war er das, was man einen »Surfertyp« nannte, obwohl er noch nie auf einem Surfbrett gestanden hatte.

Das Redaktionsbüro von Global News war in einem hässlichen, postmodernen Beton- und-Glasklotz nahe dem Bahnhof Friedrichstraße in Berlin-Mitte untergebracht. Und wenn man diesen Betonklotz sah, konnte man kaum glauben, dass sich irgendetwas Lebendiges in seinem Inneren befinden konnte. Doch der Eindruck täuschte.

Er rannte den Korridor hinunter, den USB-Stick mit den Bildern in der Hand, die allesamt so groß waren, dass man sie unmöglich per Mail schicken konnte. Aber so mussten sie sein. »Bigger is better«, sagte sein Boss immer. Auf seinen Boss traf das übrigens auch zu. Nicht nur, was seine Netzwerke anging, sondern auch im Hinblick auf seine Statur.

Global News, die Zeitung, bei der Martin seit sechs Wochen arbeitete, war ein internationales Nachrichtenunternehmen, das sich eigentlich auf seriöse Berichterstattung spezialisiert hatte, aber auch reißerischen Boulevardmeldungen nicht abgeneigt war.

»Die Leute wollen sich informieren, aber sie wollen auch unterhalten werden«, sagte Florian immer, der Chef des Berliner Büros der Global-News-Redaktion, den alle, wegen seines beträchtlichen Leibesumfangs, »Flori das Fass« nannten. Manchmal hieß er auch nur »das Fass«. Denn dieser Name passte doppelt. Wenn er sich mal an etwas festgebissen hatte, »fass« machte, ließ er so schnell nicht mehr los. Die »Ameisen«, wie das Fass seine Untergebenen nannte, sahen ihn meist im »Aquarium«, einem einzelnen Glasbüro jenseits des großen Redaktionsraumes, wo er häufig mit dem Telefon in der Hand wie ein Raubtier an der Kette hin und her rannte, in den Hörer schrie und Donuts in sich hineinstopfte. Martin glaubte manchmal, Flori würde in seinem Glasbüro übernachten, und fragte sich, wie sich das Fass das riesige Netzwerk aus Politikern, Lobby-Leuten, Informanten und Paparazzi aufgebaut hatte, über die es verfügte wie ein antiker Zauberer über ein Heer von Heuschrecken und andere Plagen.

»Nun mach mal mit den Fotos!«, brüllte ihm sein Kollege Bernd vom anderen Ende der Redaktion zu. »Das soll noch in die Printausgabe!«

Martin spurtete an mit Papieren vollgestopften Tischen, blinkenden Bildschirmen und halb leeren Kaffeebechern vorbei. Bernd streckte ungeduldig seine Finger aus, die von Katjes und Gummibärchen wieder klebrig waren wie ein Pritt-Stift.

Entgegen seiner Jobbeschreibung hatte Martin einen typischen Paparazzi-Job machen müssen, was aber manchmal nicht anders ginge, wie man ihn belehrt hatte. Er hatte gerade erst sein Journalismusstudium beendet und sich danach einen längeren Urlaub gegönnt. Dass er dann gleich einen Job bei Global News bekommen hatte, war Glück. Dass er dabei hauptsächlich B-Promis hinterherrennen musste, war nicht ganz so glücklich. Aber was hätte er tun sollen, wenn nun einmal gerade diese Aufgaben gefragter waren als Qualitätsjournalismus? Was ihn aber nicht davon abhielt, weiterhin von der großen, internationalen Reportage zu träumen, die er einmal schreiben wollte. Oder besser: schreiben würde.

Denn statt von UNO-Gipfeltreffen und globalen Kooperationen zu berichten, hatte er zwei Stunden in Tegel auf der Lauer gelegen, bevor er endlich losknipsen konnte. Am Flughafen Tegel, in Restaurants in Berlin, einmal am Potsdamer Platz und dann noch mal in Schönefeld. Jetzt waren endlich genug Fotos zustande gekommen. Was war geschehen? Flori das Fass hatte herausgefunden, dass Gil Collins, ein berühmter Schauspieler, mehrere Tage hintereinander in der Stadt war, ein Mann, dem alle Frauen zu Füßen lagen, der aber leider nicht an ihnen interessiert war, da er zum Leidwesen aller Frauen stockschwul war. Inoffiziell jedenfalls. Die meisten Boulevardblätter wussten das zwar, ignorierten es aber, was vielleicht daran lag, dass Collins sich abwechselnd mit mehr oder weniger schönen Frauen zeigte, die aber niemand kannte. Global News hingegen war den Klatschblättern voraus. Denn nur hier wusste man, dass die Schönheiten nicht nur von Collins' wahrem Sexualleben ablenken sollten, sondern auch einen hübschen Nebenverdienst darstellten. Denn der Mann wurde von Casting Agenturen dafür bezahlt, sich mit ihren Sternchen blicken zu lassen – und fotografiert zu werden. Fünfzig Riesen pro Begleitung kostete der Spaß wohl. Und sobald irgendein bis dahin unbekannter Feger an seiner Seite gesehen wurde, war dieser auf einmal von Zero zu Hero geworden und ruck, zuck der Star aller ersten Seiten. Und da die Medien die Stars machten, waren diese Frauen, die einmal an seiner Seite fotografiert wurden, die Stars von morgen. Ihre Agenturen wussten das. Und zahlten dafür.

So wie König Midas, hatte Florian gesagt, *da ist auch alles zu Gold geworden, was er angefasst hat. Also, Martin, besorgen Sie Beweise, die zeigen, dass wir recht haben!*

»Zeig endlich her«, sagte Bernd und grapschte nach dem Stick. Bernd hatte das gleiche Problem wie Martin. Er hatte eigentlich Berichterstattungen zur großen Politik machen wollen, war dann aber auch in der B-Promi-Abteilung gelandet. Das allerdings schon seit zwei Jahren. Was Martin wenig Hoffnung auf die Zukunft machte. Es blinkte, als der Rechner die Bilder auf die Festplatte zog. Bernd klickte mit seiner klebrigen Hand auf die Maus und der Pfeil sauste über den Bildschirm. Die Fotos verschiedener attraktiver Frauen tauchten auf.

»Siehst du?«, stellte Bernd fest. »Das Fass hat recht gehabt. Mal blond, mal brünett, mal rothaarig, da passt doch gar nichts zusammen. Collins ist entweder farbenblind, oder unsere Story muss wahr sein. Wie nennen wir das am besten?«

Da passt doch gar nichts zusammen, wiederholte Martin die Worte, die er gerade gehört hatte. Genauso wenig wie bei ihm. Er musste endlich den Kopf frei kriegen von seiner früheren Freundin, zu der er sich immer noch hingezogen fühlte, die ihm aber letztendlich zu langweilig war. Seitdem sie auseinander waren, hatte sie richtig Karriere gemacht. Ob ihm das selbst gelungen war, konnte er immer weniger beurteilen, als er die reißerischen Überschriften der Artikel sah, die er für Global News schreiben musste und die von der Abteilung für internationales Geschehen so weit weg waren wie die Hölle vom Himmel. Hätte er sich mit dem Blatt vor seiner Bewerbung etwas intensiver auseinandergesetzt, hätte er wahrscheinlich gesehen, dass die Klatschspalte von Global News der größte Umsatzbringer war. Aber wer nicht hören oder lesen wollte, musste offenbar fühlen.

»Hey«, sagte Bernd, »wie nennen wir das?«

Martin dachte einen Moment nach. »Da war doch Ende der Neunziger diese Sache mit Damien Hirst und der Tate Gallery.«

Bernd verdrehte die Augen. »Ich hab doch keine Ahnung von Kunst. Und was hat das mit Collins zu tun? Genauer!«

»Na ja«, meinte Martin und setzte sich auf einen leeren Drehstuhl zu Bernd, »der Werbeexperte Saatchi & Saatchi in London wollte damals Damien Hirst und die Young British Artists hypen. Und dafür soll er angeblich die Tate Gallery geschmiert haben, damit die alles von denen ausstellen. Denn was immer in der Tate ausgestellt wurde, war hinterher auf der Auktion bei Christie's und Sotheby's doppelt so teuer, und wenn es sich um benutztes Scheißhauspapier handelte.«

»So eine Art Prozessbeschleuniger?«, fragte Bernd. »Katalysator? Und die Tussen von Collins sind die Bilder, und Collins ist die Tate?«

Martin zuckte die Schultern.

»So in etwa.«

Bernd wackelte mit dem Kopf und verzog die Lippen. »Zu kompliziert, fürchte ich. Der Zusammenhang wird nicht sofort klar. Das kapiert Johnny 08/15 nicht.« Er murmelte vor sich hin. »Collins, die Tate? Nein. Collins, der Katalysator? Nein. Collins, der Starmacher? Nein.«

»Martin!«

Eine Stimme rief von irgendwoher.

Er blickte sich um, während er Bernd weiter murmeln hörte.

»Collins, der Tussenbefreier? Nein.«

»Ich hab's«, sagte Martin.

»Schieß los!«

»*Erst an Collins Seite, und dann auf Seite eins!*«

Bernd schlug ihm auf die Schulter. »Perfekt!«

»Martin!« Die Stimme rief noch einmal.

Er stand auf.

»Ja, was ist denn?«

»Komm mal rüber hier«, sagte ein Kollege, dessen Namen Martin immer vergaß, »das Fass will dich sprechen.«

»Bin gleich wieder da«, kündigte Martin Bernd an und ging zu dem Kollegen, der seinen Schreibtisch nahe dem Aquarium von Florian hatte.

»Hat er gesagt, worum es geht?«, fragte Martin. Einzelgespräche beim Fass waren nicht immer ein gutes Zeichen.

»Ein Auftrag für dich.«

»Und was?«

Der Kollege zuckte die Schultern. »Irgendwas mit Afrika.«

Kapitel 2

Berlin
Verteidigungsministerium, Reichpietschufer

Andreas Schmidt, Staatssekretär im Verteidigungsministerium, stieg aus seiner schwarzen Limousine. Er ging mit eiligen Schritten, umschirmt von seinen Leibwächtern, die Treppen hinauf, durch einen Wald von Mikrophonen, die ihn an einen antiken Spießrutenlauf erinnerten. Blitze aus Kameras zuckten, als hätte ihn der Zorn der Götter getroffen, und Reporter und Journalisten mit Diktiergeräten und Notizblöcken stellten sich ihm in den Weg, um kurz darauf von seinen Leibwächtern unsanft zur Seite befördert zu werden.

Das Stakkato der Fragen donnerte durch seinen Kopf.

Was hat die Bundesregierung von dem Syrien-Deal gewusst?

Sind tatsächlich al-Qaida- oder gar ISIS-Kämpfer unter den Rebellen?

Warum unterstützt Deutschland eine Diktatur mit Panzern?

Werden Sie zurücktreten?

Oder der Verteidigungsminister?

Die Türen schlossen sich hinter ihm und die Stimmen flauten ab. Zwei Reporter schlugen gegen die Scheibe und wurden von den Security-Leuten des Ministeriums zurückgehalten.

»Alles in Ordnung?«, fragte einer der Leibwächter.

Schmidt atmete durch und fuhr sich durch seine schweißnassen, schwarz-grauen Haare.

»Soweit man das *in Ordnung* nennen kann.«

Er nahm den Gang zu seinem Büro. In der Hand die Titelseite einer Boulevard-Zeitung, auf dem Cover sein Bild. Seine Finger waren schweißnass, die Druckerschwärze der Zeitung hatte sich mit dem Schweiß vermischt, so dass seine Hand aussah, als wäre er gerade aus einer Kohlenmine gekommen.

Scheißboulevardzeitung, dachte er, *immer so viel Farbe wie möglich.*

Er schaute auf das Cover, auch wenn ihm seine innere Stimme sagte, dass er es besser nicht tun sollte. Das Papier war gewellt, so sehr hatte er es auf dem Weg hierher umklammert.

»Der Todesengel« lautete die Überschrift. Darunter ein Bild von ihm.

Er betrat sein Büro. Setzte sich an seinen Schreibtisch, kramte mit zitternden Händen ein Taschentuch hervor und wischte sich den Schweiß von der Stirn und die Druckerschwärze von den Händen. Draußen, vor dem Tor des Verteidigungsministeriums, sah er noch immer die Horden von Journalisten stehen.

Dass ihm so etwas passieren konnte …

Das Telefon klingelte.

Er zuckte zusammen, als stünde der Henker in der Tür. Aber es war nur seine Sekretärin, er erkannte die Nummer.

»Was gibt's?«

»Ihre Frau.«

»Sagen Sie ihr, ich bin noch nicht zurück!«

Er legte auf.

Lehnte sich zurück.

Er hatte seiner Frau noch nichts davon erzählt. Oder besser, seiner Ex-Frau. Seinen Kindern (oder Ex-Kindern) auch noch nicht. Jetzt erfuhren sie es halt aus der Presse. Dann war es halt so. Trotzdem hatte er nicht die Kraft, jetzt noch lange mit seiner Frau zu streiten und ihr alles hundertmal zu erklären. Jetzt musste er sich erst einmal selber retten.

Sein Handy klingelte.

Wieder zuckte er zusammen.

Es war die Handynummer seiner Ex-Frau, die sich immer noch öfter bei ihm meldete als er bei ihr.

Er ließ das Handy klingeln und fühlte sich schlecht dabei.

Dann öffnete er seine Sakkotasche, fingerte ein Aspirin hervor und schluckte die Tablette ohne Wasser.

Alles war schiefgegangen, dachte er, als sich der bittere Geschmack in seiner Mundhöhle verteilte.

Syrien.

Der Todesengel.

Schmidt war zuständig gewesen für eine Panzerlieferung nach Syrien. Kampfpanzer Leopard. Eigentlich Business as usual. Schließlich war Deutschland der drittgrößte Waffenlieferant der Welt. Und auch wenn das Regime von Assad damit mehrheitlich al-Qaida-Kämpfer ausschalten sollte, war die Story nicht nur an die Oberfläche geraten, wo sie nicht hin sollte, sondern es sah auch noch so aus, als würde Deutschland den Freiheitskampf in Syrien mit Waffenlieferungen verhindern. Die USA waren brüskiert, dass Deutschland indirekt das Assad-Regime unterstützt, das Präsident Obama gerade bekämpfen wollte. Als ob die USA sonst etwas dagegen hatten, wenn man die Armee unterstützte, dachte Schmidt bitter, und dabei gleichzeitig noch ein paar al-Qaida Terroristen ausschaltet.

Die ganze Sache war an sich nichts Ungewöhnliches.

Schlecht war nur, dass es herausgekommen war.

Die Lieferung und der folgende Skandal waren gut und böse in einer Form, wie so vieles, was sich Deutschland als eines der mächtigsten Länder der Welt über den Hintereingang erlaubte, da es dies durch die Vordertür aufgrund seiner Vergangenheit nicht durfte. Nur war es eben öffentlich geworden, »surfaced«, wie ein Journalist vom Economist vorhin gesagt hatte. Und jetzt wollte natürlich niemand mehr etwas damit zu tun haben. Irgendeiner musste geköpft werden, damit Kanzler und Verteidigungsminister ihre Posten behalten konnten.

Und Schmidt war als Bauernopfer vors Loch geschoben worden, um den Verteidigungsminister zu entlasten.

Langsam beruhigte sich sein Puls. Was konnte ihm schlimmstenfalls passieren? Abgesichert wäre er als Staatssekretär, auch wenn er keinen »Ehrensold« bekommen würde, wie manche Bundespräsidenten nach nur sehr kurzer Amtszeit. Aber würde er noch irgendwo einen Job bekommen? Würde er sich noch irgendwo blicken lassen können? Auf den Empfängen, auf die er manchmal seine Ex-Frau mitnahm, um eine heile Familie vorzugaukeln, obwohl sie seit zwei Jahren geschieden waren, was er niemandem erzählt hatte? Auf all die Partys und Events der Hauptstadt, wo man Champagner- oder Rotweingläser schwenkend herumstand und Belanglosigkeiten austauschte, die aber sehr schnell zu konkreten Karrieremöglichkeiten werden konnten? Er sah sich schon als Sicherheitsberater korrupter Oligarchen und zwielichtiger Scheichs, irgendwo in Kasachstan oder im Jemen, einer, der auf Honorarbasis arbeitete und seiner Frau niemals sagen könnte, was er wirklich machte. Was war von dem Andreas Schmidt übrig geblieben, der einmal angetreten war, um für Ruhe und Frieden in der Welt zu sorgen?

Du weichst deiner Ex-Frau aus, dachte er, *und später wirst du sie belügen. Genauso wie du die anderen belügst und ihnen sagst, dass sie noch deine Frau ist, obwohl du gar nicht mehr in dem gemeinsamen Haus wohnst, sondern heimlich in einer Zweizimmerwohnung in Tiergarten? Und dann wunderst du dich, wenn die Presse dir auch nicht glaubt?*

Vielleicht war er wirklich schuldig, dachte er. Vielleicht sollte es ihn treffen?

Er zuckte zusammen.

Sein Handy klingelte schon wieder.

Kaum jemand hatte diese Nummer. Wer konnte das sein?

Er schaute auf das Display.

Eine Münchener Nummer.

Vielleicht war es wichtig.

Er nahm den Anruf an.

»Schmidt.«

»Schmidt«, wiederholte die Stimme am anderen Ende, »Sie scheinen ein paar Probleme zu haben?«

Eigentlich war es keine Frage. Es war eine Feststellung.

Irgendwo hatte er die Stimme schon einmal gehört. Sie war vertraut und unheimlich zugleich. Da sprach der Anrufer schon weiter.

»Vielleicht sollten Sie eine Weile untertauchen? Ihrem Vaterland können Sie trotzdem weiter dienen.«

Kapitel 3

Sonderverwaltungszone Hongkong

The Landmark

Lucia Ming eilte durch den gläsernen Korridor, vorbei am Konferenzraum im dreißigsten Stock des Landmark Towers. Sie blickte, während sie lief, über den Hafen von Hongkong, sah die riesigen Türme der Bank of China und der HSBC, der Hongkong and Shanghai Banking Corporation, die im 19. Jahrhundert vom Britischen Empire gegründet wurde, um das China-Geschäft zu finanzieren.

Ihr Chef hatte sie gerufen, und wenn er etwas wollte, war es immer eilig und immer wichtig. Beides zugleich. Grundsätzlich. Und wie immer hatte sie ein mulmiges Gefühl dabei.

Während sie aus dem Fenster blickte, ertappte sie sich dabei, wie sie die Passage von »Für Elise« von Ludwig van Beethoven auf der Rückseite des iPad spielte, das sie wie einen Schutzschild vor sich trug. Eine Melodie, die sie liebte, aber irgendwie auch hasste. Die Art und Weise, wie man dabei kleinen Finger und Ringfinger parallel einsetzt, hatte ihr die schlimmsten Stunden ihrer Kindheit verschafft, und ihr Klavierlehrer, der alle zwei Tage zwei Stunden auf sie angesetzt wurde, hatte ihr damals die Finger auseinandergebogen, bis sie glaubte, sie würden brechen, und sie, mit Tränen in den Augen, fast geschrien hatte. Und das war nicht die einzige Plackerei gewesen. Ihre Eltern hatten sie zur Vorbereitung des Gaokao, der Abschlussprüfung in der Schule, die zum Besuch einer Universität berechtigte, nach Maotanchang geschleift. *Maotanchang.* »MTC« nannten die Chinesen diesen Ort auch. Das klang gut. So ähnlich wie MIT, das amerikanische Elite-College Massachusetts Institute of Technology. Im MTC wurden die Schüler auf die Abschlussprüfung vorbereitet, jedenfalls die, deren Eltern es sich leisten konnten. Wobei »Vorbereitung« eine harmlose Bezeichnung war für den Drill, der dort an sieben Tagen die Woche durchgezogen wurde. Es gab kein Fernsehen, keine Musik, keine Ablenkung, keine Freunde. Nur Büffeln, nahezu vierundzwanzig Stunden am Tag. Es gab Übungsklassen, in denen den Schülern von der Decke aus Aminosäure in die Venen injiziert wurde. Die Schulleitung sagte, dass die intravenöse Energiezufuhr Zeit sparen würde.

MTC, dachte Lucia. Und *Für Elise.* Sie war froh, dass sie mit all dem durch war. Auch wenn ihr Leben nicht gerade ruhiger geworden war. Wer die Prüfung, das Gaokao, bestand, dem stand die Welt offen. Wer durchfiel, der beging oft Suizid. Und seine oder ihre Eltern gleich mit. Und irgendwann hatte Lucia gewusst, dass der Klavierdrill ihrer Kindheit keine dunkle Wolke über einer unbeschwerten Zeit war, sondern der Beginn der Normalität. Der Klavierlehrer hatte ihr dann immer die Geschichte von der chinesischen Mauer erzählt. *Die ist viertausendachthundert Kilometer lang,* hatte er gesagt, *und du kannst dir wohl den Schmerz vorstellen, den all die Menschen gespürt haben, die so etwas Großes bauen mussten.* Er hatte ihr noch andere Dinge erzählt, dass die Körper derer, die beim Mauerbau erschöpft zusammengebrochen waren, ebenfalls zu Baumaterial verwandelt und damit Teil der Mauer wurden. Die Lehrer am MTC hatten ähnliche Geschichten erzählt. Seitdem hatte Lucia immer Angst vor ihrem Klavierlehrer gehabt. Doch seltsamerweise mochte sie das Stück, *Für Elise,* noch immer und spielte es immer wieder gern.

Für Elise.

Oder *Für Lucia?* Ob das mal jemand schreiben oder auch nur sagen würde? Mit neunundzwanzig Jahren hatte sie eigentlich das Alter erreicht, in dem sie heiraten und eine Familie gründen sollte. In den spiegelnden Scheiben sah sie ihr hübsches Gesicht und ihre schlanke, attraktive Gestalt, die hypnotischen Augen und die schwarzen, hochgesteckten Haare, die ihr ein etwas strenges und kontrolliertes Äußeres verschafften, was allerdings im Kontrast zu ihrer weißen Bluse stand, bei der stets ein Knopf mehr geöffnet war, als es eigentlich dem Protokoll entsprach. Im Gegenlicht sah es so aus, als wäre ihr Spiegelbild ein Teil der Skyline von Hongkong und als würde sie, während sie über den Gang jagte, über den Wolkenkratzern schweben. Und im Raum schwebte sie tatsächlich. Denn sie wusste, es konnte nicht an ihrem Äußeren liegen, dass sie ohne feste Bindung durchs Leben ging. Der Grund dafür lag eher im Inneren dieses riesigen Bürogebäudes, des Landmark Towers, der sich inmitten von Hongkongs blitzender Skyline in den stahlblauen Himmel erhob.

Denn für Freizeit blieben bei ihrem Job pro Tag nur etwa ein bis zwei Stunden übrig. Als einzige Tochter ihres Vaters Ming Yao war es umso wichtiger, dass aus Ming Lia ebenfalls etwas Großes wurde. In China hieß sie Ming Lia. Erst der Nachname, dann der Vorname. Für die westliche Welt nannte sie sich Lucia Ming. Erst der Vorname in westlicher Form und dann der Nachname. So machten es die Hongkong-Chinesen schon seit Jahrzehnten. Auch Bruce Lee hieß eigentlich Lee Siu-Lung. Und auch er lebte in Hongkong. Und Lucias Vater mochte Bruce Lee. Wenn er einmal Zeit fand, die Filme anzuschauen. Denn ihr Vater war nicht nur Mitglied der Kommunistischen Partei Chinas gewesen, sondern auch Bereichsleiter von Sinopec, einem riesigen staatseigenen Rohstoff- und Raffineriekonzern. Ihr Vater hatte für den Konzern mittelgroße Ölförderfirmen im Nahen Osten zusammengekauft. Jetzt war er schon seit zehn Jahren tot, gestorben an einem Herzinfarkt. Bis dahin hatte er sich um seine Tochter allerdings nie gekümmert, sondern die Erziehung anderen und Lucias Mutter überlassen. Das Einzige, was er Lucia hinterlassen hatte, war der Druck, genau die gleiche Karriere wie er hinzulegen. Da galt es als große Schande, wenn seine einzige Tochter nicht eine ähnliche Karriere schaffte.

Ihr Vater.

Selbst in seinem Tod hatte er Lucia allein gelassen. Vielleicht lag es daran, dass sie sich einerseits eine Familie wünschte und besonders einen Mann, den sie nicht hatte, andererseits aber kaum jemanden an sich heranließ. Denn wer Nähe und Vertrauen brachte, der konnte enttäuscht werden. Man öffnete sich, machte sich verwundbar. Jemand anderes konnte zustoßen. Die Gefahr war weit geringer, wenn man sich gar nicht öffnete.

Für Elise.

Sie tippte wieder die Reihenfolge der Klänge und Tasten auf ihrem iPad, als sie sich dem Büro näherte.

Für Lucia?

Sie hatte das Büro ihres Chefs erreicht.

Schaute noch einmal in die gespiegelte Fassade.

Sah ihr Gesicht. Korrekt, besorgt.

Und betrat das Zimmer.

Kapitel 4

Berlin
Redaktionsbüro Global News,
Friedrichstraße

»Interessiert mich nicht«, bellte Flori. »Ich will wissen, ob die jetzt schwanger ist oder nicht.« Er gab Martin, der eben das Aquarium betreten hatte, mit einer knappen Geste zu verstehen, dass er sich setzen sollte. Martin ließ sich vorsichtig auf dem Stuhl vor dem gigantischen Tisch nieder, der mit Zeitungen, Papier, CDs, DVDs und Visitenkarten überhäuft war und aus dem hier und da eine Kaffeetasse und ein oder zwei angebissene Donuts hervorragten.

»Was?«, rief Flori. »Die hat zugenommen? Ihr werdet doch wohl rausfinden, ob die jetzt zugenommen hat oder wirklich schwanger ist!« Er kratzte sich am Kopf und schaute aus dem Fenster auf die Friedrichstraße hinunter. »Ja, das ist doch gerade der Skandal. Hast du's endlich kapiert. Genau, wie soll so eine Drogentussi ein Kind aufziehen?« Er blätterte durch ein paar Seiten.

Interessiert blickte Martin auf den riesigen Ventilator auf Floris Fensterbank, der volle Kraft blies und ein ums andere Mal Dutzende von Notizblättern und zerknitterten Zetteln von Floris Schreibtisch Richtung Fußboden fegte, ohne dass Flori davon irgendeine Notiz nahm. »Das ist kein Lebenslauf, was ich hier habe, das ist 'ne Polizeiakte«, schnappte Flori. »Also, beweg deinen Arsch und finde raus, ob sie wirklich schwanger ist.« Er hörte ein paar Sekunden zu.

»Was? Wenn sie es nicht ist? Dann behaupten wir es halt so

lange, bis sie es ist. Was?« Er schaute Martin kurz an, während er weiter mit dem Anrufer stritt. »Passt nicht zu den Fakten?« Er atmete tief ein. »Schlecht für die Fakten!«

Er ließ den Hörer krachend auf die Gabel fallen und sich selbst schnaufend auf seinen riesigen, schwarzen Lederstuhl. Von dort aus durchbohrte er Martin geschlagene dreißig Sekunden lang mit seinen Blicken.

»Martin Fischer«, sagte er schließlich in einem Ton, der jedem Bewährungshelfer gut zu Gesicht gestanden hätte.

Martin versuchte, nicht auf dem Stuhl hin und her zu rutschen oder seine Hände zu bewegen. Ebenso wusste er nicht, was er darauf antworten sollte, bis auf *Ja, der bin ich,* aber das wusste das Fass wohl selbst. Also sagte er erst einmal gar nichts, was auch nicht verkehrt war, da die Worte schon aus Floris Mund heraussprudelten.

»Sie wollen nicht immer nur Sensationsjournalismus machen? Wollen auch mal die weite Welt sehen? Hä?«

Martin wusste nicht, ob er da gerade in eine Falle tappen sollte, in der jede Antwort falsch sein könnte, da sprach Flori schon weiter. »Wie wäre es mit Afrika?«

Das hatte Martin nicht erwartet. Das klang nach Abenteuer, nach großer, globaler Reportage. Nach Öl und Rohstoffen, Hunger und Elend, aber auch wundervollen Landschaften. Es klang aber auch ein bisschen gefährlich. Gefährlicher jedenfalls, als von New York aus über das Weltbank-Treffen zu berichten. Aber es war in jedem Fall internationaler, als in Tegel wegen irgendwelcher B-Promis auf der Lauer zu liegen.

»Ja, gerne«, antwortete er.

»Gut. Sie wollen nach Afrika? Sie können nach Afrika.«

Er kramte aus dem Stapel von Papier einen Klemmhefter heraus, öffnete ihn und hielt Martin ein Foto unter die Nase.

»Kennen Sie die?«

Martin blinzelte auf das Foto. Eine braunhaarige, etwas ältere Dame.

»Dian Fossey«, sagte Flori nach ein paar Sekunden. Als von Martin noch immer nichts kam, sprach er weiter. »Gorillas im Nebel? Davon schon mal gehört?«

»Klar«, entgegnete Martin jetzt. »War das nicht so ein Bestseller in den achtziger Jahren?« Er erinnerte sich dunkel.

»Allerdings.« Flori nickte. »Habe ich auch nie verstanden, warum das damals so hip war. Überhaupt, die Achtziger. Das Wasser steht der Welt mal wieder bis zum Hals, Sowjets und Amis rüsten sich tot, Gaddafi spielt tollwütiger Hund, und Tschernobyl fliegt in die Luft. Und was machen die Leute? Sie interessieren sich auf einmal für Berggorillas in einem Land, das sie wahrscheinlich niemals sehen werden.«

»Ist das nicht irgendwo in Ruanda?«, fragte Martin.

»Virunga-Nationalpark.« Flori stopfte sich einen alten Donut in den Mund. »Zwischen Kongo und Ruanda, genau genommen. Waren Sie schon mal dort?«

»Leider noch nicht.«

»Aber ihr Kollege Bernd war schon einmal dort«, sagte Flori. Er stand auf, und Martin sah, wie sich Floris weißes Hemd beachtlich über seinem Bauch spannte. In dem Moment erinnerte er ihn an ein weißes Sanitätszelt. »Und wissen Sie was? Er nimmt Sie mit!«

Martins Züge hellten sich auf. Er sah schon am Horizont die große, internationale Reportage über … ja, über was eigentlich?

»Worum wird es gehen?«, fragte er.

»In diesem Jahr wird Fossey achtzig Jahre alt. Oder wäre achtzig Jahre alt geworden.« Er schaute aus dem Fenster. »Sie wissen ja, sie ist 1985 mit erschlagenem Schädel in ihrem Camp Karisoke in Ruanda gefunden worden. Manche sagen, sie wäre von Wilderern aus dem Kongo ermordet worden, die die Berggorillas lieber an reiche Japaner verkauft hätten.«

»Und komisch ist ja auch, dass sie in ihrer Hütte ermordet wurde«, sagte Martin. »Im Wald wäre es einfacher gewesen.«

»Das ist wahr. Es scheint auch einen Kampf in der Hütte gegeben zu haben, angeblich hat Fossey auch noch zu ihrer Pistole gegriffen, hatte da aber die falsche Munition drin.«

»Ich habe gehört, dass sie der Ausschlachtung der Gorillas als Touristenattraktion im Wege war«, sagte Martin.

Flori zuckte die Schultern. »Möglich. Andere sagen, es wäre ein Suizid gewesen. Umstritten war Fossey allerdings schon zu Lebenszeiten.« Er drehte sich zu Martin um.

»Für die einen war sie die selbstlose Retterin der Berggorillas, der erste Mensch, dem eine echte Kontaktaufnahme zu den Menschenaffen gelang. Ich bin da etwas skeptisch, ob so was geht, aber sollen die Leute glauben, was sie wollen. Ich habe letztens gelesen, dass manche auch glauben, sie hätten ein Verhältnis zu ihrer Katze aufgebaut. Egal!« Er stemmte die Hände in die Hüften. Draußen fuhr mit ohrenbetäubender Lautstärke ein Feuerwehrauto vorbei. »Wieder so ein Asozialer, der beim Rauchen eingeschlafen ist«, sagte Flori und schaute blinzelnd aus dem Fenster. Dann kam er zurück zum Thema. »Andere beschreiben Fossey als unbeherrschte und verbitterte Frau, die Kollegen brüskierte und Afrikanern mit Herablassung begegnete. So nach dem Motto *Ich zeige euch blöden Schwarzen mal, wie man mit Tieren richtig umgeht.* Und auch heute noch spaltet sie die Gemüter. Und …«

»Und was?«

»Und sie würde dieses Jahr achtzig Jahre alt, wie ich schon sagte.«

»Und daraus machen wir eine Story?«, fragte Martin.

»Was heißt hier *wir? Sie!*« Flori ging zurück zum Schreibtisch und zog ein Exemplar der Financial Times hervor. Martin erkannte das lachsfarbene Papier sofort. Es war die englische Ausgabe. Floris Blick flog über die Seiten.

»Hier steht's.« Er drückte seinen dicken Daumen auf eine Textstelle, die er schon einmal markiert hatte. »Der Virunga-Nationalpark, der sich sowohl auf den Kongo als auch auf Ruanda erstreckt, wird zunehmend zum Zankapfel der beiden Länder. Und einer der größten Zankäpfel sind die Berggorillas.«

Martin nickte. »Soweit ich weiß, sind sie eine ziemliche Touristenattraktion geworden. Kann an dem Buch von Fossey liegen. Verfilmt wurde es ja auch, soweit ich weiß?«

»Wurde es«, sagte Flori und setzte sich wieder. »Und eine *ziemliche Touristenattraktion* ist untertrieben. Diese Parks sind mit mehr als zweihundertfünfzig Millionen Dollar Jahreseinnahmen der größte Bringer von Auslandsdevisen in ganz Ruanda.«

Martin hob die Augenbrauen. »Das wusste ich nicht.«

»Jetzt wissen Sie's! Das ist eine Superstory. Achtzig Jahre Dian Fossey, ihr Tod, der noch immer nicht aufgeklärt ist, das Aufflackern eines neuen Krieges zwischen Kongo und Ruanda und mittendrin die Berggorillas. Sie schreiben einen schönen Artikel, machen haufenweise Fotos, und filmen werden Sie auch.«

Martin dachte eine kurze Weile nach.

»Das heißt, ich soll nach Afrika?«

Flori sah ihn erstaunt an. »Wenn Sie hier in der Friedrichstraße Berggorillas finden, können Sie auch über die schreiben.«

»Na ja, aber das kostet doch ein … ähm …« Martin wunderte sich, dass für eine solche Aktion auf einmal Budget da war.

»Das kostet eine Stange Geld?«, ergänzte Flori. »Tja, da können Sie mal sehen, wie wichtig uns gute Reportagen sind. Aber die Wahrheit ist …« Er blickte kurz zur Decke. »Das Medienboard und die Filmförderung Berlin Brandenburg haben einen Afrika-Preis ausgeschrieben. Wenn wir den kriegen, haben wir die Kosten doppelt drin.«

Martin stand auf. »Den kriegen wir. Das wird eine super Story.«

»Hoffe ich auch«, sagte Flori, und Martin hatte die leise Drohung darin nicht überhört. »Klären Sie das mit Bernd, er soll bei der Logistik helfen. Ich muss wissen, was Sie dafür brauchen, wen wir in Afrika aktivieren müssen und vor allem, was das Ganze kostet. Die Büros in Johannesburg und Nairobi können dabei helfen. Kriegen Sie das hin bis morgen?«

»Bin schon unterwegs.«

»Bestens«, entgegnete Flori. »Dann Abmarsch!« Er zeigte Richtung Tür. »Es gibt viel zu tun.«

Martin blieb kurz stehen. Etwas war ihm noch eingefallen, und er bereute es schon, dass er überhaupt seinen Mund aufgemacht hatte. Aber da waren die Worte schon draußen. »Ich bin kein Afrika-Experte«, sagte er und trat von einem Fuß auf den anderen, »aber liegt der Virunga-Nationalpark nicht im Dreiländereck von Ruanda, Uganda und Kongo?«

Flori nickte. »Das ist korrekt.«

»Die drei Länder waren doch noch nie ganz, ähm, konfliktfrei.«

Flori schaute ihn erstaunt an. »Haben Sie etwa Angst?«

»Nein«, log Martin, obwohl er welche hatte, »ich denke, die Länder waren deswegen noch nie ohne Kriege, weil sich dort zum Teil die größten Rohstoffvorräte der Welt befinden …«

Flori blinzelte ihn an.

»… insbesondere Kobalt und Coltan.«

»Und?«, fragte Flori.

»Das wäre doch auch eine interessante Story!«

»Coltan ist Coltan, und Dian Fossey ist Dian Fossey. Sie…«, er zeigte auf Martin, »berichten über Letzteres. Oder Sie bleiben hier! Klar?«

»Klar!«

»Gut, dann Abmarsch!«

Martin verließ das Büro des Chefredakteurs. Und stellte gerade fest, dass das Wort *Berggorilla* auch gut zu Flori passen würde.

Kapitel 5

Berlin

Auswärtiges Amt, Werderscher Markt

Janine Drieling hatte es geschafft. Die vierzehnmonatige Ausbildung für den höheren Dienst im Auswärtigen Amt war beendet. Der Umschlag lag auf dem Tisch. Und selten war sie beim Anblick eines einfachen Gegenstandes so aufgeregt gewesen wie jetzt in diesem Moment. Vielleicht zuletzt als Kind zu Weihnachten.

Der Weg zu diesem Umschlag war so hart und steinig gewesen, wie sie es sich vorgestellt hatte, und es würde nicht unbedingt angenehmer werden in einem Job, bei dem man alle drei bis vier Jahre versetzt werden konnte, und das nicht nur innerhalb von Europa, sondern weltweit.

Vielleicht war das ständige Reisen, das jetzt auf sie zukam, auch nur eine Flucht gewesen, um die Gegenwart hinter sich zu lassen, den Mann zu vergessen, dem sie immer noch hinterhertrauerte, auch wenn sie es sich nicht eingestehen wollte. Den Mann, der sie verlassen hatte, weil »aus der Beziehung irgendwie die Luft raus war«. Vielleicht war es deshalb wirklich am besten, so weit wie möglich zu verreisen, zu verschwinden, bis man nicht mehr wusste, wer man war oder was die Vergangenheit war. Doch konnte sie vor sich selbst davonlaufen? Wohl kaum. Ein Mensch konnte sich schließlich auch nicht selbst tragen, indem er sich auf seine Hände setzte, wie es ihre Mutter ihr immer als Kind erzählt hatte.

Die Ausbildung war hart gewesen, und Janine war für jede Ablenkung dankbar. Zuerst das schriftliche Auswahlverfahren, dann die Einladung zu den mündlichen Gesprächen in die Villa Borsig, die einst einer Berliner Industriellenfamilie gehörte und in der jetzt die Akademie des Auswärtigen Amtes untergebracht war. Das Vorstellungsgespräch vor dem Auswahlausschuss, in dem sie zur Euro-Staatsschuldenkrise gegrillt wurde, eines der wenigen Themen, bei denen sie sich nicht so gut auskannte, wie bei fast allen anderen, dann das Kurzplädoyer, das sie halten musste. All das hatte Janine gefordert, aber nicht überfordert. Leidenschaftlich plädierte sie für Freiheit, Verantwortung und Demokratie, obwohl sie im Inneren wusste, dass die Welt sich gerade in eine andere Richtung bewegte. Weg vom Washington-Consensus hin zu einer autoritären Staatsführung, wie man sie in Singapur und China fand.

Dann die Sprachprüfung und die Gruppenübungen. Schließlich hatte der BND, der Bundesnachrichtendienst, noch eine Sicherheitsprüfung durchgeführt. »Machen Sie sich keine Sorgen, so eine Prüfung wird bei jedem gemacht, der Zugang zu als geheim eingestuften Verschlusssachen erhalten soll oder sie sich verschaffen könnte«, hatte der kaugummikauende Mann mit den struppigen Haaren gesagt und dabei fast den genauen Wortlaut des Gesetzes wiederholt. Janine wusste nicht, wie viele ehemalige Vorgesetzte, Chefs und andere ihr nahestehenden Personen vom BND verhört worden waren und ob tatsächlich, wie einige der Teilnehmer im Aufnahmeverfahren tuschelten, auf sie alle ein Detektiv angesetzt worden war, der die letzten Tage und Wochen jeden ihrer Schritte überwacht hatte.

Doch all das waren nur Vorbereitungen, nur die Generalprobe vor der großen Premiere. Ab sofort würde der erste wirkliche Auslandsaufenthalt auf sie warten, und Janine sah schon das Gesicht ihrer Eltern, die endgültig einsehen mussten, dass sie ihr Töchterchen bei weitem nicht mehr so oft sehen würden wie bisher, wenn sie ihren Rollkoffer packen würde, um dahin zu gehen, wo ihr Dienstherr sie haben wollte. Einen Freund oder Partner hingegen musste sie nicht vertrösten. Denn es gab ja keinen. Alles im Auftrag des Volkes.

»Auf Sie warten spannende Eindrücke und neue Herausforderungen, die Sie, davon bin ich überzeugt, mit dem, was Sie mitbringen, und dem, was Sie hier in Ihrer Ausbildung gelernt haben, gut und sicher bewältigen werden«, hatte die stellvertretende Leiterin der Akademie Auswärtiger Dienst erklärt. »Das Auswärtige Amt braucht keine Einzelkämpfer, sondern Teamspieler.« Wenn Janine allerdings an all die einsamen Vorbereitungsstunden dachte, um erfolgreich das harte Auswahlverfahren zu bestehen, kam sie sich eher wie ein Schachspieler vor, der nur gegen einen Gegner kämpft, und zwar allein und nicht im Team. Allein gegen die Müdigkeit, das Bedürfnis, sich zu entspannen und am Ende allein gegen sich selbst. »Es ist wie beim Fußball«, hatte die Leiterin noch hinzugefügt, als hätte sie Janines Gedanken gelesen, und Janine war überrascht gewesen, von einer Frau einen Fußballvergleich zu hören, »es sind einzelne Spieler, die Tore schießen, aber es ist die Mannschaft, die das Spiel gewinnt.« Trotz der Quoten war der diplomatische Dienst eben immer noch eine männerdominierte Welt.

Jetzt lag ihr erster Einsatzort in diesem kleinen, schmucklosen Umschlag verschlossen vor ihr auf dem Tisch. Sie würde endlich ihr kleines Büro am Werderschen Markt gegen die große Welt eintauschen.

Janine betrachtete den Umschlag.
Atmete tief durch.
Sie nahm den Umschlag in die Hand. Zählte bis drei.
Und öffnete ihn.

Kapitel 6

Sonderverwaltungszone Hongkong

Landmark Tower

Das Erste, was Lucia Ming sah, als sie das Büro ihres Chefs betrat, war die gigantische Weltkarte, die sich schon deshalb von anderen unterschied, weil China den Platz in der Mitte einnahm. Links war Europa, und rechts war Amerika. China, das *Reich der Mitte*, hier war es bereits Wirklichkeit geworden. Zigarrenrauch vernebelte das Büro. An das Rauchverbot hielt sich Huan Yi genauso wenig wie die Festlandchinesen, wenn sie ein Restaurant besuchten.

»Warum heißen wir *Zhonghua, Reich der Mitte?«*, fragte Huan Yi unvermittelt. Das war eine seiner Marotten, maschinengewehrartige Fragen auf sie abzufeuern.

»Weil, äh …« Lucia stutzte kurz. »Weil wir der Mittelpunkt der Welt sind.«

»Was heißt das konkret?«

»Dass wir wieder Weltmacht werden müssen.«

»Werden müssen? Waren wir das nicht immer?« Er stemmte die Hände in die Hüften.

»Nein, im 18. Jahrhundert sind wir zurückgefallen.«

»Warum?«

»Weil …«, sie dachte nach, »weil die Engländer etwas hatten, was wir nicht hatten.«

»Und was war das?«

»Die industrielle Revolution!«

»Und darum müssen wir jetzt *was* machen?«

Trotz all ihrer Erfolge während ihrer Ausbildung kam sie sich vor wie in der Schule. Oder wie bei einem Drill in der Armee. Oder beidem.

»Schneller sein als je zuvor.«

»Sind wir besser?«

»Ja.«

»Warum?«

Lucia überlegte kurz, was Huan Yi wohl hören wollte.

»Wir haben eine gelenkte Demokratie«, sagte sie.

»Warum ist das besser als die Demokratien des Westens?«

»Weil die Demokratien des Westens allen gefallen wollen. Sie kaufen Wählerstimmen durch Geld. Und weil sie dieses Geld nicht haben, verschulden sie sich maßlos, um Wünsche zu erfüllen, die sie gar nicht erfüllen können. Solche Systeme implodieren über kurz oder lang. Wie man es jetzt an der Eurokrise sieht.«

»Richtig!« Er schien befriedigt. Das war es, was er hören wollte.

Er nahm einen Zug von seiner Zigarre und legte sie zurück in den Aschenbecher aus elfenbeinfarbenem Biskuitporzellan. Huan Yi war ein alter Kader der Kommunistischen Partei, in dessen Büro Mao-Bilder neben den Wolkenkratzern von Hongkong, Shanghai und Peking hingen. Und auch wenn Huan Yi noch immer aus der Mao-Bibel zitierte, hatte er sich schnell an westlichen Luxus gewöhnt, den der Aufschwung Chinas mit sich brachte. Und wieder einmal bemerkte Lucia, dass es sich um die Mao-Bilder der ersten Ära handelte, Bilder mit dem großen Muttermal. Die Zeit des Anfangs, die Zeit, als der große Vorsitzende noch als unantastbar galt, die Zeit vor seiner Rehabilitierung. Und dennoch, *lieber im Mercedes weinen als auf dem Fahrrad glücklich sein,* hatte ihr

Chef einmal gesagt. Seine Zigarren kamen nach wie vor aus Havanna im kommunistischen Kuba, während der Rotwein, den er trank, auch wenn er ihn nicht mochte, aus den besten Anbaugebieten in Bordeaux kam. Anzüge trug er aus Italien, weil sie seine tonnenartige Gestalt gut zu kleiden und unvorteilhafte Formen gut zu verstecken vermochten. Ein höchst widersprüchlicher Mensch.

Huan Yi blickte noch einmal auf die Weltkarte und ließ seine Hand über das Büro und das gesamte Gebäude schweifen.

»Sie wissen, was wir hier machen?«, sagte er dann kurz und knapp, ohne Lucia zu begrüßen oder ihr einen Platz anzubieten.

Das wusste Lucia. Sie arbeitete als Investment-Manager bei SAFE.

»SAFE« stand für »State Administration of Foreign Exchange«, und Lucia Ming war zuständig für Auslandsinvestitionen dieses riesigen, staatseigenen Investment-Vehikels.

SAFE. Die Abkürzung passte gut, denn SAFE war der Verwalter des riesigen Devisenschatzes der chinesischen Großmacht, der Tresor, in dem ein Teil der gigantischen Anlagen schlummerte, die sich auf mehr als dreieinhalb Billionen Dollar beliefen und von denen die sechshundert Milliarden, für die SAFE verantwortlich war, nur sechzehn Prozent ausmachten.

Eine Gesamtsumme, von der sechshundert Milliarden nur sechzehn Prozent sind, dachte sie. Auch das war eigentlich unvorstellbar.

»Wir investieren in Wachstumsbranchen und ausländische Unternehmen«, sagte Lucia wie aus der Pistole geschossen.

»Weniger in Staatsanleihen des Westens?«

Lucia wurde erst mit einigen Sekunden Verzögerung bewusst, dass dies schon wieder eine Frage war.

»Der Großteil der Devisen in China ist in Dollar und Euro angelegt und hierbei besonders in Staatsanleihen.« Sie fuhr sich nervös durchs Haar, während Huans Augen sie wie Pistolen fixierten. »Beide westlichen Großmächte, sowohl die USA als auch Europa, sind allerdings hoch verschuldet, und wenn die Eurokrise einmal gelöst ist, falls sie überhaupt gelöst werden kann, würden sich die Märkte dem gigantischen Schuldenberg der USA widmen.«

»Und was passiert dann?«

»Entweder Inflation oder Schuldenschnitt.«

»Und das heißt?«

»Dann könnte es mit dem Dollar schnell abwärtsgehen.«

Huan Yi erhob sich. »Gut, dass die chinesische Führung schnell erkannt hat, dass sie mit den beiden Währungen Dollar und Euro das hat, was man in Bankenkreisen ein ›Klumpenrisiko‹ nennt. Gleichzeitig«, er wandte sich an die Weltkarte, »muss der Rohstoffhunger unseres Anderthalb-Milliarden-Volkes gestillt werden.«

Er schaute einen Moment weg und Lucia blickte noch einmal auf die Weltkarte. Dort waren auch Krisenländer eingezeichnet, denen SAFE Geld geliehen hat, indem es Staatsanleihen kaufte. Zu günstigen Konditionen für die Schuldner. Im Gegenzug mussten diese Länder China kleine Gefallen tun, zum Beispiel vor der UNO die Meinung vertreten, dass Taiwan *kein* eigenständiges Land sei, genauso wenig wie Tibet.

Huan sprach weiter. »Und so ist es auch Teil des neuen Fünfjahresplans, den die Partei verabschiedet hatte, einen immer größeren Teil der Devisen in ausländische Unternehmen zu investieren.« Er fixierte sie. »Insbesondere in Unternehmen, die Rohstoffe herstellen oder abbauen. Schon seit 2008 haben wir im Auftrag der chinesischen Zentralbank begonnen, in westliche Rohstofffirmen zu investieren. Rio Tinto, Royal Dutch Shell, BP.« Er schaute kurz auf das Mao-Portrait über seinem Schreibtisch.

»Doch die westlichen Konzerne sind schwer zu überzeugen, sehen uns nach wie vor als *Gelbe Gefahr* und legen uns so viele Steine wie nur möglich in den Weg. Daher müssen wir dort hingehen, wo man noch günstig einsteigen kann. Insbesondere dort, wo man mit der heimischen Bevölkerung einfacher reden kann als anderswo. Insbesondere in …«

Er schaute sie erwartungsvoll an.

»Afrika?«, sagte sie, halb feststellend, halb fragend.

Er nickte. »Afrika braucht etwas, was wir geben können.«

Er rückte das Mao-Bild über seinem Schreibtisch zurecht.

»Dafür brauchen wir gute Leute. Vor Ort. Leute wie Sie!« Er schaute sie an. Und jetzt lächelte er sogar. »Morgen geht es nach Peking. Und dann Richtung Westen. Wohin genau, das erfahren Sie noch.« Er drückte eine Taste auf seinem Computer. »Die restlichen Informationen sind jetzt gerade in Ihrer Inbox gelandet. Die Reisestelle weiß Bescheid! Packen Sie Ihre Sachen, morgen geht es los!«

Lucia verließ das Büro.

Schwankend und schweißgebadet.

Kapitel 7

Berlin
Verteidigungsministerium,
Reichpietschufer

»Ihrem Vaterland können Sie trotzdem dabei dienen«, sagte der Anrufer. Und Schmidt hatte sofort gewusst, wen er da an der Strippe hatte.

Eugen von Stein. Eugen *Freiherr* von Stein, genau genommen. Schmidt kannte ihn noch aus Afghanistan und sah ihn vor seinem inneren Auge. Von Stein war Leiter der Abteilung EA/Einsatzgebiete, Auslandsbeziehungen im Bundesnachrichtendienst. Von Stein war vormals, als sie sich kennengelernt hatten, Oberleutnant der Reserve gewesen und wurde im Fallschirmjäger-Bataillon 261 im saarländischen Lebach für den Einsatz hinter feindlichen Linien ausgebildet. Und hinter diesen feindlichen Linien war er auch gewesen. In seinem letzten Einsatz 2002. Afghanistan. Dort waren sie sich begegnet. Und dass von Stein seither sein Bein hinter sich herzog, zeugte von dem Scharfschützenprojektil der Taliban, das ihn damals erwischt hatte.

»Sehen Sie den Tatsachen ins Auge, Schmidt«, sagte von Stein. »In der Öffentlichkeit können Sie sich erst einmal nicht sehen lassen. Wo immer Sie auch sind, die Reporter kleben an Ihnen wie die NSA an Google.«

Schmidt fuhr sich durch die Haare. *Untertauchen,* dachte er. Doch wenn man untertauchen musste, war es meist kein kristallklares Wasser, sondern schmutzige, brackige Brühe.

Von Stein sprach weiter. »Da wäre doch ein internationaler

Auftrag gerade richtig. Mit Leuten, die es nicht so genau nehmen, was über bestimmte Menschen in der Zeitung steht.«

Schmidt sah das brackige Wasser bildlich vor sich.

»Was muss ich dabei tun?«

Von Stein atmete aus. »Sie müssen vielleicht einige Ihrer früheren Prinzipien verraten, aber das muss man ja häufig.«

»Ich weiß nicht, ob mir das gefällt.«

»Was soll Ihnen daran nicht gefallen? Deutschland ist erst einmal verbrannte Erde für Sie, in den Medien sind Sie bereits das schwarze Schaf. Zu verlieren haben Sie nichts. Es sei denn, Sie sind ganz begierig darauf, in den nächsten Tagen auf den medialen Scheiterhaufen gestellt zu werden.«

Brackwasser gegen Scheiterhaufen, dachte Schmidt. *Beides war nicht verlockend.*

»Wissen Sie, was Kostolany gesagt hat?«, fragte von Stein.

»Dieser Börsentyp?« Wie kam von Stein jetzt auf den?

»Genau der! Er sagte: Wer Geld hat, kann spekulieren. Wer wenig hat, darf nicht spekulieren. Und wer keins hat«, er zog den Satz genüsslich in die Länge, »*muss* spekulieren.«

»Klingt so, als hätte ich keine Wahl«, antwortete Schmidt resigniert.

»Wer nichts mehr zu verlieren hat, kann nur noch gewinnen«, sagte von Stein. »Näheres erfahren Sie, wenn Sie mich besuchen kommen. Am besten so schnell wie möglich.«

»Wie schnell muss ich mich entscheiden?«

»Bis morgen. Und wenn Sie ganz gut sind, kommen Sie gleich morgen bei mir in Pullach vorbei.«

»Und was bieten Sie mir an?«

»Auch das erfahren Sie, wenn Sie mich treffen.« Von Stein machte eine Pause. »Aber im Vergleich zu allen anderen Angeboten, die Sie vielleicht noch kriegen werden, wird dies das beste sein. Wenn Sie überhaupt noch Angebote kriegen.«

Von Stein hatte aufgelegt. Und Schmidt starrte volle fünf Minuten aus dem Fenster in seinem Büro.

Dann legte er die Füße auf seinen Schreibtisch, so wie es Gerüchten zufolge auch der damalige US-Präsident George W. Bush immer getan hatte.

Jetzt gab es diesen letzten Auftrag, etwas anderes gab es nicht. Entweder er nahm ihn an oder er war draußen. Und zwar richtig.

Er hatte genau zwei Möglichkeiten: Scheiterhaufen oder Brackwasser.

Vielleicht war das Brackwasser weniger schlimm.

Obwohl er bis morgen Zeit hatte, zu entscheiden, wusste er, dass seine Entscheidung bereits gefallen war.

Unentschlossen und mit zitternden Händen rief er seine Assistentin an.

»Buchen Sie mir für morgen einen Flug nach München«, sagte er. »Morgens hin, abends zurück. Und hängen Sie es nicht an die große Glocke.«

Kapitel 8

Berlin
Prenzlauer Berg

»Da hast du ja endlich deine Afrika-Reise«, sagte Bernd, während er und Martin die Kastanienallee entlangliefen. Die Abendsonne tauchte die breite Straße in ein warmes Licht, und Touristen bevölkerten zu beiden Seiten den Bürgersteig. Konnopke's, Berlins berühmteste Currywurstbude an der Ecke Kastanienallee und Schönhauser Allee, versorgte gerade die letzten Gäste, bevor das Geschäft für heute schließen würde. »Und ich darf dich begleiten und habe auch noch die Arschkarte und soll den ganzen Mist organisieren. Was soll's. Jedenfalls können wir das Ganze schön in der Kneipe besprechen und nicht in diesem Scheißbüro.« Bernd zuckte die Schultern. »Lass uns mal irgendwo hinsetzen, oder?«

Afrika, dachte Martin.

Coltan. Konflikte. Kriege.

Aber Flori hatte gesagt, es ginge nur um Dian Fossey.

Martin war sich noch immer nicht sicher.

Ging es wirklich nur darum? Und nicht noch um etwas anderes?

Oder wollte Flori nur nicht, dass sich Martin um dieses Thema Gedanken machte? Und wenn ja, warum? Oder warum nicht?

Er beschloss, erst einmal keine Fragen zu stellen, auch nicht an Bernd. Sonst konnte es tatsächlich passieren, dass er für den Rest seiner Global-News-Karriere Schauspielern mit der Kamera am Flughafen auflauern würde.

»Hier okay?«, fragte Bernd noch einmal. »Schläfst du, oder was?«

Martin blickte die Fassade hinauf. »Die Zelle?«, fragte Martin. Bernd zuckte die Schultern. »Warum nicht? Wir können ja draußen sitzen.«

Die Zelle hieß eigentlich anders und hatte ihren wenig schmeichelhaften Namen ihrer Größe und der Luftqualität zu verdanken. Sie war im Inneren allenfalls zehn Quadratmeter groß, wurde aber mit Vorliebe von den stärksten Rauchern Berlins bevölkert – unnötig zu sagen, dass das Rauchverbot dort nicht viel galt. War es zu kalt, um draußen zu sitzen, war drinnen die Luft zum Schneiden, und man rannte, jedenfalls als normal empfindender Mensch, spätestens nach einer halben Stunde japsend und mit roten Augen wieder an die frische Luft hinaus, so dass die Kneipe auch von einigen Gästen den Namen »Gaskammer« erhalten hatte. Die Stammgäste allerdings schien das nicht zu stören, und sie hielten sich Tag und Nacht in der Bar auf, und Martin kam es schon häufiger so vor, als wäre *Die Zelle* vierundzwanzig Stunden am Tag geöffnet.

»Dann sitzen wir draußen«, sagte Bernd, »so lange es hier Alkohol gibt.« Er ließ sich auf einen Stuhl plumpsen.

»Was kostet der ganze Spaß eigentlich insgesamt?«, fragte Martin.

Bernd schaute auf die Speisekarte. »Du meinst das Bier hier? Ist recht günstig.«

»Nein, ich meine die gottverdammte Afrika-Reise!«

»Hunderttausend, vielleicht auch weniger.«

»Jesus Maria und Halleluja.«

»Fangen wir mal mit dem Auto an«, sagte Bernd. »Das Beste, was wir kriegen können, ist ein Toyota Land Cruiser HZJ 78 oder HDJ 80, auch *Buschtaxi* genannt. Klasse Dieselmotor, und eine Küche kann man auch einbauen. Superpopulär in Afrika.« Martin blickte sich um, ob schon eine Bedienung auftauchte, und machte sich gleichzeitig ein paar Notizen. »Hat kaum Elektronik, kann man zur Not auch alles selbst reparieren, nicht wie die heutigen Autos, die auf einmal unwiederbringlich stehenbleiben und sich selbst verriegeln, weil irgendein WLAN-Signal falsch ankommt. Also, Toyota, Leichtbauweise.« Bernd zündete sich eine Lucky Strike an, paffte, während Martin eifrig auf seinem Notizblock mitschrieb. »Dafür kriegt man auch in ganz Nordafrika Ersatzteile, ansonsten geht auch Land Rover, da gibt's aber weniger Ersatzteile, ist halt kein Buschtaxi.«

Martin schrieb den Satz zu Ende. »Kommt hier noch mal eine Bedienung? In der Sahara gibt's bestimmt genauso wenig zu trinken.«

»In die Sahara fahren wir aber gar nicht.«

»Egal. Wo finden wir so einen Wagen?«

»Irgendwo im Internet. Die UN verkauft auch oft irgendwelche Blauhelm-Jeeps, die sind aber dermaßen durchgetrampelt, dass man glücklich sein muss, wenn die überhaupt noch ein paar Meter weit fahren. Also, die würde ich nicht nehmen. Kostenpunkt so um die dreißigtausend gebraucht, mehr muss nicht sein. Davon sind im Moment so ungefähr ein bis zwei pro Monat auf dem Markt.«

»Was ist mit diesem MAN-Expeditionsmobil?«, fragte Martin. »Habe da mal von gehört.«

»Stimmt, Militärfahrzeug, auch nicht schlecht, das Problem ist nur, dass das Ding verdammt schwer ist. Verbraucht tonnenweise Sprit, und wenn du irgendwo feststeckst, kann dich keiner rausziehen. Und das Ding ist ziemlich teuer. Unter hunderttausend läuft da nichts. Und wenn dir wirklich jemand eine Knarre an den Kopf hält, sollte das Fahrzeug nicht so teuer sein, dass du dir eine Kugel einfängst, weil du dich nicht davon trennen willst.«

Eine Bedienung kam umständlich an den Tisch. Sie bestellten zwei große Bier.

»Aber schön kalt«, sagte Bernd noch und drückte die Kippe aus, »nicht dieses Hustensaftgeplörre, das es hier in einigen Kneipen gibt. Schmeißt zur Not ein paar Eiswürfel rein.« Die Bedienung verzog das Gesicht und verschwand.

»Wie ist das mit der Ausstattung?«, fragte Martin.

»Das Ding muss zum Schlafen ein Dachzelt haben, eine Kühlbox, Riesen-Geländereifen, am besten BF Goodrich All Terrain. Mein Bruder sagte damals, wir bräuchten diese Reifen nicht, aber die haben uns damals im Sumpf im Südsudan das Leben gerettet.«

Martin beschloss, nicht weiter nachzufragen.

»Noch was, auf das wir achten sollten?«

»Wir müssen checken, dass der Jeep vernünftig auf der Straße liegt. Wir hatten damals einen Trottel, der seinen Geländewagen tiefergelegt hat.«

»Wieso? Beim Porsche kann ich das verstehen, beim Geländewagen irgendwie nicht.«

»Wollte wohl den Windwiderstand reduzieren, der Idiot, was aber völlig egal ist, weil so eine Karre eh einen Windwiderstand wie eine Schrankwand hat. Du kannst die Kiste so tieflegen wie du willst, das Ding schluckt trotzdem mehr Sprit als Harald Juhnke zu Silvester. Das einzige Resultat war der kleinere Spielraum der Räder, so dass der Radkasten bei der kleinsten Erschütterung auf den Reifen lag. Und glaub mir: Die Straßen in Afrika sind keine deutschen Autobahnen.«

»Und je schwerer die Karre …«

»Desto mehr rumpelt es. Du fängst dann an, um jedes Kilo Gepäck zu feilschen. Also aufpassen, dass der Wagen nicht von so einem Idioten tiefergelegt wurde. Solche Blödmänner gibt es, leider.«

Das Bier kam, sie stießen geräuschvoll an.

»Auf Afrika«, sagte Martin.

Bernd verzog das Gesicht. »Ballermann wäre mir lieber.«

Martin wischte sich den Mund ab. »Was brauchen wir noch?«

»Ersatzteile sollten wir haben, da mache ich noch eine detaillierte Liste. Die könnte man eventuell in Südafrika bestellen und sich die nach Kigali liefern lassen. Oder in Nairobi. Könnte billiger sein. Dann brauchen wir noch einen Dachträger, da weiß ich, wo es die günstig gibt, ein Solarpanel, das Dachzelt, wie gesagt und ...«

»Wasser ja wohl auch, oder?«

»Klar. Vier große Militärkanister, gibt es bei der Bundeswehr oder im Army-Shop, fünfzig bis hundert Liter, außerdem achtzig Liter Dieselreserve ...«

»Ist es schwer mit dem Tanken in Afrika?«

»Nicht wirklich. Benzin ist billiger als Wasser.«

Bernd trank und zündete sich noch eine Lucky Strike an.

»Echt?«, fragte Martin. »Obwohl da so viele verdursten?«

»Autos sind da mehr wert als Menschen.« Bernd blinzelte in die Sonne. »Unsere Ausrüstung ...?«

»Mindestens zwei Ersatzreifen brauchen wir auch. Einer davon muss auf die Motorhaube.«

»Dann sieht man doch kaum mehr was.«

Bernd nickte. »Ja, aber hinten ist es zu riskant. Die Scheißdinger wiegen vierzig Kilo, die reißen einem bei den ruckeligen Straßen auf kurz oder lang die Hecktür raus.« Er trank von seinem Bier. »Und die Verpackungen und Kisten müssen was taugen, Heavy-Duty-Zeug von der Armee. Muss alles wasser- und staubdicht verpackt sein.« Er sah Martin an. »Wer immer sagt, irgendetwas sei staubig, der hat noch keine Piste in Afrika gesehen.«

»Also, die Straßen sind Mist?«

»Die Straßen sind oft nur morastige Rampen. Am besten hat man eine Seilwinde, um sich selbst rauszuziehen. Sonst kann es sein, dass du dich im Schlamm festfährst und die Karre festsitzt wie Oma im Planschbecken. Falls die Seilwinde zu teuer ist, empfehle ich einen Highlift-Wagenheber, ein Meter vierzig, damit kann man sich zur Not auch aus der Scheiße rausheben. Und Sandbleche brauchen wir auch, zum Drunterlegen. Ich würde aber dringend empfehlen, dass wir vorne eine Vier-Tonnen-Seilwinde nehmen, mit der wir uns selbst rausziehen können, und am besten seitlich auch noch eine. Falls man dann mal in der Böschung landet, kann man zur Seite hin stabilisieren und sich mit der anderen rausziehen.«

»Also tatsächlich echte Scheißstraßen«, sagte Martin.

»Für Fiat-Punto-Fahrer ist das da nichts.« Bernd kniff ein Auge zu. »Je weicher die Straße, desto härter die Typen.«

»Na toll.« Martin trank von seinem Bier. »Wahrscheinlich für so einen Top-Ranger wie dich eine mädchenhafte Frage, aber wie waschen wir eigentlich unsere Klamotten? Oder bleiben wir wochenlang in derselben Wäsche und halten wilde Tiere allein durch unseren Gestank ab?«

Bernd grinste. »Da ist das Gute an den schlechten Straßen. Du hast eine mobile Waschmaschine auf dem Dach. Das ist einfach ein Pott, in den Wasser, Seifenlauge und die Wäsche kommt. Weil die Straßen so schlecht sind, wird das die ganze Fahrt durchgeschüttelt. Das Wasser hat sowieso vierzig Grad, weil es so schweineheiß ist, also alles wie zu Hause in der Maschine. Und nachts wird die Wäsche aufgehängt.«

»Klingt ja richtig komfortabel.«

Bernd blies Rauch in den Frühlingshimmel und schwenkte sein Bierglas hin und her.

»Funktionieren da eigentlich Handys?«

»Nein, wir brauchen ein Satellitentelefon.« Bernd schaute einer blonden jungen Dame hinterher. »Gibt es von Thuraya, kosten etwa tausend Euro, kriegt man gebraucht aber für zweihundertfünfzig.«

»Und damit ist man überall erreichbar?«

»Klar, der Satellit ist ja ganz oben in der Atmosphäre, der kommt überall hin. Ist was anderes als so ein windschiefer Sendemast hier. Wir brauchen dann nur noch einen Stromumwandler für die Telefone von 240 auf zwölf Volt.«

»Und damit irgendwo anzurufen, kostet wahrscheinlich mehr als jede Sex-Nummer?«

Bernd schüttelte den Kopf. »Kommt eine SIM-Karte rein, Guthaben auf Dollar-Basis, kostet ungefähr einen Dollar pro Minute für weltweite Calls. Deine Liebste wirst du damit nicht alle fünf Minuten anrufen können, aber für Notfälle und kurze Wasserstandsmeldungen genau das Richtige.«

»Welche Liebste?«, fragte Martin. »Also auch keine Kosten.« Er dachte an seine Ex-Freundin, von der er gar nicht wusste, ob sie überhaupt noch in Berlin war.

»Das Gute ist«, sprach Bernd weiter, »dass wir damit auch ein Navi für Afrika haben, das die wichtigsten Straßen zeigt, so wie Google Maps. Viele Straßen sind zwar keine wirklichen Straßen, sondern matschige Pisten, aber immerhin wissen wir dann, wo wir hinmüssen.«

»Okay«, sagte Martin, trank sein Bier aus und winkte nach der Bedienung, um ein neues zu bestellen. »Noch irgendwas?«

»Xenon-Leuchten, weil es in Afrika leider keine durchgängige Schnellstraßenbeleuchtung gibt, und Gitter vor die

Scheinwerfer, weil dir sonst die Äste die Scheinwerfer kaputt hauen. Und einen Unterfahrschutz, sonst ist nach drei Tagen das Lenkgestänge im Eimer und wir können zu Fuß weiter. Und hinten eine Trennwand, die stabil ist. Sonst fliegt dir bei einer Vollbremsung das ganze Gepäck in den Nacken und du bist schneller tot als durch einen Genickschuss.« Er blinzelte in die Abendsonne. »Und eine vernünftige Dachplane für das Zelt oben. Unsere war durch die Sonne ziemlich schnell porös damals, da sollten wir jetzt etwas mehr Geld auf den Tisch legen.«

»Wir pennen dann da oben im Dachzelt?«

Bernd nickte.

»Kommen da irgendwelche Löwen rauf?«

»Eigentlich zu hoch. Bei uns sind keine hochgekommen.«

»Aber es gibt Löwen?«

Bernd nickte. »Ja.«

»Scheiße!« Martin winkte noch mal nach der Bedienung, als bräuchte er jetzt erst recht ein Bier. »Was ist mit Klimaanlage?«

»Vergiss es, die ist nach zwei Tagen im Arsch und keiner da unten kann so ein Ding reparieren.«

Martin riss die Augen auf. »Wie warm ist das da noch?«

»Manchmal vierzig Grad.«

»Oh Mann, Scheiße«, sagte Martin, »ich freu mich unheimlich.« Er verdrehte die Augen. »Nur gut, dass wir dafür nicht auch noch Urlaub nehmen müssen.«

Martin hatte sich lange auf die Zunge gebissen. Jetzt musste er trotzdem fragen.

»Dieser Ort, wo wir hinmüssen, der liegt doch im Dreiländereck Ruanda, Uganda und Kongo.«

Bernd nickte.

»Ist das da nicht gefährlich?«

Bernd wackelte mit dem Kopf. »Es gibt Länder, die nur gefährlich sind, wo es so etwas wie Armutskriminalität gibt, aber dennoch eine bürgerliche Ordnung, oder Länder, die *scheißgefährlich* sind, wo die bürgerliche Ordnung zehn Jahre alt ist und eine Kalaschnikow in den Händen hält. Kindersoldaten, die einen abknallen, wann immer sie wollen, egal, ob man ihnen sein Auto, sein Geld oder was auch immer anbietet.« Er nestelte an seiner Zigarette herum. »Wir sollten uns vorher die Reisewarnungen des Auswärtigen Amtes anschauen, wobei es noch besser ist, man kennt jemanden beim Geheimdienst, denn die Botschafter sind manchmal die Letzten, die etwas erfahren.«

»Und da, wo wir hinwollen«, bohrte Martin weiter, »ist es da immer gefährlich oder nur manchmal?«

»Gefährlich«, sagte Bernd, »das sind eigentlich alle Länder in Afrika. Es macht aber einen Riesenunterschied, ob sie auch noch scheißgefährlich sind. Denn aus den scheißgefährlichen Ländern holt einen auch niemand mehr raus, wenn man trotz Reisewarnung meinte, dort hinfahren zu müssen. Tschad, Niger, Westsahara, Libyen und Kongo.«

»Kommen wir nicht in den Kongo?«, fragte Martin.

»Nicht direkt, wir sind in Westruanda. Der Kongo ist viel weiter westlich.«

Martin war das Schwingen in seiner Stimme nicht entgangen.

»Mach dir keine Sorgen«, sagte Bernd, »Da, wo wir hinfahren, ist es *ziemlich sicher*.«

»Okay.« Martin zückte sein Handy. »Ich muss mal kurz telefonieren.«

Kapitel 9

Pullach/München

Zentrale des Bundesnachrichtendienstes

Verträge sind wie Blumen und junge Mädchen.

Sie haben ihre Zeit.

Andreas Schmidt dachte an die Worte, die er noch vor einer halben Stunde gehört hatte, als er mit Eugen von Stein telefoniert hatte, während die schwarze Limousine vom Flughafen Franz Josef Strauß kommend die A9 Richtung München entlangbrauste. Er war unterwegs nach Pullach zum Sitz des Bundesnachrichtendienstes. Am Abend würde ihn seine Lufthansa-Maschine um 20 Uhr 35 nach Berlin bringen, und wie jeder Abgeordnete und Staatssekretär verfügte er über eine spezielle Senator-Karte der ehemals staatseigenen Fluggesellschaft.

Er scrollte durch seinen Blackberry und erschrak wieder einmal über die gigantische Anzahl an E-Mails, die sich in der Zwischenzeit des kurzen Fluges angesammelt hatten. Heute Abend würden es sicher noch mehr sein. Denn dort, wo er den Tag verbringen würde, würde der Empfang noch schlechter. Weder Mails noch Handy, nichts, was irgendwie durch die Luft geschickt werden konnte.

Die Limousine näherte sich dem Sitz des BND. Es war ein riesiger, umzäunter Komplex in Pullach im Süden Münchens, der bis vor ein paar Jahren an den Eingangstoren noch mit dem Schild »Bundesvermögensverwaltung« betitelt war. Mittlerweile machte niemand mehr ein Geheimnis daraus, dass es die

Zentrale des Bundesnachrichtendienstes war, des deutschen Auslandsgeheimdienstes, die sich hinter den hohen Mauern verbarg. Vielleicht auch deswegen, weil der Umzug nach Berlin in die Chausseestraße ohnehin bevorstand.

Mehr als 1,8 Milliarden Euro würde das kosten, wie ihm von Stein eben am Telefon gesagt hatte. Und dass die Immobilienpreise in Pullach gerade gewaltig anzogen, je näher der Tag des Umzugs rückte. Denn mit dem Wegzug des BND würden auch die ganzen Mobile Jammer, die Mobilfunk und Datentransfer unterbanden, abgestellt werden. Was bisher dazu geführt hatte, dass man bis auf einen Kilometer Entfernung zum BND-Gelände weder mit Handys telefonieren, noch mit Smartphones E-Mails checken konnte. Auch Navigationsgeräte funktionierten häufig nicht.

Der BND, dachte Schmidt. *Und die CIA.*

Er hatte die Geschichte schon häufiger gehört, und zuletzt hatte Eugen von Stein sie ihm erzählt.

Es war 1945 gewesen, kurz nachdem General Wilhelm Keitel, Chef des Oberkommandos der Wehrmacht, den Kapitulationsvertrag unterschrieben hatte, als aus den Trümmern des zerstörten Berlins eine seltsame Liaison erwuchs. Eine Liaison, die damit begann, dass Captain John Boker von der US-Armee den Auftrag bekam, den US-Geheimdienst CIA weltweit zu koordinieren. Dafür hatte Boker Reinhard Gehlen kontaktiert. Gehlen war bis Kriegsende Leiter der Abteilung Fremde Heere Ost in Hitlers Generalstab gewesen. Schon in den ersten Tagen nach der Kapitulation hatte sich bei den amerikanischen Besatzern die Annahme durchgesetzt, dass Hitlers Erstschlag gegen die Sowjetunion richtig gewesen wäre, da Stalin ansonsten ganz Europa erobert hätte. Der wahre Feind war nun der ehemalige Verbündete. Die CIA kaufte die Organisation »Fremde Heere Ost« von General

Reinhard Gehlen und begann, sie in einen westlichen Geheimdienst umzubauen, zunächst als Ableger der CIA in Deutschland, spezialisiert auf die Überwachung des Ostblocks. 1956 schließlich wurde sie zum Bundesnachrichtendienst, und an ihrer Spitze stand General Gehlen bis 1968. Bis die Studentenunruhen den ehemaligen Spitzenoffizier der Nazis aus der Führung des BND vertrieben.

Als Moskau später Deutschland und den USA das Angebot unterbreitete, die DDR an Westdeutschland zurückzugeben, wenn Gesamtdeutschland neutral bleiben würde, und Adenauer abgelehnt hatte, wussten die USA, dass sie richtig gewettet hatten.

In jeder Silbe von Steins hatte Schmidt gespürt, wie stolz der ehemalige Soldat auf die Geschichte dieser Organisation zurückblickte. Eine Organisation, für die nun er selbst, Schmidt, erneut arbeiten sollte.

»Gute Nachrichten, Schmidt«, sagte von Stein, nachdem Schmidt sich bei dessen Sekretariat vorgestellt und kurze Zeit später das große Eckbüro betreten hatte, »ich habe mit ihrem Vorgesetzten gesprochen. Grünes Licht!« Er hatte ein Streichholz entzündet und seine Pfeife in Brand gesetzt. »Sie werden einige interessante Orte bereisen. Moskau, Beijing … und Kinshasa.«

»Kinshasa? Sie meinen doch nicht etwa …«, hatte Schmidt gefragt. Schmidt kannte Europa und den Mittleren Osten, hatte in Berlin und an der Kennedy School in Harvard studiert. Dann hatte er im Innenministerium die Anti-Terror-Abteilung geleitet und gemeinsam mit dem BND einige Anschläge in Afghanistan vereitelt, bevor er Staatssekretär im Verteidigungsministerium geworden war. Aus diesen Tagen kannte er von Stein. Nur das mit Kinshasa konnte doch nicht wahr sein. Das Brackwasser, das er erwartet hatte, schien eher Tinte zu sein.

»Ich meine was?«, hatte von Stein die Frage wiederholt und Pfeifenqualm in sein großes Büro gepustet. »DRC!« Und dann, nach einer Pause, in der er Schmidt erwartungsvoll anblickte, fügte er hinzu: »Democratic Republic of Congo, Sie haben richtig verstanden.«

Kinshasa. Kongo. Also hatte er sich doch nicht verhört. Schmidt gehörte immer zu den zurückhaltenden Menschen, was offenbar trotzdem nichts half, wenn einem so etwas wie die Leopard-Panzer-Affäre um die Ohren flog. Von Stein hingegen schien es zu genießen, andere in herausfordernde Situationen zu treiben. Jedes Gespräch schien für ihn ein Zweikampf zu sein, an dem man seine Waffen schärfen konnte. Achtundfünfzig Jahre alt und mit hervortretenden Schläfen und beißendem Humor, erweckte von Stein den Eindruck eines hochintelligenten Hammerhais, der jederzeit bereit war, zuzubeißen – und sich im Stillen schon auf die nächste Gelegenheit freute.

»Die sind noch nicht einmal ein Schwellenland, wenn mich nicht alles täuscht«, sagte Schmidt.

»Da täuscht Sie gar nichts«, entgegnete von Stein, »Südafrika, Marokko, Nigeria und Kenia, das sind die Top-Länder in Afrika. Kongo führt die andere Liste an.« Er fletschte die Zähne. »Die von hinten.«

»Und warum Kongo?«

»Weil die Zeit der Zurückhaltung vorbei ist, darum«, sagte von Stein. »Die Rohstoffversorgung der Bundesrepublik hat höchste Priorität. Und der Kongo besitzt eben reichlich Rohstoffe! Die Regierung hat das endlich kapiert. Nur von Service-Firlefanz, nicht verwerteten Erfindungen und Windrädern können wir nicht leben. Wir sind die zweitstärkste Exportnation der Erde, weil gerade die wachsenden Nationen Asiens und Lateinamerikas unsere Waren wollen. Unsere industriellen Waren wohlgemerkt. Doch das wird nur so lange funktionieren, solange wir auch die Rohstoffversorgung gesichert haben. Andere haben das schon früher kapiert.« Er stocherte in seiner Pfeife herum. »Die Chinesen. Denen gehört halb Afrika. Und bald auch noch Brasilien. Die Araber kaufen Weideland in Tansania und Pakistan. Allen gehört irgendetwas, nur wir gehen leer aus.« Er blies Qualm aus und starrte Schmidt ins Gesicht. »Warum sollten wir nicht machen, was die anderen ohnehin schon machen?« Er gab Schmidt keine Möglichkeit zu antworten und sprach einfach weiter. »Nur weil wir immer noch ein schlechtes Gewissen vor uns hertragen, weil die Nazis damals Mist gebaut haben? Nein, wir machen, was die anderen auch machen. Inoffiziell natürlich.« Und dann sagte er noch einmal den Satz von Charles de Gaulle: *Verträge sind wie Blumen und junge Mädchen. Sie haben ihre Zeit.*

»Genauso wie damals bei uns«, fuhr von Stein fort. »Sie kennen doch die Geschichte des BND. Für die CIA war Gehlen *der* Mann. Und die Logik, der man dabei folgte, war so alt wie der Krieg selbst: *Der Feind meines Feindes ist mein Freund.*«

Schmidt nickte. Er hatte eben in der Limousine noch darüber nachgedacht. Und er verstand die Metapher. Um wieder Freund zu werden, musste er erst einmal Feind sein. Um wieder legal zu werden, musste er Illegales tun. Es war wie eine Feuertaufe.

»So liegen die Wurzeln des BND in Washington«, sagte von Stein. »Und so wie in den Schuhen, die man in einem Urlaub getragen hat, noch lange die Sandkörner des Strandes bleiben, auf dem man gelaufen ist, so bewahrte auch der BND noch etwas von dem Boden, aus dem er seine Nahrung zog.« Bei allen Intrigen und Doppeldeals, die von Stein offenbar so liebte, fiel Schmidt eine poetische Ader an ihm auf, die vielleicht im Gegenzug zu seinem sonstigen Beruf stand, vielleicht aber auch als Ausgleich nötig war. Hatte nicht jemand in Afghanistan damals erzählt, dass von Stein in seiner Freizeit gerne Dante und andere Dichter las?

»Erinnert mich an Casablanca«, meinte Schmidt.

Von Stein hob die Augenbrauen. »Ja?«

»Die Szene, in der sich Humphrey Bogart als Rick Blaine von dem ebenfalls amoralischen französischen Polizeichef Louis Renault verabschiedet mit den Worten: ›Louis, ich glaube, dies ist der Beginn einer wunderbaren Freundschaft.‹ Daran erinnert mich das.«

»Freundschaft«, erwiderte von Stein, »schöne Sache. Aber Staaten haben eigentlich keine Freunde. Nur Interessen.«

»Sie wollen also Rohstoffe kaufen. Oder sich Rechte an Minen sichern?«, sagte Schmidt nach einer Weile.

Von Stein nickte.

»Sie wissen besser als ich, wie in einigen Minen, zum Beispiel in Sambia, abgebaut wird«, erwiderte Schmidt. »Hochtoxische Ware, keine Schutzkleidung, ständig brechen Stollen ein. Und die Infrastruktur ist in der Hand marodierender Stammesarmeen.«

»Kongo ist sogar noch schlimmer als Sambia.« Von Stein klang, als ob er darauf stolz wäre.

»Das macht es nicht besser.«

»Langfristig«, sagte von Stein und zündete wieder seine Pfeife an, so als hätte er Schmidts Einwand gar nicht zur Kenntnis genommen, »langfristig macht ein starkes Deutschland die Welt besser. Und Deutschland ist nur stark, wenn seine Industrie stark ist. Und die ist nur stark, wenn wir Rohstoffe haben.« Er zeigte wieder seine Zähne und rieb sich mit der linken Hand an seiner Hammerhai-Schläfe. »Es reicht eben nicht, wenn wir uns alle nur mit Smartphones gegenseitig fotografieren und die Bilder dann bei Facebook posten, so wie das die Spinner bei euch oben in Berlin machen.« Er hatte mit einer Hand nach oben gezeigt. »Dafür bezahlt keiner Geld. Der Traum von Deutschland ohne Industrie wird ein Traum bleiben.«

»Also, Rohstoffe, um jeden Preis?«, fragte Schmidt. »Das Böse tun, um Gutes zu bewirken?«

Von Stein nickte. »Goethes Faust«, sagte er. *»Ich bin ein Teil von jener Kraft, die stets das Böse will und stets das Gute schafft.«*

Wieder die Poesie, dachte Schmidt.

Von Stein stemmte die Hände in die Hüften, blickte Schmidt an und nahm ein versiegeltes Dossier von seinem Schreibtisch in die Hand.

»Der langen Rede kurzer Sinn, Schmidt: Wir brauchen eine Einheit, die diese Rohstoffversorgung koordiniert. Die Einheit, die dafür sorgt, dass wir auch in fünfzig Jahren nicht auf dem Trockenen sitzen. Und Sie, mein lieber Freund, Sie werden diese Einheit leiten.«

»Das klingt alles irgendwie illegal. In meiner Situation …«, begann Schmidt, wusste aber, wie kraftlos sein Einwand klang. Es gab keine Alternative für ihn.

»Was regen Sie sich auf?«, fragte von Stein. »Sie brauchen eine Erfolgsstory, Schmidt. Ist doch egal, wie! Talkshow-Gast werden Sie nach dem Syrien-Debakel eh nicht mehr. So bleiben Sie am Ball, können eine Menge Geld verdienen und tun noch etwas für Deutschland.« Er kniff ein Auge zu. »Und denken Sie dran: Es sind nicht immer die populären Entscheidungen, die einen weiterbringen. Das schönste Gold kommt auch aus der dreckigsten Mine.« Schmidt blickte aus dem Fenster.

Scheiterhaufen oder Brackwasser, dachte er.

Nur dass sich das Brackwasser von der Tinte in eine zunehmend explosive Mischung verwandelte. Vielleicht war es aber auch nur der Brandbeschleuniger für seinen Scheiterhaufen. Aber hatte er eine Wahl?

»Darf ich nun annehmen, dass Sie dabei sind, Schmidt?«

Schmidt fiel auf, dass von Stein immer die Stimme hob wie ein Martinshorn, wenn er *Schmidt* sagte.

Er nickte resigniert. »Das dürfen Sie.«

»Gratulation!« Von Stein klopfte ihm auf die Schulter, ehe er weitersprach. »Hier«, er drückte ihm das Dossier in die Hand, »hier sind Ihre Instruktionen. Der Minister weiß Bescheid, das Kanzleramt ist auch eingeweiht. Inoffiziell natürlich.«

Inoffiziell, dachte Schmidt, *wie so häufig.* Wenn irgendwas an die Oberfläche kommen würde, würden sie von nichts wissen und alles abstreiten. Schriftlich gab es dazu nichts, und Schmidt wäre wieder nur das Bauernopfer.

Von Stein sprach weiter. »Die Kontaktpersonen in Moskau und Peking sind ebenfalls unterrichtet und warten auf Ihren Anruf. Flugtickets können Sie normal über Ihr Büro buchen, wenn es irgendwo hakt, sagen Sie Bescheid.«

Wieder zeigte von Stein sein Haifisch-Grinsen.

Schmidt zögerte.

»Ich bin weder vom Militär noch kenne ich Afrika besonders gut.«

»Und das ist ein Vorteil. Keiner kennt Sie. Aber jeder kennt Deutschland. Und so soll es sein.« Von Stein ging in seinem Büro auf und ab und blieb vor dem großen Fenster stehen, wo er die Pfeife in den Aschenbecher legte und die Arme ausstreckte. Seine Rückengelenke knackten. Dann drehte er sich um.

»Fällt Ihnen ein Name ein? Für Ihre Einheit?«

»Brauchen wir einen Namen?«

»Nomen est omen.« Von Stein grinste wieder.

»Ein guter Name ist besser als Reichtümer.«

»Ist das auch Goethe?«

»Cervantes«, sagte von Stein, »Don Quixote.«

Schmidt überlegte kurz. Und seltsamerweise hatte ihm der Name schon die ganze Zeit auf der Zunge gelegen.

»In der babylonischen Mythologie gibt es eine Gottheit, die gleichzeitig gut und böse ist.«

»Interessant! Und wie heißt diese Gottheit?«

Schmidt sprach den Namen aus. Zum ersten Mal seit Langem.

»Tiamat!«

Von Steins Grinsen zog sich noch weiter über sein Gesicht.

»So sei es.« Er schüttelte Schmidt die Hand und klopfte ihm abermals auf den Rücken. »Staatssekretär Schmidt, Leiter der Einheit Tiamat, ich wünsche Ihnen einen guten Rückflug. Und ganz viel Erfolg! Wir telefonieren morgen, wenn Sie das Dossier gelesen haben.«

Schmidt saß in der Limousine, die ihn zum Flughafen München brachte.

In seiner schwarzen Attaché-Tasche befanden sich die versiegelten Unterlagen, die er zum Abschied erhalten hatte und für deren Erhalt er extra nach München geflogen war. Er würde den Umschlag erst in Berlin öffnen und den Inhalt lesen. Keine Übergabe, kein Kurier und per E-Mail schon gar nicht. Schmidt sah durch die Fenster der Limousine die Hangars und Terminals des Franz-Josef-Strauß-Flughafens, die sich über den Wiesen des Erdinger Mooses erhoben. Flugzeuge brachen im Sekundentakt aus den Wolken hervor und erhoben sich in den Himmel. Ein Ort, der diesen kleinen Flecken Erde mit der großen Welt verband.

Und er fühlte sich klein im Vergleich zu den Dingen, die bevorstanden.

Kapitel 10

Berlin

Auswärtiges Amt,
Werderscher Markt

Der Moment war wie Weihnachten, doch die Spannung war größer. Denn Weihnachten konnte man nur schöne Überraschungen bekommen, zumindest in der Regel. Hier hingegen galt, was einer ihrer Ausbilder ihr einmal gesagt hatte: *Es gibt keine schönen Überraschungen. Alles, was unerwartet passiert, ist nicht geplant und daher unerfreulich. Wenn es Überraschungen sind, dann sind es schlechte Überraschungen.*

Janine schaute auf den Umschlag und nahm ihn schließlich in die Hand. Sie setzte den Brieföffner an der Längsseite an. Schnell und in einem Schnitt, wie bei einem chirurgischen Eingriff, fuhr sie mit der Klinge durch das Papier und riss den Umschlag auf. Sie zog den Brief heraus, faltete ihn auseinander und bemerkte fast beiläufig den Bundesadler und den Stempel des Auswärtigen Amtes. Und zwei Städte in zwei Ländern. Kigali in Ruanda. Und Kinshasa im Kongo. Sie erschrak.

Sie kam nicht mehr dazu, länger darüber nachzudenken, denn in diesem Moment klingelte ihr Handy.

Als sie die Nummer im Display las, erschrak sie erneut.

Es war die Nummer des Mannes, mit dem sie zwei Jahre zusammen gewesen war. Ihre letzte Beziehung. Er, der ihr einmal gesagt hatte, dass er sie zu angepasst fand. Und damit für seine Verhältnisse irgendwie langweilig. Er, von dem sie sich getrennt hatte, bevor sie ihre Ausbildung begonnen hatte. Und von dem sie seit einem Jahr nichts mehr gehört hatte.

Ihr Ex-Freund.

Martin Fischer.

Kapitel 11

Hongkong
Schnellzug von Hongkong Central
zum Hongkong International Airport

Lucia Ming schwirrte der Kopf. Sie saß in einem dunkelgrauen Businesskostüm und einer weißen Bluse auf einem der Sitzplätze des Zuges, ihr Rollkoffer neben ihr. Sie hatte ihren Laptop aufgeklappt und schaute sich die unterschiedlichen Länderprofile an, die das SAFE-Büro und das chinesische Außenministerium angefertigt hatten. Ruanda, Sudan, Südsudan, Sambia und Kongo. Alles über ein Land auf einer einzigen PowerPoint-Folie gesammelt.

Immer die gleiche Struktur. Oben links der Name und der geographische Umriss, unten Daten wie Hauptstadt, Machthaber, Bruttoinlandsprodukt pro Kopf und Gini-Koeffizient. Letzterer zeigte, wie ungleich die Einkommen in einer Gesellschaft verteilt waren. Er lag bei völliger Gleichheit bei null und bei völliger Ungleichheit bei eins. Je näher der Gini-Koeffizient bei eins war, desto eher gab es Unruhen. Es gab sogar Wissenschaftler, die erforscht hatten, wie stark man den Gini noch dehnen konnte, kurz bevor es zu Aufständen kam, welchen *Sweet Spot* es gab, bis zu dem man als Reicher die Armen maximal auspressen konnte und dafür nur minimal negative Reaktionen erhielt. Lucia schüttelte den Kopf, während sie von Folie zu Folie blätterte.

Chinas Problem war, so lautete die Meinung ihres Chefs, dass es zu stark von politisch instabilen Ländern abhing. Und genau davor hatte Lucia auch Angst: sich auf Menschen einzulassen, die auf einmal weg sind. Stärke in Schwäche zu verwandeln. »Zeit ist Glück«, sagte sie immer. Die schönen Momente gingen vorbei, wie eine Windböe, die verschwand, während das Ungewisse immer blieb. Und selbst wenn manche westliche Philosophen von Asiaten behaupteten, dass sie sich in diesem Spannungsfeld von Sicherheit und Unsicherheit wohl fühlen würden, sie tat es nicht. Aber was verstand der Westen schon? Er konnte sagen, wie man es besser machen sollte, aber getan hatte der Westen bisher wenig. Und besser gemacht ohnehin nichts. Ihr Vater hatte immer davon gesprochen, sich am Westen ein Vorbild zu nehmen. So als wäre der Westen wichtiger als seine einzige Tochter.

Sie blickte auf die Folien des Kongoss.

Stärken: hohes Rohstoffvorkommen, besonders Coltan, Kobalt und Kupfer. Coltan und Kobalt besonders wertvoll für Elektronikartikel und Computer. Zentralafrikanische Lage, für Transporte geeignet. Billige Arbeitskräfte.

Schwächen: Unruhen, Bürgerkriege, Dauerkriegszustand von 1998 bis 2008, marodierende Stammesarmeen, ständig aufflackernde Feindschaft mit Ruanda, keine echte Verfassung, schwacher Präsident.

Möglichkeiten: Aufbau Infrastruktur, Straßen, Züge, Flughäfen, Aufbau von Niedriglohnsektor, um Stammesarmeen in Jobs zu bekommen.

Gefahren: Ausbruch Krieg zwischen Ruanda und Kongo, Sturz von Präsident durch Putsch (vgl. Mali), stärkere Kontrolle von Stammesarmeen über Minen im Bereich Goma, Lubumbashi.

Sie hatte noch nicht alle Instruktionen erhalten, konnte es sich aber kaum vorstellen, dass ihr Arbeitgeber hier investieren wollte. Dann erinnerte sie sich an die Worte ihres Chefs, als sie das Büro verlassen hatte. Von strategischen Investitionen hatte er gesprochen. Dass man manchmal Staatsanleihen von kriselnden Entwicklungsländern kaufen musste, damit diese im UN-Rat zu Chinas Gunsten stimmen. Dass man manchmal ungewöhnliche Wege gehen musste, um an Rohstoffe zu kommen.

»Je mehr ein Kurs im Keller ist, desto mehr lohnt sich der Einstieg. Der, dem du aufhilfst, wenn es sonst keiner tut, wird es nie vergessen«, hatte ihr Chef gesagt.

Vielleicht hatte er recht, dachte sie. Und was hatte der Westen schon geschafft in Afrika bisher, abgesehen von ein paar Videos zum Hirseanbau und ein paar moralisierend mahnenden Worten, die von moralisch verkommenen NGO-Angehörigen vorgetragen wurden? Dass dann einige westliche Politiker Afrika auch noch als »Narbe auf der Welt« bezeichneten, machte die Sache nicht besser. Und am Ende waren es die Chinesen, die wirklich Infrastruktur in Afrika bauten und vorher nicht ewig lange, moralisierende Vorträge hielten.

Draußen zogen die Hafenanlagen vorbei, während die gigantische Silhouette Hongkongs immer kleiner wurde. Sie sah das International Financial Center, auch genannt IFC, mit den beiden Türmen 1 IFC und 2 IFC. Von Turm zwei war Christian Bale als Batman in *The Dark Knight* auf Turm eins heruntergesprungen. Sie sah den Bank of China Tower, der sich noch weiter entfernt in den Morgennebel streckte, und sah die Terminals des Flughafens vor sich aufsteigen.

Batman.

Ein Mann wie Christian Bale, dachte sie, aber dann verwarf sie diesen Gedanken wieder. Sie erinnerte sich an die Einweihung des neuen Flughafens 1998, ein Jahr, nachdem die ehemalige Kronkolonie Hongkong wieder von Großbritannien an die Volksrepublik zurückgegeben wurde. Und China hatte gezeigt, was es konnte. 1998 war der Flughafen fertig und hatte in kürzester Zeit Memphis als größten Frachtflughafen der Welt abgelöst.

Man ist ständig unterwegs, dachte sie. Früher hatte Lucia gedacht, dass Fliegen etwas Besonderes war, dass man abgeholt wurde, dass jemand auf einen wartete. Heute aber wartete nur Arbeit auf einen. Und wenn man Glück hatte, wartete irgendein Fahrer mit einem Schild am Ausgang des Flughafens, ein Schild, auf dem der eigene Name falsch geschrieben war.

Jeder wollte ankommen, aber niemand wollte warten.

Denn wenn alle nur unterwegs waren, wartete niemand mehr auf einen.

Und auf sie, Lucia Ming, würde auch niemand warten.

Der Zug hielt an Terminal 1.

Sie klappte ihren Laptop zu, verstaute ihn in dem Rollkoffer und betrat mit Schuhen, deren Absätze hoch genug waren, um damit Eindruck zu machen, die gläserne Welt des Hongkong International Airport.

Kapitel 12

Berlin
Straße des 17. Juni

Andreas Schmidt blickte aus dem Fenster der schwarzen Limousine. Im Inneren des Wagens war er sicher vor der Presse, und er hoffte, dass er dort, wo er gleich sein würde, auch sicher wäre. Es schien ihm fast, als hätte sich der Trubel ein wenig gelegt und die Aasgeier von den Medien hätten schon wieder ein neues Opfer gefunden. Das hoffte er jedenfalls, und er hoffte, dass er nicht wieder zu gutmütig war, wie schon bei dem Syrien-Debakel.

Die Limousine surrte über die schnurgerade Straße. Das Bismarck-Denkmal am Tiergarten nahe der Siegesgöttin, die die Straße des 17. Juni teilte, war eines der größten in Deutschland. 1938 hatte Albert Speer, der Architekt Hitlers, die Statue mit der Siegesgöttin und das Bismarck-Denkmal von ihrem ursprünglichen Platz am Reichstag an ihren neuen Platz verfrachtet. Die Achse, die vom Brandenburger Tor und der Siegesgöttin zur Bismarckallee und dann schließlich zum Kaiserdamm und zur Heerstraße wurde, war eine der längsten geraden Straßen Deutschlands. Inspiriert von Hausmanns axe historique, der historischen Achse von Paris, die vom Louvre über die Champs-Élysées und den Place de la Concorde bis hin zum Hochhausviertel La Defense führte, sollte die Berliner Achse eine der Hauptverkehrsadern von Hitlers Traumstadt Germania werden.

Noch im 19. Jahrhundert war die gesamte Straße, die damals noch Berliner Straße hieß und weniger breit war, mit Statuen vollgestellt gewesen, die die Berliner recht respektlos »Puppen« genannt hatten. Wenn man also bei einem Sonntagsspaziergang lange unterwegs gewesen war und die gesamte Flaniermeile abgeschritten hatte, bis zu dem Punkt, wo die Statuen begannen, war man »bis in die Puppen« unterwegs gewesen.

Schmidt blickte im Vorbeifahren auf die vielen kleinen Statuen des Denkmals, die den Reichskanzler umschwärmten. Er sah nicht alles, aber er kannte das Denkmal fast auswendig. Früher hatte er oft vor dem Denkmal gestanden und den eisernen Kanzler angeblickt, als würde er Inspiration suchen, früher, als er in den Medien noch kein schwarzes Schaf war.

Germania drückte, als Allegorie der Staatsgewalt, den Leoparden der Zwietracht und des Aufruhrs mit dem Fuß nieder, hinter ihm ritt eine Sibylle, die die Staatsweisheit symbolisierte, auf dem Rücken einer Sphinx, ihr Gesicht vertieft in das Buch der Geschichte, während hinter Bismarck Siegfried, der Held der Nibelungen, kniete, um das Reichsschwert zu schmieden, mit dem Bismarck die Feinde des Deutschen Reiches besiegen sollte.

Er dachte an das berühmte Bismarck-Zitat und merkte, dass es irgendwie zu seiner Mission passte. Auch wenn ihm das gar nicht gefiel.

Nicht durch Reden und Majoritätsbeschlüsse werden die großen Fragen der Zeit entschieden, sondern durch Eisen und Blut.

Der Erfolg hat Bismarck recht gegeben, dachte Schmidt. Es war ein Krieg gewesen, der ihn zum mächtigsten Mann Europas gemacht hatte. Damals. 1871. Doch es war nicht immer so gewesen. Dem späten Triumph war die frühe Niederlage gefolgt. Schmidt fragte sich, ob es bei ihm genauso war. Oder genau umgekehrt.

Die preußische Armee galt schon zu Beginn des 18. Jahrhunderts als eine der besten der Welt. Sie war im Grunde genommen eine Maschine. Und die Soldaten benahmen sich wie Maschinen. Und das war das Problem. Denn der Nachteil von Maschinen ist, dass sie unflexibel sind. Und dass sie nicht denken können. Und dann war General von Moltke gekommen und hatte die Armee reformiert. So dass sie 1871 gegen Frankreich gewann. Auch Moltkes Statue stand dort. Doch sie wandte sich von Bismarck ab. Wie schnell, dachte Schmidt, würden sich bald wieder alle von ihm abwenden? Dann allerdings für immer?

Er blickte noch einmal aus dem Rückfenster und sah den Kreisel vor der Straße des 17. Juni, sah den Siegesengel – die »Goldelse« –, dem Hitler einst noch eine Etage hinzugefügt hatte. Die Katastrophe für die preußische Armee war an einem nebligen Tag im Oktober gekommen, im Jahr 1806. Innerhalb von zwei Tagen wurden zwei preußische Armeen in Jena und Auerstedt von den Truppen Napoleons vernichtend geschlagen. Das, was Friedrich der Große, der Alte Fritz, aufgebaut hatte, lag in Trümmern. Die preußische Armee musste schlauer und schneller werden, wenn sich so etwas nicht noch einmal wiederholen sollte. Genauso wenig, wie man in der Politik alles planen kann, ist auch ein Krieg immer unvorhersehbar. Es kann alles Mögliche passieren.

Schmidt blickte in seinen Blackberry, während die Gedanken zum alten Preußenreich durch seinen Kopf spukten.

Strategie, dachte er.

Jeder glaubt, dass er eine Strategie hat. Bis er eins in die Fresse bekommt.

Das hatte Mike Tyson gesagt. Und es stimmte.

Clausewitz hatte das so ähnlich gesagt, mehr als zwei Jahrhunderte vorher.

Strategie hält so lange, bis der erste Schuss gefallen ist.

Was würde seine Strategie sein?, dachte Schmidt. Und wie sehr würde er eins in die Fresse bekommen?

Kapitel 13

Berlin
Prenzlauer Berg

Es klingelte dreimal, ehe sich eine Stimme meldete.

»Drieling.«

»Janine, ich bin's«, sagte Martin.

»Das ist ja typisch«, erwiderte Janine. »Sich erst ewig nicht melden und dann so tun, als hätte man sich gestern erst gesehen!«

»Sorry«, gab Martin kleinlaut zu, »ich hätte mich öfter melden sollen. Hast du kurz Zeit?«

»Kurz ja.« Es klang, als sei sie ziemlich im Stress, was Martin nicht wunderte. Janine war immer die Ehrgeizigere von ihnen beiden gewesen. »Ich muss noch viel vorbereiten. Übermorgen geht es bei mir los.«

»Bei mir auch.« Martin blickte über das chaotische Treiben der Kastanienallee und sah Bernd in einiger Entfernung am Tisch bei einem weiteren Bier sitzen. »Der internationale Auftrag ist da. Endlich!«, sagte er schließlich.

»Und wo geht es hin?«

»Afrika«, antwortete Martin stolz. »Virunga-Nationalpark! Wir sind fast mit den Reisevorbereitungen fertig. Übermorgen geht es zu den Berggorillas.«

Am anderen Ende der Leitung herrschte Stille. Er konnte ihren Atem hören.

»Janine?«, fragte Martin.

Noch immer Stille.

»Ich …«, sagte Janine, »ich kann nicht darüber reden, aber es sieht so aus, als würde ich ganz in der Nähe sein.«

»Na, das ist doch super! Wo bist du denn? Wir kriegen wohl einen Toyota, der steht in Kigali bereit, und dann kann's losgehen.«

»Was heißt Toyota?«, fragte Janine. »Wollt ihr da mit dem Auto rumfahren?«

»So ist es. Zu den Berggorillas. Ich dachte, du könntest uns vielleicht ein paar Tipps geben.«

»Berggorillas«, wiederholte Janine. »Du weißt aber, dass da noch andere Gorillas sind?« Der Ton erinnerte Martin an die Tage, an denen sie zusammen ausgegangen waren und sie ihm sagte: *Du weißt aber schon, dass das Hemd und das Sakko überhaupt nicht zusammenpassen?* Martin machte eine Pause. »Mir scheint, du willst das alles nicht am Telefon besprechen?«

»Erraten, will ich auch nicht.«

»Können wir uns sehen? Morgen?«

»Okay« sagte Janine, »16 Uhr, Cafeteria im Auswärtigen Amt?«

»Geht klar.«

»Und mach keinen Mist bis dahin!«

»Ich geb mir Mühe!«

Janine betrachtete das Telefon, als hätte eben ein Geist zu ihr gesprochen. Sie war hin- und hergerissen. Einerseits war es faszinierend, Martin vielleicht in Afrika wiederzutreffen. Und trotz ihrer kühlen Rationalität tauchten sofort Bilder von Sonnenuntergängen in der Savanne vor ihrem inneren Auge auf.

Sie wollte ihn wiedersehen. Aber nicht in Afrika. Oder doch?

Sie hatte als Botschaftsattaché besonderen Schutz. Er nicht.

Wenn sie ihn in Afrika wiedersehen würde, wie würde sie ihn dann wiedersehen?

Als Lebenden oder als Toten?

Kapitel 14

Berlin
Gendarmenmarkt

Das Restaurant Refugium unterhalb des Französischen Doms am Berliner Gendarmenmarkt lag an einem der schönsten Orte der Stadt. Ein sanfter Frühlingswind wehte und trug die von einer Violine vorgetragene Orchestersuite in D-Dur von Johann Sebastian Bach über den Platz. Der Französische Dom war keine wirkliche Kirche, sondern im 18. Jahrhundert als Fluchtort für protestantische Hugenotten aus Frankreich gebaut worden. Und ähnlich fehl am Platz wie der Dom fühlte sich Andreas Schmidt hier auch. Er kam aus einfachen Bremer Verhältnissen und hatte daher immer eine gewisse Scheu vor teuren Restaurants, die sich seine Eltern niemals hätten leisten können. Am wohlsten fühlte er sich nach wie vor an Currywurstbuden und bei McDonald's. Und auch wenn er heute Abend nicht selbst bezahlen würde, konnte er doch nicht verneinen, dass er sich an solchen Orten wie dem Refugium, auch wenn das Ambiente das Schönste war, das er sich vorstellen konnte, niemals richtig wohl fühlte. Dass gerade sein Beruf, und seine neue Rolle ganz besonders, Zusammenkünfte an solchen Orten geradezu voraussetzte, war eine der vielen ironischen Wendungen seiner bisherigen Karriere.

Vielleicht passierte auch nur ihm so etwas wie mit Syrien. Vielleicht deshalb, weil er nicht in die »hohe Klasse« hineingeboren war und darum immer genau das Falsche tat. Und es war noch nicht zu Ende. Denn was würde Tiamat mit seiner

Karriere machen? Vielleicht suchten sie wieder ein Bauernopfer. War es am Ende vielleicht schon von vornherein so geplant, dass er mit Tiamat untergehen sollte, wenn alles schiefging? Das wäre nicht so schlimm wie der geplatzte Deal mit Syrien. Sondern viel schlimmer. Es gab nur zwei Möglichkeiten: Sofort abspringen und von Stein enttäuschen und sich dann vielleicht einen neuen Job suchen. Oder diesen Auftrag durchziehen. So rücksichtslos wie möglich.

Ein Teil von Schmidt hatte sich gerade für Letzteres entschieden.

»Das tut gut«, sagte Eugen von Stein, der Andreas Schmidt gegenübersaß und sein angeschossenes Bein unter dem Tisch ausgestreckt hatte, während er an einem Champagner nippte, den er für Schmidt und sich gleich zu Beginn, verbunden mit einer salbungsvollen Rede, bestellt hatte. Eben hatte er seine Pfeife weggelegt, von der er vorher behaglich einige Züge gepafft hatte, wobei er sehnsuchtsvoll den Rauchwolken hinterhergeschaut hatte, mit einer Verträumtheit, die gar nicht zu seinem ansonsten knallharten Pragmatismus passen wollte. »Der erste schöne Moment an diesem verdammten, mit Terminen vollgestopften Tag.« Er blickte sich um.

»Sie haben über Bismarck nachgedacht?«, fragte von Stein. »Auf der Fahrt?«

»Ja, über Bismarck und die Heeresreform, als ich an dem Denkmal vorbeigefahren bin.«

»Strategie«, sagte von Stein und beobachtete den Rauch seiner Pfeife, »Strategie ist die Durchführung einer Idee unter sich ständig wechselnden Bedingungen. Die Kunst, auch unter schwersten Bedingungen handeln zu können.«

»Ist das von Ihnen?«, fragte Schmidt. Zugetraut hätte er es von Stein.

»Das ist von Feldmarschall Helmuth von Moltke, den Mann, der die Heeresreform Preußens durchgeführt hat. Wissen Sie wie?«

»Nein.« Schmidt hatte gerade die Statue von Moltke gesehen, aber was er genau getan hatte, wusste er nicht.

»Er hat eine völlig neue Kommandostruktur eingeführt, die er *Auftragstaktik* nannte und die die Amerikaner, Engländer und auch Israelis sich abgeschaut haben und heute *Mission Command* nennen. Jedenfalls war diese Auftragstaktik so erfolgreich, dass Deutschland 1871 Frankreich besiegte.« Von Stein machte ein Gesicht, als wäre er noch heute stolz darauf. »1871. Am 18. Januar 1871 wurde Wilhelm I im Spiegelsaal von Versailles zum Kaiser proklamiert. Und damit war das Deutsche Kaiserreich gegründet.«

»Und Bismarck?«, fragte Schmidt.

»Der war Reichskanzler. Und eigentlich der, der die Fäden in der Hand hielt.« Von Stein lächelte. »Kaiser Wilhelm hat sich öfter beschwert, dass es schwierig sei, unter einem solchen Kanzler Kaiser zu sein.«

»Richtig«, sagte Schmidt, kratzte sich verlegen am Kinn und schaute einen Moment in die Ferne, als würde er irgendein Dokument von seiner Festplatte herunterladen. »Und ging dann nicht auch der Spuk mit den Kolonien los?«

»Genau«, sagte von Stein, »mit dem Selbstbewusstsein der Reichsgründung begann Deutschland ab ungefähr 1884, selbst Kolonien zu erwerben. Und eine führende Rolle dabei zu spielen, wer welche Kolonien haben sollte. Vieles hat sich in der Stadt entschieden, in der wir gerade stehen.«

»Berlin offenbar.«

Von Stein nickte. »Bismarck lud die Kolonialherren Afrikas zur sogenannten ›Kongokonferenz‹ in die Reichskanzlei in der Wilhelmstraße ein, der Konferenz zur effektiven Kontrolle ausländischer Territorialmächte, wie man das damals nannte, und die im Ausland auch als ›Berlin Conference‹ bekannt ist. Die Konferenz zog sich recht lange hin. Sie begann im November 1884 und endete erst im Februar 1885.«

»Aber es kam doch etwas dabei heraus?«

»Allerdings. Auf dieser Konferenz wurde Afrika aufgeteilt. Aufgeteilt in die Staaten, wie wir sie heute kennen. Und der Staat Kongo wurde damals hier in Berlin gegründet. Und dann zum Ausplündern an den belgischen König Leopold weitergereicht. Wir sind da, wo alles anfing!« Er schaute Schmidt erwartungsvoll an, wie ein Lehrer in der Schule. »Aber gab es da nicht ein Problem?«

»Es war kein einziger Afrikaner auf der Konferenz dabei.«

»Natürlich nicht«, Schmidt paffte Rauch in die Luft, »das ist ja bei IWF-Tagungen heute auch nicht anders. Wobei der IWF sich ja eh nur noch um Griechenland kümmert. Aber was noch?«

»Die Stammesgrenzen«, sagte Schmidt. »Die Stammesgrenzen verliefen ganz anders, soweit ich weiß.« Schmidt hatte sich schon ein wenig in die Afrika-Thematik eingelesen. »Was dazu führte, dass zwei Stämme, die sich spinnefeind waren, auf einmal im selben Land zusammenlebten. Und sich natürlich …«

»Sagen Sie es ruhig«, meinte von Stein und setzte sein Haifisch-Grinsen auf. »Was dazu führte, dass sie sich natürlich gleich weiter die Köpfe eingeschlagen haben. Staatengrenze hin oder her.« Er lehnte sich zurück. »Und da haben wir es: Preußen, Bismarck, Afrika.« Er schaute sich um. »Darum sitzen wir hier!«

Schmidt sagte nichts.

»Hier«, sprach von Stein weiter. »Am Gendarmenmarkt.

Wirklich einer der schönsten Plätze der Welt. Berlin hat eben auch schöne Ecken.«

Andreas Schmidt ließ seinen Blick über den Platz schweifen.

»Was treibt Sie nach Berlin?« Genau verstand er immer noch nicht, warum von Stein ihn zum Abendessen eingeladen hatte. Wahrscheinlich gab es irgendetwas für die Gruppe Tiamat zu besprechen, doch wie alle Geheimdienstleute schien es auch von Stein zu hassen, schnell zur Sache zu kommen. Was Schmidt, auf den im Büro noch ein Haufen Arbeit wartete, wahnsinnig machen konnte. Der Kellner servierte das Abendessen. Ein Medium-Steak mit Kartoffeln und Salat für jeden von ihnen. Schmidt hatte einfach das genommen, was von Stein empfohlen hatte.

»Wir sind dabei, die Termine einzutüten«, sagte von Stein und schnitt sein Steak in nahezu gleich große Teile, während Schmidt seinen regungslosen Gesichtsausdruck beobachtete. »Wir planen ein großes Meeting in Peking, wo sich alle kennenlernen werden. Sie sind dabei. Die Chinesen natürlich auch. Und noch ein anderer Partner, den wir Ihnen noch mitteilen.«

»Welche Ebene ist das in China?«, fragte Schmidt.

»Die zweithöchste direkt unter dem Politbüro«, sagte von Stein und schob sich ein Stück Steak in den Mund. Er kaute hingebungsvoll. Ein zivilisierter Hammerhai, dachte Schmidt. »Die Chinesen haben begriffen, dass wir zusammen stärker sind als allein. Und dass der Kuchen größer wird, wenn wir ihn teilen.«

Schmidt fragte sich, ob er nicht nach Beendigung dieses Auftrags gleich bei der Mafia anfangen sollte.

»Das alte Prinzip funktioniert nicht mehr.«

»Welches Prinzip meinen Sie?«

»Das Prinzip Hoffnung«, sagte von Stein. »Und Sie wissen doch, welche Farbe die Hoffnung hat?«

»Grün«, antwortete Schmidt tonlos, ohne zu wissen, auf was von Stein hinauswollte.

»Grün«, sagte der, griff in die Tasche und hob einen Dollarschein in die Höhe. »Der Greenback. Damit ging früher alles.« Er breitete den Schein mit dem Konterfei von George Washington und der seltsamen Pyramide mit dem Auge auf dem Tisch aus und sprach weiter. »Früher lief das so: Die Chinesen, oder die Asiaten allgemein, haben Waren hergestellt, die billiger waren als die, die es in Amerika gab. Also haben die Amis diese Waren gekauft. Der Chinese verkaufte also billigen Ramsch nach Amerika und bekam dafür grüne Scheine.«

»Soweit klar.«

»Dann haben die Chinesen aber nicht gewusst, was sie mit den ganzen grünen Scheinen machen sollen. Sie kauften also was …?« Er sah Schmidt erwartungsvoll an.

»Staatsanleihen der USA, soweit ich weiß.«

»Richtig. Sie tauschten die grünen Scheine in Papiere, die in ein paar Jahren noch mehr grüne Scheine ausspucken würden, wenn alles gutgeht.«

»Die Chinesen haben den Amis also sozusagen das Geld gegeben, um damit ihre Waren zu kaufen.«

Von Stein nickte. »So eine Art Lieferantenkredit. Nur merken die allmählich, dass bei vierzehn Billionen Dollar Staatsverschuldung in den USA und einer Situation in Europa, die auch nicht viel besser aussieht, diese grünen Scheine irgendwann nichts mehr wert sind. Was machen sie also?«

»Sie ändern ihr Portfolio.«

»Richtig. Sie nehmen die grünen Scheine, solange sie noch etwas wert sind, und kaufen damit Rohstoffe. Besonders in

Afrika. Genau genommen tauschen sie ihre ganzen grünen Scheine, um damit Afrika zu kaufen und Rohstoffe zu haben. Salopp gesagt: Sie geben dem Neger grüne Scheine und bekommen dafür Bodenschätze.«

Schmidt bemühte sich, bei der politisch unkorrekten Bezeichnung von Afrikanern nicht zusammenzuzucken. Er war sich sicher, dass von Stein ihn mit voller Absicht provozierte. »Das ist das alte Prinzip, haben Sie gesagt. Und welches ist das neue?«

»Das neue wird so aussehen: Die Amis haben haufenweise billige Waren aus China. Die Chinesen haben teure Rohstoffe aus Afrika und die Neger haben ... wertlose grüne Scheine.«

»Schöne neue Welt«, sagte Schmidt. »Aber sagt man nicht mittlerweile Afroamerikaner?«

»Ja, in unserem Fall, da wir ja von Afrika sprechen, sogar Afroamerikaner, die in Afrika lebten.« Von Stein zeigte wieder sein Haifisch-Grinsen. »Aber diese schöne neue Welt wird unsere neue Welt sein. Denn die Chinesen brauchen etwas, das nur die Afrikaner haben. Und die Afrikaner brauchen etwas, das nur wir haben.« Er beugte sich nach vorne und schaute Schmidt an wie ein Vater seinen kleinen Sohn bei der Weihnachtsbescherung. »Und koordiniert wird das alles von Ihnen. Von *Tiamat.*«

Tiamat, dachte Schmidt. Der Name seiner neuen Einheit. Auf seinem Blackberry war noch die Wikipedia-Seite zu der Gottheit Tiamat offen. In der babylonischen Mythologie war Tiamat eine riesige Seeschlange oder ein gigantischer Drachen. In einigen Überlieferungen war sie die Schöpferin allen Lebens, in anderen die Göttin des Chaos. Sie besaß die Tafeln des Schicksals, auf denen das Schicksal eines jeden Menschen aufgeschrieben war, wie er leben und wie er sterben würde. In einem endzeitartigen Kampf besiegte schließlich der Sturm-

Gott Marduk die Widersacherin Tiamat, spaltete sie in zwei Teile und machte aus ihnen Himmel und Erde. Ihre weinenden Augen wurden die Urflüsse Euphrat und Tigris, und aus ihrem Schweif entstand die Milchstraße. Und ähnlich wie die chinesischen Yin und Yang in einem Kreis das Positive und das Negative vereinen, so wurde Tiamat die Vereinigung von zwei Polaritäten, die eigentlich eins waren. Die Göttin, die gleichzeitig gut und böse ist. Vielleicht war dies der Grund, warum von Stein, dem Schmidt schließlich die Herkunft des Namens erzählt hatte, dieser Name so gut gefiel.

»Und was ist das, was die Afrikaner brauchen und was nur wir haben?«, fragte Schmidt.

»Zunächst einmal haben wir etwas für Sie.« Von Stein grinste und schob Schmidt einen Umschlag über den Tisch. Schmidt spürte sein Unbehagen wachsen.

»Was ist das?«

»Sie spielen richtig Geheimdienst. Sie werden mit unterschiedlichen Identitäten arbeiten. Für die Chinesen und Russen bleiben Sie Andreas Schmidt, der Staatssekretär.«

»Und für die Afrikaner?«

»Für die Afrikaner«, sagte von Stein und klopfte auf den Umschlag, »für die Afrikaner werden Sie ein anderer. Damit Sie nicht als Vertreter Deutschlands in Afrika krumme Geschäfte machen müssen, investieren wir zweihunderttausend Dollar.«

»Und dann?«

»Dann sind Sie Botschafter der Zentralafrikanischen Republik. Dazu bekommen Sie noch einen Führerschein für die Zentralafrikanische Republik, den Kongo, Uganda und Ruanda sowie einen Ehrendoktor der Universität von Monrovia.«

»Welche Ehre …«, konnte sich Schmidt nicht verbeißen zu sagen. »Und seit wann kann man Diplomatentitel kaufen?«

»Schon seit langem«, sagte Schmidt, »jedenfalls in der Zentralafrikanischen Republik. Jedes Land kann selbst entscheiden, wen es zum Botschafter macht.«

»Und warum diese zwei Identitäten?«

»Sie wissen doch. *Das Ich ist ein anderer.* Und als afrikanischer Botschafter haben Sie es einfach leichter!« Von Stein lehnte sich zurück. »Sie können Geld über die Grenzen transportieren und …«, er begann seine Pfeife erneut zu stopfen, »… sind ethisch sehr viel beweglicher, als wenn Sie offiziell deutscher Staatssekretär wären.«

Wer weiß überhaupt, wie lange ich das noch bin, dachte Schmidt. *Und ›ethisch beweglich‹, das klang doch wie …* Aber da sprach von Stein schon weiter.

»Als Diplomat sind Sie für die Handelsströme zuständig. Einer unser Mittelsmänner wird Ihnen erklären, wie das geht.«

»Wann und wo?«

»Morgen. In Frankfurt. Und dann fliegen Sie gleich weiter nach Peking.« Er schob ihm eine Karte über den Tisch. »Kontaktieren Sie diesen Mann.«

Schmidt las den Namen. »Die Katze?«, fragte er. »So nennt man ihn?«

Von Stein nickte.

»Warum?«

»Ein Grund sind seine neun Leben, die er hat. Ansonsten wäre er schon lange tot.«

»Und was macht er so?«

»Bringt Dinge zusammen, die zusammenwollen, bei denen aber niemand wissen darf, dass sie zusammenkommen.«

Schmidt steckte die Karte ein.

»Klingt das ein wenig illegal?« Schmidt schaute von Stein kritisch an.

Der lächelte nur zurück. »Ist Wasser nass?«

Schmidt lehnte sich zurück und versuchte, den Sturm an Gedanken in seinem Kopf irgendwie zu ordnen. Als es ihm gar nicht gelingen wollte, stellte er sich seine Gedanken als einen imaginären Raum vor, hinter dem er einfach die Tür schloss.

»Na schön«, sagte er dann und ballte die Fäuste. »Und wer vertritt die offizielle Seite Deutschlands in Afrika? Oder machen nur noch Gauner und Glücksritter Geschäfte?«

»Fast.« Von Stein stieß Qualm aus. »Aber nicht ganz! Es gibt da eine Person vom Auswärtigen Amt, die hervorragend passen würde. Mit ihr werden Sie im Kongo arbeiten.«

Von Stein schaute unter dem Tisch auf die zweite Karte.

Schmidt sah die Karte nicht.

Und auch nicht den Namen, der auf der Karte stand.

Kapitel 15

Berlin

Cafeteria des Auswärtigen Amtes, Werderscher Markt

Die Cafeteria des Auswärtigen Amtes, die sich im Erdgeschoss des riesigen Gebäudes am Werderschen Markt befand, war eines der wenigen Cafés in Berlin, das man nur durch eine Sicherheitsschleuse mit Metalldetektoren betreten konnte. Janine und Martin hatten sich einen der Tische an der riesigen Fensterfront ausgesucht, von dem aus man einen Teil des Schlosses, das Schinkel-Haus und weiter hinten die Allee Unter den Linden sehen konnte. Was man aber vor allem sah, war Baustellen, die schon immer dort waren und für immer dort bleiben würden.

»Du gehst zu den Berggorillas?«, fragte Janine noch einmal. Martin hatte ihr gerade seine Story erzählt. Sie schaute einen Moment aus den Fenstern in die Ferne. »Ich habe mich schon mal etwas in die Sache eingelesen«, sagte sie. »Die Situation zwischen dem Kongo und Ruanda ist gerade etwas angespannt. Wilderer, Stammesarmeen, versprengte Hutu-Einheiten, M23-Milizen. Na ja, was man so hört und was man auch im Economist oder in Foreign Affairs liest.«

»Wenn man das liest.« Martin verzog das Gesicht.

»Sollte man aber«, entgegnete Janine belehrend. »Gerade wenn man in solche Länder reist, die an der Grenze zum Kongo liegen.«

»Ach, unsere Schwarzseherin.« Martin schaute aus dem großen Panoramafenster. »Du hast doch auch geglaubt, dass du die Prüfung für das Auswärtige Amt nicht schaffst. Und? Du hast es geschafft. Und jetzt erzählst du mir, dass in Afrika alles schiefläuft.«

»Tut es auch. Und zwar noch mehr als im letzten Jahr.«

»Okay.« Martin atmete geräuschvoll aus. »Was muss ich beachten?« Er sah Janines Augen durch die Brillengläser vor sich, die ihn wie Suchscheinwerfer anstarrten.

»Das Problem liegt hier«, begann Janine, »der Große Afrikanische Krieg, der zwischen Ruanda und Kongo kurz nach dem Genozid tobte. Er ging so bis 2003.«

»Okay«, sagte Martin, halb interessiert, halb müde. Er hatte von Janine eigentlich ein paar Infos erwartet, was man im Park von Virunga so sehen musste und wo es die besten Bilder gab, aber Janine hatte natürlich nur ihre Untergangsszenarien im Kopf. »Ein alter Präsident tritt ab, ein neuer kommt an die Macht.«

»Fast. Kabila Junior, der neue Präsident, ist vom ehemaligen Generalstabschef von Präsident Kagame von Ruanda ausgebildet worden.«

»Muss ich über den etwas wissen?«, fragte Martin. »Kagame, meine ich?«

»Kagame hat Ruanda nach dem Genozid mit harter Hand in eines der modernsten Länder Afrikas verwandelt. Manche sprechen von einem afrikanischen Singapur. Das Problem ist nur, dass er bisher keinen Nachfolger aufgebaut hat. Und es sieht nicht so aus, als ob er das allzu schnell vorhat.«

»Ähnlich wie Helmut Kohl?«

Janine verzog das Gesicht. »Etwas schief der Vergleich, denn dann müsste er noch Ruanda mit dem Kongo vereinigen, und so blöd wird er nicht sein. Aber zurück zu Kabila Junior und seiner Ausbildung. Ruanda hat das nicht ganz uneigennützig getan.«

»Dann wollten sie eine Marionette im Kongo installieren, die nach der Pfeife von Ruanda tanzt?« Martin wusste zwar im Gegensatz zu Janine bei weitem nicht über politische Theorien und Systemspielereien Bescheid, aber wie Machtspiele funktionierten, hatte er im Journalistengeschäft schon oft genug erlebt. Sowohl bei denen, über die er berichtete, als auch bei Global News selbst. Flori das Fass war das beste Beispiel.

»So in etwa«, meinte Janine. »Dummerweise machen Marionetten oft das Gegenteil von dem, was ihre Ausbilder wollten. Es gibt da ein schönes Gedicht aus Arabien: *Ich brachte ihm das Dichten bei. Sein erstes Gedicht war gegen mich.*«

»Hübsch.« Martin bemerkte einen Blick vom Nebentisch. Unbewusst entschied er sich, seine Stimme zu senken.

»Hübsch ist was anderes«, sagte Janine da schon. »Im Kongo gibt es folgende Besonderheit: Die Hauptstadt des Landes, Kinshasa, liegt weit im Westen, die Minen allerdings, wo die ganzen Bodenschätze herkommen, liegen im Osten. Besonders in Goma und Lubumbashi. Und das ist …«

»… das ist zufällig in der Nähe vom Virunga-Nationalpark.« Martin war zwar nicht der geborene Schwarzseher wie Janine, aber auch er konnte einen ausgehungerten Löwen erkennen, wenn er einen sah.

»Richtig. Es gibt Kabila Junior, der eigentlich pro Ruanda sein sollte, es aber nicht ist, auch wenn er dort ausgebildet wurde. Und dann gibt es den Ostkongo, die Provinz Katanga mit all den Minen und der Hauptstadt Lubumbashi. Der Gouverneur von Katanga ist eigentlich viel mächtiger als der Präsident des Kongoss, da er massenhaft Geld bekommt.«

Martin kritzelte einige Notizen auf seinen Block.

»Und Geld kriegt er von den Minen oder woher?«

»Richtig«, sagte Janine. »Der Kongo ist nicht gerade ein Paradebeispiel für eine gute Regierungspraxis, und bei einem derart großen Land würden sich auch ganz andere Regierungen schwertun, das alles zentral zu regieren, na ja, alle vermutlich außer vielleicht den Chinesen. Jedenfalls müsste der Gouverneur normalerweise das Geld von den Minen direkt bekommen.«

»Müsste direkt bekommen heißt, er bekommt es eigentlich nicht?«

»Er bekommt einen Teil, aber nicht alles. Ein Teil davon geht für Schutzgelder drauf, die die Minen an marodierende Stammesarmeen zahlen müssen. Viele davon sind geflohene Hutu-Verbände, die nach dem Genozid aus Angst vor Rache vor den Truppen Kagames geflohen sind. Du weißt ja, es gab den Völkermord in Ruanda 1994. Fast eine Million Tutsis wurden dabei von den Hutus ermordet. Paul Kagame, der heutige Präsident von Ruanda, hat damals den Krieg beendet und die Hutu-Verbände aus Ruanda Richtung Kongo vertrieben.«

»Und was hat das mit dem Gouverneur und Ruanda zu tun?«

»Paul Kagame ist es ziemlich ernst mit der Rache an den Hutu. Er sendet regelmäßig Killer-Verbände in den Westkongo, um Hutu-Stammesarmeen auszulöschen. Ab und zu wird mal einer der Generäle dieser Killer-Verbände in Ruanda symbolisch unter Arrest gestellt, aber im Grund genommen steht die Regierung in Kigali zu diesen Säuberungen.« Janine machte eine Pause. »Viele dieser Stammesarmeen kassieren Schutzgelder von den Minen, die eigentlich dem Gouverneur zustehen würden. Sobald man dort ist, gerät man zwischen Hammer und Amboss.«

Martin atmete aus und verdrehte die Augen. Er hasste es, wenn ihm Leute ständig etwas ausreden wollten, worauf er sich eigentlich freute. »Und was sagt uns das jetzt?«

»Du hast den drohenden Krieg zwischen Kongo und Ruanda. Du hast die Stammesarmeen, die an der Grenze Schutzgelder von den Minen erpressen. Dann hast du noch die Berggorillas, die eine der größten Einnahmequellen von Ruanda sind. Die Verbände aus dem Kongo aber sind nur allzu erpicht darauf, den Ruandesen Schwierigkeiten zu machen und ihnen auch bei den Gorillas die Show zu vermasseln. Und du hast …«

»Du hast was?«, fragte Martin.

»Du hast Martin Fischer. Mitten in dem ganzen Schlamassel drin.«

Martin trank von seinem Tee. »Sehr witzig. Aber es gab noch keine Reisewarnung des Auswärtigen Amtes für die Region.«

»Noch nicht. Jedenfalls noch nicht für Ruanda«, sagte sie, ohne zu lächeln.

»Ich kann also theoretisch hin.«

»Theoretisch ja.«

»Und wenn du mir einen Rat geben solltest, zwischen machen und nicht machen?

Janines Antwort war kurz und knapp.

»Nicht machen.«

Kapitel 16

Frankfurt am Main/Flughafen

Startbahn für Galaxy-Truppentransporter

Andreas Schmidt wartete einsam und verloren am hinteren Ende des Frankfurter Flughafens, nahe der Cargo City. Sein Blick blieb bei den riesigen Galaxy-Truppentransportern hängen, die in den neunziger Jahren von hier aus Richtung Golfkrieg geflogen waren, als sich der Mann, auf den er wartete, näherte.

Die Katze.

Man nennt ihn die Katze, hatte von Stein gesagt, *wegen seiner neun Leben.*

Der Mann trug einen sandfarbenen Anzug, hatte einen kahlen Schädel und eine Narbe, die sich von der Stirn bis zum Kinn zog. Als sollte es so sein. Er hätte einen perfekten Film-Bösewicht abgegeben. Am Handgelenk trug er eine Digitaluhr, wie sie nur Geizkragen oder Terroristen tragen, unter dem Arm eine schwarze Ledermappe.

»Rasamov«, sagte der Mann auf Deutsch mit russischem Akzent. »Freut mich, Sie kennenzulernen. Eugens Freunde sind auch meine Freunde. Und Sie können mich Sascha nennen. Geht schneller, spart Zeit!«

Eugen, dachte Schmidt, *er scheint von Stein gut zu kennen.*

»Sehr erfreut«, entgegnete Schmidt, obwohl er nicht wusste, ob er wirklich erfreut war. »Woher sprechen Sie so gut deutsch?«

Rasamov grinste und zeigte einen silbernen Zahn.

»Dresden«, sagte er. »KGB. War dort zusammen mit … Genosse Putin! Schöne Stadt. Semperoper. Radeberger, Dresdnerinnen …« Er ließ seinen Blick ein paar Sekunden über das Flughafenambiente schweifen.

»Zur Sache!« Er öffnete die Mappe. »Sie haben den Umschlag dabei? Ihre Ernennung?«

Schmidt nickte und holte das seltsame Dokument hervor, das von Stein ihm gegeben hatte. Die Ernennungsurkunde zum Botschafter der Zentralafrikanischen Republik. Mit der Unterschrift des Präsidenten.

»Der Präsident war einmal für den Friedensnobelpreis vorgeschlagen«, sagte Rasamov. »Wussten Sie das?«

Schmidt schüttelte den Kopf. Aber mittlerweile wunderte ihn gar nichts mehr. Er hatte schon länger aufgehört, in die Politik allzu großes Vertrauen zu haben, auch wenn er selbst zu dem Club gehörte. Doch jetzt schmolz auch das letzte bisschen Vertrauen in sich zusammen wie Schnee in der Wüste.

»Und jeder kann einfach so einen Pass kaufen?«, fragte Schmidt. »Das ist erlaubt?«

»Zumindest ist es nicht verboten«, wiederholte Rasamov das, was von Stein schon gesagt hatte. »Es ist nicht unbedingt hohe Politik. Es ist eher ein Geschäft: Auf der einen Seite stehen Dritte-Welt-Länder, die Geld brauchen, auf der anderen halbseidene Geschäftsmänner, die sich einen Vorteil von diplomatischer Immunität versprechen.« Er lächelte. »Mit so einem Pass können Sie Millionen in Dollar oder Diamanten durch die Schleusen am Flughafen bringen, und kein Mensch hält Sie auf.«

Steins exakter Wortlaut. Hatten die sich abgesprochen?

»Das kostet immer zweihunderttausend?«

»Es geht auch billiger. Für achtzigtausend werden Sie Handelsattaché in Vanuatu im Südpazifik. Aber wer will da schon hin?«

Schmidt blickte auf die Urkunde.

»Und warum nicht gleich Kongo?«

»Die Financial Times hat das schön zusammengefasst«, sagte Rasamov, »wenn der Kongo das *Herz der Finsternis* ist, dann ist die Zentralafrikanische Republik ihr Wurmfortsatz. Eine kleine Gruppe teilt sich die Macht, jeder misstraut jedem. Das einzig Konstante ist der wöchentliche Direktflug nach Paris, zur alten Kolonialmacht, die immer noch die Fäden in der Hand hält.« Er zuckte die Schultern und zeigte auf die Urkunde. »Kongo wäre zu direkt. So sind Sie, wie wir in Russland sagen, nahe genug dran, aber weit genug weg.«

Nah genug dran, aber weit genug weg, dachte Schmidt. Und hoffte, dass er tatsächlich *weit genug weg* war, wenn ihm das Ganze früher oder später um die Ohren fliegen würde. »Was muss ich tun?«

»Wir«, sagte Rasamov und setzte, im Licht der untergehenden Sonne seine Sonnenbrille auf, »wir transportieren, versteckt in etwas kleineren Dingern als *diesen* ...«, er zeigte auf die Galaxys, »... Waren über Russland in den Kongo, die man dort braucht. Dafür bekommen wir etwas zurück. Sie ...« Er wies auf Schmidt, und mit der Sonnenbrille sah Rasamov jetzt wirklich aus wie ein Bösewicht aus einem Film, »Sie sorgen dafür, dass die wichtigen Dinge aus dem Kongo bei uns landen. In Russland und Deutschland. Sie wissen ja, welche Dinge wir meinen.«

Das wusste Schmidt.

Rasamov überreichte Schmidt die Mappe.

»Öffnen Sie.«

Die Mappe enthielt einen Zettel mit Fakten. Darunter diverse Umschläge. Voll mit Hundertdollarnoten.

»*Envelopes of Happyness*«, sagte Rasamov, »*Umschläge des Glücks.* Wenn nötig, bekommen Sie noch viel mehr. Geld ist kein Problem.«

»Wir zahlen alles in bar?« Schmidt blickte ihn an.

»Wir zahlen … diskret.« Rasamov grinste. »Wenn wir per Kreditkarte oder SEPA-System überweisen würden, könnten wir auch gleich ein Fax an Associated Press schicken. Oder an die CIA.«

Schmidt überflog die Liste. Dort standen Waren, die für ihn nach Goma geschickt werden sollten, an die Grenze des Kongoss zu Ruanda, die dafür sorgten, dass er wirklich wie ein korrupter Botschafter aus Afrika aussah: Kaviar für das Frühstück, Dupont-Feuerzeuge, handgenähte Lederstiefel, helle Maßanzüge, teurer Whiskey, teure Zigarren.

»Sie müssen repräsentieren, die Leute einwickeln. Und dafür sorgen, dass alles dahin kommt, wo es hin soll.«

»Wie ist Goma?«

»Oh, furchtbar«, erwiderte Rasamov, »so ähnlich wie der Vulkanausbruch, der damals einen Teil der Stadt gefressen hat. Furchtbar und schön. Die wenigen Ausländer, die dort sind und nicht für NGOs arbeiten, sind entweder gescheiterte Existenzen wie wir oder Kriminelle oder beides.«

Schmidts Blick flog über die Liste.

Auftragsmord, stand dort, *50 Dollar.* Und dann eine Telefonnummer. Er zog es vor, nichts zu sagen.

Rasamov steckte die Hände in die Taschen.

»Noch Fragen?«

»Erst einmal nicht. Haben Sie …?«

»Eine Karte? Natürlich.«

Er reichte Schmidt zwei Karten. Eine hatte chinesische Schriftzeichen.

»Sie reisen nach Peking, höre ich?«

Schmidt nickte. In eineinhalb Stunden flog seine Maschine in die chinesische Hauptstadt.

Rasamov zeigte auf die zweite Karte.

»Versuchen Sie, danach einen kurzen Abstecher nach Shanghai zu machen. Und sprechen Sie mit diesem Herrn. Vorher rufen Sie mich an.«

Schmidt nickte verwirrt und steckte beide Karten ein.

Rasamov streckte die Hand aus.

»Haben Sie einen guten Flug! Und melden Sie sich jederzeit. Wir werden uns vielleicht schneller wiedersehen, als Sie glauben.« Er lächelte wieder, und der Silberzahn funkelte. »Und grüßen Sie mir den Eisbären!«

»Wer ist der Eisbär?«

»Unser russischer Freund! Sie werden ihn in Peking kennenlernen.«

Kapitel 17

Frankfurt am Main/Flughafen

Startbahn für Galaxy-Truppentransporter

Sascha Rasamov schaute Andreas Schmidt nach, der im Gegenlicht der untergehenden Sonne über die lange und ebene Betonfläche vor den Hangars Richtung Terminalgebäude lief.

Ein wenig wie ein einsamer Cowboy, dachte Rasamov, und das war Schmidt ja auch. Nur dass sie diesmal keinen Western, sondern einen Eastern drehen würden.

»Er ist *dein* Kontaktmann«, hatten sie Schmidt wahrscheinlich über Rasamov gesagt.

»Behalte *ihn* im Auge«, hatten sie Rasamov über Schmidt gesagt. Und genau das würde er tun.

Denn er, Rasamov, war derjenige, der dafür sorgte, dass die Ware am richtigen Ort ankam. Das tat sie nur, wenn die Transportwege absolut vertrauenswürdig waren. Wenn keiner in einem Güterwaggon oder einem Lkw-Anhänger, in dem Milchpulver geladen war, etwas anderes als Milchpulver vermutete. Denn wenn das passieren sollte, dann gab es Fragen, Misstrauen und im schlimmsten Fall die Polizei oder gleich die Armee. Von Plünderern ganz zu schweigen.

Die Transportwege mussten vertrauenswürdig sein. Und das waren sie nur, wenn niemand den Mund aufmachte. Und das war nur gewährleistet, wenn man den Menschen, mit denen man arbeitete, vertraute.

Noch vertrauten sie Schmidt nicht.

Und Schmidt ihnen vielleicht auch nicht.

Schmidt, dachte er.

Er war sicher noch dankbar für den Job, den sie ihm gegeben hatten. Jedenfalls solange alles gutging. Doch die Dankbarkeit, das wusste Rasamov, war ein flüchtiges Gut.

Die Dankbarkeit schwindet noch schneller als die Schönheit, sagte man in Russland.

Schmidt war ein verängstigtes Raubtier, das man schon einmal angeschossen hatte. Er würde, wenn es eng wurde, um sich schlagen und versuchen, so viele wie möglich mit sich in den Abgrund zu ziehen.

Er war aber auch ein hungriges Raubtier, das endlich die Anerkennung wollte, die ihm zustand. Und dafür war er bereit, über Grenzen zu gehen. Und Gesetze zu brechen. Und vielleicht sogar zu töten. Oder töten zu lassen.

Nur musste dabei jemand auf ihn aufpassen.

Und wer könnte das besser, als jemand, der jahrzehntelang für den KGB Menschen observiert hatte? Rasomov lächelte. Er dachte an den Spruch aus dem Film *Der Pate*, einem seiner Lieblingsfilme: *Halte deine Freunde nahe bei dir. Aber deine Feinde noch näher.*

Er, Rasamov, würde Schmidts Schatten werden. Dadurch würde er immer wissen, wie sicher die Knotenpunkte waren, ohne selbst im Rampenlicht zu stehen. Und wenn es eng werden würde, musste er halt von Stein anrufen und ihm sagen: »Sorry, wir brauchen doch einen anderen.« Und die Geschichte Schmidt wäre erledigt. Im wahrsten Sinne des Wortes.

So waren die Deutschen, dachte er und fuhr sich mit den Fingern über seinen kahlen Schädel und die Narbe, wo ihn die Patrone erwischt hatte. Er kannte Dresden. Die Deutschen. Aber er verstand sie nicht. Bei denen musste immer alles ewig halten. Russen und Chinesen waren da viel pragmatischer. Warum sparsam sein mit Dingen, die es milliardenfach gab und die man austauschen konnte, bevor sie Schaden anrichten?

Ein Mensch, ein Problem, hatte Väterchen Stalin gesagt. Und: *Kein Mensch, kein Problem.*

Er schaute auf sein Ticket.

Noch eine Stunde.

Dann würde er ebenfalls ins Flugzeug steigen.

Ebenfalls nach China.

In Peking war Schmidts erste Bewährungsprobe. Da war bereits *der Eisbär.*

Und in Shanghai war die zweite Probe.

Und dort würde er sein.

Halte deine Freunde nahe bei dir. Aber deine Feinde noch näher.

Sascha Rasamov wartete noch ein paar Minuten und machte sich dann ebenfalls auf den Weg zum Terminal.

Er folgte genau dem Weg, den Schmidt eben gegangen war.

Kapitel 18

Berlin

Auswärtiges Amt,
Werderscher Markt

Sie stand am Fenster der Cafeteria des Auswärtigen Amtes und sah Martin nach, der mit schnellen Schritten zu seinem Fahrrad ging und dann in der Nachmittagssonne verschwand. Würden sie sich wiedersehen? In Afrika? Oder überhaupt?

Für einen Moment dachte sie an romantische Steppen und Savannen, riesige Bäume im Gegenlicht und dunstige Sonnenaufgänge hinter riesigen, dampfenden Flüssen.

Da piepte ihr Blackberry. Eine Kurznachricht von ihrem Chef. Nur wenige Worte darin. Was sie zu tun habe. Eine Sondermission. Und die Bestimmungsorte: Kinshasa und dann Goma. Und: Mit wem sie zusammenarbeiten würde.

In diesem Fall werden Sie nicht an den Botschafter, sondern an den Leiter einer Spezialeinheit berichten, der sowohl mit dem Verteidigungsministerium, dem Auswärtigen Amt und dem BND in Kontakt steht, stand in der Mail.

Dem BND, dachte Janine. *Konnte es so groß sein?*

Sie las weiter.

Sie werden in diesem Fall, noch mehr als ohnehin schon, strikte Vertraulichkeit wahren. Die Angelegenheit ist auch vor engsten Familienangehörigen strikt geheim zu halten. Wir müssen Ihnen mitteilen, dass eine Zuwiderhandlung mit der sofortigen Suspension Ihrerseits vom Dienst geahndet wird.

Und dann erschauderte sie, trotz der beginnenden Sommerhitze, als sie den Namen las. Denn der Name und die Person dahinter waren im politischen Berlin beide keine Unbekannten, auch wenn es ihr vorkam, als gäbe es Kräfte, die das Ganze so schnell wie möglich unter den Teppich kehren wollten.

Worte waren vor ihrem geistigen Auge wie Farbbeutel, die gegen eine Wand flogen und zerplatzten.

Die Panzer.

Syrien.

Das Image-Desaster.

Sollte ihre Karriere so anfangen? An diesem Ort? Mit diesem Auftrag? Mit diesem ... Mann?

Der Todesengel.

Doch was konnte Sie tun? Ablehnen und ab dann irgendwo einen Schreibtisch- oder Hilfsposten zugewiesen bekommen?

So hatte sie sich den Beginn ihrer Karriere nicht vorgestellt.

Am falschen Ort.

Mit der falschen Mission.

Und dem falschen Boss. Sie las noch einmal den Namen ihres neuen Vorgesetzten.

Andreas Schmidt.

Kapitel 19

Peking

Platz des Himmlischen Friedens

Andreas Schmidt blickte auf die Uhr. In zehn Minuten würde die Zusammenkunft beginnen. Die Zusammenkunft, die darüber entscheiden sollte, ob sein Heimatland weiterhin eine der industriellen Großmächte der Welt bleiben würde. Ob es weiterhin die Rohstoffe bekommen würde, die es brauchte, um seine riesigen Industrien zu versorgen, von denen die ganze Welt voller Ehrfurcht sprach. Sein Blick verlor sich im Nirgendwo in der Unendlichkeit des riesigen Platzes.

Tian An Men.

Tian hieß *Himmel. An* hieß *Frieden. Men* hieß *Tor.*

Das Tian An Men war das Tor, das den Platz in Richtung Kaiserpalast abgrenzte, dem Platz, der sich vor dem Tor des Himmlischen Friedens Hunderte von Metern erstreckte. Und dieser Platz, der Platz des Himmlischen Friedens, war der größte öffentliche Platz der Welt.

Der Kaiserpalast auf dem Platz des Himmlischen Friedens, das wusste er, war gigantisch, er hatte 9999 Zimmer, genau ein Zimmer weniger als der himmlische Palast der Götterwelt, um gegenüber den Unsterblichen nicht anmaßend zu wirken.

Beijing, die Hauptstadt des Nordens, war ursprünglich schachbrettartig um die sogenannte Verbotene Stadt angelegt worden, in deren Mitte sich der Gùgong, der Kaiserpalast, erhob. Der Platz des Himmlischen Friedens lag an der zentralen Nord-Süd-Achse, und nur der Kaiser, der Tianzi, der Himmelssohn, durfte sich damals auf dieser heiligen Achse bewegen. Alle großen Straßen der Millionen-Metropole verliefen, wie mit einem Lineal gezogen, von Norden nach Süden und von Westen nach Osten, mit der verbotenen Stadt und dem Kaiserpalast in ihrer Mitte.

Andreas Schmidt, Staatssekretär im Bundesverteidigungsministerium, Ehrenbotschafter der Zentralafrikanischen Republik und Leiter der geheimen Einheit Tiamat, drehte sich um und betrat das riesige Hotel, in dem die Zusammenkunft stattfinden sollte.

An der Stirnseite des Raumes sah Schmidt den Gastgeber der Runde. Dort saß, mit seinem Übersetzer, weißhaarig, mit faltigem Gesicht und listigen Augen, General Ku Shang Ku. Er hatte jahrzehntelang in der chinesischen Armee gedient, der größten Armee der Welt, bis ihm das Zentralkomitee der Kommunistischen Partei Chinas einen neuen Job gegeben hatte, der noch ehrenvoller und wichtiger war als sein alter. Jetzt war er Chef von CMCC, der China Minerals and Commodities Corporation, dem größten Rohstoffkonzern des Landes, der zu neunzig Prozent der Regierung gehörte, einem SOE, wie die Amerikaner sagten, einem State Owned Enterprise. Ku war Mitglied der Kommunistischen Partei, Mitglied des Politbüros und enger Vertrauter des Präsidenten und des Premierministers. Mit General musste man ihn nach wie vor ansprechen.

Rechts von ihm saß ein Berg von einem Mann, dessen Anzug, der sich um seine massige Gestalt spannte, Schmidt auf zehntausend Dollar schätzte. Es war einer dieser Menschen, bei dessen Auftreten die Leute ehrfurchtsvoll zurückwichen, wie Blätter, die von einem landenden Hubschrauber weggeblasen werden. Sein Name war Wasily Worotnikow. Er war der, den Rasamov *den Eisbären* genannt hatte. Er war Afrika-Chef des russischen Energiekonzerns Alcorp, einem gigantischen Aluminiumkonzern. Worotnikow, so hatte Schmidt erfahren, war Mitglied der KPdSU gewesen und zu Sowjetzeiten ein sogenannter »Roter Direktor« eines gigantischen staatseigenen Nickel-Kombinats in Sibirien.

»Die Sowjetunion ist nicht tot«, hatte er zu Schmidt vor ein paar Minuten gesagt, »sie ist niemals gestorben. Und Genosse Wladimir wird ihr neues Leben einhauchen.« Mit *Genosse Wladimir* war natürlich kein anderer als Putin gemeint.

Auf dem letzten Platz saß Schmidt selbst, der sich zwischen diesen beiden Giganten klein und leicht unbehaglich fühlte. Und er hätte sich wirklich unwohl gefühlt, hätte nicht ihm gegenüber die junge Dame gesessen, die ihm schon in der Eingangshalle aufgefallen war. Etwa Ende zwanzig, mit dunklen, hypnotischen Augen und schwarzen, hochgesteckten Haaren, die ihr ein etwas strenges und kontrolliertes Äußeres verschafften. Dieser Eindruck allerdings stand im Kontrast zu ihrer weißen Bluse, bei der ein Knopf mehr geöffnet war, als es eigentlich dem Protokoll entsprach. Nach der Vorstellung wusste er, dass Lucia Ming für SAFE, die State Administration of Foreign Exchange, arbeitete. Dies war der Teil der Regierung, der die Auslandsinvestitionen der neuen Großmacht Chinas überwachte.

Als ein Hotelpage die drei Männer und Lucia mit Tee versorgt hatte, hob General Ku Shang Ku, als Gastgeber, die Hand. Ein Zeichen, dass das Gespräch eröffnet war. Er sprach einige Willkommensworte auf Chinesisch. Dann übergab er das Gespräch an den Mann zu seiner Rechten.

»Die Zeichen stehen gut«, sagte Worotnikow und schaute

Schmidt gönnerhaft an. »Die Astrologen haben uns Glück vorausgesagt.« Es war keine Seltenheit, dass in China vor wichtigen Vertragsunterzeichnungen ein Astrologe befragt wurde, und Schmidt, ebenso wie offenbar Worotnikow, kannte dieses Ritual gut. Worotnikow sprach weiter. »Und der ehrenwerte General Ku Shang Ku ist mit einer S-Klasse vorgefahren, habe ich recht?« Es galt als Fauxpas, in Asien gleich mit Geschäftlichem zu beginnen. Also begann man mit Smalltalk. Und Autos, besonders deutsche Autos, waren immer ein gutes Thema. Worotnikow war ein Vollprofi.

Kus Übersetzer flüsterte ihm irgendetwas ins Ohr.

»Hao«, antworte Ku, »Mecedes hen hao!«, was soviel wie ›Mercedes ist sehr gut‹ hieß. Er sagte *Mecedes* ohne »r« und hob den Daumen als Bestätigung, während er seine gelblichen Zähne zu einem Lächeln bleckte.

»Mögen Sie in Russland auch Daimler?«, fragte Schmidt. »Oder wie wählen Sie Ihre Autos aus?«

»Mögen wir auch«, meinte Worotnikow und blies in seinen grünen Tee, »aber prinzipiell haben wir in Russland, was Autos angeht, eine einfache Regel: *Die Drei-F-Regel.*«

Schmidt blickte geradeaus. Lucias Augen flogen von einem zum anderen, sie selbst sagte aber nichts.

»Und was besagt die?«

»Kein Ford, kein Fiat, keine Franzosen.«

Alle warteten, bis Kus Übersetzer den Witz übersetzt hatte, wahrscheinlich mit einer Aufforderung, jetzt höflich zu lachen, und alle stimmten in das Gelächter ein.

»Der ehrenwerte General Ku Shang Ku möchte über das Engagement im Kongo sprechen«, sagte nun der Übersetzer. *Der ehrenwerte General*, dachte Schmidt. Er wusste, wie wichtig es war, in China niemals auf Titel zu verzichten. Jedenfalls war der wirkliche Teil des Gesprächs eröffnet. Der

Übersetzer sprach weiter. »Der Kongo«, sagte er. »Gibt es Dinge, die dagegensprechen?«

Der Eisbär antwortete, ohne auf Schmidt oder Lucia Ming zu achten. »Man hatte mir immer gesagt, man solle Orte meiden, die mit ›stan‹ aufhören, wie Kasachstan. Oder Afghanistan.« Er spuckte das Wort fast aus. »Andere haben gesagt, man sollte alle Orte meiden, die mit »democratic« anfangen. Beide wären zu gefährlich.«

Democratic Republic of Kongo, dachte Schmidt.

Worotnikow rieb mit seiner dicken Hand über seine Uhr, die wahrscheinlich hunderttausend Dollar wert war. »Aber wie sagt man in Russland? Wo kein Risiko ist, da ist kein Geld.«

Schmidt runzelte die Stirn. »Ich denke an die möglichen Kollateralschäden und besonders daran, was passieren kann, wenn die Presse davon erfahren sollte.« Es erschien ihm wichtig, dass er auch etwas sagte, auch wenn er selbst um einige Nummern kleiner war als die zwei Giganten, zwischen die er gesetzt worden war.

Erwartungsgemäß zuckte Worotnikow nur die Schultern. »So ist das nun mal. Du hast entweder einen vollen Bauch oder ein gutes Gewissen.« Er schaute Schmidt gütig an. In dem Moment erschien er Schmidt wirklich wie ein Eisbär. Irgendwie flauschig. Aber auch sehr gefährlich. Eisbären und Hammerhaie, dachte er. Killermaschinen. »Du kannst entweder gut essen oder gut schlafen, aber nicht beides«, verkündete der Russe.

Das waren die Tradeoffs der Realität, und Schmidt erinnerte sich an eine glücklichere Zeit, als er in einem Hörsaal in Harvard gesessen hatte. Tradeoffs oder Abstriche, hatte der Professor den Elitestudenten erklärt, bedeuteten, dass man immer einen Tod sterben musste. Aus dem Mund des Professors hatte das abstrakt und vor allem ungefährlich geklungen.

»Wir alle bringen das ein, was wir haben, nicht wahr?«, sagte Schmidt. »Jeder das, was er am besten kann, um das zu bekommen, was er am dringendsten braucht.«

»Wir dürfen uns nicht von den Amerikanern herumkommandieren lassen«, stellte Worotnikow klar und legte erst General Ku und dann Schmidt seine riesigen Hände auf die Schultern. »Wir alle sind lange genug bevormundet und besetzt worden, nicht wahr?«

General Ku nickte, nachdem sein Dolmetscher fertig war. Wobei ihm, so dachte Schmidt, sicher die Besatzung durch die Japaner noch stärker in den Knochen steckte, die sein russischer Kollege nicht erwähnt hatte. Von der Mongolei, die China nach dem Krieg auf Druck Russlands in die Unabhängigkeit entlassen musste, ganz zu schweigen.

»Wir müssen die Kommandohöhen besetzen«, sprach Worotnikow weiter, »das, was ein Staat braucht, um überleben zu können, Ressourcen, Industrie, Finanzen, alles.«

Wahrscheinlich wollte Worotnikow auch die Rohstoffvielfalt, die von Russland ausging, diversifizieren. Denn ähnlich wie Saudi-Arabien war Russland sehr vom Öl abhängig. Und damit auch vom Ölpreis. Ging der unter achtzig Dollar, merkte das die russische Wirtschaft sofort. Und der Staat als Einnehmer von Steuern erst recht.

»Kommandohöhen«, sagte Schmidt, »wer hatte das noch gesagt?«

»Wladimir Iljitsch Uljanow«, sagte Worotnikow, »alias Genosse Lenin.«

Sie hatten eine Dreiviertelstunde verhandelt und waren fast so weit, dass sie einen Vorvertrag unterschreiben konnten, obwohl noch mehrere Treffen erforderlich waren. Gesellschaften, Abendessen, Besuche in Moskau und in Berlin. Schmidt würde nach Shanghai weiterreisen und dann zuerst nach Kigali in Ruanda fliegen und von dort nach Kinshasa im Kongo weiterreisen. Geschäfte wurden in Asien niemals beim ersten Treffen gemacht. Doch irgendwann wären die Verträge unterschrieben, die Tinte trocken und die Weichen gestellt. Jeder würde das liefern, was er am besten konnte. Und jeder würde das bekommen, was er am dringendsten brauchte.

»Und wenn es Tote geben sollte?«, fragte Schmidt.

»Davon wird keiner etwas erfahren«, sagte Worotnikow. »Je mehr Leute sterben, desto weniger Leute merken es.« Er lehnte sich zurück und sein Vierhundert-Dollar-Hemd spannte sich über dem mächtigen Brustkasten und seinem Bauch.

»Ein Toter«, sprach er weiter, »ist eine Tragödie.« Er schaute Schmidt an. »Millionen Tote sind reine Statistik.«

»Und wer hat das noch mal gesagt?«, fragte Schmidt, obwohl er die Antwort kannte.

Worotnikow sah in gütig an. »Josef Wissarionowitsch Dschugaschwili.«

Er machte eine kunstvolle Pause. »Alias Genosse Stalin.«

Kapitel 20

Peking
Platz des Himmlischen Friedens

»In China heißt es, Zeit ist Glück«, sagte Lucia Ming, als sie neben Andreas Schmidt auf dem riesigen Platz stand. Er suchte ihre Nähe, wahrscheinlich, weil sie in der Hierarchie auch unter Ku Shang Ku und Worotnikow stand. Vielleicht aber auch aus anderen Gründen. Er schaute auf die Schriftzeichen, die auf dem großen Tor vor ihm prangten, als ein kühler Wind über den riesigen Platz fegte.

Andreas Schmidt beobachtete Lucia Ming und schwieg.

»Können Sie die Zeichen lesen?«, fragte Lucia. »Oder soll ich Sie Ihnen erklären?«

Er schüttelte den Kopf. »Erklären Sie sie mir.«

»人, das bedeutet im Chinesischen *ren* und ist das Wort für Volk, aber auch für einen Menschen, der auf zwei Beinen steht«, sagte sie. Lucia machte eine Geste mit ihrer Hand. »Wenn man einen Strich hindurchzieht, hat man einen Menschen, der seine Arme ausstreckt. 大, *da*, was so viel wie *groß* heißt.«

Lucia sprach weiter, während Schmidt sie, so unauffällig es ging, von oben bis unten musterte. »Und ein Balken über dem Zeichen von *da* beschränkt selbst den Allergrößten und macht ihm seine begrenzte und kleine Position innerhalb des riesigen Kosmos bewusst. Das ist 天, *tian*, das Zeichen für den *Himmel.*«

»Und das dort«, fuhr Lucia fort und zeigte auf die Schriftzeichen, »ist 女, *nü*, das Zeichen für *Frau.*«

Schmidt lächelte, wobei er nur halb die Zeichen betrachtete und weiterhin Lucia musterte, ohne dass es allzu aufdringlich wirkte, wie seine Blicke über ihre Gestalt schweiften.

»Und 宀, *mian*, ist das Zeichen für *Dach*. Die Frau unter dem Dach, 安, *an*, ist im Chinesischen das Sinnbild des Friedens.«

Wider Erwarten musste Schmidt lächeln. »Die Frau unter dem Dach als Symbol für Frieden? Weil sie zu Hause ist, sich um Haus und Kinder kümmert und nicht fremdgeht?«

Lucia Ming lächelte unsicher. »Wir sind eine, wie sagt man, sehr patriarchalische Gesellschaft. Wissen Sie, was das dritte Zeichen bedeutet?«

»们, *men*«, sagte Schmidt, »es bedeutet *Tor.*« Das war so offensichtlich, dass er damit nur ins Schwarze treffen konnte.

Lucia hob anerkennend die Augenbrauen. »Das ist richtig! Ihr Chinesisch ist sehr gut!«

»Das war ein Glückstreffer.« Er lächelte unsicher und blickte auf die drei Schriftzeichen vor ihm.

天安们, Tian'anmén. Himmel-Friedens-Tor. Das Tor zum Platz des Himmlischen Friedens.

Schmidt war schon ein paar Mal vorher in China gewesen, doch immer wieder überwältigte ihn die riesige Fläche des Platzes inmitten der gigantischen Wolkenkratzer, die in Beijing nahezu monatlich aus dem Boden schossen.

Sein Blick ruhte auf Lucia, die ihn aus dunklen Augen pflichtbewusst anlächelte und dann auf ihre Gucci-Uhr blickte. Die Art, wie sie ihr Haar zurückschlug und einerseits zögerlich, aber doch bestimmt handelte, erinnerte ihn an eine Gazelle: zögerlich und scheu, aber im richtigen Augenblick schneller als alle anderen. Er konnte nicht umhin, sich einzugestehen, dass sie ihn faszinierte.

»Wir müssen los«, sagte sie. »General Ku möchte, dass die Vorbereitungen sofort starten.« Sie lächelte. »Auf Wiedersehen. Zeit ist Glück.«

Zeit ist Glück, dachte Schmidt. Irgendwie empfand er es als Glück, hier zusammen mit Lucia zu stehen. Und ein Teil in ihm fragte sich, ob er sie nicht für heute Abend auf einen Drink einladen sollte.

Doch da war sie schon gegangen.

Zeit ist Glück.

Er blieb noch eine Weile allein stehen und fühlte sich auf dem riesigen Platz noch verlorener als ohnehin schon.

Lucia ging mit schnellen Schritten den Platz hinunter Richtung U-Bahn, sah zu ihrer Linken den Kaiserpalast. Weiter unten thronte das Mao-Mausoleum, rechts davon die Große Halle des Volkes.

Sie wusste nicht genau, was sie von Schmidt halten sollte.

Es kam ihr so vor, als sei er enttäuscht worden und wollte sich jetzt mit etwas Neuem schmücken. Vielleicht mit ihr? Aber wollte sie das? Nein. Dieser Mann wäre viel zu weit weg. Er würde immer viel zu weit weg sein. Vor allem aber würde er bei der erstbesten Gelegenheit verschwinden und sie wäre wieder allein. Allein zu sein, ohne allzu große Hoffnung hegen, ist besser, als sich Hoffnungen zu machen, die enttäuscht werden, mahnte sie sich.

Denn wer allein war, dem konnte man nichts mehr wegnehmen.

Armut konnte Reichtum sein.

Kapitel 21

Berlin

Auf dem Weg zum Flughafen Tegel

»Geht's in die Ferien?«, fragte der Taxifahrer und schaute nach hinten durch den Spiegel wie durch einen Guckkasten.

»Nein, ich bin dienstlich unterwegs«, entgegnete Janine. Sie würde gleich in Tegel in den Flieger nach Istanbul steigen und von dort aus mit Turkish Airlines nach Kinshasa fliegen. Und es ärgerte sie schon wieder, dass es von Berlin aus nur wenige Direktverbindungen gab. Von wegen Hauptstadt …

»Ich habe noch nie Dienstreisende mit so viel Gepäck gesehen.«

Janine verdrehte die Augen. »Dann ist es halt eine etwas längere Dienstreise.«

Sie hatte schlecht geschlafen und verspürte überhaupt keine Lust auf lange Diskussionen oder Smalltalk mit begriffsstutzigen Taxifahrern.

In der Nacht hatte sie von Martin geträumt. Sie träumte, dass Martin eine Rolltreppe hinaufgerannt war, die aber eigentlich nach unten fuhr. Oben an einem Hebel stand ein Mann, der die Fahrt nach unten immer weiter beschleunigt hatte. So dass Martin niemals oben ankommen würde. Das Gesicht des Mannes kannte sie. Es war das Gesicht von Andreas Schmidt.

Dann war sie schweißgebadet aufgewacht. Martin hatte sie morgens nicht mehr erreicht, Schmidt genauso wenig.

Einerseits freute sie sich auf Abenteuer, andererseits hätte sie sich etwas Besseres vorstellen können, als gerade mit Andreas Schmidt ihren ersten Auftrag zu beginnen. Einen Auftrag, über den sie nicht viel wusste. Sie hatte ein Dossier über Rohstoffe erhalten, doch mehr nicht.

Andreas Schmidt.

Sie hatte ihn natürlich gegoogelt.

Der Todesengel.

Neben ihr in der Mappe lagen die Presseartikel, die sie über Schmidt gefunden hatte. Er war jetzt für eine Rohstoffagentur tätig, die die Rohstoffversorgung Deutschlands sichern sollte: Lieferketten, kritische Ressourcen, seltene Erden. Doch diese Agentur hatte sich als zahnloser Tiger erwiesen, die ersten Konzerne waren schon wieder ausgestiegen. In den Unterlagen stand, dass Schmidt auch manchmal »unkonventionelle Methoden« bevorzugen würde. Wie zum Beispiel aus dem Verteidigungsministerium Leopard-Panzer an das Assad-Regime in Syrien zu verschicken. Darüber war er offenbar gestolpert. Und dennoch war er schon wieder im Dienst. Konnte das etwas Legales sein? Eine Beförderung war das wohl kaum. Und sie, Janine, war mittendrin. Mit ihr konnten sie es ja machen. Da wollte sie für die BRD arbeiten und landete bei einem ehemaligen Waffenhändler. Vor ein paar Tagen noch hatte sie ihr Horoskop gelesen, was sie sonst nie tat, da sie an solchen Firlefanz nicht glaubte. Dort hatte gestanden: *Es gibt einige Neuigkeiten im Job.*

Kapitel 22

Shanghai
China Development Bank

Zeit ist Glück, hatte Lucia Ming, die ihm nicht mehr aus dem Kopf ging, gesagt. Und Glück würden sie brauchen. Sie standen am Anfang eines Deals, der die Welt verändern würde. Der gleichzeitig genial und schrecklich war.

Und als Andreas Schmidt einen Tag später auf die Skyline von Shanghai blickte, fühlte er sich selbst wie die sumerische Gottheit Tiamat, nach der seine Einheit benannt war.

Gut und böse zugleich.

Dann betrat er das Hauptquartier der China Development Bank.

Levin Wang, der Manager für das internationale Geschäft der China Development Bank, sprach relativ gutes Englisch. Er habe einen MBA der Wharton Business School, ließ er Schmidt gleich wissen und zeigte auf ein Diplom an der Wand.

Wangs Sekretärin stöckelte ins Zimmer und schenkte beiden grünen Tee ein. Durch die Lamellen der Jalousien vor dem Fenster sah Schmidt die Nordseite von Shanghai jenseits des Flusses. Die Skyline und auf der linken Seite den Oriental Pearl Tower. Dazwischen zahllose Wolkenkratzer, deren Fassaden als glitzernde Werbeflächen dienten.

Gerade lief ein Spot von Volkswagen über zweihundert Meter Hochhausfläche. Das Logo des Autobauers blitzte auf. Und das Motto.

Das Auto, las Schmidt. Auf Deutsch. Als wäre er in Wolfsburg und nicht in Shanghai.

»Volkswagen!«, rief Mr. Wang in dem Moment schon aus, hob den Daumen. Dann lobte Wang noch einmal ausführlich Deutschland, lobte in einem Nebensatz auch Hitler und dessen wirtschaftliche Erfolge, ließ sich auf den schweren Ledersessel fallen und gebot Schmidt, es ihm gleichzutun.

Schmidt hatte Wang eine Flasche Aquavit aus Bremen mitgebracht, die Wang ehrfürchtig betrachtete und, so wie er aussah, am liebsten sofort aufgemacht hätte. *Guanxi,* kleine Geschenke, waren wichtig in China, um Vertrauen aufzubauen.

»Ich freue mich, dass mein Freund Rasamov Sie mir empfohlen hat.« Er blätterte durch die Unterlagen. »Sie möchten, dass wir Ihre Aktivitäten, die Sie gemeinsam mit unserer Regierung und den Russen im Kongo durchführen, mit einer Kreditlinie unterstützen?«

Schmidt nickte.

»Fünf Milliarden?«

Er nickte wieder.

»Das ist eine Menge Geld.« Er schlug ein Bein über das andere, was ihm aufgrund seiner kurzen Beine mehr schlecht als recht gelang. »Was haben Sie für Sicherheiten?«

»Sie bekommen eine Beteiligung an deutschen Mittelständlern«, sagte Schmidt, »*Hidden Champions*, wie man sie so nennt. Technologie-Weltmarktführer.« Er hob beschwörend die Hand. »Sie können kaufen, was Ihre Kunden sonst in Jahrzehnten selbst entwickeln müssten. Dieses Portfolio können Sie dann teuer an chinesische Technologie-Unternehmen verkaufen.«

Mehr sagte Schmidt nicht. In Wirklichkeit handelte es sich nicht wirklich um eine Beteiligung, denn dafür hätte man die inhabergeführten Unternehmen erst zu ihrem Einverständnis bewegen müssen, was weder Schmidt noch der BND getan hatte. In Wirklichkeit wollten die Unternehmen Kredite haben. Schmidt hoffte, dass die chinesische Bank den Unterschied nicht allzu schnell merken würde und er längst über alle Berge war, wenn der Schwindel aufflog, in den ihn Rasamov da hineinmanövriert hatte. Denn dass dieser Schwindel auffliegen musste, war für Schmidt umso sicherer, je mehr er von Tag zu Tag in seinen neuen Auftrag hineinwuchs.

Wang hingegen schien die Aussicht auf Beteiligungen zu freuen. Er nickte.

»Das ist gut, das brauchen wir. Wie viel bekommen wir?«

»Zwei Milliarden«, antwortete Schmidt.

»Das ist wenig! Weniger als fünf Milliarden«, sagte Wang. »Das kann ich berechnen, ohne in Wharton gewesen zu sein.« Er zeigte auf das Diplom hinter sich an der Wand.

»Sie wollen mehr?«, fragte Schmidt. Er war normalerweise nicht der Mensch, der auf Konfrontationen aus war, aber hier konnte er seine Stärke vielleicht einmal ausspielen, nachdem er bisher immer nur das kleine Rädchen in einem Getriebe war, das von anderen gesteuert wurde. »Aus den zwei Milliarden werden sehr schnell zehn Milliarden. Denken Sie an die Gewinne und Dividenden. Wie auch immer, wenn Sie mehr wollen, dann brauchen wir auch mehr.«

Wang schien ein wenig in Deckung zu gehen. »Was wollen Sie?«

»Eine Beteiligung Deutschlands an den Minen im Kongo, die Ihre Bank finanziert. Über eine Holding in Hongkong. Die Papiere sind vorbereitet.«

Er deutete auf seine Aktentasche.

»Der deutsche Staat möchte sich an Minen im Kongo beteiligen?« Wang hob die Augenbrauen. »Das ist neu.«

»Im 21. Jahrhundert ist einiges neu. Und die Zeit der Zurückhaltung ist vorbei.« Den Satz hätte auch Eugen von Stein nicht besser sagen können.

»Wie viel?«

»Zwanzig Prozent.«

»Das ist viel!«

Schmidt senkte die Stimme. »Das ist vielleicht viel …«, sagte er, wobei er die Stimme langsam anhob und im Ton schärfer wurde, »aber es ist sehr wenig im Vergleich zu dem Ärger, der Ihnen droht, wenn Sie den Deal blockieren.« Er hob sein Handy. »Ich brauche nur General Ku Shang Ku anzurufen und ihm zu sagen, dass es hier gerade hakt, und dann werden Sie …«

Wang hob beschwichtigend die Hände, als wollte er einen wilden Tiger zähmen. »Nein, Herr Staatssekretär Schmidt, wir werden uns ganz sicher einigen.«

Schmidt lehnte sich zurück und steckte das Handy wieder ein.

Das Handy, in dem die Nummer von Ku Shang Ku gar nicht gespeichert war.

Nach zwanzig Minuten einer pingpongartigen Verhandlung hatten sie sich endlich geeinigt.

Während Wang im Nebenraum die Unterlagen heraussuchte, schaute Schmidt in seinen Blackberry. Eine verschlüsselte Mail war eingegangen. Eugen von Stein. Er würde sie später lesen. Falls Wang nicht noch vorhatte, ihn zum Essen einzuladen, wie das mit neuen Geschäftsfreunden häufig geschah. Dann würde es heute sicher spät werden. Denn nach dem Essen folgten die Mädchen.

Wang kam zurück in den Raum gewatschelt und überreichte ihm eine Mappe mit den Unterlagen.

»Wir können zwanzig Prozent Ihrer Aktivitäten finanzieren«, sagte Wang. »Dafür erhält Ihre Regierung eine Beteiligung von zehn Prozent an allen Aktivitäten und wir darüber hinaus ein Beteiligungsvolumen an deutschen Unternehmen von zehn Milliarden Euro.«

Schmidt nickte. So hatte er es auch verstanden.

»Wir freuen uns immer sehr, mit Deutschland Geschäfte zu machen«, sagte Wang und verbeugte sich. »Wissen Sie, wie man Deutschland in China nennt?«

Schmidt schüttelte den Kopf.

»Reich der Tugend.« Wang zog grinsend die Lippen auseinander und vollführte eine Verbeugung vor Schmidt.

»Es hat mich gefreut, mit Ihnen Geschäfte zu machen. Grüßen Sie mir meinen Freund Rasamov! Meine Sekretärin wird Sie nach draußen führen.«

Das war das Signal zum Gehen.

Keine Einladung zum Abendessen.

Ein so guter Freund war er offenbar doch nicht, dachte Schmidt.

Noch nicht.

Aber er hatte ohnehin andere Pläne.

Kapitel 23

Vereinigte Arabische Emirate

Dubai International Airport

»Diese Scheiße werde ich dir nie verzeihen«, schimpfte Bernd, als er mit Martin über gläserne Gänge des Dubai International Airport hetzte und beide einiges an Handgepäck hinter sich herschleppten. »Lässt dir von dem Fass so einen bescheuerten Flug aufschwatzen mit nur einer Dreiviertelstunde Umsteigezeit, wenn man einen ganzen Marathon von Gate zu Gate laufen muss. Und wie man das schaffen soll, interessiert den Herrn Starjournalisten nicht!«

»Wir müssen es schaffen«, rief Martin, der neben ihm herhetzte. »Das ist nicht Economy flexible. Wenn wir den verpassen, können wir nach Berlin zurücktrampen oder mit dem Kamel reiten. Und dann reißt uns das Fass die Rübe ab.«

»Das Fass«, schnaubte Bernd, der Martin keuchend den Gang hinunterhetzte, vorbei an einer Louis-Vuitton-Boutique und einem Werbestand von American Express, wo eine halb verschleierte brünette Dame beiden ein Probeangebot für islamkonforme Kreditkarten unter die Nase hielt. »Dieser gottverdammte Geizpenner. Bucht uns den billigsten Flug, den man kriegen kann, und du tust nichts.«

»Was hätte ich denn tun sollen?«, hechelte Martin. Sie rannten an drei Scheichs vorbei, die sich gegenseitig ihre Smartphones zeigten. Das Gate 33 tauchte am Horizont des unendlich langen Ganges auf, und wäre das Terminal nicht auf achtzehn Grad heruntergekühlt, wäre es ihnen wie eine

Fata Morgana in der Wüste vorgekommen. So unrealistisch erschien es ihnen, dass das Gate jetzt endlich zu sehen war und gleichzeitig so weit entfernt wie eine Illusion in der Luft schwebte. »Ist doch klasse, dass wir überhaupt so einen tollen Job bekommen. Afrika. Das ist doch mal was. Nicht nur irgendwelchen Papparazzi-Scheiß, sondern endlich mal großen Journalismus.«

»Großer Journalismus«, keuchte Bernd, und es schien, als würde das Gate 33 weiter in großer Entfernung im Gang hängen, wie ein Himmelskörper, der sich auch dann nicht bewegt, wenn man auf der Erde Hunderte von Kilometern zurückgelegt hat. »Berlin–Frankfurt, Frankfurt–Dubai, Dubai–Kigali. Wundert mich, dass wir nicht gleich über den Nordpol geflogen sind. Oder über Neuseeland.«

Langsam kroch Gate 33 heran, während beiden der Schweiß auf der Stirn stand und sich die Gurte des Handgepäcks in ihre Schultern schnitten.

Ladies and Gentlemen, Rwanda Air Flight WB312 from Dubai International Airport to Kigali is now ready for boarding. May we ask passengers in row 20 to 35 to board the aircraft first. Passengers with Silver or Gold cards may board at any time. Please note that …

»Endlich!« Bernds Atem ging rasselnd. »Gerade so eben. Verdammte Scheiße.« Er schaute sich um. »Was machen die ganzen Schwarzen mit diesen ganzen Tüten?«

»Duty Free wahrscheinlich«, sagte Martin, nahm den Rucksack ab und streckte sich ein paarmal. »Hätte mir auch gerne noch einen schönen Whiskey gekauft.«

»Hätte ich auch gerne, aber wir hatten ja für nichts Zeit, außer für zwei Minuten pissen. Hätte ich den Flugplan vorher gesehen, hätte ich dem Fass ordentlich die Leviten gelesen.«

»Rwanda Air wird übrigens von Deutschen betrieben«,

sagte Martin und schüttelte seine Füße aus, nachdem er ein paarmal tief eingeatmet hatte.

»Will ich auch hoffen«, knurrte Bernd, »dass das nicht von irgendwelchen Bimbos zusammengewammst wurde und wir schon vor der Landung runterkommen. Na ja, werde mir gleich schön einen reinlöten, ein bis zwei Whiskeys müssen sein nach dem ganzen Gerenne.«

»Noch sind wir auf muslimischem Gebiet.« Martin lächelte.

»Von wegen«, sagte Bernd, »die Scharia scheint hier genauso wenig zu gelten wie im Pentagon.« Er zog seine Tasche zurecht. »Egal, wir sitzen eh recht weit vorne. Wenn der Scheißvogel abstürzt, und das wird er, kommt wenigstens der Getränkewagen noch mal vorbeigerollt. Wir sollten …«

Martin hörte nichts mehr. Sein Blick hatte ein Augenpaar weiter vorne im Finger des Gate gesehen, der in die Maschine führte. Zwei dunkle Augen, die ihn länger anschauten, als es normalerweise üblich war, zwei dunkle Augen, in denen er zu ertrinken meinte, die sein Blickfeld vereinnahmten wie ein dunkler See im Mondschein, die ihn hypnotisch anblickten – und von einer Sekunde auf die andere verschwunden waren.

»Warte mal kurz«, sagte Martin, »ich bin gleich wieder da!«

Kapitel 24

Shanghai
Altstadt

Die »Altstadt« von Shanghai war keine wirkliche Altstadt, jedenfalls nicht nach westlichen Maßstäben. Dafür war auch hier der Anteil an riesigen Wolkenkratzern viel zu hoch. Aber es war der Ort, wo es bestimmte Etablissements gab, für die manche Leute extra nach Shanghai kamen und durch die die Megastadt sich über die Jahrhunderte auch den Ruf eines riesigen Sündenpfuhls erarbeitet hatte, eines *Sodom & Gomorrha 2.0*.

Sascha Rasamov stand hinter einer Garküche, sein Gesicht halb von dem Qualm und Dampf verborgen, der aus dem Kohlefeuer und dem riesigen Kessel hervorquoll.

Er sah Andreas Schmidt. Und er sah das Etablissement, das er betrat. Offenbar brauchte er nach den Verhandlungen mit der China Development Bank dringend ein wenig Entspannung. Auf diese Weise hatte er die Entspannung direkt. Wäre Schmidt mit Wang und seinen Kollegen noch auf Tour gegangen, hätte er sich erst einmal durch diverse Mehrgangmenüs, literweise weißen Schnaps und endloses Karaoke durchkämpfen müssen, bevor es zu dem gekommen wäre, was ihm jetzt bevorstand.

Etablissements. Für solche Orte gab es viele Namen in China: Schönheitsfarmen, Hotels oder Karaoke-Bars. Der Laden, den Schmidt gerade betrat, war ein Massagesalon.

Illegal war Prostitution in China nach wie vor. *Ungefähr so illegal wie Alkohol während der Prohibition in den USA,* dachte Rasamov.

Er kannte die Strukturen gut. Und die Namen, die man den »Animierdamen«, gab. Es gab die »verpackten Ehefrauen«, die hochrangige Geschäftsleute begleiteten, die Dingdong-Damen, die Freier in ihrem Hotelzimmer besuchten, und ganz unten die Straßenmädchen, die für die Wanderarbeiter vom Land zuständig waren.

Schmidt hatte sich für eine mittlere Variante entschieden. Er traute sich offenbar nicht, die Dame zu sich ins Hotelzimmer zu holen, obwohl er es sich leisten konnte. Denn die Preise waren für westliche Verhältnisse ausgesprochen billig, genauso wie Taxifahrten. Dreihundert Yuan, umgerechnet dreißig Dollar, kostete eine ganze Nacht mit einer »verpackten Ehefrau«.

Schmidt hatte sich für die anonyme Variante entschieden, doch so anonym, wie der Deutsche gehofft haben mochte, war die Welt nun doch wieder nicht.

Rasamov grinste, während er einem Radfahrer auswich, der mit einem riesigen Bollerwagen haufenweise Melonen und Orangen transportierte. Es war immer gut, so viel wie möglich über seine Kooperationspartner zu wissen. *Vertrauen ist gut, Kontrolle ist besser,* hatte schon Lenin gewusst.

In einem günstigen Moment, als gerade wenig Rauch von der Garküche aus in sein Blickfeld blies, machte Rasamov ein Foto von Schmidt, der gerade dabei war, den Massagesalon zu betreten.

Man kann nicht zu viel wissen, dachte er grinsend, während er die Kamera einsteckte und im Gewirr der Gassen verschwand.

Kapitel 25

Shanghai, Pudong
World Financial Center

Andreas Schmidt nahm einen Schluck von seinem Bier, dachte an die eine Stunde, die gerade hinter ihm lag, und schaute fasziniert auf die Straßenschluchten und Wolkenkratzer unter ihm, auf Pudong, das Manhattan Shanghais, und auf den Bund, die Uferpromenade, an der Südseite des Flusses und dessen prunkvolle koloniale Kulisse. In einem der prächtigen Kolonialbauten hatte er vor zwei Stunden mit Mr. Wang gesprochen.

Auf der Westseite waren die alten kolonialen Gebäude, die Bank of China, die HSBC, die großen Patrizierhäuser, die es schon gab, als Shanghai noch die Spiel- und Opiumhölle des Ostens gewesen war. Und dahinter war der Ort, den Schmidt als Letztes besucht hatte. Und der ein wenig geholfen hatte, die Anspannung aus seinem Körper und die Beklommenheit aus seinen Zügen zu nehmen.

Wenn Gott Shanghai überleben lässt, hatte einmal ein Jesuit zu Schmidt gesagt, *muss er sich bei Sodom und Gomorrha entschuldigen.*

Er musste lächeln. Unrecht hatte der Mann nicht gehabt.

Der Fluss, auf dem zahlreiche Ausflugsschiffe umherkreuzten, glitzerte im Licht der Zwanzig-Millionen-Stadt.

Huangpu hieß der Fluss, der Shanghai teilte.

Gelber Fluss.

Puxi war das Ufer westlich des Flusses.

Pudong das Ufer östlich.

Pudong war das neue Shanghai. Das Shanghai mit den riesigen Wolkenkratzern, den Bankgebäuden und den Hunderte Meter hohen Glasfassaden.

Er nahm einen Drink in einer Penthouse-Bar in einem Wolkenkratzer direkt neben dem World Financial Center, das sich neben ihm fünfhundert Meter in die Höhe hob. Daneben die Baustelle des Shanghai Towers, der schließlich noch höher sein würde und auf dessen Spitze drei Kräne standen, die sich wie prähistorische Tiere vor der Glitzerwelt von Pudong abhoben. Durch die schwüle Abendluft blitzten Funken, und Schmidt dachte erst an Blitze von Kameras. Doch es waren Funken der Schweißgeräte zwischen den Stahlgerüsten der Hochhäuser, Baustellen, auf denen noch immer gearbeitet wurde.

Das »Manhattan des Osten« nannte man Shanghai mittlerweile.

Und wie New York war auch Shanghai eine Stadt, die niemals schlief.

Er saß, das Sakko neben sich auf einem Stuhl und die Krawatte gelockert, an einem Whirlpool in dreihundertfünfzig Metern Höhe. Auf der Speisekarte standen, direkt unter den Cocktails, die Preise für Leihbadehosen und -bikinis.

Er nahm noch einen Schluck von seinem Tsingtao-Bier und schaute über die Unterlagen. Den Deal mit der Bank, den er mit Mr. Wang abgeschlossen hatte. Der Letter of Intent, den Worotnikow und General Ku Shang Ku unterschrieben hatten. Die diplomatischen Papiere, die ihm Rasamov gegeben hatte.

Morgen würde er über Dubai nach Ruanda fliegen.

Es war Zeit, die Mail zu lesen, die vorhin eingegangen war. Von Stein hatte ihm die Kontaktdaten von Janine Drieling geschickt.

Besser, sie wusste gleich Bescheid.

Er wählte ihre Nummer.

Doch er erreichte nur die Mailbox.

Er trank von seinem Bier und sah, wie in einigen der Häuser die Lichter ausgingen. Von einer Sekunde auf die andere. Als wäre ein Schalter umgelegt worden. Und genau das war auch geschehen.

Dann sah er wieder Lucia. Lucia Ming, die er überall zu erkennen glaubte, obwohl sie mehrere Tausend Kilometer von ihm entfernt war.

Ihr Gesicht. Ihre Art, sich zu bewegen.

Wenn man schon etwas ganz Neues anfangen sollte, so wie er, dachte er, warum dann nicht gleich mit ihr?

Der Gedanke irrte weiter durch seinen Kopf, während hier und da weitere Lichter aus- und andere wieder angeschaltet wurden in diesem Dschungel aus Stahl und Glas und Beton.

Gesprächsfetzen in Englisch und Mandarin zogen an ihm vorbei.

Gesichter, die er noch nie gesehen hatte und die er nie wieder sehen würde.

Und *ihr* Gesicht.

Das nicht hier war.

Die Lichter gingen an. Und wieder aus.

Andreas Schmidt suchte den Schalter in seinem eigenen Kopf.

Doch den fand er nicht.

Kapitel 26

Demokratische Republik Kongo

Kinshasa International Airport

Janine hatte den Sitz nach vorne gestellt und den Sicherheitsgurt angelegt. Ihr Flug mit Turkish Airlines hatte mit dem Anflug auf Kinshasa, der Hauptstadt der Demokratischen Republik Kongo, begonnen, und wie immer war sie dankbar, einen Fensterplatz zu haben.

Unten erstreckte sich das Delta des Kongosflusses, der mit solcher Wucht in das Meer hineinbrach und dabei so viel Sand aufwirbelte, dass sich das Meerwasser über mehrere Hundert Kilometer verfärbte. Es sah aus wie ein Pinsel mit schwarzer Farbe, den man in ein Glas Wasser steckte. Oder wie ein Mann, der sich die Pulsadern aufgeschnitten hatte und anschließend seine Hände ins Wasser hielt.

Zwölf Stunden war sie unterwegs gewesen. Von sieben Uhr morgens bis sieben Uhr abends. Immerhin gab es keinen Jetlag. Der Kongo lag in der gleichen Zeitzone wie Europa. Das war ohnehin ein Vorteil von Afrika-Geschäften. Jedenfalls, wenn man aus Europa kam.

Als die Maschine gelandet war, stellte sie ihr Handy an.

Drei Voicemails, eine davon war wichtig.

Sie hörte die Nachricht ab:

Guten Abend, Frau Drieling, hier ist Andreas Schmidt.

Sie spürte einen Kloß in ihrem Hals.

Wie Sie vielleicht wissen, werden wir in den nächsten Mo-

naten zusammenarbeiten. Ich werde wahrscheinlich erst in zwei oder drei Tagen in Kinshasa eintreffen, da ich vorher noch in Ruanda zu tun habe.
Ich bitte Sie aber, sich morgen schon einmal in der Deutschen Botschaft des Kongoss, in der Avenue du Roi Baudouin einzufinden. Fangen Sie bitte schon einmal an, das Umfeld zu sondieren, also unauffällig Interviews mit den Botschaftern sowie mit den Regierungsmitgliedern in Kinshasa durchzuführen. Wir müssen uns zuerst einen Überblick über die Machtstrukturen verschaffen, damit wir wissen, wem wir trauen können und wem nicht.
Dort werden Sie auch einen weiteren Kooperationspartner kennenlernen, dessen Namen ich Ihnen noch nicht sagen kann.

Ich freue mich auf die Zusammenarbeit.
Und herzlich willkommen im Kongo.

Janine blickte auf ihr Handy, als hätte ihr der Apparat eben einen unangemessenen Witz erzählt.
Ich freue mich auf die Zusammenarbeit.
Und herzlich willkommen im Kongo.

Das Bild des Flusses war wieder in ihrem Kopf.

Das schmutzige Wasser, das ins Meer floss, wie die Hand eines Mannes, der sich die Pulsadern aufgeschnitten hatte.

Sie lief über das Rollfeld auf das Terminalgebäude zu, das sie eher an eine heruntergekommene Turnhalle erinnerte. Hinter dem Flughafen schimmerte die Skyline von Kinshasa in der dunstigen Atmosphäre des Abends. Sie durchschritt das Terminal-Gebäude, und als sie endlich ihren Koffer hatte, ging sie nach draußen zu den Taxis.

Sollte sie Martin anrufen?
Ihn fragen, ob er schon in Afrika sei und wie es ihm ginge?
Ach was, dachte sie dann.
Das wäre doch viel zu teuer.
Sie war froh, eine Ausrede zu haben.
Und gleichzeitig ärgerte sie sich darüber.

Hinter dem Flughafen wühlten Kinder im Müll, rissen Drähte aus Fernsehern und Radios und PCs, um sie weiterzuverkaufen. Wellblechdächer waren mit Steinen beschwert. Gleichzeitig warben Plakate für SMS-Dienste und Models für Unterwäsche, und Janine fragte sich, wer sich die wohl leisten könnte.

Eine dicke Frau hatte auf einer Tonne ein kleines Kohlefeuer errichtet und verkaufte gegrillte Bananen mit gegrilltem Ziegenfleisch. Neben ihr stand ein Soldat der Armee und kaute, in der einen Hand die Banane, in der anderen eine chinesische Maschinenpistole.

Sie atmete die Luft ein, die nach Wald und Kerosin roch.
Und irgendwie auch nach Abenteuer.

Das Taxi wartete auf sie. Das Steuer war rechts. Fast alle Autos im Kongo kamen aus den Nachbarländern, die früher britische Kolonien waren.

Dann stieg sie ein.

Kapitel 27

Demokratische Republik Kongo
Grenzgebiet Virunga-Nationalpark

Robert Otega hasste alles, was ihm gefährlich werden konnte. Und gefährlich konnte im Kongo einiges werden. Also war es ökonomischer, gleich alles und jeden zu hassen. Er gab seiner fast hundert Mann starken Truppe ein Zeichen und ließ seine einhundertdreißig Kilo auf einen Baumstumpf fallen, während er seine Uzi auf die Knie legte und sich mit einer Hand den Schweiß von der Stirn wischte. Der Schweiß floss in kleinen Bahnen über seinen massigen, kahlrasierten Schädel, über seine Schultern und Arme, die muskelbepackt und mit Stammestätowierungen bedeckt waren. Ein silbernes Kreuz hing um seinen Hals, das den gekreuzigten Messias zeigte.

Zwei seiner Männer setzten stöhnend das schwere Paket ab, das sie auf einer Stange durch den Wald und die Savanne getragen hatten. Er würde sich gleich die Beute anschauen, aber erst einmal brauchte er fünf Minuten für sich und seine Gedanken. Unwillkürlich begann er das Kreuz zwischen seinen Fingern zu drehen.

Das Kreuz.

Auch wenn ihm der Priester, der ihn damals aufgezogen hatte, immer die Milde und das Vergeben predigte, hatte Otega doch schnell gelernt, dass man mit Milde nicht weiterkam. Wenn man auch die linke Wange hinhielt, bekam man zur Belohnung noch einen Schlag auf die rechte. Der Vater liebt dich, hatte der Priester gesagt, doch war es Otegas Vater selbst gewesen, der sich als der schrecklichste Mensch in seinem Leben entpuppt hatte. Er hatte ihn mitunter derart verprügelt, dass der junge Robert Otega um ein Haar bewusstlos geworden und nie wieder aufgewacht wäre. *Den Beißer* hatten seinen Vater die anderen im Stamm genannt, weil er es genoss, seinen Feinden mit seinen starken Zähnen die Kehle durchzubeißen. Sein Vater hatte Kannibalismus praktiziert und nicht nur die Leichen seiner Feinde gegessen, sondern auch erwartet, dass man ihm diese Feinde lebend bringen sollte. Er hatte es genossen, seine Zähne in das lebende Fleisch zu schlagen und die Schreie zu hören. Schließlich war er blind geworden und hatte nicht mehr genau feststellen können, ob eines seiner Opfer nicht wirklich noch lebte oder bereits gestorben war. Otega hatte es sich schließlich angewöhnt, den Leichen, die sein Vater bekam, einen lebenden Vogel in die Brusthöhle zu nähen. Das im Todeskampf flatternde Tier in der Brusthöhle gab dem Vater die Illusion eines schlagenden Herzens und damit die Illusion eines lebenden Opfers. Hätte sein Vater diesen Betrug herausgefunden, hätte er den jungen Otega mit Sicherheit totgeschlagen.

Entweder, du bringst mir zu essen, hatte sein Vater oft zu ihm gesagt, oder ich esse dich.

Als sein Vater gestorben war, an irgendeiner seltsamen Krankheit, die vielleicht mit all den verspeisten Leichen zu tun hatte, war der junge Robert dabei gewesen. Er sah, wie sein Vater seine letzten Minuten erlebte, mit Schaum vor dem Mund und verrenkten Gliedmaßen. Dann war er gestorben. Wahrscheinlich war es Tollwut gewesen oder Kuru, eine Krankheit, von der es in Otegas Stamm hieß, dass jene sie bekämen, die auch die Gehirne von Leichen essen würden.

Danach hatte Pater Henry, ein katholischer Missionar, den

jungen Robert zu sich genommen. Er hatte ihm von der Eucharistie der katholischen Kirche erzählt, vom Abendmahl, wo die Gläubigen den Leib Christi verspeisen.

»Und Christus ist der Sohn Gottes?«, hatte Otega gefragt.

Der Priester hatte genickt.

»Das heißt, wir essen einen Teil von … Gott?«

Der Priester hatte wieder genickt.

Seit diesem Moment war Otega Katholik. Denn das war viel mehr, als nur das Herz seiner Feinde zu essen. Man aß etwas vom Allergrößten persönlich. Und dadurch wurde man stärker als jeder andere, der nur »normale« Menschen aß.

Vielleicht wäre aus dem jungen Robert, trotz seiner traumatischen Kindheit, noch ein starker, aber guter Mensch geworden, wäre da nicht der Überfall der Tutsi-Rebellen nach dem Genozid in Ruanda gewesen. Neben seinem Bruder und zehn weiteren seines Stammes war auch Pater Henry in einem Sturm aus Kalaschnikow-Kugeln zerfetzt worden.

Für Otega, der sich im Unterholz nahe der Mission versteckt gehalten hatte, war dies der Moment gewesen, eine Entscheidung zu treffen. Sein eigenes Geschäft aufzubauen. Eine eigene Stammesarmee, die seinen Befehlen gehorchte und das tat, was auch er selbst am besten konnte. Den einen Sicherheit zu geben, indem man die anderen tötete. Die anderen, das waren verfeindete Stammesarmeen, das waren Arbeiter aus den nahen Gold-, Coltan- und Kobaltminen, die Rohstoffe stahlen. Die anderen, das waren die Milizen Ruandas, die den Nationalpark bewachten. Sein Geschäft ging gut, es herrschten ein reges Angebot und eine rege Nachfrage. Und seine Armee wuchs. Die Kinder des Kongoss hatten wenige Möglichkeiten. Und sie konnten wenig, weil ihnen niemand etwas beibrachte. Sie konnten rennen. Sie konnten stehlen. Und schießen, wenn man es ihnen beibrachte. Auch wenn der

Rückstoß der großen Gewehre die kleinen Kinderkörper bei den ersten Schüssen meist von den Füßen riss, war Otega stolz auf seine Kinder, die irgendwann zu Männern wurden. Für sie gab es keine Ausbildungsplätze, keine richtigen Jobs. Keine Perspektiven. Stattdessen gab es Kalaschnikows. Und es gab ihn, General Otega. Er befehligte nun seine eigene Stammestruppe. Die »Engel des Herrn«.

Die beiden Männer öffneten das Paket, das sie vorher behutsam auf dem Boden abgesetzt hatten.

»Stoßzähne aus Elfenbein«, sagte einer der Männer. »Für die Superreichen in Japan und China.«

»Was kriegen wir dafür?«

»Bis zu zweitausend Dollar für ein Kilogramm.«

Otega rechnete im Kopf. Die Elefantenjagd war eines seiner neuen Geschäftsmodelle. Ein ganzer Stoßzahn wog zwischen zehn und sechzig Kilogramm. Damit konnte ein ganzer Elefant, oder besser, nur seine Zähne, bis zu hundertzwanzigtausend Dollar einbringen. Eine Menge Geld, mit der man Waffen, Männer und vieles andere kaufen konnte. Geld, das viel leichter verdient war als durch die Arbeit mit den Minenbesitzern. Statt Hunderte von Minenarbeitern mit Gewalt in die Kobaltminen treiben zu müssen, reichten hier ein paar Schüsse und ein paar anschließende Hiebe mit der Machete, um das Geld für das nächste halbe Jahr zu verdienen.

Sein Funkgerät knackte.

»Ja«, knurrte er.

Jemand sprach am anderen Ende.

Otega erhob sich und setzte sich sein rotes Barett wieder auf.

»Ihr zwei«, sagte er und zeigte auf die Stoßzähne und auf zwei der Männer, »ihr bringt das in Sicherheit. Der Rest«, er zeigte nach Norden, »kommt mit nach Kagara. In der Mine dort gibt es Ärger.«

Er streckte seinen massigen Körper.

»Wir müssen ein bisschen aufräumen.«

Er lächelte und strich noch einmal mit den Fingerspitzen über das Silberkreuz.

Kapitel 28

Vereinigte Arabische Emirate
Dubai International Airport

Sie stand am Gate in Dubai, und der Einstieg der Maschine der Rwandair nach Kigali sollte in fünf Minuten erfolgen. Sie hatte auf dem Flug die meiste Zeit gearbeitet und wenn überhaupt eine Stunde schlafen können, auch wenn sie in der Business Class geflogen war. Ihr Arbeitgeber erlaubte für Interkontinentalflüge zum Glück Business Class, da man mit Mitarbeitern, die vor Ort fit und ausgeschlafen waren, mehr anfangen konnte als mit denen, die sich gerädert und halb tot aus den engen Konservenbüchsen der Economy Class hervorschälten.

Ihr Chef hatte ihr vorhin telefonisch noch eine lange Predigt über ihre Aufgaben in Afrika gehalten.

Sein Wahlspruch stammte von Lenin.

Vertrauen ist gut, Kontrolle ist besser.

Da passte er gut zu den Russen, mit denen sie zusammenarbeiten sollte.

Lucia sollte sicherstellen, dass die Infrastruktur im Kongo schnell aufgebaut wurde und ein Großteil der Rohstoffe nach China ging. Da die Menschen im Kongo bisher nur männliche Chinesen gesehen hatten, hoffte ihr Boss, dass eine Chinesin noch mehr bewegen konnte.

Sie wusste nicht, ob sie darüber stolz sein oder sich darüber ärgern sollte.

Unwohl fühlte sie sich in jedem Fall.

Unvermittelt sprach sie ein mittelgroßer Mann mit dunklen Augen an.

»Hey, you going to Africa, too? I am Louis. I am from Italy, but I live in New York.«

»I am very happy for you«, sagte Lucia schroff und ging demonstrativ ein paar Schritte nach vorne. Louis machte keinen weiteren Versuch mehr.

Eine Sekunde später tat es ihr schon wieder leid. Wenn sie so weitermachen würde, würde sie ein Leben lang allein bleiben. Doch was sollte sie mit einem Louis in New York? Was sollte sie überhaupt mit einem Mann, wenn sie ständig arbeitete? Vielleicht sollte sie allein sein, einsam sein?

Was sie immer sein wollte.

Und was sie immer sein würde.

Sie blickte sich um. Die geschwätzige Freude der Schwarzen, die das Gate bevölkerten und sich sichtlich auf den Flug in die Heimat freuten, stand in seltsamem Kontrast zu ihrer Gemütsverfassung. Einige Ruandesen hatte sie schon an Bord gesehen und mit einem auch ein paar Worte gewechselt. Aber einen richtigen Vorgeschmack auf Afrika bekam sie erst hier, am Gate der Rwandair, in den Vereinigten Arabischen Emiraten. Dutzende von Schwarzen, die nach Kigali zurückreisten, hatten sich in Dubai in der Duty-Free-Zone zu null Prozent Steuern mit Tüten voll mit Mode- und Luxusartikeln eingedeckt, die sie allesamt im Terminal-Bereich gekauft hatten und daher nicht einchecken mussten. Jetzt war ein Mitglied der Kabinencrew dabei, von den Tütenbesitzern Hunderte von Dollar einzutreiben. Wenn schon die Maschine mit Tüten vollgestopft sein würde, sollte es wenigstens nicht zum Schaden der Fluggesellschaft sein. »You have something for me?«, sagte der Sicherheitsbeamte, ging von Gruppe zu Gruppe und strich für jede Tüte, je nach Größe, einen unterschiedlichen Geldbetrag ein.

Als Lucia Ming am Gate vorbei in das Flugzeug stieg, wurde ihr klar, dass sie noch nie zuvor nach Afrika geflogen war. In diesem Moment spürte sie einen Blick im Nacken. Sie drehte sich um und schaute in zwei blaue Augen.

Sie wusste, was dieser Mann dachte. Er war sicher von ihrer eleganten und ein wenig zerbrechlichen Erscheinung fasziniert, ebenso von ihrer Undurchschaubarkeit. Das waren sie immer. Denn beides traf zu.

Vielleicht fragte er sich auch: »Was muss das für eine sein, die allein nach Afrika fliegt?«

Und eine Zehntelsekunde lang war in Lucia der Wunsch, mit ihm zu sprechen.

Dann drängte sich ein großer Afrikaner in einem grauen Anzug dazwischen und das Gesicht mit den blauen Augen war verschwunden.

Sie saß am Fenster, hörte die Ansage der Kabinencrew, sah, wie all die Tüten säuberlich in den Fächern verschwunden waren, und wunderte sich, wie schnell das Chaos am Gate sich in perfekte Ordnung verwandelte. Die Maschine war startklar.

Dann sah sie wieder die zwei blauen Augen, aber diesmal nur in ihrer Erinnerung.

Eine Erinnerung, dachte sie.

Nur die Armen und die Einsamen haben Erinnerungen, hatte ihr einmal jemand gesagt.

Kapitel 29

Demokratische Republik Kongo
Virunga-Nationalpark

Es war einer von so vielen Einsätzen gewesen.

Die gleichen Schreie. Das gleiche Blut. Die gleiche Beute.

Die Engel des Herrn hatten die Rebellion niedergeschlagen. Dreißig Minenarbeiter einer Coltanmine in der Nähe von Goma hatten einen Aufstand gewagt. Die fünf Rädelsführer hingen bereits an den Ästen der hohen Bäume, am Rand einer Lichtung, auf der sich die Mine befand. Wenn man überhaupt von einer Mine sprechen konnte. Das Ganze war eher ein Loch im Boden, gefüllt mit brackigem, rotbraunem Regenwasser, aus dem die Arbeiter mit bloßen Händen und einfachsten Werkzeugen Steine herausbrachen. Steine, in denen sich die begehrten Rohstoffe befanden: Coltan, aber auch Kobalt, Eisen und manchmal auch ein wenig Gold. Das Eisen war egal. Das Gold war schön. Aber das Coltan war am wichtigsten. Denn es sorgte dafür, dass in der technologisierten Ersten Welt die Technologie überhaupt funktionierte.

Das monotone Motorengeräusch des Sandschiebers, eine der wenigen Maschinen dieser Mine, war erneut zu hören. Die Schreie des Aufruhrs und die Geräusche des Kampfes klangen nur noch in der Erinnerung von Robert Otega nach, nur kurz unterbrochen vom Stöhnen der zwei Verwundeten, die auf dem Boden lagen. Zwei Wachen seiner Engel des Herrn hatten ihre Kalaschnikows auf sie gerichtet. Otega nickte den

Wachen zu, zwei kurze Feuerstöße und dann war das Stöhnen von einer Sekunde auf die andere vorbei. Ein paar Vögel flatterten in den Bäumen auf. Otega schien es, als würde trotz des Sandschiebers einen Moment lang völlige Stille herrschen.

Zwei mehr oder weniger, was machte das schon, dachte er. Allein in den letzten fünfzehn Jahren waren im Kongo mehr als fünf Millionen Menschen ums Leben gekommen. Der Krieg hatte viele Ursachen, doch der Kampf um Rohstoffe war einer der wichtigsten. Noch immer starben im Monat bis zu fünfzigtausend Menschen. Das war gut für Otega. Denn wenn es unsicher wurde, wurden Leute wie er gebraucht. Leute, die für Ordnung sorgten, auch wenn sie selbst Teil des Chaos waren. *Rape Capital of the World, Vergewaltigungshauptstadt der Welt,* das war die inoffizielle Bezeichnung des Kongoss, und Otega würde niemals abstreiten, dass seine Engel des Herrn an dieser Bezeichnung eine bedeutende Mitschuld trugen. Und die, die heute den Kongo und damit auch Otega selbst deswegen kritisierten, hatten es ihm schließlich vorgemacht. War es nicht der belgische König gewesen, dessen Soldaten noch hundert Jahre zuvor das Land ausgebeutet hatten, jedem Dorf Lieferquoten für Kautschuk auferlegten und die Frauen des Stammes als Geiseln hielten? Lieferten die Männer zu wenig Kautschuk ab, wurden alle Frauen vor den Augen ihrer Männer vergewaltigt, ehe sie ermordet wurden. Soviel zu *Rape Capital of the World.* Diese Geschichte hatte Otega sein Großvater erzählt und der hatte es von seinem Vater gehört. Otegas Urgroßvater hatte das alles noch selbst gesehen. Vergewaltigungen und das Abhacken der Hände waren damals ebenso an der Tagesordnung wie heute. Es hatte sich nichts geändert. Es war alles so geblieben. Das, was damals der Westen gemacht hatte, machten jetzt Menschen wie er. Die Menschen im Westen waren nur sensibler geworden. Er hingegen nicht. Mitleid war das Letzte, was er sich leisten konnte.

Das Gurgeln und Stöhnen einer einzelnen Stimme mischte sich in das monotone Summen des Sandschiebers und das Krachen von Steinen, die weggeschoben wurden. Ein einzelner Arbeiter aus der Mine lag einige Meter neben Otega am Boden. Der eisenhaltige, rote Boden war noch roter vom Blut des Mannes, der mit beiden Händen seinen Bauch hielt.

»Um ihn müsst ihr euch noch kümmern«, sagte der Chef der Mine.

Der Mann auf dem Boden krümmte sich vor Schmerz. Blut sickerte aus der Einschusswunde in seinem Bauch. Der Chef sprach weiter. »Der Mistkerl hat einige Stücke Gold in Gelatine eingepackt und verschluckt.«

Otega näherte sich langsam und griff an seinen Gürtel.

Der Chef der Mine fluchte. »Jetzt müssen wir warten, bis dieser Scheißkerl auf dem Klo war, und dann seine Scheiße nach dem Gold durchsuchen.«

»Wieso warten?«, fragte Otega und näherte sich dem Mann, in dessen Augen die Todesfurcht eingebrannt war. »Wir können es uns auch jetzt holen. Zeit ist Geld. Und je eher wir das Gold wiederhaben, desto schneller können wir es verkaufen.«

Und er zog etwas hervor, das er an seinem Gürtel trug und das er immer dann einsetzte, wenn ein Kampf nah, hart und schmutzig wurde. Wenn ein Kampf gut wurde.

Ein langes, rasiermesserscharfes Jagdmesser.

Kapitel 30

Ruanda
Hauptstadt Kigali

»Wir machen eine Reportage über die Berggorillas«, sagte Bernd und nickte kennerhaft.

»Echt?«, fragte das junge Mädchen, das neben ihm stand. Sie hieß Yvonne, war in Kigali geboren und arbeitete in einer Bank.

Martin und Bernd waren endlich in Kigali angekommen. Sie standen an der Bar des Hilton-Hotels, hatten jeder ein großes Bier in der Hand und unterhielten sich mit den erstbesten Leuten. Martin schien es, als wären alle in dieser Bar, die nicht für die UNO oder eine andere Nichtregierungs-Organisation arbeiteten, entweder Abenteurer, Investoren, Kriminelle oder alles auf einmal.

Bernd, so fand er, reihte sich in diese Gruppe sehr gut ein.

»Kennt ihr euch denn hier aus?«, fragte Yvonne weiter.

»Klar wir sind ja keine Anfänger!« Bernd nahm einen Schluck von seinem Fosters, das offenbar das Standardbier in Afrika war, und zeigte auf Martin. »Das ist mein Kollege Martin. Wir fahren zusammen in den Virunga-Park.«

»Hi«, sagte Martin und versuchte, weltmännisch dreinzuschauen. Martins Augen folgten denen Bernds, die den Blick nur schwer von Yvonne lösen konnten, wobei sich Bernd offenbar im Unklaren war, ob er sich für ihre Augen oder für ihr Dekolleté entscheiden sollte. Wie es schien, hatte er sich für den Blick auf ihre Brüste entschieden, und Martin fürchtete, dass Bernd keine klare Antwort geben könnte, wenn man ihn nach Yvonnes Augenfarbe gefragt hätte.

»Mann, die Alte ist ja heiß«, hatte er zu Martin vorhin im Aufzug gesagt, als sie von ihrem Zimmer nach unten zur Bar gefahren waren. Flori das Fass war natürlich zu geizig gewesen, zwei Einzelzimmer im Hilton zu bezahlen, so dass sich beide ein Zimmer teilen mussten, was Bernd bei seinen Eroberungsplänen durchaus im Weg stand. »Ich steh ja eigentlich auf Blond, aber die …« Mit diesen Worten hatte Bernd eine unmissverständliche Geste mit der rechten Hand vollführt. »Wozu gibt's Wasserstoffperoxid?«

Bernd sprach weiter. »Wir machen ein paar Fotos vom Park, von den Gorillas, interviewen ein paar Leute zum Tod von Dian Fossey und haben eine gute Zeit.« Bernd trank noch einen Schluck von seinem Bier. »Was sollten wir sonst tun?«

»Wart ihr denn schon mal hier?« Über Yvonnes Augen erhob sich eine leichte Sorgenfalte, die sie mit nur wenig Erfolg verbergen konnte.

»Klar«, sagte Bernd, »ich bin schon mal mit einem Jeep durch Afrika gefahren. Mit meinem Bruder. Fünfundzwanzigtausend Kilometer.«

Bernd malte die ganze Reiseroute auf einen Notizblock, der auf dem Tresen lag. Sie hatten den Jeep erst von Italien nach Tunesien verschiffen wollen, waren dann aber doch selbst gefahren. In einem Dreihundert-Seelen-Dorf in der Nähe von Hannover ging die Afrika-Tour los. Dann über Österreich, Jugoslawien, Bulgarien, die Türkei und Syrien bis Ägypten. Syrien. Auch ein Land, in das man heute so einfach nicht mehr fahren würde, dachte Martin. Die erste Reifenpanne, erzählte Bernd stolz, hatten sie bereits in Syrien gehabt, so dass sie für Afrika nur noch einen Ersatzreifen hatten. Dann hatten sie Israel umfahren, um Einreiseschwierigkeiten in arabische Länder zu verhindern. Ein israelischer Stempel im Pass hätte ihre Reisepläne zunichtegemacht, erklärte Bernd und blinzelte in die Abendsonne.

»Ihr wart doch nicht etwa im Sudan?«, fragte Yvonne. »Da herrscht doch Bürgerkrieg.«

Bernd nickte. »Damals noch nicht. Aber das hat uns weniger interessiert. Eher interessierte uns die Frage, wie wir Gin nach Sudan einschmuggeln konnten. Man muss doch abends was zu trinken haben.«

»Und die Scharia«, fragte Martin und tippte sich an den Kopf. »Weißt du, dass sie dir deswegen die Finger hätten abhacken können?«

Bernd hob alle zehn Finger. »Ist aber nicht passiert. Und der Gin hat sehr gut geschmeckt.«

Yvonne schaute ihn etwas verstört an. Martin hingegen war froh, einen Profi dabeizuhaben, der sich in Afrika auskannte. Wenn Bernd manchmal über die Stränge schlug, war das wohl der Preis, den man zahlen musste.

»Wir haben viel Mist gemacht«, sagte Bernd, »aber wir haben nicht alles gemacht.« Er fixierte Yvonne. »*Islagiatt* nennt man das.«

»Islagiatt? Klingt irgendwie arabisch.«

»Ist nur eine Abkürzung.« Bernd trank sein Bier aus und bestellte gleich ein neues. »*It seemed like a good idea at the time.*«

Langsam ließ Bernd seinen Blick an Yvonne auf und ab gleiten. »Und was machst du sonst so, wenn du nicht in der Bank oder hier an der Bar bist?«, fragte er.

»Tja, Verschiedenes«, sagte die junge Frau und nippte an ihrem Wein. Martin glaubte, in ihrer Stimme einen unsicheren Unterton herauszuhören.

»Und wenn wir wieder da sind, hättest du dann wieder Lust auf einen Drink?«

Wieder einmal wunderte sich Martin, wie schmerzfrei Bernd Frauen anbaggerte. Obwohl es meistens nicht funktionierte, agierte Bernd nach der Devise, dass man ruhig hundert Mal feuern durfte, um ein Mal ins Ziel zu treffen.

Er fing einen Blick von Yvonne auf und fragte sich, ob sie ihn damit um Schutz bitten wollte.

»Ich glaube, ich muss jetzt erst mal ins Bett«, sagte sie. »Ich habe es noch dreißig Minuten nach Hause und muss morgen früh aufstehen. Passt gut auf euch auf!«

»Wir sind doch nur ein paar Tage unterwegs.«

»Ein paar Tage«, wiederholte Yvonne und betrachtete die Eiswürfel in ihrem Glas, »ein paar Tage können in Afrika eine Ewigkeit sein – jedenfalls dann, wenn man in der falschen Gesellschaft unterwegs ist.«

Dann trank sie ihr Glas aus und verschwand.

»Na prima«, sagte Bernd nach einer kurzen Pause, »dann schlafen doch nur wir zwei in unserem Ehebett.«

»Ist vielleicht auch ganz gut, weil …«

In dem Moment blieb Martins Blick hängen.

»Warte mal 'ne Sekunde, bin gleich wieder da.«

»Klar«, sagte Bernd, »lasst mich nur alle allein.«

Vorsichtig näherte sich Martin der jungen Dame, die an der Bar stand und mit langsamen Schlucken an einem Cocktail nippte.

»Hi«, sagte er auf Englisch, wobei er all seinen Mut zusammennahm. »Sorry, dass ich dich einfach so anspreche. Wir haben uns vorhin in Dubai gesehen und waren auf demselben Flieger. Ich bin Martin.«

Er streckte seine Hand aus.

Die junge Frau schaute ihn an. Dann nahm sie seine Hand. Einen kurzen Moment. Und ließ wieder los.

»Ich bin Lucia.«

»Lucia, äh, freut mich.« Er suchte nach Worten. »Kommst du aus China?«

Sie schaute ihn skeptisch an. »Sieht man das etwa?«

»Ja, äh, nein, äh natürlich.« Er nestelte an einem Bierdeckel. »Ist schon etwas spät, das ist nicht so meine Zeit, um geistreich zu sein.«

»Zeit ist Glück«, sagte Lucia.

»Was ...«, begann Martin, »was machst du in Ruanda?« Es kam ihm ungewöhnlich vor, dass eine junge, so attraktive Frau allein in Afrika unterwegs war. Oder wartete ihr schwerreicher Freund schon in einer S-Klasse vor dem Hotel?

»Projektmanagement«, sagte Lucia und blickte in ihr Glas. »Nichts Schönes, aber Dinge, die getan werden müssen.«

»Seid ihr nicht im, äh, Sudan gerade dabei, eine Pipeline zum Roten Meer zu bauen? Damit der südliche Sudan nicht mehr so stark vom Norden abhängig ist?«

Lucia hob eine Augenbraue. Offenbar war Martin schlauer, als sie zunächst gedacht hatte. Oder er hatte mehr als nur schöne Augen.

»Ja, da sind *wir* bei.« Sie trank noch einen Schluck. »Aber damit habe ich nichts zu tun.«

Martin suchte wieder nach Worten. Je abweisender und zurückhaltender diese Lucia war, desto mehr fühlte er sich zu ihr hingezogen. Distanz schafft Begierde, hatte ihm mal irgendwer gesagt. Dieses Gespräch war das beste Beispiel.

»Kann, äh ... «, begann er, »kann ich dir noch einen Drink ausgeben?«

Lucia schaute auf die Uhr. Dann schüttelte sie den Kopf.

»Es ist schon zu spät. Aber vielleicht sehen wir uns wieder.«

»Wie lange bist du hier?«

»Ein paar Wochen«, sagte Lucia. »Und du?«

»Nur noch heute, morgen geht es in den Virunga-Nationalpark.« Er zeigte nach draußen. »Aber vielleicht sehen wir uns danach wieder?«

»Vielleicht«, sagte Lucia. »Zeit ist Glück.«

Und dann war sie verschwunden.

Zeit ist Glück, dachte Martin.

Lucia. Er hörte den Namen, ohne dass er ihn sagte.

Er wiederholte beides den ganzen Abend in seinem Kopf wie ein kleines Kind, das ein neues Wort gelernt hatte.

Kapitel 31

Kongo

Virunga-Nationalpark

Robert Otega wischte das blutige Jagdmesser an der Hose einer der Leichen ab. Er hielt das Gold in der Hand, verpackt in eine Art Gelatine voller Schleim und Blut.

Joseph, einer seiner engsten Vertrauten, durchwühlte die Taschen der Toten. Schließlich hielt er ein kleines Säckchen in die Höhe.

»Coltan?« Otega fixierte die Beute von Joseph.

Der nickte.

»Vielleicht fünfhundert Dollar.« Er zuckte die Schultern. »Wenn du es direkt da verkaufen würdest, wo sie es brauchen, würdest du fünftausend bekommen. Oder noch mehr.«

Otega nickte. »Reich werden wir damit nicht.« Die Preise waren zu niedrig, und sie hatten keine Verhandlungsmacht. Dabei arbeiteten die Minenarbeiter schon so gut wie umsonst. »Bald müssen wir dem Westen noch Geld geben, damit er uns die Ware abnimmt.«

Joseph nickte.

»Oder wir nehmen dem Westen etwas anderes ab.«

Otega hob die Brauen.

»Wie meinst du das?«

»Ein Tuareg hat mir etwas erzählt.« Joseph beugte sich nach vorne, so als könnte sie hier im Urwald jemand belauschen. »Aus dem sogenannten befreiten Ägypten. Befreit...« Er schüttelte den Kopf.

Er ging noch näher an Otega heran und zeigte ihm sein Handy, auf dem er einen Film abspielte.

Fürchterliche Schreie ertönten in dem Film.

Otega hob die Augenbrauen.

»Es kommen immer wieder Flüchtlinge nach Ägypten, aus Eritrea zum Beispiel. Die wollen über Ägypten nach Europa. Oder Israel. Man erzählt ihnen, dass es da alles im Überfluss gibt. Schieberbanden und Menschenhändler bringen sie nach Norden an die Grenze.«

»Und?«

»Bevor sie Europa erreichen, werden sie im Sinai von Beduinen entführt. Sie foltern sie. Und lassen sie dann bei ihren Angehörigen anrufen. Um Lösegeld zu erpressen.«

»Haben die denn so viel Geld?«

Joseph zeigte seine Zähne. »Die machen es möglich. *Während* sie mit den Angehörigen telefonieren, werden die Gefangenen gefoltert. Ihre Ketten werden unter Strom gesetzt, dann kommt geschmolzenes Plastik auf die Haut und so weiter.«

»Wie viel?«

»Bis zu vierzigtausend Dollar.« Joseph schaute Otega erwartungsvoll an. »Manchmal sogar mehr.«

»Ich denk drüber nach.«

Otega ging ein paar Schritte Richtung Wald.

Vierzigtausend Dollar, dachte er. Für ein Land wie Eritrea war das viel. Auch für ein Land wie den Kongo war das eine beachtliche Summe.

Wie wäre es, wenn er ganz dicke Fische fangen würde?

Aus Ländern, die ihm immer so wenig für sein Coltan zahlten?

Aus dem sogenannten *Westen,* obwohl es von Afrika aus gesehen eher *der Norden* heißen sollte.

Wenn ihm solche Entführungen gelangen und er die Botschaft eines reichen Landes erpressen konnte, konnte er den vierzigtausend Dollar noch schnell eine Null oder zwei anhängen. Er hatte gehört, dass es im Westen extra Versicherungen gab, die einsprangen, wenn jemand entführt wurde und Lösegeldzahlungen anstanden. K+R-Policen, Kidnap & Ransom. Nachdem diese Policen lange Jahre in Europa verboten waren, stieg ihr Absatz mittlerweile fast exponentiell. Otega war es egal, wer zahlte. Hauptsache, irgendjemand zahlte. Und zwar mehr als das, was er heute bekommen würde. Robert Otega steckte das Jagdmesser zurück in die Scheide an seinem Gürtel und grinste. Und allmählich begann in seinem Kopf ein Plan zu reifen.

Kapitel 32

Ruanda

Virunga-Nationalpark

»Das hätte ich nie gedacht«, sagte Bernd, rückte seine Sonnenbrille zurecht und schaute aus dem Fenster. Er schien gute Laune zu haben, was bei ihm selten vorkam. »Du weißt ja, ich hätte fast zehntausend Euro gewettet, dass der Jeep nicht da ist, dass niemand weiß, wer wir sind und dass auch niemand Englisch spricht.«

»Und dass ohnehin das Flugzeug vorher abstürzt«, ergänzte Martin.

»Obendrein.« Bernd nickte.

»Kannst mal sehen«, sagte Martin, »wenn wir gewettet hätten, hätte jetzt jemand ein Finanzproblem.«

Sie hatten morgens den Jeep bekommen, hatten alles überprüft und waren dann aufgebrochen. Buri, ihr Fahrer, den sie ebenfalls am gleichen Morgen im Hotel kennengelernt hatten, lenkte den Jeep durch die matschigen Straßen von Westruanda. Im Gegensatz zu den Ausgaben für ihren Flug hatte Flori das Fass bei dem Budget für einen einheimischen Fahrer nicht gemurrt.

Martin schaute auf die sandige Piste, die die Ebene bis zum Horizont durchschnitt. Sie hatten die Hauptstadt Kigali vor vier Stunden verlassen und fuhren durch die Gras-Baum-Savanne, durch die sich hier und da kleine Flüsse schlängelten. Sie würden mit dem Jeep bis zur Grenze des Kongoss fahren und dann zu Fuß weitergehen. Es gab keine befestigte Grenze zum Kongo und der Weg bis zu den Gorillas im Virunga-Nationalpark würde noch einmal einen Tag dauern. Dort würden sie Fotos machen, Interviews führen, und die Story wäre im Kasten. Das war der Plan.

»Look there«, sagte Buri, nahm eine Hand vom Lenkrad und zeigte nach rechts. Ihre Blicke folgten seinem Finger und blieben bei einem riesigen Elefantenbullen hängen, der mit seinen gigantischen Ohren und seinem Rüssel wedelte und gerade sein Geschäft verrichtete. Bernd zog die Kamera hervor. »Heilige Scheiße, was hat der für einen Pimmel! Der ist ja länger, als ich groß bin.« Er drückte ein paar Mal auf den Auslöser.

»Kommt hier etwa Neid auf?«, fragte Martin und griff ebenfalls zur Kamera.

»Du hast meinen Schwanz noch nie gesehen«, sagte Bernd und knipste noch einmal, bevor der Elefant aus ihrem Sichtfeld verschwand. Dann gestikulierte er mit den Worten »Slower, please!« in Richtung Fahrer, bevor er sich wieder Martin zuwandte. »Im Gegensatz zu dir bin ich nämlich hundert Prozent heterosexuell!«

Martin schüttelte den Kopf. »Wenn ich 'n Arschficker wäre, wärst du der Letzte, mit dem ich's machen würde.«

»Man weiß, dass Elefanten niemals vergessen«, sagte Buri auf Englisch mit ruandesischem Akzent, »und diese hier küssen einen sogar. Und das vergisst man erst recht nicht.«

»Sie machen was?«, fragte Bernd.

»Sie berühren dich mit dem Rüssel und mit den Lippen, wenn sie dich mögen«, erzählte Buri weiter. »Sie riechen gut, nach Heu, und ihre Haut ist trocken und warm. Das Einzige, was ein bisschen beängstigend ist: Sie wiegen vier Tonnen.« Er zeigte zwei Reihen blitzend weißer Zähne durch den Rückspiegel.

So fuhren sie durch eine Landschaft, bei der man zwar nie wusste, was hinter der nächsten Ecke auf sie wartete, die aber so beschaulich und anheimelnd war, dass es ihnen wie eine Reise ins Märchenland vorkam. »Die Schweiz des Kongoss« nannte man dieses grüne Paradies zwischen dem Ostkongo und Ruanda.

Zwei Löwen schliefen in der Mittagssonne, schauten mit einem Auge auf, als der Jeep vorbeirumpelte. Sie rollten sich dann auf den Rücken und streckten ihre vier Beine, wie Katzen zu Hause auf dem Teppich vor dem Kamin.

»Entspannt.« Bernd verzog anerkennend das Gesicht.

»Sie sind die Jeeps hier gewohnt«, sagte Buri, »sie betrachten uns nicht als Gefahr, denn wir tun ihnen nie etwas. Wir könnten wahrscheinlich sogar anhalten und zu ihnen gehen und es würde uns nichts passieren.« Wieder die zwei Reihen weißer Zähne. »Diese hier haben allerdings auch gerade gefressen.« Einer der beiden sah wirklich so freundlich und verspielt aus, als warte er nur darauf, gestreichelt zu werden. Für einen Moment überlegte Martin, ob sie wirklich zu den Löwen gehen sollten. Doch die Idee, dem König der Tiere auf nur einige Meter Entfernung gegenüberzustehen, diesem Raubtier mit einer Beißkraft von siebeneinhalb Tonnen im Kiefer, ließ seine Knie weichwerden.

»Die Löwen sind nicht das Problem hier«, sagte Buri, als hätte er Martins Angst gespürt. »Es sind eher die Tiere … auf zwei Beinen.«

»Bewaffnete Einheiten?«, fragte Martin. Und er merkte, wie ihm das Herz in die Hose sackte.

»Es gibt die Lord's Resistance Army«, sagte Buri, »von Joseph Kony. Die kommen aus Uganda. Dann gibt es die Tutsi-Armee M23, die im Ostkongo operieren. Und deren Widersacher. Eine der schlimmsten von allen.«

»Schlimmer als der Durchschnitt?« Martin blickte Buri und dann Bernd besorgt an.

Buri nickte. »Die *Engel des Herrn.* Versprengte Hutu-Krieger. Brutal, schnell und ohne Gnade.«

»Was machen die?«

Buri verzog das Gesicht. »Was diese Banden machen: Die Minen mit Schutzgeldern erpressen, Elfenbeinhandel und die ›Sicherung‹ der Handelsrouten. Wer durchwill, muss zahlen. Oder er stirbt.« Buri fuhr sich mit dem Finger über die Kehle und röchelte.

»Und was macht die Polizei?«

»Die Polizei?« Buri lachte bitter. »Das *ist* die Polizei.«

Martin musste an den Film *Terminator 2* denken, an den bösen T-1000, der als Polizist herumlief. Die Bösen in der Uniform des Gesetzes. Das war ja schon fast ein Klassiker.

»Und wenn wir irgendwo durchwollen, müssen wir dann auch … zahlen?« Er schaute Buri an und betete, dass er ein *Nein* hören würde.

»Müssen wir wahrscheinlich nicht. Die *Engel des Herrn* sind weiter nördlich. Sonst würde ich … mit Fremden wie euch gar nicht hier herumfahren.«

Martin atmete erleichtert auf.

In dem Moment hörte er die Explosion.

Kapitel 33

Ruanda/Kongo
Virunga-Nationalpark

»Lass uns mal schauen, was da los ist«, sagte Bernd.

»Bist du wahnsinnig? Wir können sterben!«

»Können wir auch, wenn wir den Hund ausführen.« Bernd war schon mit der Kamera vom Jeep heruntergesprungen. »Und denk an die Bilder, die dabei herauskommen können!« Er hob die Kamera.

Was war in Bernd gefahren, fragte sich Martin. Doch sollte er hierbleiben? Hier auf dem Jeep? Buri hatte den Wagen angehalten. Was war besser? Wegzufahren oder hierzubleiben? Ein Tier, das sich bewegt, wird gejagt, eins, das still ist, wird nicht entdeckt. So war es doch?

»Es kann … kann sehr gefährlich sein«, sagte Buri in seinem abgehackten Englisch und zeigte Richtung Wald. »Besser, wenn weiterfahren!«

»Weiterfahren?« Bernd drehte sich genervt zu Martin und Buri um. »Mein Gott, ja, wir fahren auch gleich weiter. Aber wer weiß, was da für Bilder auf uns warten? Die können wir vielleicht an Associated Press verkaufen!« Er setzte einen Fuß Richtung Wald. »Wenn wir schon mal hier sind, dann müssen wir es auch nutzen.« Er blickte Martin erwartungsvoll an. »Was bist du? Investigativer Journalist oder Schönwetterurlauber?«

Schönwetterurlauber, hätte Martin am liebsten gesagt. Dennoch folgte er Bernd mit unsicheren Schritten. Auch Buri stieg widerwillig vom Fahrersitz herunter.

Die Stille des Waldes umfing sie wie ein Kokon.

Dann kam die Lichtung. Die Lichtung war voller Stammessymbole, Schädel, Skelette, Tierknochen. Schilden, die mit Farbe bemalt waren, und Amuletten, die sie wie böse Augen anstarrten. Es waren Bannflüche und Masken, die Böses verhießen. Oder bei der abergläubischen Stammesbevölkerung den Eindruck erweckten, dies zu tun. Doch auch auf Martin verfehlten sie ihre Wirkung nicht. Als wäre dort eine unsichtbare Schranke, blieb Martin im Schatten der Bäume stehen und registrierte zu seiner Beruhigung, dass auch seine Begleiter die Lichtung nicht betraten.

Allein traute sich Bernd nicht auf die Lichtung und blieb mit Martin und dem Guide am Rand der Lichtung im Unterholz stehen. Doch seine Kamera blitzte auf.

»Machst du hier Fotos?«, fragte Martin.

»Klar, so was sehen wir nie wieder! Das ist irgendein ritueller Opferplatz oder so was. Fast wie bei Indiana Jones.«

Wieder Blitzen.

Dann noch einmal ein dumpfer Knall. Erde flog meterhoch in die Luft und schwarzer Sand fegte ihnen ins Gesicht.

Doch da war noch etwas anderes.

Knochen und Schädel wurden meterhoch in die Luft geschleudert, wie in einem Höllengemälde. Ein grinsender Totenkopf prallte neben Martin gegen einen Baum und kullerte ein paar Meter über den morastigen Waldboden.

Leichenteile und Kleidungsfetzen fielen links und rechts von ihnen zu Boden, ein fauliger Gestank erfüllte die drückende Schwüle des Waldes.

Dann sahen sie die Bagger und die Sandschieber.

»Scheiße«, sagte Bernd, und sein Gesicht war so weiß wie die bleichen Knochen, die an den Bäumen hingen, »die sprengen den Friedhof. Irgendjemand sprengt den Stammesfriedhof.«

Wieder blitzte die Kamera.

Sie sprengen den Stammesfriedhof. Warum? Dachte Martin. Er sah Buri an. Sah seine Augen. Und dann begriff er.

Um ihn dann – umzugraben. Weil etwas darunter war. Etwas, das wertvoll war.

Dann hörte er die Kampfschreie.

Die Krieger.

Die Stammeskrieger, die sich mit Macheten auf die Arbeiter in den Baggern und Sandschiebern stürzten. Die ihnen die Hände und Köpfe abhackten.

Er sah noch die Hand. Die Hand am Lenkrad, die die Machete des Stammeskriegers abgeschlagen hatte und die am Lenkrad der Baumaschine hing wie ein satanischer Talisman.

Bernds Kamera hatte die Hand und das Lenkrad erfasst.

Schmerzens- und Todesschreie hallten über die Lichtung und hallten weiter in seinem Kopf, wie ein Echo direkt aus der Hölle.

Schreie.

Auf Englisch, auf Französisch. Und in einer Sprache, von der er glaubte, es sei Chinesisch.

Doch es war noch nicht vorbei.

Schüsse erfüllten die Luft.

Maschinengewehrfeuer aus Kalaschnikows, das die schwarzen Angreifer unter Beschuss nahm und sie in eine zerrissene Masse aus blutigem Nebel verwandelte.

Was hier geschah, wusste er, durfte nicht geschehen. Aber es geschah trotzdem.

Und gleichzeitig wurde ihm klar: Wenn sie hier jemand sah, waren sie genauso tot wie all die Schwarzen und Chinesen, die am Boden lagen.

Er packte Bernd mit unglaublicher Kraft am Handgelenk. Der drehte sich ruckartig um, die Panik in seinen Augen.

»Lass uns endlich verschwinden!«, zischte Martin. »Wir haben genug gesehen!«

Buri nickte ebenfalls. »Wir *müssen* verschwinden.«

Sie wichen tiefer in den Schatten der Bäume zurück und rannten schließlich durch das Waldstück, sprangen in den Jeep.

Dann rasten sie auf der staubigen Sandpiste davon.

Kapitel 34

Ruanda
Virunga-Nationalpark

Er hörte das Motorengeräusch.

Es war Punkt zwölf Uhr und die Hitze der Sonne stieß auf die Erde herunter wie ein gleißendes Schwert der Vergeltung.

General Otega wischte sich über sein schweißbedecktes Gesicht und nahm das Kreuz, das um seinen Hals hing, in seine Hand.

Die Chinesen hatten den Stammesfriedhof gesprengt. Die Krieger, deren Ahnen dort vergraben lagen, waren nicht erfreut. Kurz darauf waren sie genauso tot.

Sie waren auch Hutu. Wie er.

Aber Geld machte keinen Unterschied, es kannte keine Hutu und Tutsi. Feinde konnten einen erstechen, Freunde konnten einen verraten. Er kannte nur Geld.

Ob Freunde immer zu einem halten würden, wusste er nicht.

Was Geld wert war, wusste er.

Und ein toter Mann war ein toter Mann.

Die zwei Weißen, dachte er. Die zwei, die er im Schatten der Bäume entdeckt hatte. Sie kamen für sein neues Geschäftsmodell wie gerufen. Und, sie hatten fotografiert. Sie durften nicht entkommen.

Zwei der Späher waren auf Bäume geklettert und suchten die Umgebung ab.

Zwölf Uhr, dachte Otega, der Angelus. Der Moment, in

dem Maria das Jesuskind vom Heiligen Geist empfangen hatte. Pater Henry war ein guter Lehrer gewesen.

Er schaute auf die grüne Hölle des Regenwaldes, die wenigen watteartigen Wolken, die über den Himmel zogen. Und er murmelte das Gedicht, das Pater Henry ihm beigebracht hatte und das er jeden Tag um diese Uhrzeit betete.

›Der Engel des Herrn brachte Maria die Botschaft.
Und sie empfing vom Heiligen Geist.‹

Das Fleisch seiner Feinde essen. Ihre Glieder mitnehmen, ihre Knochen zu Schmuck machen, ihre Herzen zu Nahrung.

›Gegrüßet seist du Maria, voll der Gnade. Der Herr ist mir dir. Du bist gesegnet unter den Frauen, und gesegnet ist die Frucht deines Leibes Jesus. Heilige Maria Mutter Gottes, bitte für uns Sünder, jetzt und in der Stunde unseres Todes, Amen.‹

Eine der Wachen gab ihm ein Zeichen. Eine Faust und drei Finger. Ein Jeep. Drei Männer im Jeep. Sonst niemand.

›Maria sprach: Siehe, ich bin die Magd des Herrn. Mir geschehe nach deinem Wort.‹

Die Bilder von seinem Vater vor seinen Augen. Wie er das Fleisch seiner Feinde aß. Die Leichen, die der junge Robert ihm gab und in die er die lebenden Vögel einnähte. Damit das in Todesangst flatternde Vögelchen seinem Vater die Illusion eines schlagenden Herzens gab.

Die Wache machte ein erneutes Zeichen. Sie kamen. Wie bestellt.

Zwei Weiße. Ein Schwarzer.

Sie kamen in sein Gebiet.

Und sie hatten zu viel gesehen. Sie hatten fotografiert.

Zwei Fehler.

Es würden die letzten zwei Fehler sein, die sie je machten. Seine Finger wanderten die Glieder zweier Ketten entlang, die um seinen Hals hingen, ehe sie zum Kreuz zurückkehrten.

›*Und das Wort ist Fleisch geworden und hat unter uns gewohnt*‹, murmelte er weiter.

Das letzte Zeichen der Wache. Angriff oder ziehen lassen?

Er beendete das Gebet.

›*... Durch die Botschaft des Engels haben wir die Menschwerdung Christi, deines Sohnes, erkannt. Führe uns durch sein Leid und Auferstehung zur Herrlichkeit des Ewigen Lebens. Darum bitten wir durch Jesus Christus unseren Herrn, AMEN.*‹

Er ließ das Kreuz los, zusammen mit der zweiten Kette. Otega wusste, dass er eine furchterregende Erscheinung abgab. An der zweiten Kette um seinen Hals baumelten die sechs Ohren der drei Männer, die den Aufstand in der Mine angezettelt und sich geweigert hatten, die Schutzgelder zu bezahlen.

Die, die nicht hören wollten, mussten fühlen.

Er hörte bereits den Motor des Jeeps.

»Angriff«, knurrte Otega und setzte sein Barett auf.

Kapitel 35

Ruanda/Kongo
Virunga-Nationalpark

Das Erste, was Martin sah, waren die weißen Zähne von Buri im Rückspiegel, die in der nächsten Sekunde verschwunden waren, als sich seine Lippen zu einem engen Spalt schlossen und sich dafür seine Augen umso stärker weiteten.

Sein Blick folgte dem Blick des Fahrers, glitt über die Gräser der Savanne, die matschige Piste und blieb an dem Lauf eines Gewehres haften. Dahinter zwei kleine Hände und ein Körper, der höchstens ebenso groß zu sein schien wie das Gewehr, das er in der Hand hielt. Zwei Augen, die schon mehr gesehen hatten, als sie sehen durften, zwei Hände, die für die Größe der Waffe viel zu klein waren. Ein Mensch und eine Waffe, die es in dieser Kombination nicht geben durfte.

Kindersoldaten.

Er wusste, dass man um alles in der Welt Orte meiden sollte, wo es sie gab. Aber hier gab es sie.

Zwei weitere Kindersoldaten hatten hinter dem ersten Stellung bezogen, dann kamen zwei erwachsene Soldaten, Kalaschnikows in den Händen. Dann noch zwei.

Sie näherten sich dem Wagen. Machten eine Geste.

»We…«, stotterte Buri, »we have to get out.«

Wir müssen aussteigen.

Martin blickte Bernd in die Augen, sah das Zittern seiner Hände, den Schweiß auf seiner Stirn und die Panik in seinen Augen.

Langsam öffnete Buri die Tür, setzte einen Fuß aus dem Wagen, während der Gewehrlauf des ersten Kindes auf seinen Kopf zielte. Martin und Bernd öffneten jeder mit zitternden Händen die Autotür und setzten langsam einen Fuß vor den anderen, während ihre Stiefel in dem morastigen Boden versanken.

Martin hörte Stimmen einer unbekannten Sprache, vielleicht war es Kinyarwanda, die Sprache Ruandas, vielleicht ein anderer Dialekt. Er hörte ein paar Worte, die der Kindersoldat immer wieder sprach. *Tutsi. Tutsi.*

Tutsi?, dachte Martin. Hutu und Tutsi, das waren die verfeindeten Stämme in Ruanda und im Grenzgebiet des Kongoss. Er kannte die Geschichte. Janine hatte ihm noch vor kurzem davon erzählt. Und er wusste, wie viele Tote es gegeben hatte.

Vorsichtig schaute er in die ausdruckslosen Augen des Kindersoldaten, ohne ihn direkt anzustarren. Es war wie bei gefährlichen Hunden. Wenn man ihnen zu lange in die Augen blickte, griffen sie an. Oder schossen.

War er hier in einen Stammeskrieg geraten? Oder etwas viel Größeres? Er merkte, wie sein Magen Wellen des Schmerzes durch seinen Körper sandte und Schweiß seinen Körper wie ein Film der Angst bedeckte.

Der Kindersoldat und Buri wechselten weiter irgendwelche Worte, die er nicht verstand. Er sah das Gesicht von Bernd, der stocksteif neben dem Auto stand und ihn anstarrte. Sein Blick glitt über den Jeep, die dichten Büsche, die sich rechts von ihm erstreckten und in den dichten Wald übergingen und blieb an dem Lauf der Kalaschnikow hängen, der einen drohenden Schatten auf die unwegsame Piste warf.

»Huwai«, sagte einer der beiden hinteren Kindersoldaten, bei dem Martin gar nicht genau erkannte, ob es ein Junge oder ein Mädchen war, so jung schien er und so wenig war von seinem Gesicht unter dem riesigen Helm zu sehen.

»Hu Bei«, rief Buri, hob die Arme über den Kopf und zeigte nach Westen. Was wollte er ihnen sagen? Was für ein Problem gab es? Denn dass es eines gab, das war sonnenklar.

Martins Blick suchte irgendeinen Halt, flog über den Wald und das zur Statue erstarrte Gesicht von Bernd, die erhobenen Hände von Buri, das unbewegliche und unerbittliche Gesicht des vordersten Kindersoldaten, die anderen Soldaten, weiter hinten, und die grelle Sonne, deren Strahlen wie ein Fallbeil auf die Erde stürzten. Er sah all das in wenigen Sekunden. Bis ein fauchender Knall ertönte. Und plötzlich war da, wo ein Lidzucken vorher noch der Kopf von Buri gewesen war, nur noch ein blutiges Etwas, das sich halb auf den schlammigen Boden und halb auf die Front des Jeeps verteilt hatte.

Wie hypnotisiert folgte sein Blick der Richtung, aus der das Fauchen gekommen war, und dann sah er die Uzi, aus deren Mündung Rauch entwich und im Wind zerstob. Er sah die mächtige Hand dahinter und die bullige Gestalt des Mannes mit der Glatze und dem roten Barett, die muskulösen Oberarme mit Tätowierungen bedeckt, die Augen zu Schlitzen wie Schießscharten verengt, den Mund grausam zusammengekniffen. Und er sah die zwei Ketten, die der Mann um den Hals trug. Eine mit einem silbernen Kreuz, die andere mit sechs aufgezogenen, menschlichen Ohren. Die Gestalt näherte sich dem Jeep, während die Soldaten respektvoll zur Seite traten und Buris kopflose Leiche mit einem dumpfen Schlag auf der Straßenpiste aufschlug.

»We, we come in peace«, schrie Bernd plötzlich und plapperte panikerfüllt weiter. »Wir wollen Ihnen nichts tun, wir wollen nur, wir sind Journalisten und …« Er setzte einen Fuß hinter den anderen, bewegte sich langsam von dem Jeep weg, während Martin stocksteif stehen blieb, als hätte man ihn mit Blei ausgegossen. »Wir wollen keine Schwierigkeiten machen, wir ...«

»Ich stelle die Fragen«, sagte der Riese und zeigte mit der Uzi auf Bernd. »Stay! Bleib hier!«

»Mach keinen Scheiß«, zischte Martin. Was war mit Bernd los? Er kannte sich doch hier aus, warum flippte er jetzt plötzlich aus? Er wusste, Beute, die sich bewegte, wurde gefasst. Manchmal war es besser, gar nichts zu tun und einfach nur abzuwarten. Buri hatte sich bewegt und war tot. Und Bernd bewegte sich auch gerade. Er ...

»Stay!«, hörte er noch einmal. Und dann hörte er noch einen Schuss, sah wie die Silhouette von Bernd noch einen Bruchteil einer Sekunde aufrecht stand und dann zu Boden stürzte, sah die Blicke der Kindersoldaten, die seinem Sturz folgten.

Dies war der Augenblick, dachte er. Der Augenblick, in dem alle Aufmerksamkeit der Kinderarmee auf seinen toten Kollegen gerichtet war, der Moment, in dem sie alle unaufmerksam waren. Alle, bis auf ihn.

Wenn du jetzt nichts tust, tust du nie wieder etwas.

Die Büsche. Der dichte Wald, der dahinter anfing. Das Unterholz.

Er dachte nur eine Zehntelsekunde nach. Dann sprang er mit einem riesigen Satz in das Unterholz. War einige Sekunden später im tiefsten Wald. Spürte Zweige, die ihm ins Gesicht schlugen.

Hörte die Schreie.

Die Schüsse.

Und rannte.

BUCH 2:
TÖDLICHES WISSEN

Was dein schlimmster Feind nicht wissen soll,
Erzähl auch deinem besten Freunde nicht.

Chinesisches Sprichwort

Kapitel 36

Volksrepublik China
Zhongnanhai, Peking

Das Herz des Landes.

Das Herz des Landes war mehr als ein Ort. Mehr auch als ein symbolischer Ort. Es war immer ein Ort, der zweimal existierte.

In der Geschichte. Und in der Wirklichkeit.

In Amerika war es das Weiße Haus, in Russland der Kreml, in Frankreich der Élysée-Palast, in England die Houses of Parliament, in Deutschland das Kanzleramt.

Das Herz Chinas hieß *Zhongnanhai.*

Draußen tobten der Verkehr von Peking und die Bauarbeiten in der Achtzehn-Millionen-Stadt, doch hier drin war es gespenstisch ruhig.

Das Herz Chinas war ein See.

Hier standen rote, hohe Mauern, schwer bewachte Gebäude mit dem mysteriösen Namen »Pavillon des Purpurnen Lichts«, bewaffnete Einsatzkräfte, die das Allerheiligste bewachten, das sich im Zentrum der Millionenstadt befand. Gleich westlich des Tiananmen, des Platzes des Himmlischen Friedens. Nahe dem Kaiserpalast, der Verbotenen Stadt und dem Nationaltheater, der Großen Halle des Volkes, dem Nationalmuseum und dem Mao-Mausoleum.

Zhongnanhai hieß das Allerheiligste, *das Mittlere, Südliche Meer.*

Zhong, die Mitte. *Zhonggua* war China, das Reich der Mitte.

Nan, der Süden. Wie in *Nanjing,* der *Hauptstadt des Südens.* Im Gegensatz zu *Beijing,* der *Hauptstadt des Nordens.*

Und *Hai.* Das Meer. Wie in *Shanghai,* was so viel wie *Aufs Meer hinaus* hieß.

Zhongnanhai.

Das Mittlere, Südliche Meer.

Denn es war ein riesiger Binnensee, der die Regierungsgebäude umgab.

Genau genommen waren es drei Seen: Um den südlichen und den mittleren gruppierte sich das Regierungsviertel, wo die Mächtigen saßen. Die, die das 1,4-Milliarden-Volk regierten.

Im Norden das Außenministerium, darunter das Büro des Premierministers und des Staatsrats, östlich davon der Pavillon des Purpurnen Lichts, wo Staatsgäste empfangen wurden. Weiter südlich die Halle der Herzensgüte, der Tagungsort für Partei und Regierung. Und noch weiter südlich die Kaserne der Volksbefreiungsarmee.

1,4 Milliarden. Die Bevölkerung Chinas.

Achtzig Millionen für 1,4 Milliarden.

Denn die Kommunistische Partei Chinas hatte achtzig Millionen Mitglieder. Doch über die Parteilinie selbst entschieden nicht die achtzig Millionen. Über die Parteilinie und die großen Dinge entschieden *die Neun.* Neun Männer. Es waren Männer, deren Titel so umfangreich und wichtig klangen, wie sie es auch waren:

Die Mitglieder des Ständigen Ausschusses des Politbüros des Zentralkomitees der Kommunistischen Partei Chinas.

Das war ihr Titel.

Zwei von ihnen standen hier, vor dem Pavillon des Purpurnen Lichts.

Einer von ihnen war Ku Shang Ku, ehemaliger General der Volksbefreiungsarmee und Vorstandschef von CMCC, dem größten Rohstoffkonzern Chinas.

Der andere war der Präsident Chinas selbst.

»Imperien kommen und gehen«, sagte Ku Shang Ku. »Rom, Spanien, England, die USA.«

Er blickte den Präsidenten an.

»China ist das erste Imperium, das nicht aus dem Westen kommt.«

»Und China wird bestehen bleiben«, sagte der Präsident. »Denn der Westen wird sich selbst abschaffen.« Er zog an seiner Zigarette. »Ihre *Demokratien,* wie sie es nennen, helfen nur dabei, den Menschen Dinge zu versprechen, die sie nicht liefern können und für die sich die Regierungen dann hoch verschulden. Am Ende wird alles zusammenbrechen. Staatsbankrott und Revolution.«

Ku Shang Ku nickte. »Die Europäer hätten ihren Machiavelli lesen sollen. Die Welt … besteht nur aus Pöbel.«

»… und ihren Platon«, entgegnete der Präsident, »Demokratie verschwindet irgendwann von selbst, weil sie sich ihre Daseinsberechtigung immer wieder neu *kaufen* muss.« Er schaute in die Ferne und blickte dann zu Ku Shang Ku. »Wie heißt es bei uns? *Mit Frauen und Untergebenen umzugehen ist schwierig. Ist man vertraut mit ihnen, so werden sie anmaßend. Hält man auf Distanz, dann sind sie unzufrieden.*«

Sie schauten beide eine Weile auf den See.

»Nun zu uns«, fuhrt der Präsident fort »Wenn in unserem Deal alles gutgeht …?«

»… dann gewinnen wir«, sagte Ku Shang Ku.

»Und wenn es schiefgeht?«

»Gewinnen wir auch.«

Er schaute den Präsidenten an und nickte zur Bestätigung.

»Wenn ein Mann mächtig wird, kommen auch seine Hühner und Hunde in den Himmel.« Er lächelte. »Das wird auch für uns gelten.«

Der Präsident schien zufrieden zu sein.

Kapitel 37

Ruanda

Kigali

Schmidt war die hügelige Landschaft schon aufgefallen, als er beim Anflug auf Kigali aus dem Fenster geschaut hatte.

Eine Frau, etwa fünfunddreißig Jahre alt, erwartete ihn. Sie trug ein blaues Kleid, dessen Farbe bei ihr, wie bei allen Schwarzen, noch einen Tick lebendiger und farbenfroher wirkte. Das Blau erinnerte ihn an einen Sternenhimmel oder an das Meer im Mondschein. Irgendwie, dachte er, sah bei diesen Frauen alles frischer, froher und, ja, natürlich auch sexyer aus. Es war eine gewisse Freude in allem, was diese Menschen taten. Auch wenn das Umfeld, in dem sie lebten, meist wenig Anlass zur Freude bot.

Die Frau stelle sich als Sophie vor und sagte Schmidt, dass sie für das Wirtschaftsministerium arbeitete. Auch wenn sie perfekt Englisch sprach und man nur einen leichten französischen Akzent hörte, wie das bei Menschen aus Ruanda häufig der Fall war, spürte Schmidt bei ihr dennoch die Aura des Geheimnisvollen.

Auf dem Parkplatz stand eine schwarze Limousine. Ein Mercedes, S-Klasse. Schmidt glaubte erst, sie würden beide im Fond des Wagens Platz nehmen, doch Sophie setzte sich auf den Fahrersitz. Offenbar war sie der Fahrer.

Als sie die Ausfahrt herunterfuhren, fiel Schmidt auf, dass der Flughafen nahe der Stadt war, man konnte Kigali von hier aus sehen. »Bei uns in Berlin ist das genauso«, sagte Schmidt, um eine Konversation zu beginnen. »Der Flughafen Berlin-Tegel ist auch nahe der Innenstadt.«

»Und der neue Flughafen wird nicht fertig.« Sophie lächelte.

Schmidt sah sie an. »Ach, das ist sogar bis hierher vorgedrungen?«

Sophie nickte. »Darüber wundert sich die ganze Welt, dass es ein Land wie Deutschland nicht schafft, einen mittelgroßen Flughafen zu bauen.« Sie fuhren den Hügel hinunter. »Wir werden auch bald einen neuen Flughafen haben. Der wird aber hoffentlich rechtzeitig fertig sein. Präsident Kagame weiß, wie man Leute motiviert.«

Daran hatte Schmidt keinen Zweifel.

Sie fuhren weiter den Hügel hinunter auf die Stadt zu. Der alte Flughafen lag auf einer Erhebung. Und während diese hügelige Gegend im Kongo als »Schweiz des Kongoss« bezeichnet wurde, hieß sie hier gleich allumfassend »Die Schweiz Afrikas«.

»Wir nennen Ruanda das Land der tausend Hügel«, sagte Sophie, »es ist fruchtbar, schön und grün. Eigentlich ist es wie das Paradies. Man nennt es auch *Die Schweiz Afrikas.*«

Eigentlich, dachte Schmidt, wenn es gewisse politische Spannungen nicht gäbe.

»Weiter außerhalb der Stadt wird bereits der neue Flughafen gebaut«, sprach Sophie weiter, während sie Kurs auf eine große Ausfallstraße nahm. »Noch größer als der alte.«

»Mir erschien der hier auch nicht sehr klein.« Schmidt versuchte weiter, etwas Smalltalk zu machen.

»Sie mussten einige Stämme dafür umsiedeln. Oder auflösen. Stämme, die es seit fast tausend Jahren gibt. Das ist die Kehrseite. Diese Stämme … Man kann sie nicht erklären. Nach unseren Maßstäben schon gar nicht. Eine Verwandte von mir ist in einen Stamm zurückgekehrt, weil sie die Musik so schön fand. Dafür musste sie für immer in dem Stamm bleiben.« Sie schaute Schmidt an. »Sie brachten ihr die Musik bei. Dafür verlangten sie ihr Leben. Sie sagte damals, das wäre ein fairer Tausch.« Sie schwieg einen Moment.

»Sind Sie traurig, dass all dies verschwindet? Für den neuen Flughafen?«

»Alles kommt und geht«, antwortete Sophie, »alle, die hier leben. Wir alle sind nicht mehr als die paar Erzählungen, die die Zeit überdauern.«

Schmidt blickte sich um und kam zurück zum Thema. »Klein erscheint mir euer alter Flughafen aber auch nicht.«

»Noch«, sagte Sophie, »aber der A 380 und selbst der A 340 können hier nicht landen, die Boeing 777 gerade so. Ethiopian Airways landet hier. Air Zaïre, die ehemals staatliche Fluggesellschaft, hat aufgehört, nachdem dauernd Maschinen von denen abgestürzt sind.«

»Und wir im Westen regen uns über Flugverspätungen auf«, sagte Schmidt, der sich gleichzeitig wunderte, warum Sophie so viel über den Flughafen wusste. Aber vielleicht war das auch etwas Nationalstolz.

»Man sollte immer beten, dass die Dinge bis zur Landung oben bleiben«, stellte Sophie trocken fest. »Selbstverständlich ist das nicht.«

Nach einigen Minuten Fahrt hatten sie schon die Außenbezirke der Stadt erreicht. Hübsche, koloniale Häuser erstreckten sich zur Rechten und zur Linken.

»Schön hier«, konnte sich Schmidt nicht verkneifen zu sagen.

»Anders als das, was Sie in Afrika erwartet haben, richtig?« Sophie lächelte. »Sie dachten wahrscheinlich, es gibt nur

Slums und Wellblechhütten? Keine Sorge, die haben wir auch, aber nicht in Ruanda.«

»Hier sieht es sauberer aus als in Berlin.«

»Ich war gerade in Washington.« Sophie machte eine Handbewegung, die weit in die Ferne deutete. »Treffen der Weltbank. Die Innenstadt ist tipptopp, die Randbezirke weniger. Berlin kenne ich nicht. Aber der Präsident von Ruanda legt Wert darauf, dass Kigali sauber ist. Vieles davon macht die Regenzeit, wir haben davon zwei: im März und im September. Aber Paul Kagame, unserem Präsidenten, reicht das nicht: Alle vier Wochen müssen alle Einwohner die Stadt putzen. Für sechs Stunden. Selbst Autofahren darf dann niemand.«

»Sie machen Witze?«

Sie sah ihn an. »Wenn ich Witze mache, merken Sie das.« Sie waren auf einer Hochstraße angelangt und Sophie beschleunigte den Wagen. »Ruanda ist eines der am dichtesten besiedelten Länder der Welt, dennoch geht es hier sehr geordnet zu. Sobald es verlottert aussieht, hören die Menschen auf, sich zu benehmen. Kennen Sie das? Die *Broken Windows*-Theorie?

Schmidt nickte. »Sobald ein Fenster eingeschmissen ist, werden weitere eingeschmissen. Das darf man nicht einreißen lassen. Damit hat Giuliani in New York die Zero-Tolerance-Politik begründet. Hat ja auch funktioniert.« Er kaute an seinem Fingernagel und blickte aus dem Fenster. »Aber trotzdem … in diesen sechs Stunden, wenn die Stadt geputzt werden soll und keiner Auto fahren darf… was ist, wenn man einen wichtigen Termin hat …?«

»… und zum Flughafen muss?« Sophie lächelte, als hätte sie die Frage erwartet. »Dann gibt es Sonderegelungen. Aber grundsätzlich gilt das für alle. Und es ist sehr gut möglich, dass man von der Polizei angehalten wird, wenn man trotzdem fährt.«

»Das würde in Berlin nie funktionieren.«

»Mögen Sie in Berlin etwa Schmutz?«

Schmidt lächelte gequält und dachte wieder an das Brackwasser, in das er sich begeben hatte, um dem Scheiterhaufen zu entkommen.

»Ich fürchte schon.«

Kapitel 38

Demokratische Republik
Kongo Virunga-Nationalpark

Der Wind trug den Geruch von Staub und Wärme mit sich, als Martin über die grüne Ebene irrte, die dann und wann von Waldstücken durchbrochen wurde. Stümpfe von gefällten Bäumen ragten aus der Ebene heraus wie abgeschlagene Gliedmaßen einer riesigen Leiche, die nur schlecht bestattet war. Wahrscheinlich war hier vor einiger Zeit nach Öl gesucht und der ganze Wald abgeholzt worden.

Sein Blick zog über Dünen und Wälder, während in unregelmäßigen Abständen vor seinen Augen das Gesicht des toten Bernd auftauchte. Mal baute es sich langsam auf, mal kam es plötzlich, wie der Blitz einer Kamera, um dann sofort zu verschwinden und Martin in der grünen Ebene allein zu lassen.

Er hörte die Geräusche des Waldes. Es sei eine bestimmte Musik in diesen Wäldern, hatte man ihm gesagt. Das Zirpen und Fiepen, Glucksen, Husten. Das Schluchzen des Regenwaldes. So hatte er es irgendwo gelesen. Es klang romantisch. Doch romantisch war hier gar nichts. Denn jederzeit konnte dieses *Schluchzen des Regenwaldes* durchbrochen werden von Schreien, Stiefeln auf dem schlammigen Boden. Und dem Fauchen von Waffen und Gewehren.

Er lauschte.

Martin hatte seine Verfolger nicht mehr gehört, irgendwann war das Geschrei leiser geworden und auch die Schüsse waren verhallt. Vielleicht war er schneller gewesen. Vielleicht hatten sie auch keine Hunde dabei. Mit Hunden hätten sie ihn sofort erwischt. Oder vielleicht wollten sie ihm nur die Illusion lassen, dass er ihnen entkommen war. Und in Wirklichkeit warteten sie bereits irgendwo mit Verstärkung auf ihn. Vor zehn Minuten hatte er den Lärm eines Helikopters gehört und hatte sich in einem dornigen Gebüsch versteckt. *Suchten sie ihn?* Doch ob der Hubschrauber etwas mit ihm zu tun hatte, wollte er nicht herausfinden. Ob er ihm vielleicht sogar helfen konnte, durfte er nicht herausfinden. Es war viel zu riskant. Es könnten Freunde sein. Aber viel wahrscheinlicher waren es Feinde. Darum war er sofort ins Gebüsch gesprungen. Erst lange, nachdem die Geräusche der Rotorenblätter verklungen waren, hatte er sich wieder aus der Deckung getraut. Sein Herz hatte fast im gleichen Rhythmus wie das Fauchen der Rotoren geschlagen. Und genauso laut war es ihm auch vorgekommen.

Er hatte tatsächlich befürchtet, sie würden dort oben in dem Helikopter seinen Atem und seinen Herzschlag hören.

Er schloss eine Sekunde die Augen, fuhr sich mit der Zunge über die rissigen Lippen, atmete tief ein und aus. Das Atmen tat ihm noch immer weh, von dem halsbrecherischen Spurt durch den Wald. Dass er sich dabei nichts gebrochen hatte, erschien ihm wie ein Wunder.

Er blickte nach vorne. Wo war Norden? Oder Westen? Sein Handy hatte hier keinen Empfang, die Kompassfunktion in dem Smartphone brachte ihm nichts. Und er merkte einmal mehr, wie dumm es war, von der »wilden, romantischen Natur« zu sprechen. Denn war man als moderner Mensch einmal ohne Hilfsmittel in dieser »wilden Natur«, dann war man ziemlich aufgeschmissen. Die Natur war schön, aber gerade diese Natur, die so viele Emotionen weckte, war selbst vollkommen emotionslos. Wer nicht in ihr überleben konnte, wurde gnadenlos aussortiert.

Er hatte einige Hundert Meter zurückgelegt. Hier gab es keine Baumstümpfe mehr. Sein Blick kreuzte die wunderschöne Landschaft, aber sein Blick fand keinen Halt. Er glitt die Berge hinauf, dann herunter und dann war er wieder da, wo er eben schon war. So als würde sein Blick im Kreis laufen. Wie er selbst, denn wer sagte ihm, dass er sich in die richtige Richtung bewegte? Oder nicht nach geraumer Zeit genau an die Stelle kam, wo Bernd erschossen wurde? Und wo seine Peiniger schon auf ihn warteten? Es kam ihm so vor, als würde er auf einem riesigen Körper herumlaufen, der ihn irgendwann packen und verschlingen würde. Hätte ihm jemand erzählt, dass diese grüne, hügelige Landschaft kein Ende nehmen würde, er hätte es geglaubt.

Er ging zurück ins Unterholz. Schaute noch einmal zurück. Wo war der richtige Weg? Wo war der falsche?

Gab es einen falschen Ort? Oder war hier jeder Ort falsch? Denn er war genau dort, wo man nicht sein sollte. Im Grenzgebiet zwischen dem Kongo und Ruanda.

Kongo und Ruanda.

Martin kannte einige Geschichten Ruandas, dass es eine frühere, deutsche Kolonie war und dass die Hauptstadt Kigali von Deutschen gegründet wurde. Und er wusste, dass Deutschland in Afrika, trotz kolonialer Vergangenheit, sehr beliebt war. Tansania wurde selbst von Einheimischen oft Deutsch-Ostafrika genannt, Namibia Deutsch-Südwest. T-Shirts und Flaggen mit der schwarz-weiß-roten Reichsflagge des ehemaligen Deutschen Reiches konnte man in Dodoma und anderen Städten Tansanias kaufen, und viele der Einwohner dort sprachen nach wie vor Deutsch. Das hatte er gelesen, und das hatte auch Bernd ihm erzählt. Bernd, der mit zerplatztem Schädel irgendwo einige Kilometer weiter westlich oder östlich tot im Gras lag. Jetzt waren die alten Kolonialherren alle verschwunden, und nur die Erinnerung war geblieben. Doch das Feuer des Krieges war noch nicht ausgelöscht. Er konnte es spüren. Er konnte es riechen.

Kinshasa, die Hauptstadt des Kongoss hingegen, war von den Belgiern unter Leopold II. besiedelt worden, und den hasste man hier noch immer. Was nichts daran änderte, dass sich die neuen Unterdrücker, zu denen der unheimliche Warlord sicher gehörte, vor dem Martin auf der Flucht war, genauso verhielten.

Das Chaos. Der Krieg.

Es kam so schnell wie die Schüsse, die auf Buri und auf Bernd abgefeuert wurden. Wie der Völkermord in Ruanda, bei dem sich 1994 auf einmal Menschen, die jahrelang zusammengelebt hatten, auf brutalste Weise abgeschlachtet hatten.

Er ging mit klopfendem Herzen weiter und wusste nicht, wovor er mehr Angst hatte: von einem wilden Tier (hier gab es doch wilde Tiere?) angefallen oder von einem Soldaten oder Söldner erschossen zu werden. Angeblich gab es achtzehntausend Soldaten der UN-Truppen im Kongo, das hatte er noch in Berlin bei Global News gelesen, doch hier sah er keinen einzigen.

Er horchte noch einmal in sich hinein, ob er nicht ein Geräusch hinter sich gehört hatte. Doch da war wieder nur das Schlagen seines Herzens, das sich aus dem Zirpen des Waldes erhob. Und sein Atem, den er nicht drosseln konnte, da er viel zu aufgeregt war. *Aufgeregt,* das klang fast zu gut, klang eher wie ein kleiner Junge, kurz bevor er an seinem Geburtstag endlich das lang ersehnte Fahrrad bekommt.

Nein, er war nicht aufregt. Er hatte einfach eine Scheißangst.

In dem Moment hörte er die Stimmen.

Er glaubte, sein Herz wäre stehengeblieben. Und er hörte nur noch das Zirpen des Waldes. Und eben diese Stimmen.

Englisch.

Französisch.

Was sollte er tun?

Im Unterholz bleiben und nicht entdeckt werden?

Wer sich bewegte, war ein Ziel. Wer in die offene Ebene ging, war manchmal schon so gut wie tot.

Aber vielleicht waren das tatsächlich die UN-Soldaten? Er sprach besser Englisch als Französisch, aber er hörte einige Wortfetzen.

»Time … il faut prendre … donc … Je pense …«

Dann wurden Befehle gebrüllt.

Vielleicht eine Blauhelm-Mission?

Er konnte durch die dichten Blätter nichts sehen. Wenn er mehr wissen wollte, musste er das machen, was der Mensch in solchen Situationen schon immer gemacht hatte. Sich trauen – und vielleicht sterben. Oder sich nicht trauen – und vielleicht verhungern.

Er zählte bis zehn.

Und machte fünf Schritte nach vorne.

Kapitel 39

Ruanda

Kigali

»Was haben Sie in Washington gemacht?«, fragte Schmidt.

»Ich habe eine Menge Leute getroffen«, sagte Sophie, »Investmentbanker, Private Equity Manager, Investoren und Abenteurer. Alle, die in Ruanda und Afrika das große Geld und das große Abenteuer suchten. Der Präsident möchte sie kennenlernen. Und er möchte, dass sie hier investieren.«

»Und Sie koordinieren das Ganze?«

»Ja, ich bin Vizechefin des Rwanda Development Board«, in ihrer Stimme klang Stolz mit, »und außerdem noch als Staatssekretärin im Wirtschaftsministerium in Kigali für FDIs zuständig.«

FDIs, dachte Shmidt, *Foreign Direct Investments.* Unternehmen ansiedeln, Investoren anlocken, Empfänge organisieren und dafür sorgen, dass so viel Geld wie möglich ins Land kommt, das schien Sophies Job zu sein.

»War das auch das Thema auf dem Treffen in Washington?«

»Was ist nicht Thema in Washington?«, fragte Sophie zurück. »Ich nehme an, Sie kennen die Stadt besser als ich.«

Damit hatte sie recht. Immerhin war die Deutsche Botschaft in der US-Hauptstadt die größte Deutsche Botschaft der Welt, und Schmidt wusste nicht, wie viele Empfänge er dort am 4. Juli oder am 3. Oktober oder sonst wann verbracht hatte. Er erinnerte sich an seinen letzten Besuch in Washington, als er noch Staatssekretär, noch nicht *Todesengel* und noch nicht fragwürdiger Ehrenbotschafter von sonst wo war. Er sah das Hauptgebäude der Weltbank nahe der Pennsylvania Avenue. Er hatte auf die auf Hochglanz polierten Glasfassaden der gegenüberliegenden Bürogebäude geblinzelt, hatte linker Hand das Washington Monument gesehen, das sich in den rosafarbenen Himmel erhob, während sich vor ihm die Türen der Limousinen schlossen, in die die Chauffeure und Leibwächter die Präsidenten, Zentralbanker und Politiker verfrachteten. Nachdem sie ihre Gesichter genügend in die Kameras und Mikrophone von CBS, CNN, BBC und wen es auch immer gab, gehalten hatten, durften sie endlich in ihre Limousinen steigen. Panzerlimousinen allesamt. Und Schmidt war damals froh gewesen, dass er nicht so wichtig war und sich noch an der Straßenecke einen Caramel-Macchiato bei Starbucks gönnen konnte, bevor es zurück zum Flughafen ging.

»Es ging aber nicht nur um Geld«, sagte Sophie. »Es ging weniger um Investitionen, sondern mal wieder um Sanktionen, wegen all der Krisenherde auf der Welt. Geld gibt es von der internationalen Gemeinschaft nur dann, wenn die Waffen schweigen. Obwohl die meisten, wenn sie ehrlich sind, am Krieg mehr verdienen als am Frieden.«

Schmidt kamen wieder die Panzerlimousinen in den Sinn.

»Ob das der Grund ist, warum die Regierenden immer in panzerartigen Wagen durch die Gegend fahren?«

Sophie sah ihn an. »Das müssen Sie wissen. Die Dinger kommen doch aus Deutschland, so wie alle guten Autos?«

Da hatte sie recht. Schmidt sah die schwarzen Panzerlimousinen vor sich, damals in Washington, die einen Politiker nach dem anderen verschluckten und die so dicht hintereinander fuhren, dass man denken konnte, sie würden sich alle auf Schienen bewegen. Er kannte den Typ Auto gut. Er hatte als Sicherheitsexperte mit ihrer Entwicklung zu tun gehabt. Top-Qualität, tatsächlich aus Deutschland. Und in Krisengebieten in Afrika auch sehr beliebt.

»Die Dinger sind gut«, sagte Schmidt, »solange genügend Benzin in Reichweite ist. Schließlich wiegt jede der Limousinen fast fünf Tonnen und kann trotzdem, wenn es drauf ankommt, dank der zur Sonderausstattung gehörenden Motorleistung, auf über zweihundertfünfzig Stundenkilometer beschleunigen.«

»Dafür verbrauchen die aber auch ...«, begann Sophie.

»Richtig. Dafür verbrauchten die sogenannten ›Panzer‹ auch fast genauso viel Benzin wie ihre Namensvettern aus der Armee. Die Türen sind so schwer, dass sie sich nur mit Elektromotoren öffnen und schließen lassen und mit einer Metallbeschichtung, die so dick ist, dass sie sogar Hohlspitzgeschosse aushalten. Dach und Unterboden sind gegen Minen und Granaten geschützt, und sogar die Reifen sind schusssicher und zudem mit einer Flüssigkeit gefüllt, die sich beim Eindringen von Luft nach einem Einschuss verhärtet und das Gummi stabilisiert, so dass man trotzdem weiterfahren kann. Man kann sogar über Minen fahren.«

»Richtig«, sagte Sophie, »dann ist es aber wichtig, dass der Boden auch gut gepanzert ist.«

»Allerdings«, sagte Schmidt, »in Afghanistan waren mal deutsche Truppen unterwegs mit Jeeps, die nur von oben gepanzert waren, um gegen Luftschläge gerüstet zu sein. Von unten nicht. Und dann sind sie über eine Mine gefahren. Und alle Insassen wurden mit den Köpfen gegen das stahlharte Dach geschleudert. Und waren sofort tot. Ich habe die Opfer davon in der Rechtsmedizin der Berliner Charité gesehen. Sah nicht gut aus. So etwas darf nicht passieren.«

»Sie kennen sich gut aus.«

»Sicherheit«, sagte Schmidt. »Ist mein Steckenpferd. Und es lässt sich gut exportieren. Denn sicher leben wollen wir alle.«

»Und wie kriegt man diese Panzerlimousinen überhaupt kaputt?«, fragte Sophie, ohne auf Schmidts Aussage einzugehen.

Schmidt zuckte die Schultern. »Die einzige Möglichkeit, ihnen etwas anzuhaben, ist wohl, das ganze Teil mit einem Kran in einen tiefen See zu werfen.«

Er schaute nach draußen und sah einige koloniale Villen, auf deren Balkonen die Fahnen von Ruanda wehten. Sicher die Wohnorte mächtiger Regierungsmitglieder.

»Sie sind aber nicht nur für den Präsidenten tätig?« Schmidt war der Ansicht, jetzt hinreichend Smalltalk gemacht zu haben, um eine direktere Frage zu stellen.

»Sonst würden wir nichts miteinander zu tun haben.« Das klang, als sei Schmidt für Sophie als Vertreterin der Regierung schon zu explosiv geworden und als würde sie extra für ihn eine andere Identität brauchen. »Ich berate einen russischen Rohstoffmogul. Ich glaube, Sie kennen ihn auch. Jedenfalls kennt er Sie. Man nennt ihn *den Eisbär.*«

Der Eisbär. Rasamov war der Erste, der Schmidt von diesem Mann erzählt hatte. Schmidt hatte ihn in Peking getroffen. Wasily Worotnikow. Der Kerl mit dem Zehntausend-Dollar-Anzug und der Hunderttausend-Dollar-Uhr. *Eisbären und Hammerhaie …* Denn von Stein war es gewesen, der die beiden zusammengebracht hatte.

»Meine Aufgabe«, fuhr Sophie fort, »ist es, unsere russischen und chinesischen Freunde bei ihren Aktivitäten zu beraten. Ihre Aufgabe«, sie schaute Schmidt an, »ist es, soweit ich weiß, dafür zu sorgen, dass die *Mittel* da sind, um die Arbeit in den Minen im Kongo richtig durchzuführen.«

»Das verstehe ich«, sagte Schmidt, »der Kongo ist ja nicht gerade bekannt dafür, ein strahlendes Beispiel guter *governance* zu sein.«

»Das ist geschmeichelt. Der Kongo ist ein verfluchtes Land«, sagte Sophie knapp. »*Heart of Darkness* heißt ein Roman von Joseph Conrad über den Kongo. Mit *Heart of Darkness* sind *die* gemeint, der Kongo. Und es gilt noch immer. Wir«, sie schien Ruanda zu meinen, wobei Schmidt nicht sicher war, wer *wir* sein sollte, aber da sprach sie schon weiter, »sind heute die Speerspitze Afrikas, *das Singapur Afrikas,* sagen einige. Aber unser Nachbar ist noch immer eine Hölle aus Blut und Angst. Das Einzige, was sie haben, sind Rohstoffe. Und die nehmen wir ihnen.«

Schmidt wunderte sich, dass eine Schwarze offenbar so wenig Hemmungen hatte, andere Schwarze auszubeuten.

»Und die Menschen dort ...?«, begann er.

»Nun sagen Sie bloß, ausgerechnet Sie kommen jetzt mit der westlichen Moralkeule? Ja, es sind Schwarze. Aber nicht alle Schwarzen sind gleich. Und ja, es sind Menschen. Es sind die gleichen Menschen, die anderen die Hände abhacken und sie vergewaltigen. Die gleichen, die Frauen Benzin in die Vagina füllen und anzünden. Das sind die *Menschen,* von denen wir sprechen.«

Sie schwiegen eine Weile, während der Wagen die City mit glänzenden Hochhausfassaden erreicht hatte.

»Sie glauben wahrscheinlich, alle Schwarzen sind gleich. Aber da täuschen sie sich. Die im Kongo sind keine *anderen* Schwarzen. Es sind *Hutu.* Sie haben den Tod verdient.«

»Sie scheinen das sehr persönlich zu nehmen.«

Er merkte, wie während der Fahrt im warmen Schein der Abendsonne etwas von Sophie Besitz ergriff. Es schien eine Erinnerung zu sein, die sie in ihrem Gedächtnis verbarrikadiert hatte und nur selten nach draußen ließ. Einmal am Tag schien dieser Gedanke aufzublitzen, wie eine schlechte Angewohnheit, die sie nicht loswurde.

Sophie funkelte ihn an. »Wie würden Sie es nennen, wenn jemand fast Ihre gesamte Familie ausrottet? 1994. Der Teil meines Lebens, der mir immer noch Alpträume verschafft, der Teil, der mich glauben ließ, dass Afrika kein Kontinent der Hoffnung, sondern ein Kontinent der Hölle ist.«

»Der Genozid?«

»Der Genozid in Ruanda, richtig! Hutu gegen Tutsi. Fast eine Million Tote. Soll ich Ihnen davon erzählen?«

Schmidt nickte. Er spürte, dass er wohl nicht umhinkam.

Kapitel 40

Virunga-Nationalpark
Demokratische Republik Kongo

Martin betrachtete den Ort neugierig aus sicherer Entfernung.

Sein schlechtes Gefühl hatte ihn nicht getäuscht. Es war eine Mine. Ein ganzes Stück Erde war aus einem grünen Hügel herausgeschnitten worden und die rote Erde hob sich in bizarrer Weise von der grünen Rasenfläche ab, tatsächlich, als ob das rohe Fleisch unter der Haut sichtbar wäre. Es war wie ein riesiger Leib, aus dem man eine Scheibe Fleisch nach der anderen herausschnitt.

Darum herum einige Häuser mit Strohdächern, einige davon rund. Wäre die Situation nicht so ernst, hätten ihn die Häuser an Schlumpfhausen erinnert. Doch dieser Gedanke blitzte nur kurz auf und machte dann wieder der Angst und dem angespannten Abwarten Platz, das Martin seit nunmehr zwanzig Stunden in Beschlag genommen hatte.

Eine Mine.

Vielleicht Kobalt. Oder Coltan.

Er sah Arbeiter, die mit alten Schalen irgendetwas aus dem rötlichen Boden auswuschen und später dafür ein paar staubige Dollarnoten bekamen. Er sah Söldner und Kindersoldaten. Ihre Bosse würden das Zeug, das die armen Kerle hier abbauten, für das Hundertfache weitergeben. Und wären damit immer noch billiger als jeder andere Anbieter auf dem Weltmarkt.

Man kann Menschen auf dreierlei Weise überzeugen, hatte ihm mal irgendwer gesagt. *Indem man sie motiviert, indem man ihnen Geld gibt oder mit Gewalt.*

Hier schien es die Gewalt zu sein, denn die paar staubigen Dollars waren eher Dekoration.

Martin schaute, ohne sich allzu weit aus seiner Deckung hervorzuwagen, in einige Gesichter. Bei einigen der Wachen kam es ihm so vor, als hätte er sie schon bei dem Massaker auf dem Friedhof und später an der Weggabelung gesehen, dort an dieser verfluchten Ecke, wo Bernd und Buri erschossen wurden. Andere Gesichter, die er sah, sagten ihm gar nichts.

Eine Mine.

Er hatte Flori das Fass danach gefragt. Nach den Rohstoffen. Und den Warlords. Und Bernd. Und beide hatten abgewunken, so als ob Minen und Söldner und Tod keine Themen im Grenzgebiet zwischen Ruanda und dem Kongo waren. Dafür war Bernd jetzt tot. Und er, Martin, lebte nur, weil er ohne nachzudenken weggelaufen war. Sonst wäre er schon längst genauso tot.

Er merkte, wie ein Stich durch sein Herz und seinen Magen ging. Sollte er tatsächlich hierbleiben oder wieder gehen?

Die Stimme hinter ihm und das Geräusch eines Gewehrs, das durchgeladen wurde, nahmen ihm die Entscheidung ab.

Kapitel 41

Ruanda

Kigali

»Der Krieg«, sagte Sophie. »Der Genozid. Er hat mir fast meine ganze Familie genommen. Damals habe ich zu hassen gelernt.«

»Ich glaube, jeder Mensch kann hassen«, entgegnete Schmidt. Er dachte an das Boulevardblatt. Das Schwarz und das Rot auf dem Cover. Sein Bild. *Der Todesengel.*

»Ich bin christlich erzogen worden«, fuhr Sophie fort, »wie es bei vielen Familien in Ruanda der Fall ist, die durch belgische Missionare geprägt sind. Erst hatte ich gedacht, dass man Konflikte sachlich und ohne Gewalt lösen kann. Doch da war ich eines Besseren belehrt worden. Oder eher, eines Schlechteren.« Sie schaute auf die Straße. »Kennen Sie die Schalen des göttlichen Zorns?«

»Ist das nicht in der Bibel? Offenbarung?«

Sophie nickte. »*Die Schalen des göttlichen Zorns* hatte man damals gesagt. Als Erstes war die Präsidentenmaschine von Ruandas Präsident Habyarimana abgeschossen worden. Eine Falcon 50, mit der der Präsident Ruandas, ein Hutu, gemeinsam mit dem burundischen Präsidenten Kurs auf Kigali genommen hatte. Das war am 6. April 1994. Mit Boden-Luft-Raketen. Als die Maschine in einem Feuerball zu Boden ging, hatten einige Beobachter von den flammenden Schalen des Zorns Gottes aus der biblischen Offenbarung gesprochen.«

»Das war nicht übertrieben, oder?«

»Nein, die Apokalypse war eingetreten. Im Radio forderte man kurz darauf dazu auf, die ›Kakerlaken von Tutsi‹, die die Präsidentenmaschine angeblich abgeschossen hatten, zu bestrafen. Ich selbst gehöre zum Stamm der Tutsi. Die anderen, das sind die Hutu.«

»Sie sind noch immer verfeindet?«, fragte Schmidt.

»Ja, Hutu und Tutsi waren schon immer die zwei verfeindeten Stämme Ruandas, die Hutu waren die Ackerbauern, und die Tutsi waren lange Zeit die herrschende Minderheit. Die Belgier hatten diese Unterscheidung als Erstes vorgenommen. Und wohl nicht geahnt, was sie damit irgendwann anrichteten. Oder vielleicht doch. Denn wer Bürgerkrieg gegeneinander führt, den kann man besser ausbeuten, weil er ständig geschwächt ist.«

Schmidt wusste, dass sich solche Animositäten irgendwann hochschaukelten, bis es kein Zurück mehr gab. Der berühmte Tropfen, der das Fass zum Überlaufen brachte, wie man in Deutschland so schön sagte.

»Es war der Zorn der Hutu, der sich in einem fürchterlichen Massaker gegen die Tutsi Bahn brach und mindestens achthunderttausend Menschen in nur drei Monaten vom Angesicht der Erde fegte. Wenn nicht gar eine Million. *Tötet Sie alle,* sagte man damals, *damit niemand davon erzählen kann.*«

»Warum ging das so schnell?« Schmidt wusste, wie schnell Menschen töten konnten, gerade die Deutschen hatten das während des Holocaust vorgeführt, auch wenn selbst die deutsche Logistik eine solche Geschwindigkeit nicht vorweisen konnte. Mindestens achthunderttausend Tote in drei Monaten. Zudem aber hatte Schmidt, wenn es um Afrika ging, immer noch das Bild des Stammeskriegers mit Speer und Machete im Kopf. Wahrscheinlich war es völlig antiquiert.

»Die Waffendepots Ruandas waren bis zum Rand voll. Die Franzosen wollten eine starke Macht in Afrika südlich der Sahara. Mit ihrer Hilfe war die ruandesische Armee innerhalb von drei Jahren bis 1994 auf fünfunddreißigtausend Mann angewachsen. Fast aus dem Nichts. Da gab es nur zwei Probleme ...«

Schmidt wartete ab, bis Sophie weitersprach.

»Die Armee bestand zum großen Teil aus Hutu. Sie ... sie sahen die Waffen. Und sie sahen ihre Feinde ... Uns.«

Schmidt meinte, dass er Tränen in Sophies Augen blitzen sah, zog es aber vor, nichts zu sagen.

»Die Überlebenden meiner Familie«, Sophies Stimme zitterte, »konnte man an den Fingern einer Hand abzählen. Ich selbst habe sechs Wochen mit meiner Mutter in einem Sumpf verbracht. Bis die Lage endlich sicherer wurde.«

Sie stockte.

Schmidt wunderte sich wieder, wie viel Sophie bei ihrem ersten Treffen über sich preisgab, wie schnell andere Kulturen ganz fremde Menschen ins Vertrauen nahmen und ihnen Dinge erzählten. Aber vielleicht war das auch nur eine deutsche Marotte, am besten gar nichts zu sagen und Verschwiegenheit mit Unverwundbarkeit zu verwechseln. Vielleicht waren die Deutschen eher die Unnormalen, die alles in sich hineinfraßen. Doch in Afrika war es wichtig, sich zu öffnen. Sich künftigen Geschäftspartnern oder Freunden gegenüber zu öffnen, zeigte, dass man ihnen vertraute. Und dass man auch selbst vertrauenswürdig war. Was im Widerspruch zur westlichen Kultur stand, wo meistens der erfolgreich war, der seine Ohren offen, aber seinen Mund geschlossen hielt.

»Es waren die schlimmsten Momente in meinem Leben gewesen. Dass in einem so schönen Land etwas so Schreckliches passieren konnte. *Höllische Taten in himmlischen Landschaf-*

ten, hat damals jemand gesagt ... Was sie ... was sie mit den anderen gemacht hatten, ich ... ich habe es beobachtet von meinem Versteck im Wald aus ...«

Schmidt hörte ergriffen zu.

»Wir haben dort still gelegen, als wären wir auch schon so tot wie all die Tausenden von Leichen, die der Genozid gefordert hatte. Wir haben gesehen, wie sie die Männer, Frauen und Kinder mit Macheten verstümmelt und erschlagen haben. Alle aus meinem Dorf, in dem meine Eltern lebten.« Sie schluckte. »*Dir soll es einmal bessergehen*, hatten sie immer gesagt und wenn ich daran denke, was damals geschehen war, dann geht es mir heute allerdings viel besser. Schlechter ist allerdings auch kaum möglich.«

»Wir müssen die Tutsi zurechtstutzen«, sagte sie, »das war ein geflügeltes Wort der marodierenden Hutu-Rebellen gewesen, und das hatten sie wörtlich genommen. Ich habe das Ganze von diesem Waldstückchen aus gesehen, wo ich mich mehr schlecht als recht verstecken konnte. Vielen von ihnen haben sie die Hände und Beine abgehackt und sie dann so in der Steppe liegen gelassen. Ich ... ich war später zu ihnen gekommen, habe versucht, die Wunden abzubinden, doch es waren so viele, so viele, die dort lagen und bluteten und starben. Wobei ich den anderen eh nicht mehr helfen konnte.«

»Warum?«

»Die waren von den Hutu zusammengetrieben und mit Benzin übergossen und angezündet worden. Und den Rest hatte man in einer Scheune zusammengepfercht und hatte dann eine Handgranate hineingeworfen.« Sie blickte stur nach vorne, als würde die von der Sonne beschienene Straße ihre Erinnerung überstrahlen können. »Ich habe den dumpfen Knall noch immer in den Ohren, und es war mir, als würde ich, neben dem Knall, das nasse Geräusch von zerfetztem Fleisch hören, das gegen die Wände der Scheune flog.«

Andreas Schmidt spürte, wie sich ihm der Magen zusammenzog. Sophie sprach weiter. »Ich habe mich nicht getraut, später in die Scheune zu schauen, denn ich wusste, dass das, was ich dort sehen würde, noch schlimmer wäre als das, was ich schon gesehen hatte. Und all die Opfer … sie mussten vorher ihre Kleidung ausziehen, bevor sie starben, damit die Hutus sie weiterverkaufen konnten.«

Wie bei den Nazis, dachte Schmidt. *Die Konzentrationslager. Da mussten sich die Gefangenen auch ausziehen. Und vorher ihre eigenen Gräber schaufeln, in die sie beim Erschießen dann einfach rückwärts hineinsanken. Selbst der eigene Tod wurde zur Zwangsarbeit.*

»Ich habe dort gelegen, in der Mulde im Wald, und habe Dinge gesehen, die nicht in die moderne Zeit passen wollen. Pfählungen, Vergewaltigungen, Frauen, Männer und Kinder, die zum Inzest untereinander gezwungen und dann getötet wurden.«

»Hat niemand überlebt aus Ihrer Familie?«, fragte Schmidt. Die Anteilnahme war echt.

»Mein Vater war entkommen. Er hatte das Messer nicht aus der Wunde herausgezogen, weil er wusste, dass er dann verblutet wäre. Doch die inneren Verletzungen waren auch so zu groß. Ich sehe noch das Gesicht meines sterbenden Vaters vor mir. Ich habe ihn in den Armen gehalten, während das Messer wie der groteske Zeiger einer Sonnenuhr aus seiner Brust herausragte und … und einen bizarren Schatten warf. Sie zeigte, tatsächlich wie eine Sonnenuhr, die Zeit seines Todes an, im wahrsten Sinne des Wortes. ›Ich bin stolz auf dich‹, hat er gesagt, bevor er die Augen geschlossen hat.« Sie schaute Schmidt an. »Und das wollte ich auch. Ich wollte, dass er weiter stolz auf mich war, bei allem, was ich tue. Das bin ich ihm und all den Toten schuldig. Das, was ich jetzt tue, hallt in der Ewigkeit wider.«

Schmidt begriff, dass das, was sie gesehen hatte, sie noch immer wie ein schwarzer Schatten verfolgte, von dem sie inständig hoffte, er würde sich nie wieder in der Realität manifestieren. Dagegen war seine Geschichte mit der Schmierkampagne und dem *Todesengel* nichts weiter als ein Ärgernis. Sophie hatte den echten Todesengel gesehen.

»Wieso hat euch damals niemand geholfen?«, fragte Schmidt. »Ich meine, die internationale Gemeinschaft und so?«

Sophie schüttelte verbittert den Kopf und kniff die Lippen zusammen, bevor sie sprach. »Weder die CIA noch die UNO noch die US-Regierung an sich waren damals in irgendeiner Weise hilfreich. Clinton hatte geglaubt, dass der freie Markt alles regeln würde, so als ob der bloße Verkauf amerikanischer Waren die Welt automatisch demokratischer machen könnte. Und nach dem Desaster in Somalia hatte der ›Medienpräsident‹ wohl auch keine rechte Lust mehr, sich mit Nationen zu befassen, deren Leid nicht über die Fernsehschirme flimmerte. Und eure Regierung hat ebenso wenig getan.« Sophie sah ihn an. »Ihr demonstriert gegen Kernkraft und gegen Eisenbahntrassen, aber nicht gegen die Gewalt, die hier schon wieder aufflammt.«

»So ähnlich wie im Sudan?«

»Wie jetzt im Sudan. Da schlachten sich alle ab, und keiner tut etwas. Oder in Zentralafrika. Außerdem wurde 1994 Mandela Präsident von Südafrika und das lenkte auch von den Ereignissen in Ruanda ab. Für einige kam das genau richtig. Zudem weigerten sich die USA beharrlich, das Massaker in Ruanda als Völkermord zu bezeichnen. Wobei sich die Frage stellte, was ein Mord an fast einer Million Menschen innerhalb von wenigen Monaten denn sonst sein sollte? Überhaupt, Clinton und die CIA ...« Sophie schüttelte den Kopf. »Der damalige CIA-Chef war in Clintons gesamter Amtszeit nur zweimal mit dem Präsidenten zusammengetroffen, was in den Annalen der Agency ein einmaliges Minimum war. Entsprechend wenig wusste man in den USA über die Schrecken in Ruanda, und auch andere Länder waren erst aufgewacht, als es schon viel zu spät war. Als Tausende, Hunderttausende verstümmelt, tot und verbrannt auf den zertrampelten Ebenen Ruandas lagen. Und auch ihr Deutschen habt euch nur nach den Gorillas im Virunga-Nationalpark erkundigt. Die Menschen waren euch scheißegal.« Sie zuckte die Schultern. »Außenpolitik ist halt komplex. Ideen, wie sich die Gewalt in Afrika eindämmen lässt, passen nicht auf einen Autoaufkleber wie *Atomkraft nein danke,* oder wie das bei euch heißt. Ihr wart die Letzten, von denen wir Hilfe erwarten konnten. Obwohl Kigali, unsere Hauptstadt, von Deutschen gegründet wurde.«

»Und dann habt ihr euer Problem selbst gelöst?«

Sophie fletschte die Zähne. »Das haben wir. Und diese Lösung kam in Form der RPF, der Rebellenarmee Ruandische Patriotische Front, die mit tausend bis an die Zähne bewaffneten Soldaten eine blutige Schneise durch die mordenden Hutu-Armeen zog und am 4. Juli die Hauptstadt Kigali einnahm. Manchmal kann das Schlechte auch das Gute sein.«

Gut und schlecht, dachte Schmidt, *wie Tiamat.*

Sophie sprach weiter. »Die Passivität der Westmächte war in diesem Moment ein Segen gewesen, denn den Hutu fehlte die Unterstützung Frankreichs, auf die sie sich sonst immer verlassen konnten, und selbst die französische Fremdenlegionen, die sonst keinen Auftrag ablehnte, setzte keinen Fuß nach Ruanda.«

Sie blickte kurz zu Schmidt. »Über den Anführer der Rebellenarmee, der, mit einer Hand die Fahne schwingend, in der anderen eine Kalaschnikow, Kigali einnahm, gibt es unterschiedliche Ansichten. Die einen sagen, er habe den Völkermord beendet und das Morden der Hutu, wenn auch mit Gewalt, unterbunden und Ruanda damit in eine sichere Zukunft geführt. Andere sagten, der Mann habe den Genozid selbst mit ausgelöst, habe gemäß dem alten chinesischen Sprichwort gehandelt, das besagt, dass man, bevor man etwas fängt, es erst einmal entkommen lassen muss.«

»Bevor man also einen Krieg beendet, muss man ihn erst einmal ausbrechen lassen?«

»Ja, das sagte man. Und man sagt es noch heute. Und dass er den Völkermord in Kauf genommen habe, um an die Macht zu kommen, ja, dass er gar den Abschuss der Präsidentenmaschine am 6. April zu verantworten hatte.«

»Was glauben Sie?«

Sophie zuckte die Schultern. »Ich muss ehrlich sagen, ich weiß nicht, was ich von ihm halten soll. Ich weiß nur, dass es mir nicht egal ist, was über den Mann gesagt wird. Und ganz ehrlich, ganz durchschaut habe ich ihn immer noch nicht. Dennoch ist sein Wort mein Befehl, denn als Vizechefin des Rwanda Development Board arbeite ich direkt für ihn, ihn, der damals als Anführer der RPF mit der Kalaschnikow in der Hand die Stadt Kigali am 4. Juni 1994 eroberte und den Völkermord beendete. Für ihn, der jetzt über das Land herrscht und bei dem manche zweifeln, ob er es wirklich befreit oder nur eingenommen hat.«

»Der Präsident?«

Sophie nickte. »Paul Kagame, mein Boss, der Präsident von Ruanda.«

Kapitel 42

Demokratische Republik Kongo

Kinshasa

Kinshasa, die Hauptstadt des Kongoss, so sagten einige, war das größte Dorf der Welt. Ein gigantischer Moloch, größer als Kairo, mit elf Millionen Einwohnern nach Lagos in Nigeria die zweitgrößte Stadt Afrikas.

Doch wenn Janine sich die staubigen Wege anschaute, erschien Kinshasa ihr nicht nur wie das größte, sondern auch wie das schmutzigste Dorf der Welt. Ein riesiger Moloch aus Slums, maroden Elektrizitätsnetzen, offenen Stromkabeln, die hin und wieder Passanten in schwarzgebrannte Leichen verwandelten, und Tausenden von kleinen Feuern, deren dicker Qualm den Himmel erfüllte. 2050, so schätzte man, wäre Kinshasa mit zwanzig Millionen Einwohnern so groß wie die größten chinesischen Mega-Citys. Es müsste mit einem Wunder zugehen, wenn mit einer Verdoppelung der Einwohner auch eine Verbesserung der Infrastruktur einhergehen würde. Denn Kinshasa war und blieb nun einmal eher ein Dorf als eine Stadt, ein Ort, in dem die Stammeskultur mit dem Zentralismus mehr im Clinch lag als irgendwo sonst auf dem schwarzen Kontinent, und wo ein Präsident Mobutu mit eiserner Faust versucht hatte, Einigung zu schaffen, aber am Ende nur noch mehr blutige Gräben aufgerissen hatte.

Dennoch war es der Mittelpunkt des Kongoss, auch wenn es fast im äußersten Westen dieses riesigen Landes lag.

Kongo. Kinshasa.

Janine schaute vom Taxi aus auf die staubige Straße, auf den Wassergraben, der in der Mitte der Piste eine Mischung aus Regenwasser, Dreck und Fäkalien den Hang hinunterspülte, sah auf die Straßenhändler, die, auf billigen Campingstühlen sitzend, Handytaschen, Prepaid-Karten und Milchpulver anboten. Auch in einem bitterarmen Land konnte man Geld machen. Wenn nur die Volumina hoch genug waren. Sie sah all die Straßenhändler, sah dann und wann einen Jeep mit Bewaffneten über die staubige Straße fahren und sah die Tausenden von Kongolesen, die entweder kauften, verkauften oder einfach in die Gegend schauten, als würden sie auf irgendetwas warten.

Sie warten auf Ordnung, auf den Frieden, dachte Janine. *Und sie warten schon viel zu lange.*

Sie blickte interessiert auf die Stromkabel, die wirr über die Straße führten. Stromausfälle waren keine Seltenheit in Kinshasa und die vielen Kabel, die meist illegal irgendwo verlegt waren, waren alles andere als sicher. Bei Regen, so hatte man ihr gesagt, passierte es häufig, dass Menschen an einem Elektroschlag starben. Und trotzdem war es nachts meistens so dunkel, dass man Passanten nur durch die Scheinwerfer der Autos sah. Was trotzdem dazu führte, dass in Kinshasa ständig Menschen überfahren wurden. Gut war nur, dass es wenige Autos gab.

Direkt neben dem Taxi sah sie einen Mann, der offenbar ein Schuhputzer war und einem westlichen Besucher die Schuhe putzte. Doch statt einer Bürste benutzte er ein Gratiskondom, das wohl einmal irgendeine NGO oder die UNO hier verteilt hatte, sicher für einen anderen Zweck.

Es reinigt sehr gut, es ist feucht, sagte der Schuhputzer auf Französisch zu seinem Kunden, der den Vorgang mit einem kritischen Blick quittierte.

Janine hatte einiges über den Kongo gelesen, über die Herrschaft von Mobutu, die Söldnerarmeen, den Krieg mit Ruanda, den Genozid 1994, die UN-Truppen, die jetzt im Kongo stationiert waren, deren Männer hauptsächlich aus Tansania und Südafrika kamen und die gegen die Rebelleneinheiten der M23 und der FDLR, der Forces Démocratiques de Libération du Rwanda, kämpften, wenn sie denn kämpfen durften. M23 waren Tutsi-Krieger, FDLR Hutu. Irgendwie kämpften hier alle gegen alle.

Die Reisewarnung des Auswärtigen Amtes blinkte noch immer wie ein Warnschild vor ihrem inneren Auge.

Die Sicherheitslage in der Metropole Kinshasa (11 Millionen Einwohner) kann sich rasch ändern (Streiks, Demonstrationen, Menschenaufläufe). Die Kriminalität steigt, vor allem durch bewaffnete Jugendbanden (Kuluna). Diese operieren bislang außerhalb des von Ausländern bevorzugten Stadtteils Gombe.

Aber für jemanden, den der Dienstherr, nämlich das Auswärtige Amt selbst, in den Kongo schickte, für den galt diese Reisewarnung offenbar nicht.

Der Taxifahrer hatte ihr vorhin auf Französisch einige Dinge über den Kongo und seine Bewohner erzählt. Jetzt schaute er verbissen auf die staubige Straße, während sich das Taxi durch die Menge einen Weg bahnte.

Na poto, sagten die meisten Bewohner des Kongos gerne. Was so viel hieß wie *Ich möchte in Europa wohnen.* Europa, das war der Himmel. *Na Makala,* das war die Hölle. Makala hieß eigentlich »Holzkohle«, und es war gleichzeitig ein Vorort von Kinshasa, wo früher Holzkohle gebrannt wurde. Heute stand *Makala* für alles, vor dem sich ein Kongolese fürchtete. Denn auch das Zentralgefängnis von Kinshasa, das Mobutu eröffnet hatte, trug diesen Namen. Und wann immer dieser Name fiel, tauchten vor den Augen der Kongolesen Bilder auf von Hunger, Folter und Mord - den *Giftzähnen der Justiz,* wie man hier sagte.

Makala.

Da klingelte ihr Handy.

Janine nahm den Anruf an. Das erste Mal hörte sie seine Stimme direkt.

»Hier ist Andreas Schmidt, guten Tag, Frau Drieling.«

Sie schluckte.

»Hören Sie, ich habe hier noch in Kigali zu tun, komme aber morgen oder übermorgen nach Goma und treffe sie dort. Passen Sie auf …«

Sie zog ein Heft aus der Tasche, um sich Notizen zu machen.

»Gehen Sie heute Abend auf den Empfang der Deutschen Botschaft in Kinshasa. Müsste gleich um die Ecke von Ihrem Hotel sein.«

Da hatte er recht. Das Botschaftsviertel war eine der wenigen sicheren Ecken in Kinshasa, und entsprechend lagen dort auch die Hotels, die meist von den westlichen Besuchern ausgewählt wurden.

»Was soll ich dort tun?«, fragte sie.

»Nichts Bestimmtes, sprechen Sie mit den Leuten. Völlig unverfänglich. Und schauen Sie sich die Machtstrukturen an. Wer spricht mit wem? Und wie? Auf wen könnte man sich verlassen? Und auf wen nicht? Und protokollieren Sie das. Aber unauffällig. Sie haben doch ein Smartphone?«

»Ja.«

»Schreiben Sie alles in Ihr Smartphone. Das sieht unauffällig aus. Die Leute denken, Sie würden versuchen, SMS zu schreiben. Oder Mails. Oder tun Sie so, als ob Sie telefonieren, sprechen Sie aber leise das, was Sie sehen, und nehmen Sie es dabei mit dem Smartphone auf. Machen Sie bloß keine Notizen mit Block und Stift. Das fällt auf!« Er machte eine Pause. »Denken Sie daran: Sie vertreten die Bundesrepublik Deutschland. Man muss Ihnen vertrauen!«

»Und was ist *Ihre* Rolle?« Janine musste die Frage stellen.

»Eine andere«, schnappte Schmidt, »die Sie erst einmal nicht zu interessieren hat! Sie … Sie kümmern sich um die Koordination und das Netzwerken, nutzen den guten Namen Deutschlands. Alles Weitere erfahren Sie, wenn wir uns sehen!«

»Aber Sie vertreten Deutschland doch auch?«, fragte Janine. Sie fühlte sich wie ein Taucher in einem Graben, der immer trüber wurde. Was meinte Schmidt?

»Nicht direkt«, sagte er. »Und jetzt hören Sie auf, Fragen zu stellen, und machen Sie Ihren Job. Wir sehen uns morgen oder übermorgen!«

Er legte auf.

Janine schaute ein paar Sekunden regungslos auf ihr Handy. Dann wählte sie die Nummer ihres Vorgesetzten in Berlin.

Kapitel 43

Ruanda

Kigali

Sie stiegen vor einem großen Hotel aus.

»Sie glauben wirklich, Kagame hat etwas mit dem Genozid zu tun?«, fragte Schmidt.

»Manchmal«, sagte Sophie, »muss man reinen Tisch machen, das böse Blut loswerden. Vielleicht wäre es ohnehin irgendwann zu dem Massaker gekommen. Wenn nicht 1994, dann zehn Jahre später. Oder zwanzig Jahre später ... Manchmal«, sagt Sophie, »ist das Falsche genau das Richtige.«

Dies erinnerte Andreas Schmidt an seine eigene Geschichte und an den Spruch, den er von Eugen von Stein häufig gehört hat: *Der Feind meines Feindes ist mein Freund.*

Höllische Taten in himmlischen Landschaften.

Das sagte Sophie, als sie vom Genozid erzählte. Fast ihre gesamte Familie war dabei ausgelöscht worden.

Und es schien wie eine Ironie des Schicksal, dass in einer solchen paradiesischen Umgebung, wie es Ruanda und der Kongo waren, solche Greueltaten geschahen und überhaupt geschehen durften.

Höllische Taten in himmlischen Landschaften.

Wir haben etwas gemeinsam, dachte Schmidt. Sie hat alles verloren. So wie ich. Meine Familie ist zwar noch da, aber mein Job ist weg, meine Reputation auch, meine Frau ist meine Ex-Frau und meine Kinder kenne ich nur noch von den zwei Fotos, die im Bundesverteidigungsministerium auf meinem Schreibtisch stehen. Falls mein Büro dort nicht schon längst geräumt wurde. Und statt einer Familie habe ich windige Deals, auf die ich mich einlassen muss, um überhaupt noch ein Bein auf den Boden zu bekommen.

»Krieg ist wie Feuer«, sagte Sophie, »er frisst alles.« Sie schaute ihn an, und Schmidt glaubte, ein Blitzen von Ironie in ihren Augen zu sehen.

»Doch ohne den Krieg wäre ich nicht dort, wo ich bin. Denn der Krieg hat auch ein Gutes: Krieg ist eine altmodische Sache, und zwar insofern als es, egal in welchem Zeitalter wir leben, meistens die Männer sind, die im Krieg sterben.« Sie zuckte die Schultern. »Was für die Frauen in Ruanda den Vorteil hat, wenn man in solch einem Zusammenhang überhaupt von Vorteil sprechen wollte, dass uns viele hochrangige Positionen offenstanden. Einfach deswegen, weil es keine Männer mehr gab.«

»Bei uns gibt es dafür Frauenquoten.« Schmidt wusste selber nicht, was er von solchen Quoten halten sollte.

»Die sind nur nötig, wenn Männer ihre Stelle zurückfordern können. Tote können das nicht.«

Sie zeigte auf die Rezeption.

»Bringen Sie Ihre Sachen aufs Zimmer und machen Sie sich frisch. Wir haben ein paar Regierungstermine, das Protokoll wahren und so weiter. Und dieser Russe möchte noch mit Ihnen telefonieren.«

»Der Russe?«, fragte Schmidt. »Sie meinen den Eisbären?«

»Nein, der ist noch in der Luft. Der andere Russe. Der mit der Narbe.«

»Rasamov?«

Sophie nickte. »So heißt er.«

Schmidt atmete tief durch. Was war das für ein Hase-und-

Igel-Spiel? Wo immer Schmidt war, Rasamov war offenbar auch schon da. Jedenfalls kam es ihm so vor. Ex-KGB halt.

»Er ruft sie gleich an«, sagte Sophie. »Und wir treffen uns in zwanzig Minuten in der Lobby?«

Schmidt nickte und zog seinen Rollkoffer zur Rezeption. »In dreißig Minuten.«

»Hatten Sie eine schöne Zeit in China?«, fragte Rasamov unvermittelt am Telefon.

»Na ja, hauptsächlich war es Arbeit«, entgegnete Schmidt.

»Hauptsächlich«, sagte Rasamov, und ein kurzes Lächeln zog über sein Gesicht, das Schmidt nicht sehen konnte. »Der Ostkongo ist ein rechtsfreier Raum. Ein altes Tutsi-Gebiet, in das Kagame öfter Killerkommandos entsendet, wenn es dort mal wieder etwas aufzuräumen gibt. Kagame gilt als Oberbefehlshaber aller afrikanischen Truppen.« Er machte eine Pause. »Der Kongo kann nichts dagegen machen, weil es eigentlich keine richtige Regierung gibt, und Uganda als Nachbarland kommen die Säuberungen ganz recht.«

»Das heißt für uns?«

»Das heißt«, erklärte Rasamov, »dass wir das Chaos nutzen können, um die Ware, die wir brauchen, zu bekommen. Und da der Luftraum so gut wie gar nicht kontrolliert ist, können wir die Ware, die wir liefern, auch problemlos zu ihren Empfängern bringen.«

Was war dieser Rasamov für ein Typ? Ein »Trafficker«, einer, der alles Mögliche transportierte? Waffen, Drogen, Menschen, alles, was illegal ist und hohe Margen bringt?

»Wo sind Sie gerade?«, fragte Schmidt. Irgendwie kam es ihm vor, als wäre Rasamov überall und nirgends. Und meist in der Nähe von Schmidt.

»Gar nicht so weit von Ihnen entfernt.« Dann wechselte er

das Thema. »Ihre Gehilfin kommt später zu Ihnen aus Kinshasa?«

Schmidt nickte. *Kinshasa, die Hauptstadt des Kongos. Ja, Janine war dort und würde in den nächsten Tagen nach Goma kommen.* Dennoch erschrak er darüber, was Rasamov alles über ihn wusste.

»Wir fliegen höchstwahrscheinlich gemeinsam nach Goma, Janine und ich«, sagte Rasamov. »Mit einem Privatjet. Direkt fliegen ist fast unmöglich.« Schmidt verzog das Gesicht, ohne dass Rasamov es sehen konnte, während der weitersprach. »Air Zaïre ist damals immer abgestürzt, Trans Air Congo, der Nachfolger, ist auch nicht viel besser, und mittlerweile gibt es kaum mehr Fluglinien, die öffentlich zwischen Kigali und Kinshasa verkehren. Da ist es einfacher, einen Privatjet von der Regierung zu bekommen.«

»Gut«, sagte Schmidt, »also Sie sondieren die Lage zusammen mit Janine, und dann sehen wir uns hier?« Er machte Anstalten, das Gespräch zu beenden.

»Genau so«, entgegnete Rasamov, »vielleicht kommen wir auch getrennt, je nachdem, wie lange ich brauche. Ich habe noch zwei, sagen wir mal, inoffizielle Gespräche. Ich muss schauen, wie ich da Termine bekomme. Mit dem offiziellen Chef des Kongoss und dem, na ja, inoffiziellen.«

»Ich wusste nicht, dass es einen inoffiziellen Chef gibt.«

»Da sehen Sie mal«, sagte Rasamov. »Kennen Sie den schönen Satz von Donald Rumsfeld?«

»Der hat doch einiges gesagt.«

»*Eine Regierung regiert. Und wenn sie nicht regiert, regiert jemand anderes.*« Er lachte in sich hinein. »Wir sehen uns in Goma, *Honorarkonsul Schmidt.*«

Die Verbindung endete. Schmidt ärgerte, dass es immer die anderen waren, die die Gespräche beendeten.

Kapitel 44

Bundesrepublik Deutschland
Bundesnachrichtendienst,
Pullach bei München

Eugen von Stein saß in seinem Büro des BND in Pullach, als das Telefon klingelte. Vor sich hatte er eine Geheimakte über die Rüstungsbestrebungen von China. Dass China gewaltig aufrüstete, nicht nur um Japan einzuschüchtern und den früheren – oder wieder gegenwärtigen – Feind an die Demütigungen während des Zweiten Weltkriegs zu erinnern, war nicht neu. Dass China aber Rüstungsprojekte gemeinsam mit Russland durchführte, sogenannte *Arms Joint Ventures,* war schon verblüffend. Von Stein las von einem Manöver, das China und Russland gemeinsam in der Peter-der-Große-Bucht durchgeführt hatten, mehr oder weniger vor der Haustür Japans. Auch ohne böse Absichten unterstellen zu wollen, brauchte es nicht viel Phantasie, um zu erkennen, dass man Japan damit provozieren wollte. Sein Blick ging über Zeichnungen und Baupläne von Schiffen, etwa den Zerstörer Wuhan, der chinesische Handelsschiffe als Schutz gegen Piraten begleiten sollte, insbesondere am Horn von Somalia.

Ein anderer Plan zeigte die Shenyang, eine Baureihe, die schon ab der Jahrtausendwende gebaut wurde und 2004 das erste Mal vom Stapel lief. Daneben die Admiral Vinogradov, ein U-Boot-Abwehrschiff, das aus Russland kam.

Er nahm das Gespräch an.

»Von Stein.«

»Rasamov hier, ich grüße Sie!«

Von Stein hatte auf den Anruf gewartet.

»Wobei störe ich Sie gerade?«, fragte Rasamov, bevor von Stein etwas erwidern konnte.

»Ich schaue mir ein paar chinesische Kriegsschiffe an, besonders die, die sie gegen Piraten anwenden.«

»Die fackeln nicht lange«, sagte Rasamov.

»Nein, in der Tat. Die knallen einfach alles ab, was sie kapern will, nicht wie bei uns, wo die Schiffe den Piraten kampflos überlassen werden und man noch vor Gericht gestellt wird, wenn man Piraten tötet.«

»Wer töten will, muss halt heimlich töten«, sagte Rasamov.

»Ich fürchte, da haben Sie mal wieder recht.« Von Stein nahm seine Pfeife zur Hand, sah, dass sie leergeraucht war, und legte sie wieder weg. »Was macht Schmidt? Ich habe zuletzt mit ihm gesprochen, als er in Shanghai war.«

»Es läuft gut, er ist hungrig, will endlich wieder was bewegen. Wir sehen uns alle morgen oder übermorgen in Goma.« Er machte eine Pause. »Wahrscheinlich haben wir den Richtigen ausgesucht. Oder besser *Sie.*«

»Ist die Rollenverteilung klar?«, fragte von Stein. »Schmidt ist Honorarkonsul, und diese Botschafterin, wie heißt sie noch …«

»Janine …«, antwortete Rasamov gedehnt.

»Die weiß auch Bescheid?«

»Sie ist schon in Kinshasa unterwegs, um dort zu sondieren. Ich selbst werde dort morgen mit dem Präsidenten sprechen. Wir werden ihm versprechen, dass wir die richtigen Warlords unterstützen. Dafür brauchen wir von diesen Warlords natürlich ein paar … Rohstoffe.«

»Sehr gut, dann läuft ja soweit alles, wie es soll, und wir müssen nicht befürchten, dass wir übermorgen ohne Rohstoffe dastehen.«

»Wir machen es besser als der BDI.« Das war Rasamov.

Besser als der BDI. Der Bundesverband der Deutschen Industrie. Rasamov war wirklich gut informiert, und selbst von Stein fragte sich, woher dieser Kerl immer alles wusste. Er dachte an das Projekt der Rohstoffsicherung, das vom BDI und von der Bundesregierung initiiert wurde. Diese Initiative hatte, so stand es auch in allen Medien, noch kein einziges Projekt vorzuweisen. Man evaluierte vor sich hin, ortete Sollbruchstellen in globalen Lieferketten für seltene Erden, erwog Handlungsoptionen, malte PowerPoint-Folien voll und hielt Vorträge. Das wäre vielleicht eine tolle Leistung in einem universitären Proseminar, aber von einer großen Kollektivanstrengung der deutschen Industrie für ihr eigenes Überleben konnte man jedenfalls nicht sprechen.

»BND statt BDI«, sagte Rasamov stolz.

Von Stein zuckte die Schultern. »Geht ja nicht anders.«

Kapitel 45

Flug von Kigali nach Goma

Andreas Schmidt war zum Umfallen müde. Er merkte, wie ihm langsam die Augen zufielen, als er mit einer Maschine der ruandesischen Luftwaffe unterwegs nach Goma war und den Himmel über den grünen Hügeln von Westruanda und Ostkongo durchschnitt. Es hatte ein paar unwichtige Meet-&-Greet-Termine in Kigali gegeben, die aber nicht so lange dauerten, dass er deswegen in der Hauptstadt übernachten musste. Also hatte er das Hotel in Kigali wieder verlassen, ohne dort überhaupt richtig einzuziehen, und war jetzt unterwegs nach Goma in die Residenz des *Eisbären.*

Rasamov hatte recht, es war am besten, einen Privatjet oder eine Militärmaschine zu nehmen, wenn man im Kongo reisen wollte. Genau genommen war es beides: eine Militärmaschine, dessen Piloten er bestochen hatte, um ihn nach Westen zu fliegen. Der Luftraum im Kongo war nicht überwacht, und kongolesische Gesellschaften flogen ohnehin nicht derart lange Strecken, wenn sie überhaupt flogen. Einige Strecken wurden von Rwanda Air bedient, doch Schmidt hatte keine Lust auf Formalitäten und Scherereien, und außerdem hatte er von Rasamov reichlich *Envelopes of Happyness,* Briefumschläge mit Geld, bekommen, die genau für solche Zwecke existierten.

Lucia Ming hatte er ebenfalls gesehen, sie war gerade im gleichen Hotel eingetroffen, als Schmidt unterwegs zu seiner

Maschine war. Sie hatte nur schnell ihre Sachen aufs Zimmer gebracht und war dann sofort zu einem Gespräch mit einem *hohen politischen Würdenträger*, wie sie es nannte, abgezischt. Schmidt hatte sie gefragt, ob sie nicht noch schnell einen Kaffee oder Tee trinken wollte. Und sie hatte ihn natürlich wieder abblitzen lassen. Ihr Gesicht und ihre Gestalt gingen ihm nicht aus dem Kopf, und er ärgerte sich darüber, dass er sich offenbar immer Menschen und Situationen aussuchte, in denen er der Verlierer war. Sah man ihm an, dass er ein Kainsmal hatte, dass er verdorbene Ware war, die sich jetzt mit halbseidenen Jobs über Wasser halten musste? War es seine Dummheit, die ihn dazu brachte, oder war es gar sein Schicksal? War er der *Todesengel*, der seinen eigenen Untergang vorbereitete?

Er hatte vor dem Flug noch einmal mit Rasamov telefoniert, der ihm die wichtigsten Warlords genannt hatte, die die großen Minen im Kongo bewachten: Renko im Westen des Landes nahe der Hauptstadt, Khan im Süden bei Lubumbashi und schließlich Otega im Osten nahe Goma.

Nehmen Sie Otega, der ist auch nahe genug an Ruanda dran, hatte Rasamov gesagt, *das wird auch logistisch einfacher.*

So hatte sich Schmidt auch entschieden, mit Otega, dem Warlord, in Goma zusammenzuarbeiten, da er von dort aus die »Waren« am besten über Kigali in Ruanda in den Ostkongo verschiffen konnte.

Die Warlords wussten, wie man Geld verdient, dachte Schmidt. Sie besteuerten Zivilisten. Hausbesitzer mussten zwei Dollar pro Monat Schutzgeld zahlen, was im Kongo keine kleine Summe war. Nur damit ihr Haus nicht abgefackelt wurde. Lastwagenfahrer mussten gar dreihundert Dollar abdrücken, um durch Rebellen-Territorium fahren zu dürfen. Zahlten sie nicht, verloren sie schnell ihren Lkw. Und ihre Ware. Und oft genug auch ihr Leben. Diese Warlords würden auch Schmidt, Rasamov & Co. zur Kasse bitten. Doch selbst wenn die Kriegsherren so hart verhandeln würden, wie sie könnten, würde Tiamat immer noch ein glänzendes Geschäft machen.

Kapitel 46

Demokratische Republik Kongo

Virunga-Nationalpark

Martin drehte sich um.

Doch eigentlich wusste er schon, was er dort sehen würde. Er hatte sie aus den Augenwinkeln gesehen, diese Wahrheit, die sein Gehirn noch eine Weile zurückgehalten hatte, die aber jetzt umso gnadenloser auf ihn abfeuerte, jetzt, wo es nichts mehr half, sich selbst zu betrügen.

Er blickte in Augen, die schon zu viel gesehen hatten. In die Mündung einer Waffe, die genauso schwarz wie die Augen war. Genauso leer. Und genauso gnadenlos.

»Go«, sagte einer der Kindersoldaten in gebrochenem Englisch. Hinter ihm noch ein anderer. Daneben ein älterer Hauptmann, alle drei mit Kalaschnikows.

Sollte er rennen? Fliehen?

Sie würden ihn erwischen, bevor er in den Wald geflüchtet wäre. Würden ihm in die Beine oder in die Knie schießen, und er wäre nicht nur gefangen, er wäre auch noch als Krüppel gefangen, mit zerschossenen Knochen und vereiterten Wunden, einer, der langsam, fiebrig und elendig auf einer schmutzigen Pritsche krepieren würde.

Tränen schossen aus seinen Augen, als er den Lauf der Waffe im Rücken spürte und der Kindersoldat ihn in Richtung Mine drückte. Ein Schuss in die Wirbelsäule, dachte er, das fehlte ihm gerade noch. Querschnittsgelähmt. Er durfte auf keinen Fall irgendeine verdächtige oder falsche Bewegung machen.

Was hatte er sich gedacht? Dass er hier fliehen könnte? Wie viele Kilometer hatte er zurückgelegt? Fünf vielleicht? Höchstens zehn. Er musste doch wissen, dass er hier, im Umfeld der Mine, genauso auffiel wie ein Schwarzer in der Antarktis.

Sie nahmen seinen Pass. Sein Handy.

Und wahrscheinlich als Nächstes sein Leben.

Die Tränen rannen über sein Gesicht, als er vor Todesangst zitternd einen Fuß vor den anderen setzte.

Aus dem Wald hinaus.

Richtung Mine.

Richtung Untergang.

Richtung Tod.

Kapitel 47

Virunga-Nationalpark
Demokratische Republik Kongo

Den kenne ich doch, dachte Robert Otega.

Der bullige Warlord sah zwei seiner Soldaten, die den weißen Mann, der vorhin zu fliehen versucht hatte, zu einer der Baracken führten. Wieder jemand, der sich in ihrem Gebiet herumgetrieben hatte, dachte er. Und keine Steuern gezahlt hatte, *Wegezoll,* wie sie es nannten. Sie würden ihn in die Zelle sperren und Otega fragen, was sie mit ihm machen sollten. Meist wurde so einer gleich erschossen. Wenn es gut für ihn lief. Wenn es weniger gutlief, wurde er erstochen, denn Messer konnte man mehrfach benutzen, während man Munition immer neu kaufen musste. Und wenn das Messer stumpf war, war das schlecht für das Opfer, denn es starb langsamer und qualvoller, aber Otega und seinen Leuten war das ziemlich egal.

Doch der hier war ein Weißer. Und Weiße kamen meist aus Ländern, in denen es Geld gab. Und sie waren lebendig sehr viel wertvoller als tot. *Ein toter Weißer ist wie ein lebender Neger,* hatte ihm mal ein Söldner gesagt, was bedeuten sollte, dass ein toter Weißer nichts mehr wert war. *Aber ein lebender Weißer ist wie ein Sack voller Dollars.*

Er ging den Wachen langsam hinterher und blinzelte gegen die Sonne, die erbarmungslos auf die Mine und die Arbeiter herunterbrannte.

Was sollte er also mit ihm tun?, dachte Otega. Ihn töten

würde kein Geld bringen. Nur mit einem lebenden Menschen konnte man jemanden erpressen. Die Kindersoldaten, diese beiden Trottel, hatten schon versehentlich seinen ebenfalls weißen Begleiter erschossen. Der hätte ihnen auch viel Geld eingebracht.

Dafür hatte Otega dann die Kindersoldaten erschossen. Dumme Leute konnte er nicht gebrauchen, auch wenn sie Kinder waren. Man musste halt lernen oder sterben.

Er schaute unauffällig in die Zelle, ohne dass Martin sein Gesicht erkannte. Machte ein Foto mit dem Handy. Verschickte das Foto von Martin per SMS an eine Nummer. Kurz danach wählte er die gleiche Nummer, um einen Mann anzurufen, den es sehr interessieren müsste, wen er hier aufgegabelt hatte.

Kapitel 48

Ruanda
Kigali

Albert Bugali, der Chef des Geheimdienstes von Ruanda, ein bulliger Mittfünfziger mit kurzgeschorenen Haaren und vernarbtem Gesicht, saß Lucia Ming gegenüber, und sein grauer Maßanzug spannte sich über seinen wohlgenährten Körper. Bugali, ein Tutsi, der in Kigali geboren war und aus der Klangverwandtschaft der beiden Namen gerne eine Art Schicksalsbeziehung machte, hatte in der französischen Fremdenlegion gedient und während des Genozids zwei Finger seiner linken Hand verloren, an deren Stümpfen er dann und wann herumrieb. Dann hatte er eine Zeitlang als Afrika-Spion für den Mossad gearbeitet und dort, wie er Lucia gesagt hatte, einige Dinge gelernt, *die Sie gar nicht wissen wollen*. Obwohl auch er, als Tutsi, während des Völkermordes Familienangehörige und eben zwei Finger verloren hatte, sah er derartige Massaker immer mit der nüchternen Rationalität eines Schachspielers, die Lucia schon zu Beginn befremdete und an die Kader der KP in China erinnerte.

»Als Geheimdienstchef darf ich mich über so etwas nicht aufregen«, sagte er, »sonst kann ich es nicht analysieren. Oder haben Sie schon mal einen Chirurgen gesehen, der kein Blut sehen kann?«

Lucia hatte einen halbstündigen Termin bei Bugali ergattert, dessen ruhige Präsenz ihr schon im ersten Moment, obwohl sie ihn noch gar nicht kannte, sofort ein Gefühl der Sicherheit gab. Ganz anders als der verzweifelte und gehetzt wirkende Andreas Schmidt, der ihr immer nachstellte und jetzt glücklicherweise erst einmal mit einer Militärmaschine nach Goma verschwunden war.

Sie hatte eine Liste der Investmentziele von SAFE vor sich liegen, und es ging jetzt darum, die Risiken, die sich für Investoren aus der gegenwärtigen Situation in Afrika ergaben, realistisch einzuschätzen. Ohne irgendetwas zu beschönigen oder schlechtzureden. Gerade sprachen sie über die Situation in Mali und den Putsch gegen Präsident Touré, der im Moment mit voller Wucht im Norden tobte.

»Das muss man sich mal vorstellen«, sagte Bugali, »der General von Mali ist auch noch in den USA ausgebildet worden …«

»Was man in Washington ungern zugibt«, ergänzte Lucia.

Bugali nickte. »Und der putscht jetzt gegen seine eigene Regierung. Das ganze Ding ist ein Pulverfass, die ganze Allianz, die da putscht, ist ein Pulverfass.« Er faltete die Hände über seinem Bauch. Lucia kannte Teile der Geschichte. Der General hatte sich, unterstützt von den Tuareg-Nomaden und dem islamischen Netzwerk Ansar al Din, an die Macht geputscht. Was das Ganze noch schlimmer machte, war, dass Ansar al Din beste Beziehungen zum Terror-Netzwerk al-Qaida unterhielt.

»Obama mag bin Laden in Pakistan hingerichtet haben«, sagte Bugali, »doch der Name stimmt noch immer. *al-Qaida.*«

Al-Qaida. Das hieß auf Arabisch *Die Basis. Die Festung.* Und dieser Begriff stimmte, denn trotz der Exekution bin Ladens durch US-Elitetruppen war al-Qaida nach wie vor eine Macht, besonders in Nordafrika. Und Ruandas Militär und Geheimdienst fürchteten nichts mehr, als dass sich, ähnlich wie im Sudan oder in der zentralafrikanischen Republik, islamischer Extremismus im Land ausbreitete und zwischen Muslimen und Christen ein ähnliches Massaker ausbrechen würde wie Jahre vorher zwischen Hutu und Tutsi. Al-Qaida war eine Macht, an der man in den Regionen zwischen Timbuktu, Gao und Kidal nicht mehr vorbeikommen konnte und die in vielen Städten bereits die Scharia, das islamische Recht, eingeführt hatte. Sowohl die Weltbank als auch die Afrikanische Entwicklungsbank hatten erst einmal alle Entwicklungsprojekte in Mali auf Eis gelegt und sämtliche Konten eingefroren.

»Was sagt man in China dazu?«, fragte Bugali.

»Meiner Regierung ist das egal, solange ihre Geschäftsinteressen nicht leiden. Auf Begeisterung ist das natürlich nicht gestoßen.«

Lucia kannte die Doppelmoral Chinas bei der Islam-Thematik. Einerseits hatten Chinesen keine Probleme damit, »mal eben« zum Islam zu konvertieren, um einen lukrativen Auftrag in den Arabischen Emiraten zu bekommen. Gleichzeitig setzte die Zentralregierung in Peking alles daran, die muslimische Minderheit der Uiguren in der westlichen Provinz Xinjiang kleinzuhalten und deren Anteil an der Bevölkerung durch gezielte Umsiedelung von Han-Chinesen nach Westchina zu reduzieren.

»Wird vielleicht Zeit, dass ihr Chinesen mal militärisch eingreift?«, schlug Bugali vor. »Immerhin seid ihr bald Nummer zwei nach den USA. Da kann etwas geopolitische Verantwortung nicht schaden.«

Lucia musste zugeben, dass er recht hatte. Wenn die Amerikaner nicht mit *Hard Power* und einem Militärbudget, das mit siebenhundert Milliarden Dollar pro Jahr höher war als das aller anderen Mächte der Welt zusammen, wenn sie nicht eingriffen, das wusste Lucia, dann griffen die anderen auch nicht ein und schauten nur auf die Gefahr wie das Kaninchen auf die Schlange. Die USA waren nicht die führende Supermacht, weil es alle wollten, sondern deswegen, weil es sonst niemand konnte. Selbst Deutschland, das einmal eine der größten Armeen der Welt hatte, hatte lange Zeit nicht einmal eigene Elitetruppen für Auslandseinsätze

Bugali lehnte sich zurück. »*Es gibt keinen Putsch ohne Waffen,* sagt man immer, und ich frage mich, wo die Waffen für diesen Putsch in Mali herkamen? Bei uns kamen sie aus den Depots der französischen Armee und der Fremdenlegion, aber dort?« Er nahm seinen dampfenden Pappbecher und führte ihn behutsam zum Mund. »Von geldgierigen, russischen Waffenhändlern oder tatsächlich aus den libyschen Waffendepots, die nach dem Tod-Gaddafis offen standen wie die Scheunentore? Und die besonders die Terroristen von al-Qaida magisch anzogen?«

»Vielleicht war Gaddafi doch nicht so schlecht?« Lucia war, ganz Chinesin, meist der Meinung, dass zentrale Diktatur besser war als verstreute Anarchie. Die Tyrannei war nun einmal meist besser organisiert als die Freiheit.

Bugali nickte, etwas gequält.

»Man konnte Gaddafi ja wirklich für einen tollwütigen Hund halten, wie es Reagan damals gesagt hatte. Und seine Bunga-Bunga-Sachen sind auch ein Kapitel für sich, aber sicher nicht so schlimm wie die systematischen Folterungen, die er auch durchführen ließ. Aber er hatte wenigstens die Stämme verstanden, was man von den meisten anderen afrikanischen, vom Westen eingesetzten Marionetten-Herrschern nicht behaupten konnte. Und von westlichen Geheimdiensten und UNO-Leuten schon gar nicht. Und von Mobutu im Kongo damals auch nicht.«

Sie tippte ein paar Sätze in ihren Laptop, der vor ihr stand.

»Okay«, sagte sie, »also Putsch in Mali, islamischer Extremismus und Stammesunruhen sind nach wie vor Gefahren, *threats* wie man es ausdrückt.«

Bugali nickte.

»Apropos, Mobutu. Die Sache mit dem Kongo kocht auch wieder hoch, nachdem es 2003 ruhiger geworden war«, erläuterte Bugali und drückte an seinem Pappbecher herum, wobei er versuchte, den Rand des Kaffees möglichst nach oben an den Becherrand zu drücken, ohne dass der Kaffee überschwappte. Lucia schaute ihm einen Weile aufmerksam zu. *Der Kaffee,* dachte sie. *Irgendwann schwappt er doch über. Irgendwann explodiert jedes Pulverfass. Irgendwann passiert das, was niemand will, was aber passieren muss.*

»Der Genozid«, sagte Bugali, als habe er Sophies Gedanken gelesen. »1994. Und dann 1997 bis 2003. Der Krieg zwischen Kongo und Ruanda. Der große Afrikanische Krieg, wie man ihn nannte, vielleicht analog zum Ersten Weltkrieg, den man im Englischen auch *The Great War* nannte.«

»War das zur Zeit von Mobutu?«, fragte Lucia. Sie hatte viel von dem früheren Diktator des Kongoss gehört.

»Richtig«, sagte Bugali. »In Europa, in China wahrscheinlich nicht«, er lächelte kurz und spitzbübisch, »galt Mobutu, der frühere Herrscher des Kongoss, als brutaler Diktator. Das sonst so freiheitsliebende Europa hatte dennoch Mobutu unterstützt, weil er antikommunistisch war. In Wirklichkeit haben sie sich einen zweiten König Leopold gezüchtet, der den Kongo genauso ausgenommen hat wie zuvor der belgische König. Er nutzte das Finanzministerium als sein persönliches Bankkonto. So ähnlich wie dieser Chaot aus Turkmenistan. Nach dem Genozid hatte Ruanda die Nase auch von Mobutu voll.«

»Was passierte?«

»1996 kam es zum ersten großen kongolesischen Krieg. Die Ruander stürzten den Diktator Mobutu und inthronisierten Laurent-Désiré Kabila, eine Art Marionette von Ruanda.«

»Hatten sie Angst, dass der Genozid sonst noch einmal kommt?«

Bugali nickte. »Völlig richtig! Es gab Verschwörungen, dass die Hutu, *die Génocidaires,* wie man sie nannte, nach 1994 noch einmal zurückkehren würden, um einen noch größeren Völkermord zu veranstalten. Und von Mobutu glaubte man, er würde die Hutu dabei unterstützen. Kagame, unser Präsident, brachte dann auch Uganda dazu, im Kongo zu intervenieren. Eine Armee aus Uganda und Ruanda entthronte Mobutu, vertrieb die Hutu nach Westen und brachte die Tutsi zurück nach Ruanda.

»Der alte Kabila ist aber mittlerweile auch schon weg?«

»Ja, jetzt ist sein Sohn, Joseph Kabila, am Ruder. Der Junior wurde übrigens in Ruanda ausgebildet, war so etwas wie die rechte Hand des ruandesischen Militärstrategen James Kabarebe.« Bugali trank von seinem Kaffee. »War alles so von Kagame gewollt. Kabila ist im Kongo. Aber eigentlich ist er einer von uns. Der beste Sieg ist schließlich der, den der Gegner gar nicht als Niederlage sieht.« Er schaute einen Moment unbestimmt ins Leere. »Hoffen wir jedenfalls.«

Kapitel 49

Demokratische Republik Kongo
Kinshasa

Joseph Kabila, der Präsident des Kongoss, war fünfunddreißig Jahre alt, als er 2006 gewählt wurde. Mittlerweile waren einige Jahre vergangen. Doch wie ein erfahrener Politiker wirkte er noch immer nicht. Eher wie jemand, der auf einem Fass Nitroglycerin eine Rutsche hinunterfuhr und ständig darauf bedacht war, keine falsche Bewegung zu machen.

Doch nicht zu handeln, das wusste Rasamov, war in der Politik meist gefährlicher, als zu handeln. *Better regret doing something than regret not doing something,* hatte zu Rasamov mal ein Hedgefondsmanager in New York gesagt. Der saß jetzt allerdings für zehn Jahre wegen Insiderhandels. Die Gerichte wollten klarstellen, dass es, gerade nach der Finanzkrise und den milliardenschweren Rettungspaketen auf Kosten des Steuerzahlers, keine Extrawürste für die Finanzelite gab. Vielleicht war es also manchmal noch besser, nicht zu handeln. Helmut Kohl hatte das schließlich mit Bravour vorgemacht. Und seine Schülerin Angela Merkel genauso. Doch Kabila hatte gezeigt: Nicht zu handeln konnte auch sehr gefährlich sein.

Kabila Junior.

Rasamov hatte tatsächlich einen Termin beim Präsidenten des Kongoss bekommen. Jetzt saß er ihm in seinem Empfangsbüro in Kinshasa gegenüber, die koloniale Stuckdecke über ihnen, die große Terrassentür zum prächtigen Balkon geöffnet. Kabila hielt eine lange, schmale Pfeife in der Hand, die sein Vater, Kabila Senior, einmal geraucht hatte. Er selbst rauchte sie nicht, ließ sie nur durch seine Hand gleiten. Man sagte, dass er teure Zigarren bevorzugte. Und teuren Cognac. Ganz so wie die Gangster Rapper in New York. Und ein bisschen war er das auch, dachte Rasamov. Ein Gangster. So wie sie alle, die in diesem Spiel mitspielten.

Kabila Junior. Der Westen hielt ihn für eine Marionette Ruandas. Und der Kongo hielt ihn für eine Marionette des Westens. Ruanda hingegen hielt ihn für eine Marionette der Warlords. Unbequemer konnte man nicht zwischen allen Stühlen sitzen. Daher traf sich Kabila Junior des Öfteren mit seinem ehemaligen Erzfeind, Paul Kagame, und hielt in New York eine denkwürdige Rede über Frieden, Fortschritt und nationale Einigkeit, und einige dachten schon, es wäre eine neue Ära angebrochen. Doch sehr schnell mussten alle feststellen, dass sich nicht allzu viel änderte. Und dass der Krieg, das Chaos und der Kampf um Rohstoffe die einzigen Konstanten blieben.

Doch die meisten waren der Meinung, dass er einen besseren Job als sein Vater machte. Der hatte sich manchmal wie ein Elefant im Porzellanladen verhalten.

Freunde gewinnen ist eine Kunst, sagen manche.

Andere sagen, man sollte sich Feinde machen und ihnen vergeben. Niemand ist loyaler als ein früherer Feind, dem man verziehen hat. Er wird vieles für einen tun, denn er muss seine Loyalität aufbauen und immer wieder unter Beweis stellen.

Die besten Freunde sind frühere Feinde. Auf Freunde, dachte Rasamov, *kann man verzichten.*

Kabila Senior aber hatte die fragwürdige Kunst beherrscht, aus alten Freunden im Handumdrehen neue Feinde zu machen. Die auch Feinde blieben und sich entsprechend verhielten. Darin hingegen konnte Rasamov keine Kunst erkennen.

Doch immerhin war Kabila Junior frei gewählt. Und er war noch am Leben. Das war keineswegs selbstverständlich. Denn oft waren die frei gewählten Präsidenten des Kongoss den USA, und besonders den Herren in Langley, ein Dorn im Auge. Langley, dachte Rasamov, dort, wo sich das Hauptquartier der CIA befand: Wie etwa zu Zeiten des Kalten Krieges, als Washington beschlossen hatte, den frei gewählten Präsidenten des Kongoss, Patrice Lumumba, zu vergiften, da er, wie so viele damals, Sympathien für den Kommunismus hegte; ob dies nun stimmte oder nicht. Doch leider kamen die CIA-Agenten mit ihren Giften niemals in die Nähe von Lumumba, da der von UN-Friedenstruppen bewacht wurde. Am Ende hatten die Kongolesen aber ihren Job mal wieder selbst erledigt: Lumumba wurde nach einem Putsch seines Rivalen Mobutu gefangen genommen und schlicht und einfach mit einer Maschinenpistole hingerichtet. Sicherlich eine AK 47, dachte Rasamov, einer der größten Exportschlager des Sowjetreiches.

»Es gibt da einen Vertrag«, sagte Rasamov und kam zur Sache, »er ist nur sieben Seiten lang, deutlich weniger Seiten, als es die meisten Mietverträge haben. Aber er ist eines der wichtigsten Dokumente des Kongoss seit 1949. Sie wissen, welchen ich meine?«

»Sie meinen den Vertrag mit China?«

»Dieser Vertrag«, sagte Rasamov statt einer Antwort, »das ist doch ein Joint Venture?«

Kabila ließ die Pfeife erneut durch seine langen, schlanken Finger gleiten. Die Finger erinnerten Rasamov an junge Baumäste. *Äste,* dachte er. *Aber keine Wurzeln.* Daran fehlte es in diesem Land.

Kabila nickte.

»Zweiunddreißig Prozent für den Kongo, achtundsechzig Prozent für China?«, fragte Rasamov.

»Sie kennen sich gut aus.« Kabila legte die Pfeife weg.

»Der Vertrag besagt auch, dass die Chinesen in den nächsten Jahren in Katanga sechshunderttausend Tonnen Kobalt und zehn Millionen Tonnen Kupfer fördern dürfen.«

»Wenn Sie alles schon wissen«, meinte Kabila, »warum fragen Sie mich dann?«

»Das sind gigantische Mengen«, entgegnete Rasamov und strich über seine Narbe an der Stirn. »Der Kongo ist ein sehr rohstoffreiches Land, dennoch sind die Kupferreserven des ganzen Landes wahrscheinlich nicht größer als siebzig Millionen Tonnen. Allein in der gesamten Kolonialzeit wurden nur schätzungsweise acht Millionen Tonnen gefördert.« Er beugte sich nach vorne. »Was die Chinesen wollen, sind ein Siebtel der gesamten Reserven. Das sind …«, er rechnete im Kopf, »ungefähr fünfzehn Prozent, nicht wahr?«

»Worauf wollen Sie hinaus?«

»Sie haben den Chinesen alles verkauft, was Sie haben.«

»Sie wissen doch«, sagte Kabila, »wer Eier trägt, sucht keinen Streit.«

So was sagt nur, wer selbst keine Eier hat, dachte Rasamov. *Eier in der Hose.*

»Das Land ist instabil, wir haben Bodenschätze, ja«, sagte Kabila. »Aber sobald irgendjemand etwas findet, gibt es Krieg. Die Chinesen bringen Ordnung. Und nicht nur Ordnung. Sie bringen Straßen, Infrastruktur.« Rasamov hörte missmutig zu. Bei allem Nihilismus, den er sonst an den Tag legte, konnte er nicht verhehlen, wie sehr er den Chinesen den Erfolg missgönnte und wie sehr es ihn wurmte, dass dieses ehemalige *Entwicklungsland* das russische Großreich in nur dreißig Jahren mal eben überholt hatte. Bis Kongo jemanden überholen würde, würde es aber noch dauern. Das Land war kein richtiger Staat, hatte aber dennoch eine halbe Million Beamte, die meisten davon alte Männer und Frauen, die nur deshalb nicht in Rente gingen, weil es keine Rente gab, und die in ihren verschimmelten Büros zwischen von Ameisen angefressenen Akten saßen und so taten, als gäbe es etwas zu tun oder zu verwalten.

»Die Chinesen investieren mehr als drei Milliarden Dollar in Minen.« Kabila warf die Pfeife auf den Tisch. »Sechs Milliarden in Straßen. In Flughäfen, Eisenbahnlinien.« Er sprach, als wollte er den Eindruck revidieren, irgendwie über den Tisch gezogen worden zu sein. »Der Westen hat *Neokolonialismus!* geschrien, als er von dem Vertrag erfahren hat. Aber was bekommen wir von den Chinesen? All das, was der Westen niemals geliefert hat. Und was ihr Russen auch niemals geliefert habt! Der Westen hat uns Moralpredigten gehalten und wollte den ersten frei gewählten Präsidenten des Kongoss ermorden lassen. Und ihr«, damit meinte er die Russen, »ihr habt nur am Rand gestanden, Wodka getrunken und zugeschaut.«

»Erz gegen Infrastruktur«, sagte Rasamov. »Na schön. Arbeitsplätze wurden dadurch aber nicht geschaffen. Die Chinesen ließen einfach ihre Häftlinge einfliegen.«

Kabila rückte noch weiter nach vorn. »Dennoch: Sie haben das Geld vorgestreckt.«

»Geld ist relativ«, konstatierte Rasamov. »Schließlich will China ja auch eine Menge dafür haben. Und ob zehn Millionen Tonnen Kupfer gegen neun Milliarden Dollar Investitionen ein fairer Deal sind, hängt schließlich vom Weltmarktpreis für Kupfer ab.«

Rasamov sah, wie Kabila möglichst unauffällig auf die Uhr

blickte. »Monsieur Rasamov, was wollen Sie eigentlich? Ich habe Sie empfangen, weil man mir sagte, Sie seien ein Mann, mit dem ich sprechen sollte. Aber ich weiß immer noch nicht, was eigentlich das Ziel dieses Gesprächs ist.« Er klopfte auf den Tisch. »Der Vertrag mit den Chinesen ist schon seit langem unterschrieben. Die Zeit kann niemand zurückdrehen. Ich auch nicht.«

»Stalin sagte einmal«, begann Rasamov, »dass ein Toter eine Tragödie seien, Millionen Tote aber reine Statistik.«

Kabila nickte. »Allerdings. Wir haben hier Erfahrung mit Millionen Toten. Und ihr Russen auch. Je geringer die Möglichkeit der Identifikation der Toten, desto geringer die Bereitschaft zum Mitleid.«

Rasamov nickte. »Die Bedeutung des Spruches geht auch weniger in die große als in die kleine Dimension. Er besagt, dass manchmal kleine Dinge eine große Bedeutung haben. Ein kleiner Teil kann uns helfen, ohne dass er euch auffällt. Und den Chinesen erst recht nicht.«

»Ein kleiner Teil wovon?«

Rasamov beugte sich nach vorne, so als wären überall Wanzen versteckt. Vielleicht waren sie das auch.

»Von den Metallen, den seltenen Erden, den Bodenschätzen. In Russland sagt man, *etwas ist vom Laster gefallen.* Vielleicht wollen Sie auch etwas Kleines vom Laster fallen lassen? Welcher Chinese kann beweisen, dass aus der Mine nicht genügend Kupfer kam? Und wo es dann hinging, falls es doch existierte?«

»Wenn die Chinesen die Minen selbst betreiben, und das tun sie immer mehr, geht sowieso alles an China.«

»Und die Minen, die nicht den Chinesen gehören?«

»Sind schlecht organisiert. Denken Sie an den Osten. Lubumbashi. Katanga. Die machen, was sie wollen.«

»Vielleicht fehlt Ihnen etwas Argumentationshilfe?«

Kabila schien zu ahnen, worauf Rasamov hinauswollte. »Vielleicht …«

Rasamov lehnte sich zurück.

»Wissen Sie, was jeden Tag passiert?«, fragte er, aber es war keine richtige Frage. »Männer schenken Frauen Blumen. Die meisten Blumen kommen aus Afrika. Aus Kenia zum Beispiel. Flugzeuge bringen Schnittblumen aus Kenia. Sie gehen von Nairobi aus nach Amsterdam. Von Amsterdam werden sie über Europa verteilt. Und alle glauben, das sind *Blumen aus Holland*. In den leeren Flugzeugen aber gehen manchmal Gewehre zurück nach Afrika. Sie wissen, wie man diese Transaktion nennt?«

Kabila nickte. »Guns & Roses.«

»Wie wäre es«, sagte Rasamov, »wenn diese Flugzeuge öfter hier landen würden? Natürlich ohne Rosen, sondern mit …« Er beendete den Satz nicht.

Kabila zuckte die Schultern und versuchte, einen desinteressierten Eindruck zu machen, was ihm nicht ganz gelang. »Und die würden uns helfen, diejenigen …«

»… diejenigen gut auszustatten, die Ihnen helfen«, beendete Rasamov den Satz. All diese Tutsi-Rebellengruppen, M23, Kony und seine Lord's Resistance Army aus Uganda und wie sie alle heißen. Die sind gefährlich für Sie. Sie haben die Minenbetreiber im Osten in der Hand. Solange Sie«, er zeigte auf Kabila, »keine Kontrolle haben.« Er sah sich wieder um, als würde er belauscht. »Der Herrscher von Lubumbashi. Die Warlords in Goma.«

»Wir geben ihnen schon Geld«, sagte Kabila.

»Geld ist ein guter Anfang.« Rasamov fletschte die Zähne. »Aber Munition ist die härteste aller Währungen.« Er beugte sich wieder vor.

»Und wissen Sie, was dann geschieht?«

Kabila sah ihn aufmerksam an.

»Wir machen dadurch den Kuchen größer. Besonders für Sie!«

»Und was wollen Sie dafür?«

»Dafür kriegen wir ein kleines Stück vom Kuchen ab. Und Sie haben am Ende trotzdem mehr als jetzt.«

Kabila wiegte den Kopf hin und her. »Klingt wie ein ganz gutes Geschäft.«

Jetzt grinste Rasamov. »Das klingt nicht nur so.«

Kapitel 50

Kinshasa
Demokratische Republik Kongo

Kinshasa, la Belle, sagten einige Menschen im Kongo. *Kinshasa, die Schöne.*

Kinshasa, la Poubelle – Kinshasa, der Mülleimer. Das sagten auch einige. Und für Janine traf es die Wahrheit viel mehr. Kinshasa, die Hauptstadt des Kongoss.

Sie saß auf der Terrasse einer Bar und dachte noch einmal darüber nach, was sie im Flieger über die Stadt gelesen und was sie hier gesehen hatte.

1885 war das Territorium in die Hände des belgischen Königs Leopold II. gefallen, der es als »Unabhängiger Kongostaat« oder »Freistaat Kongo« bezeichnete, auch wenn dieses riesige Land niemals unabhängig und schon gar nicht frei war. Aber so war es ja immer mit Bezeichnungen, die sich die Elite für ihre Herrschaftsformen ausdachte, wie Janine ein Ausbilder beim Auswärtigen Amt einmal zynisch in Paris gesagt hatte: *Wer glaubt, dass Volksvertreter das Volk vertreten, der glaubt auch, dass Zitronenfalter Zitronen falten.*

Bis 1960 hieß das Reich dann »Belgisch-Kongo«, dann wurde es die Republik Kongo, obwohl es natürlich keine Republik war, eher ein chaotischer, landgewordener Stammeskrieg, der mal von diesem, mal von jenem Despoten beherrscht wurde. Immerhin war es frei von Besatzern, und die Kriege waren Bürgerkriege, bis sich Mobutu an die Macht putschte und das Land 1971 in »Zaire« umbenannte. Wieder änderte der Name nichts am Zustand des Landes, und so war es auch, als Laurent-Désiré Kabila Mobutu vom Thron stieß und das Land wieder in »Demokratische Republik Kongo« umbenannte, obwohl es weder demokratisch noch Republik war. 2006 gab es dann die ersten wirklichen freien Wahlen und Kabilas Sohn Joseph Kabila kam an die Macht.

Manche sagten, der Kongo sei so reich, dass er zur Armut verdammt sei. Und tatsächlich standen sein Rohstoffvorkommen und die Vielzahl der Äcker und Böden in keinem Verhältnis zu seinem Wohlstand, wenn man überhaupt von Wohlstand sprechen konnte. 2009 landete der Kongo auf dem berüchtigten *Failed States Index* auf Platz fünf, noch vor dem Irak und beim *Doing Business Index* war er auf Platz 182; von 183 Ländern, wohlgemerkt.

Das Einzige, was sich in hundert Jahren geändert hatte, waren die Namen. Wenn Unternehmen manchmal gar nichts mehr einfiel, dachte Janine, dann änderten sie ihren Namen. Wer untertauchen musste, bekam von den Behörden als Kronzeuge oft eine neue Identität verpasst. Genauso war es offenbar auch mit dem Kongo. »Belgisch-Kongo«, »Zaire«, »Demokratische Republik …« und so weiter. Wer lange genug gelebt hatte, was im Kongo nicht einfach war, hatte die ganze Zeit im gleichen Land mit fünf verschiedenen Namen gelebt.

Janine dachte darüber nach, während sie auf der schäbigen Bierterrasse Chez TinTin saß, wo man den besten Blick auf den mächtigen Fluss Kongo hatte, nach dem das Land benannt war.

Sie hatte ihre Sachen ins Hotel gebracht und war dann mit einem Taxi zur Deutschen Botschaft gefahren. Sie hatte Salzverkäufer gesehen, die für vierzig Dollar Salz verkauften, das sie selbst für acht Dollar in Nairobi gekauft hatten. Dann hatte sie gesehen, dass sie viel zu früh dran war, und hatte einen Zwischenstopp in dem berühmten Chez TinTin eingelegt. Sie wollte sich in dieser Bar noch ein paar Minuten Entspannung und einen Drink gönnen.

Kurz vorher hatte sie mit ihrem Vorgesetzten telefoniert, der ihr allerdings nur bestätigt hatte, dass sie im Kongo direkt an Andreas Schmidt berichten würde und auch eventuelle Fragen mit ihm klären solle. Ebenso würde sie heute Abend auf dem Empfang der Deutschen Botschaft noch einen wichtigen Kooperationspartner treffen.

Chez TinTin. Der Name zeigte, dass das Schicksal Sinn für Ironie hatte. TinTin war in Deutschland besser als Tim und Struppi bekannt, und die gesamte Serie von Hergé war in Europa wegen kolonialer Klischees in Verruf geraten. Aber in Kinshasa störte das niemanden. Der Betreiber des Cafés, ein ehemaliger Pilot der Luftwaffe, wie er Janine erzählt hatte, und bekennender Tim-und-Struppi-Fan, hatte beide Figuren mehrfach in Pappmaché zwischen die Gäste gesetzt. Tim saß Janine gegenüber und las in einer Bibel.

Tim und die Bibel.

Selbst Mobutu, der frühere Präsident des Kongos, hatte ein gespaltenes Verhältnis zur Religion. Einerseits wollte er sie ausrotten und bekämpfte gerade den Katholizismus mehr als zwanzig Jahre lang, andererseits hatte er 1980, einen Tag vor dem Papstbesuch von Papst Johannes Paul II., noch schnell seine Geliebte kirchlich geheiratet.

»Your god is dead?« Try mine!« war im Kongo mehr als ein geflügeltes Wort. *Dein Gott ist tot? Nimm meinen!*

Sie schaute auf die Uhr. Es war Zeit, zu gehen.

In der Deutschen Botschaft feierten sie den 17. Juni, den früheren Tag der Deutschen Einheit. Das war eigentlich kein richtiger deutscher Feiertag mehr, aber die Botschaft wollte offenbar mit den Kongolesen feiern. Heute war auch hier ein besonderer Tag, und die Kongolesen feierten das fünfjährige Dienstjubiläum des Präsidenten des Kongoss, Kabila Junior. Immerhin waren es jedes Mal echte Wahlen gewesen, anders als die Wahlen in der Vergangenheit, wo Präsidenten mit fünfundneunzigprozentiger Mehrheit ins Amt kamen. Janine fragte sich trotzdem, ob das für die meisten überhaupt ein Grund zu feiern war.

»Man hat auch schon von Wahlen in Afrika gehört, wo der Präsident hundertfünf Prozent der Stimmen gekriegt hat«, sagte ein dicker Deutscher mit bayerischem Dialekt, der wohl für irgendeine Handelskammer arbeitete. »Mathematik ist halt nicht so die Stärke von denen.«

Ihr Blick glitt suchend durch den Raum und blieb bei einem zwielichtig aussehenden, vernarbten Mann im teuren sandfarbenen Anzug hängen. So, als wäre ihr Blick genau in diese Richtung gelenkt worden, weil es so sein sollte.

Sie kannte den Mann nicht. Doch der Mann schien sie erkannt zu haben.

Ihr wurde ein wenig mulmig, als er sich auf sie zubewegte.

Kapitel 51

Demokratische Republik Kongo
Virunga-Nationalpark

Martin starb fast vor Angst, als er allein in der Zelle saß. Er sah ein paar seltsame Käfer, die die Wand hoch- und runterkrabbelten. Und er fragte sich, ob die Käfer gut oder schlecht waren. Gut, weil sie seine Aufmerksamkeit ablenkten, schlecht, weil er nicht wusste, ob sie gefährlich, giftig oder sonst etwas waren. Und er fragte sich, was mit ihm geschehen würde. Mit oder ohne Käfer.

Er hatte so viele Horrorstorys gehört. Von Leuten, die entführt wurden. Und wenn die anderen nicht zahlten, wurden sie öffentlichkeitswirksam erschossen. Oder geköpft. Und das Video wurde dann verbreitet. Oder war das al-Qaida, die das so machten? In Mali, in Somalia oder sonst wo. Aber das war doch der Kongo. Und gab es da al-Qaida? Aber vielleicht gab es da etwas Schlimmeres. Überhaupt, der Kongo. So ein riesiges Land. Und er ganz allein darin. Wenn man Kongo auf Nordamerika legte, mit dem Ostende bei New York, dann ging der Westen bis über Kansas City. Vom Norden bis zum Süden ging er von der Grenze Kanadas bis zu New Orleans. Kanada, der Norden, New Orleans, der Inbegriff des Südens. Und der Kongo war so riesig, dass er diese Distanz locker abdeckte. Und er, Martin Fischer, war mittendrin. Mittendrin. Und gleichzeitig von allen getrennt, die ihm helfen könnten.

Mittendrin und draußen.

Warum war er überhaupt so blöd gewesen, nach Afrika zu gehen? Nur weil der Herr Starjournalist unbedingt seine große internationale Story landen musste, weil sich der Herr Starjournalist für die Papparazi-Jobs zu fein war. Mit dem Unterschied, dass er in Tegel, anders als hier, nicht entführt oder erschossen wurde, wenn er wegen irgendwelcher B-Promis auf der Lauer lag. Und seine Freunde und Begleiter starben auch nicht an einem Schuss in den Kopf. Und wie dumm musste man sein, um erst zu fliehen und sich dann doch wieder gefangen nehmen zu lassen?

Er merkte, wie ihm Tränen über die Wangen liefen, so hilflos fühlte er sich. So komplett ausgeliefert. Er hasste es, wenn er nicht selbst die Kontrolle hatte, wenn andere sein Leben steuerten. Er war mal über Abu Dhabi nach Singapur geflogen, und dann hatte es Nebel in Abu Dhabi gegeben, der vom Meer kam, und ein Großteil der Flugzeuge konnte den Flughafen nicht ansteuern. Der Flieger, in dem er saß, musste diverse Runden drehen, und dann war fast das Benzin alle, und sie mussten irgendwo in der Wüste tanken, dann weiterfliegen und dann endlich in Abu Dhabi landen. Da waren natürlich alle Anschlussflüge längst abgeflogen, und sie hatten stundenlang am Transferschalter gestanden, hatten Hotelgutscheine und eine Fahrt in die Stadt bekommen, hatten im Hotel ewig an der Rezeption gewartet, bis sie endlich ihre Zimmer hatten. Und am nächsten Tag erst ging es weiter. Martin hatte sich während des ewigen Schlangestehens und mit all der Ungewissheit auch wie ein Gefangener gefühlt, der vom Gutdünken anderer abhängig war. Und er hatte gemeint, dass er wusste, wie sich Gefangene fühlten, über deren Zeit und Freiheit andere entschieden. Und am Abend im Hotelzimmer hatte er seine damalige Freundin vermisst und sich geärgert, dass er überhaupt losgeflogen war mit dieser Chaos-Fluglinie, die zu blöd war, in Abu Dhabi zu landen, obwohl sie eine Tochtergesellschaft der größten Fluggesellschaft der Arabischen Emirate war und deswegen doch auf dem Flughafen bevorzugt landen müsste, auch wenn es Nebel gab. Aber offenbar war sie eine ungeliebte Tochter. Und so hatte er sich auch gefühlt an jenem Abend. Ungeliebt und verlassen. Er hatte seine Freundin vermisst und sich einsam und verloren gefühlt.

Doch damals war er frei. Er war halt einen Tag später in Singapur angekommen und hatte mal die Innenstadt von Abu Dhabi gesehen, und das war schon interessant. Die Fahrt in die Stadt, die riesigen Raffinerien, die Wolkenkratzer, die die Menschen hier in Rekordzeit aus dem Wüstensand gestampft hatten. Er war dennoch frei gewesen. *Stell dich nicht so an,* hatte er zu sich selbst gesagt damals, *du benimmst dich ja wie einer, den sie gerade entführt haben.*

Gerade entführt haben.

Das war jetzt geschehen. Damals hatte er sich angestellt. Obwohl er nur einen Tag zu spät in Singapur eintreffen würde und dem Gutdünken einer Fluggesellschaft ausgeliefert war, der die Kundenwünsche in etwa so egal waren wie der Treibstoffpreis auf dem Jupiter.

Doch das war alles nichts Schlimmes.

Schlimm war der Ernstfall.

Und der war jetzt eingetreten. Und er wünschte sich, er wäre wieder in dem Hotelzimmer in Abu Dhabi und die Maschine nach Singapur könnte seinetwegen noch einen Tag später fliegen, er hatte ein Zimmer, er hatte zu essen und er wusste, wie es weiterging. Und zur Not würde er sich halt die Stadt ansehen.

Was hatte er hier? Eine Zelle, nichts zu essen und eine Angst, die fast zu Schmerzen wurde.

Würden sie ihn töten? Ganz sicher, was sollten sie sonst tun? Vielleicht war er nur in der Zelle, damit sie Zeit hatten, all ihre Leute zusammenzutrommeln und ihn dann öffentlichkeitswirksam hinzurichten.

Er schaute an dem beigen Dschungelhemd, das er trug, hinunter. Schaute nach irgendwelchen Absätzen oder Haken an der Zellenwand. *Schneller sein als die anderen,* dachte er. Bevor sie ihn qualvoll töteten, könnte er sich schnell selbst töten. Er könnte aus dem Hemd einen Strick machen und sich an einem Haken an der Wand aufhängen. Das ginge auch, ohne dass man sich dabei auf einen Stuhl stellen musste und heruntersprang, hatte ihm mal jemand erzählt. Man konnte sich auch an einer Türklinke erhängen. Der Strang klemmte die Blutversorgung der Hauptarterien zum Gehirn ab, und man starb, ohne etwas zu merken.

Vielleicht wäre das der richtige Weg, dachte er.

Vielleicht sollte er ihnen zuvorkommen. Vielleicht sollte er …

Er kam nicht mehr dazu, den Gedanken zu Ende zu denken.

Kapitel 52

Demokratische Republik Kongo
Virunga-Nationalpark

Robert Otega hatte das Handy am Ohr und hörte die Stimme des Mannes. Sie hatten die Geisel nicht erschossen. Weder vorhin, als sie seinen Freund und den Fahrer erwischt hatten, noch jetzt.

Irgendjemand würde für ihn zahlen, dachte Otega, als er sich die Beschwichtigungsversuche am anderen Ende der Leitung anhörte.

»Ein Toter ist eine Tragödie. Millionen Tote reine Statistik.« Diesen Satz hatte er von dem Mann am Telefon öfter gehört und angeblich hatte Josef Stalin das gesagt. Wie auch immer, beide hatten recht. Für einen Lebenden, der tot sein könnte, würde der Westen zahlen. Millionen Tote waren dem Westen egal. Das zeigte er immer wieder. In Ruanda. Im Sudan. In der Zentralafrikanischen Republik. Und im Kongo.

»Ich möchte ihn verkaufen«, sagte Otega noch einmal. »An sein Heimatland. Die haben Geld. Sie sollen zahlen.«

Er dachte an sein *neues Geschäftsmodell*, bei dem er nicht mehr *nur* Minenarbeiter ausbeuten und Elefanten jagen wollte. Er wollte jetzt groß ins Entführungsgeschäft einsteigen.

Er dachte wieder an die Beduinen im Sinai, die afrikanische Flüchtlinge in Richtung Israel abfingen und bei den Angehörigen hohe Lösegelder erpressten. Die grauenhaften Schreie bei der Folter, während sie die Angehörigen anriefen, sorgten schon dafür, dass die Verwandten das Geld lockermachten.

Der Weg aus Afrika nach Israel war blockiert, zurück ging es auch nicht. Viele der Entführer waren auch im Organhandel tätig. Zwanzig- bis dreißigtausend Dollar bekamen sie für eine Niere. Er hatte auf einem Handy ein Foto gesehen von Toten mit aufgesägten Brustkörben, daneben Kühltaschen und keimfreie Behälter mit rosigen, blutigen Organen. Warum machte er das nicht? Ein Teil seiner Bande würde als Schleuser arbeiten und der andere Teil würde die Flüchtlinge abfangen und meistbietend verkaufen.

Entführen. Erpressen. Geld verdienen.

Zwanzigtausend Dollar für eine Niere. Mindestens. Das war viel.

Die Idee, Menschen aus reichen Staaten zu erpressen, klang für ihn noch immer paradiesisch. Komisch nur, dass Touristen im Kongo bisher wenig entführt wurden, das passierte eher in Nordafrika oder in Südamerika. Warum also nicht auch im Kongo? Der Mann, dieser Weiße, den sie gerade erwischt hatten, passte so gut in seinen Plan. Und er, Robert Otega, nicht die Russen und nicht die Chinesen, sondern Robert Otega und die *Engel des Herrn,* würden den Plan umsetzen.

»Ich will diesen Mann!«, sagte nun die Stimme am anderen Ende.

»Ich will ihn aber auch«, entgegnete Otega. Der Mann bezahlte ihn, aber er, Otega, hatte diesen Europäer, der wahrscheinlich ein Deutscher war, gefangen und nicht sein Boss. Das war der ideale Prototyp, um sein Geschäftsmodell zu testen.

»Was zahlen Sie mir?«, fragte Otega unvermittelt.

Der Mann nannte eine Zahl, und Otega hob die Augenbrauen.

Zehntausend Dollar? Er glaubte, nicht richtig gehört zu

haben. Das war viel weniger als alles, was er sich erhofft hatte!

»Ich kenne die westliche Welt besser als du«, erklärte der Mann am anderen Ende. »Überlege dir, ob es dir gelingen wird, die Geisel für den gleichen Preis zu verkaufen wie den Preis, den ich dir genannt habe.«

»Dreißigtausend«, sagte Otega.

»Zwanzig«, sagte die Stimme. »Und ich mache dir ein Angebot: Ich will ihn dir nicht wegnehmen. Ich will ihn nur *ausleihen.* Und dafür bekommst du zwanzigtausend Dollar Leihgebühr.« Der Mann machte eine Pause. »Wenn ich ihn nicht mehr brauche, kannst du ihn wiederhaben. Und ihn verkaufen. Für viel Geld. Und die Leihgebühr gehört dir in jedem Fall!«

Otega überlegte, doch er merkte schon, wie er mit dem Kopf nickte.

Die Leihgebühr jetzt und das große Geld später. Das war mehr, als das große Geld jetzt und keine Leihgebühr.

Die Ziege auf dem Hof war besser als der Elefant auf dem Berg, wie man im Kongo sagte.

Otega nickte langsam. »Einverstanden«, knurrte er.

Kapitel 53

Demokratische Republik Kongo

Kinshasa
Deutsche Botschaft

Der Mann im hellen Anzug bewegte sich zielgerichtet auf sie zu, blieb dann stehen und lächelte.

»Sie sind Janine Drieling, nicht wahr?«

Sie nickte und schüttelte seine Hand. »Und wie heißen Sie?«

»Rasamov. Sascha Rasamov, aber nennen Sie mich Sascha. Geht schneller. Spart Zeit.« Er zeigte nach draußen und stellte sein Sektglas auf einen der Stehtische. »Lassen Sie uns etwas frische Luft schnappen.«

Sie gingen einige Meter. Ganz in der Nähe erhob sich das State House, eine Art Schloss von Versailles, wie Janine fand. Sie wollte gerade Rasamov fragen, was sich darin befand, da sprach er schon.

»Das Prachtschloss«, sagte er, »das Mobutu, der damalige Präsident des Kongos, für seine Frau Marie Antoinette gebaut hat.«

»Die hieß tatsächlich Marie Antoinette? So wie die Frau von Ludwig XVI.?«

Rasamov nickte. »Sie wissen ja, was die echte Marie Antoinette gesagt hat? Angeblich?«

Janine wusste es. »Wenn das Volk kein Brot hat, dann soll es doch Kuchen essen?«

»Solche Sprüche gab es hier natürlich auch. Aber hier ist sie dafür nicht geköpft worden. Anders als das Original in Frankreich.« Er blickte sich um. »Dennoch, als sie starb, baute Mobutu ihr eine moderne Kirche, ein riesiges Mausoleum mit einem riesigen Sarkophag. So ähnlich wie der Sarg von Napoleon im Invalidendom.« Er schaute sie an. »Haben Sie den schon mal gesehen?«

Sie nickte. Sie hatte schließlich in Paris studiert.

Sie betraten die morbide Kathedrale, die sich inmitten des zerstörten Palastes befand. »Als Mobutu vertrieben wurde, wurde alles abgerissen und verbrannt. Der hier blieb stehen.« Er zeigte auf den Sarkophag, der sich wie ein Monolith aus dem Chaos erhob. Ansonsten war Zerstörung das Einzige, was von dem Palast übrig geblieben war. Goldwasserhähne waren aus den Wänden herausgerissen, die Wände waren mit Graffiti verschmiert, die Teppiche waren gestohlen, Kacheln waren aus den Wänden gebrochen, und an vielen Wänden waren die Spuren eilig gelöschter Brände zu sehen.

»Die Schönheit ist weg«, sagte Rasamov. »Marie Antoinette übrigens auch. Und Mobutu hat auch die Gebeine seiner geliebten Mutter mitgenommen. Auch die von anderen Verstorbenen, die ihm viel bedeuteten, hat er ausgraben lassen und ins Exil nach Marokko mitgenommen.« Rasamov zuckte die Schultern. »Irgendwann hauchte er dort am 7. September 1997 bedrückt und verbittert seinen Geist aus.«

»Mobutu hatte ziemlich viel Macht, bis er von Kabila 1994 weggeputscht wurde?« Janine wollte Rasamov zeigen, dass sie auch wusste, wovon sie sprach.

Der nickte anerkennend und strich über seine Narbe. »Erst einmal das Übliche«, begann er, »Schutzpolizei, Armee, Unterdrückung, ethnische Säuberungen. Dann das Gefängnis, das er erbaut hat.«

»Makala«, sagte Janine.

»Makala«, wiederholte Rasamov, »richtig. Das Wort im

Kongo für alles, was schlecht ist.« Er blickte sich um. »Er hatte das Gefängnis, die Truppen, die Angst. Alles, was ein Herrscher braucht. Und dann hatten seine Untertanen noch etwas, was die Untertanen westlicher Herrscher nicht haben.«

So, wie er den Satz sagte, klang er in den Ohren von Janine, als hätte er am liebten gesagt, *was die Untertanen westlicher Herrscher* leider *nicht haben.*

»Aberglauben.« Sein Blick blieb auf dem Sarkophag haften. »Die Typen hier sind verdammt abergläubisch. Gestern und heute. Sie glaubten, Mobutu könne hellsehen und Gedanken lesen. Er ist mal nach Ägypten gereist, heißt es. Das stimmt. Was sicher nicht stimmt, was hier aber noch alle glauben, ist, dass er allein auf der Cheops-Pyramide stand und dabei mit Gott gesprochen hat. Seitdem soll er Gedanken lesen können.«

»Glauben die Kongolesen das von seinem Nachfolger auch?«, fragte Janine. »Von Kabila Junior?«

Rasamov schüttelte den Kopf. »Nein, von seinem Vater, Kabila Senior glaubte man das vielleicht. Aber er hatte das Land nicht ganz so in der Gewalt wie Mobutu. Und sein Sohn erst recht nicht. Und das ist gut. Gut für uns. Unser Ansprechpartner sitzt ohnehin weiter östlich.«

»Nämlich?«

Rasamov schien kein großes Geheimnis daraus zu machen.

»Der Gouverneur des Ostkongo, der in Lubumbashi in der Provinz Katanga sitzt. Er ist viel mächtiger als der Präsident des Kongoss. Ein Land wie den Kongo kann man gar nicht zentral regieren.« Er ging ein paar Schritte nach vorne. »Zudem ist der Gouverneur sehr reich. Er bekommt viel Geld von den Minen.«

»Gold?«

Rasamov nickte. »Gold. Und immer mehr Coltan.« Er zog sein Handy hervor. »Das Zeug, das hier drin ist.« Er tippte auf das Handy. »Je höher der Coltanpreis geht, desto stärker werden die unabhängigen Warlords, denn sie kontrollieren die Minen. Lassen Sie uns zurückgehen.«

Sie gingen den Weg von dem zerstörten Palast Richtung Botschaftsviertel. Hier war es eines der sichersten Viertel in Kinshasa, falls man in solch einer Stadt überhaupt von *sicher* sprechen konnte. Hier, in diesem Viertel, so sagten es einem alle, konnte man sich sogar zu Fuß bewegen, ohne von Gangs überfallen zu werden.

»Bei den Warlords gibt es Plünderer oder Eroberer«, sagte Rasamov, während sie den matschigen Weg entlanggingen. »Beide unterscheiden sich in ihrer Herangehensweise. Plünderer nehmen den Leuten alles weg, Eroberer sehen zu, dass das Subjekt, das sie auspressen, immer weiter zahlen kann. Rohstoffe, Abgaben, Steuern, was auch immer.« Er grinste. »Die meisten modernen Staaten sind von ihrer Steuerpolitik her Eroberer. Denn dann können sie ihre Untertanen länger ausquetschen. Warum nur einmal plündern, wenn man es jahrelang machen kann? Fast alle Staaten verfahren so.«

»Kennen Sie Milton Friedman?«, fragte Janine. »Der sagte …«

»Ich weiß«, entgegnete Rasamov. »*Es gibt keinen Unterschied zwischen Besteuerung und Diebstahl.* Ich bin im Kommunismus groß geworden. Das bedeutet nicht, dass ich ihm vertraue. Steuern sind Diebstahl. Nur langfristiger Diebstahl. Immer zu viel, aber niemals so viel, dass der Untertan zahlungsunfähig wird.«

»Und was hat sich bei den Warlords geändert?«

»Die haben früher immer nur geplündert, gebrandschatzt und gemordet. *Shoot and Loot.* Sie haben Dörfer überfallen,

Menschen ausgeraubt, vergewaltigt und alles mitgenommen. Doch als der Coltanpreis stieg, von neunzig auf über sechshundert Dollar, änderten die Banden ihr Geschäftsmodell.«

»Und was passierte, als der Preis stieg?«

»Wurden sie weitsichtiger. Sie setzten nun auf langfristige Schutzgelderpressung anstatt auf kurzfristige Plünderung.« Sie gingen ein paar Meter. »Mit Coltan ist es anders als mit Gold. Wegen seiner großen Masse kann man Coltan viel schlechter verstecken als Gold. Ein Arbeiter fördert ungefähr fünfzig Kilo Coltan pro Tag. Versuchen Sie das mal zu verstecken. Bei Gold sind es nur 0,1 bis 10 Gramm. Und alles, was man nicht gut verstecken kann, ist ideal für den Abbau. Man muss weniger kontrollieren. Weil man es schwerer klauen kann.«

»Ist das der Grund für die Unruhen?«

»Erst einmal liegen die Warlords untereinander im Krieg. Der Gouverneur von Lubumbashi im Ostkongo hält die Säuberungen, die Ruanda Richtung Kongo durchführt, sogar für hilfreich, um die Macht der Stammesarmeen zu brechen, die immer mehr Geld von den Minen bekommen.«

»Damit er den Preis des Coltans bestimmt?«

Rasamov grinste wieder. »Aus christlicher Nächstenliebe bestimmt nicht.«

»Kabila Junior ist doch ein Zögling Ruandas?«

Rasamov kniff ein Auge zu und nickte anerkennend. »Sie kennen sich gut aus! Kabila Junior ist vom ehemaligen Generalstabschef von Paul Kagame, dem Präsidenten von Ruanda, ausgebildet worden. Vor drei Jahren noch tobte Krieg zwischen Ruanda und Kongo, jetzt hat sich das auf kleine Scharmützel verlagert.« Er machte eine Pause. »Gut für uns.«

»Warum?« Ethisch gesehen war Janine sofort klar, dass das Chaos nicht im herkömmlichen Sinne *gut* war. Die Frage, die sich ihr aber stellte, war, warum Rasamov es für seine – oder ihre – Pläne als gut erachtete.

»Wenn es im Chaos nur eine einzige Ordnung gibt«, Rasamov lächelte wölfisch, »dann ist das Chaos das, was dieser Ordnung am meisten hilft. Hier ist es genauso. Das Chaos, das wir haben, müssen wir ausnutzen. Je zersplitterter die Anbieter von Rohstoffen sind, desto mehr Verhandlungsmacht haben die Nachfrager. Der Westen. Schmidt und ich.« Er schaute Janine an, Gönner und Scharfrichter zugleich. »Und Sie!«

Janine war nicht sicher, ob sie sich geehrt fühlen sollte, diesem obskuren Kreis anzugehören.

Kapitel 54

Demokratische Republik Kongo

Virunga-Nationalpark

Martin hörte die Geräusche. Jetzt würden sie kommen. Ihn mitnehmen. Und erschießen. Und wer wusste, was sie vorher noch mit ihm machen würden. Bevor er starb. Irgendwelche Dinge, für die Staaten wie der Kongo so berühmt waren. Er merkte, wie Magensäure seine Speiseröhre hinaufkroch und er kurz davor war, sich zu übergeben. Draußen waren die Geräusche eines Helikopters zu hören.

Eine der Wachen schloss die Tür auf. Es war einer von denen, die ihn auch gefangen genommen hatten. Vielleicht war es auch einer von denen, die ihn gleich ins Jenseits befördern würden. »Vas y!«, sagte der Mann auf Französisch, »Geh!«. Er zeigte abrupt zum Ausgang, während er Martin mit brutaler Kraft auf die Füße beförderte.

Der Mann führte Martin auf die Lichtung vor der Mine, die Kalaschnikow im Anschlag. Doch dort war kein Erschießungskommando. Dort stand ein Helikopter mit wirbelnden Rotoren.

Eine schwarze Frau im Businesskostüm stand davor. Sie erinnerte ihn an ein Model in einer Dolce-&-Gabbana-Werbung, wo immer gutgekleidete Menschen in Afrika oder Kambodscha oder sonst einem Krisenland vor irgendwelchen schönen Landschaften standen.

Sie hatte einen Reisepass in der Hand. *Martins Reisepass.*

»Martin Fischer«, las sie mit französischem Akzent vor.

»Der bin ich«, sagte Martin. Aber das wusste die Dame sicherlich selbst, schließlich hatte sie Martins Reisepass in der Hand. Er wusste aber auch nicht, was er sonst sagen sollte.

»Mein Name ist Sophie«, sagte sie. »Ich arbeite für das Land Ruanda.«

Martin blickte auf. Ruanda und Kongo waren doch mehr oder weniger verfeindet?

»… und für ein paar internationale Konzerne. Und …« Sie zögerte die letzte Information heraus, wie ein großes Finale in einer Wagner-Oper. »… und einen speziellen Kunden.«

Martin wusste nicht, was er sagen sollte, da sprach die attraktive Dame schon weiter.

»Mein Kunde hat Interesse daran, Sie kennenzulernen.« Sie wies in den Helikopter. »Ihr Handy und Ihre Geldbörse sind drinnen.« Sie zeigte auf den Helikopter, der mit brausenden Rotoren auf der unwegsamen Piste stand. »Ihr Reisepass«, sie hob das Dokument in die Höhe, »ist hier. Warum steigen Sie nicht zu mir ein?«

Martin überlegte keine Sekunde. Er sah die Mine, sah die enge Zelle vor seinen Augen, sah die Soldaten mit den Kalaschnikows, die ihn nach wie vor grimmig und feindselig anstarrten mit Augen, die ihn an Schießscharten erinnerten. Es war wohl so etwas wie das, was Don Corleone in *Der Pate* immer seinen Geschäftspartnern unterbreitete: *Ein Angebot, das man nicht ablehnen kann.*

Kapitel 55

Ruanda
Kigali

Lucia Ming hörte Bugali weiter zu.

»Wir haben die Hutu-Verbände im Kongo«, sprach Bugali weiter, nachdem er seinen Kaffee wieder stehen ließ und Lucia Ming ruhig fixierte. »Die sind immer noch darauf aus, uns Tutsi endgültig auszulöschen. Und die Killerkommandos, die Präsident Kagame regelmäßig in den Kongo rüberschickt, um dort ethnische Säuberungen durchzuführen, die es offiziell natürlich gar nicht gibt, machen das Ganze auch nicht einfacher.«

»Wer sind diese Killerkommandos?«

»Tutsi-Rebellen wie die berüchtigten M23. Die heißen so, weil sie am 23. März in die kongolesische Armee integriert werden sollten, was aber nicht passierte. Jedenfalls, passend zum Monat März und zum Kriegsgott Mars, von dem dieser Monat abgeleitet ist, benehmen sie sich recht martialisch. Sultani Makenga war lange Leiter der M23. Ihr jetziger Anführer ist Bosco Ntaganda, ein desertierter General, der sich selbst ›Der Terminator‹ nennt. Er setzt Kindersoldaten ein, ist wegen Mordes, Sklaven- und Menschenhandels per internationalem Strafbefehl gesucht und soll vor den Weltstrafgerichtshof gestellt werden.« Bugali trank von seinem Kaffee. »Die sind besonders im Clinch mit der FDLR-Rebellentruppe, der *Forces Démocratiques de Libération du Rwanda.* Die wiederum sind Hutu und wollen Ruanda nach wie vor von den Tutsi befreien. Und darum schickt Kagame die Killerkommandos.«

»Kann man es nicht als Rache sehen?«, fragte Lucia.

Bugali zuckte die Schultern. »Das ist ja noch nicht alles«, sagte er. »Es gibt nicht nur den Kongo und Ruanda, es gibt auch noch Spannungen innerhalb des Kongoss. Es ist nicht alles so zentralisiert wie bei euch in China.«

»Oh, in China gibt es auch Spannungen. Die stehen nur nicht so oft in der Presse.«

»Wie auch immer.« Bugali rieb an seinem Fingerstumpf. »Der Gouverneur von Katanga sieht sich als wahrer Herrscher des Kongoss, er hat eine Menge Warlords, die für ihn arbeiten, und Befehle und Regierungsdepeschen aus Kinshasa werden von ihm eher als Anregungen denn als Anweisungen interpretiert. Das Problem wird von Kabila aber totgeschwiegen.«

»Das heißt, Ruanda nutzt die instabile Lage aus?«

»Das ist so.« Bugali nickte. »Warum auch nicht? Wenn der Gegner einen Fehler macht, störe ihn nicht dabei. Ruanda unterstützt die, die gegen das Regime im Kongo sind. Zu ihrem eigenen Vorteil. Der Feind meines Feindes ist mein Freund.«

Der Feind meines Feindes ist mein Freund, dachte Lucia. Den Spruch hatte sie noch nie gehört. Er klang nachvollziehbar. Aber warum das alles? Es musste doch mehr dahinterstecken, als dass Ruanda nur das Chaos ausnutzen wollte?

»Will Ruanda den Kongo übernehmen?«, fragte sie. »Und war der Genozid dafür eine Art Vorbereitung?«

»Das wäre eine äußerst blutige Vorbereitung.« Bugali zuckte die Schultern. »Und ich bin kein Verschwörungstheoretiker, aber als Geheimdienstmann muss ich mir immer die Frage stellen, warum etwas passiert. Im Kleinen morden Menschen im Affekt oder aus Wut, aber wenn auf so großer Ebene getötet wird, steckt mehr dahinter. Das, was ich jetzt sage, das habe ich nie gesagt, aber wer weiß, ob der Genozid nicht einigen Leuten ganz gut in den Kram gepasst hat.« Er trank von seinem Kaffee. »Man kann nämlich viel überzeugender aufräumen, je größer das Chaos vorher war.« Er lächelte, ohne die Augen zu bewegen. »Je schmutziger das Haus vorher war, desto mehr lobt man hinterher die Putzfrau.«

Lucia tippte einige Sätze in ihren Rechner. Sie hatte es sich abgewöhnt, Dinge auf Papier zu schreiben. Am Ende wollte ihr Chef ohnehin alles als Memo in einem Word-Dokument oder in einer E-Mail haben, da konnte sie es auch gleich in den Rechner hacken.

»Ist denn Ruanda eine Demokratie? Oder eine gelenkte Demokratie?« Dass sie diese Frage zum Kongo gar nicht stellen brauchte, wusste sie.

Bugali lachte wieder, ohne dass seine Augen lachten. »Diese westlichen Idioten mit ihrer blöden Demokratie. Die offizielle Antwort ist natürlich, dass wir an demokratischen Strukturen arbeiten, die Pressefreiheit erweitern, die Freizügigkeit, blablabla. Obwohl die Pressefreiheit im Kongo höher ist als in Ruanda, kein Witz! Die tatsächliche Antwort, die wieder nur für Sie bestimmt ist ...« Er sah sie an und hob den Becher, doch statt zu trinken, stellte er ihn wieder ab. »Die tatsächliche Antwort ist: Scheiße, Nein! Wir sind keine Demokratie. Und das ist auch gut so! Die Umbrüche in Nordafrika gefährden besonders die Regime, die als Diktatur aufgestellt sind und gleichzeitig blöd genug sind, inoffizielle Propagandaorgane zuzulassen, wie diese ganzen Social Networks, Facebook, Twitter und so weiter. «Jetzt trank er von dem Kaffee. »Wir machen das weiter so wie die Chinesen: autoritäres Regime, Freiheit der Wirtschaft, kein Sozialismus, kein Drangsalieren. Dafür aber strenge Kontrolle der Medien, keine Berichte über die Präsidentenfamilie und keine Social Networks. China ist doch am Ende ein riesiges Singapur. Und Ruanda gilt als das Singapur Afrikas. Und die Chinesen sind sehr erfolgreich hier in Afrika.« Er schien ein China-Fan zu sein. »Wir haben eine Unzahl von Chinesen in Afrika, mehr als dreihunderttausend allein in Angola, aber das werden Sie ja besser wissen.« Er kniff ein Auge zu. »China hat Angola zinsgünstige Kredite in Höhe von fünfzehn Milliarden Dollar gegeben. Dafür hat Angola einen fünfzackigen gelben Stern. Und schauen Sie sich mal den Rest der Flagge an. Da kreuzt eine Machete ein Zahnrad, was nicht zufällig an Hammer und Sichel erinnert.« Er kniff wieder ein Auge zu.

Lucia lächelte. »Von den Chinesen lernen heißt siegen lernen? Oder von Singapur?« Sie konnte nicht umhin, sich geschmeichelt zu fühlen.

»Seien wir doch ehrlich«, sagte Bugali. »Das Zeitalter der Demokratie ist zu Ende. Was Platon schon vor zweitausend Jahren wusste, ist auch endlich bei den dümmsten Politikern angekommen, wenn auch etwas spät. Das Zeitalter des Sozialismus ist übrigens auch vorbei. Und der Kapitalismus ist auch am Taumeln. Die Zukunft des 21. Jahrhunderts lautet: Staatskapitalismus.«

Sie schaute auf die Uhr. Es war Zeit, zu gehen.

Er schüttelte ihr die Hand. »Wenn Sie hier mal ein Problem haben«, sagte er, »melden Sie sich einfach. Mit diesen Stammesarmeen sind wir bisher immer sehr gut fertig geworden.«

Lucia nickte und freute sich insgeheim. Der Mann schien China zu mögen, aber noch wahrscheinlicher war es, dass er auf irgendeiner Gehaltsliste stand. Sicher einer chinesischen.

Es war Zeit für sie, aufzubrechen.

Nach Goma.

Der Ort, den man hier nur *Die verfluchte Stadt* nannte.

Kapitel 56

Zwischen Virunga-
Nationalpark und Goma
Demokratische Republik Kongo

Der Helikopter, in dem Martin mit der Dame saß, die sich Sophie nannte, näherte sich der Stadt, ein Wust von windschiefen Häusern in einer schwarzgrauen Wüste.

Sophie hatte ihm erzählt, dass »der Kunde« Martin freigekauft hatte, dafür aber einen kleinen Gefallen von ihm erwarten würde.

Na klar, dachte Martin, *hätte mich auch gewundert, wenn mal irgendwas auf der Welt umsonst wäre.* Andererseits musste er zugeben, dass dieser *Kunde,* wer immer es war, für ihn sicher eine bessere Unterbringungsmöglichkeit hatte als die Zelle bei der Mine. Und wenn dieser *Kunde* mit Leuten wie dem Warlord einfach so verhandeln konnte, dass der seine Gefangenen freigab, dann war er vielleicht nicht der schlechteste Partner. Wobei Macht immer zwei Seiten hatte. Sophie hatte während des Fluges mit verschiedenen Leuten auf Französisch telefoniert, wovon Martin nicht alles verstanden hatte. Es schien aber um Dinge zu gehen, die nicht ganz legal waren, da Sophie oft die französischen Worte für »Polizei«, »Luftraum« und »Tarnung« genannt hatte. Mit Fragen hatte Martin sich absichtlich zurückgehalten, um die zarte Knospe der Hoffnung nicht gleich wieder zu erdrücken.

Er blickte auf die Stadt.

»Das da unten ist die Stadt Goma, in der Provinz Kivu. Ostkongo.«, sagte Sophie.

»Und das schwarze Zeug?«

»Das ist Lava. 2002 sind die Lavamassen vom Vulkan Nyiragongo über die Stadt gerollt. Das meiste ist immer noch kaputt.«

Martin blinzelte gegen die Sonne auf die bizarre Ebene, die sich unter ihnen erstreckte. Eine schaurige Mondlandschaft aus schwarzer Lava, überwuchert von hellgrüner Vegetation.

»Keiner weiß«, sagte Sophie, »wie viele Tote noch unter der Asche liegen.«

Martin fragte sich, was wohl das Ziel dieser Reise sei. Diese vom Vulkan zerstörte Stadt oder irgendein anderer Ort in diesem hoffnungslosen Land? Und wen würde er wohl treffen? Wer wäre der Kunde? Vielleicht konnte er es herausfinden, wenn er weiter mit Sophie Smalltalk machte. Er hätte über alles gesprochen und ihm wäre fast jeder Ort recht gewesen, um diese trostlose Zelle in der Mine nie wieder zu sehen. Dass er allerdings wirklich gerettet worden war, glaubte nur ein winziger Teil seines Bewusstseins.

»Gab es denn keine Warnungen vor dem Vulkanausbruch?«, fragte Martin. Es wunderte ihn, dass so viele Menschen so plötzlich gestorben waren.

»Das schon«, sagte Sophie, »es gab eine Menge seismographischer Messungen, sogar hier, aber die Anwohner ignorierten die Warnungen. Sie konnten diese ganzen schlechten Nachrichten nicht mehr hören. Die Stammesfehden und die ganzen Kriege haben sie taub werden lassen für neue Horrormeldungen. Und das Ganze hat auch ein Gutes.«

»Nämlich?«

»Einige, die sich gegenseitig umbringen wollten, sind durch den Vulkan gestorben. Das ersparte uns einen weiteren Krieg. Und die Erde ist durch die Lava sehr fruchtbar geworden.

Mit der beste Boden, den es gibt.« Sie blickte aus dem Fenster. »Das ist die Tragik des Kongoss. Das Land hat so viele Ackerböden, dass es ganz Afrika ernähren könnte. Aber es ist so schlecht regiert, dass es an allem fehlt. Es ist die reichste Nation in Afrika, hat aber die höchste Armut. Die Bauern haben keine Kühe, weil sie ihnen sonst gleich wieder gestohlen werden. Die marodierenden Rebellen fressen alles: Löwen, Elefanten, Gorillas. Und gerne auch Menschen. Und dieser Ort hier ist besonders verflucht.«

Der Helikopter begann, im Sinkflug die Stadt anzusteuern. Ein großer Gebäudekomplex am Horizont stach Martin gleich ins Auge. »Warum gerade dieser Ort?«

»Nach dem Genozid in Ruanda 1994 waren hier die Flüchtlingslager, wo die vertriebenen Tutsi aus Ruanda vor den Hutu geflüchtet waren.« Sie blickte ihn an. »Sie kennen die Story?«

Er nickte. Janine hatte ihm davon erzählt.

»Typhus, Cholera und alle möglichen Krankheiten haben sich hier ausgebreitet. Tausende starben. Es war alles voll mit Leichen. Ich war damals hier. Der Gestank war nicht auszuhalten. Man konnte, wenn man im Auto saß, durch die Frontscheibe fast nichts sehen wegen der Fliegen, die hier überall rumschwirrten. Es war die Hölle. Darum …«

Sie hielt kurz inne, als der Helikopter in eine Windböe geflogen war und schwankte.

»… darum hielten einige den Vulkanausbruch auch für eine Reinigungsaktion Gottes. Auch wenn der Vulkan erst acht Jahre nach dem Genozid ausbrach. Seitdem ist es einigermaßen ruhig.«

»Was heißt einigermaßen?«

»Einige Monate«, sagte Sophie, »war die Stadt von Rebellenverbänden der M23 besetzt gewesen, eine Tutsi-Einheit, die hier im Kongo ethnische Säuberungen durchführt.« Sophie klang nicht so, als würde sie diese Säuberungen verurteilen. »Doch mittlerweile hat man die Situation wieder halbwegs unter Kontrolle, vielleicht auch, weil der Gouverneur aus Lubumbashi die Rebellen bezahlt, um sie ruhigzustellen. Dafür haben wir jetzt all die NGOs hier, die sich bevorzugt in Goma ansiedeln und den Leuten alles vorschreiben wollen, selbst, wie man sich die Zähne putzt.«

Martin schaute aus dem Fenster. Er hatte immer schon eine etwas gespaltene Meinung zu all den *NGOs*, den *Non Governmental Organizations,* gehabt. In dem Moment hatte er den besten Blick auf die Stadt. Der Boden bestand aus großen, schwarzen, porigen Brocken. Die erstarrte Lava hatte ein Geröllfeld aus wackeligen Steinen gebildet.

»Diese Steine sind verdammt spitz«, sagte Sophie. »Es ist mir ein Rätsel, wie die ganzen Krüppel sich darauf fortbewegen können, aber sie können es.«

Krüppel gab es allerdings eine Menge. Leute mit Krücken und improvisierten Rollstühlen waren unten in den Straßen unterwegs. »Ich bin ein ganzer Mensch, nicht nur ein halber«, hatte einer der Krüppel in Französisch auf ein Schild geschrieben. Dahinter waren große Plakate an den Häuserwänden zu sehen. *Congo mon pays,* verriet eine Handy-Werbung. *Kongo, mein Land.* Es gab im Kongo nur Mobilfunkbetreiber, das wusste Martin. Festnetze gab es nicht. An einem Stand von Vodacom konnte man Telefonkarten kaufen.

»Wer lebt dort?« Martin hatte eine Art Containerdorf entdeckt, das sich entlang eines Hügels erstreckte.

»Chinesische Minenarbeiter«, erklärte Sophie. »Ein großer Teil der Rohstoffminen des Kongoss befindet sich in der Region rund um Goma.«

Rohstoffe, dachte Martin, *also doch.*

»Es ist immer dasselbe«, erklärte Sophie. »Erst findet irgendjemand wertvolle Steine, dann kommen Millionen aus den Slums und fangen auch an zu suchen. Sie kommen mit Töpfen und buddeln nach Nuggets. Erst ist alles unsicher, ständig brechen Tunnel ein. Aber das interessiert niemanden, denn Leben hier ist billig. Dann gehen die Menschen weiter zum Fluss mit ihren Töpfen, suchen in den Kurven des Flusses, wo sich das Gold ablagert. Dann kommen die Warlords und übernehmen die Kontrolle. Und dann kommen die Chinesen und organisieren das Ganze, so dass es von einer Mine zu einem Industriestandort wird.«

Der riesige Gebäudekomplex, den sie angeflogen hatten, baute sich vor ihnen auf, umzäunt von meterhohem Stacheldraht, der sich wie ein Fremdkörper über die Stadt erhob. Irgendetwas sagte Martin, dass dies ihr Bestimmungsort werden würde.

»Das ist erst das erste Haus seiner Art«, sagte Sophie, als sie Martins Blick bemerkte. »Es werden noch weitere folgen. Die Chinesen ziehen diese Häuser hoch. So schnell, dass man die Landschaft nach einem Monat nicht wiedererkennt.«

Das Haus war ein Unikat, aber es sah trotzdem aus, wie industriell gefertigt. Ein Fertighaus der Extraklasse. Ein bisschen wie eine europäisch angehauchte Kolonialvilla, ein bisschen New England. Halb kolonial, halb safariartig und sicherlich von Architekten entworfen, die ohnehin gut darin waren, Diktatorenpaläste in Afrika zu bauen, Aufträge, die viel Geld brachten, die aber die westlichen Baukonzerne offiziell naserümpfend ablehnten und wenn, dann nur heimlich in Kooperation mit den Chinesen durchführten.

Ein bisschen Villa, ein bisschen Festung. Und ein bisschen Stacheldraht mit privaten Wachdiensten auf der Außenmauer.

Martin wusste: Je mehr Wachen ein Privathaus bewachten, desto größer der Abstand zwischen denen, die drinnen sind, und denen, die draußen leben. Doch das hier war keine *Gated Community*, wo die Reichen in einem bestimmten, abgeschirmten Viertel leben. Hier gab es so wenige Reiche, dass man gar nicht von einer »Community« sprechen konnte. Hier gab es nur *Gated Houses,* und das hier war ein besonders großes Exemplar seiner Gattung. Das Haus überblickte das Tal, so dass man lange vorher sah, wer sich dem Haus näherte. Damals, in der Steinzeit, war der Urmensch aus dem Urwald in Afrika herausgetreten, weil er in der Savanne genau sehen konnte, wer sich näherte und der Gefahr so ins Auge sehen konnte. Hier war es ähnlich.

In einiger Entfernung zum Haus standen Dieselgeneratoren, die für Strom sorgten und die blaue Dämpfe hervorrülpsten, innerhalb der Mauer, aber weit genug weg vom Haupthaus, so dass der Lärm der Generatoren im Inneren wohl kaum zu hören war.

»Und wer wohnt in diesem Haus?«, fragte Martin und blickte auf den Stacheldraht, die bewaffneten Soldaten, die vor dem Tor standen und die auf den Zinnen der Mauer patroullierten, während der Helikopter zur Landung ansetzte.

»Hier?«, fragte Sophie und lächelte. »Hier wohnt Ihr Kunde!« Sie sagte das in einem Ton, als wäre Martin ein Vermögensberater, den sein reicher Klient in seiner Villa erwartete, um die neuesten steuerbegünstigten Anlageformen zu besprechen. Stiftungen in Panama, Weideland in Kasachstan oder was auch immer. »Und er erwartet Sie!«

Kapitel 57

Demokratische Republik Kongo

Flug Kinshasa–Goma

Janine saß in einem Jet, der von außen mit dem Symbol der UNO markiert war, von innen aber sehr viel luxuriöser aussah, als es die Blauhelm-Transporter der UNO normalerweise waren.

»Ist einfacher so«, sagte Rasamov, der ihr gegenübersaß und von Zeit zu Zeit mit einem Satellitentelefon telefonierte, unter anderem auch mit Schmidt. »Wir fliegen nach Goma«, hatte er zu Janine gesagt, »um dort einen der Auftraggeber zu treffen.«

Janine hatte am Vorabend heimlich ein paar Recherchen über Rasamov eingeholt, aber nicht allzu viel gefunden. Vor einigen Jahren hatte er einmal als Victor Brooks in New York gelebt und dort wohl einige recht große Geldbeträge verwaltet. Möglicherweise war es auch Geldwäsche gewesen aus irgendwelchen Rohstoffgeschäften, die in einem internationalen Hedgefonds gewaschen wurden.

Er wohnt überall und nirgends, hatte Janines Informant gesagt. Er war mal in New York, mal in New Jersey und scheute keine Mühen, um die dortige Einkommensteuer zu vermeiden. Er hatte peinlich genau Buch führen lassen, an welchen Tagen er nicht in New York war. Mehr als hundertdreiundachtzig Tage durften es nicht werden. Und weil schon eine Minute reichte, um an einem bestimmten Ort steuerpflichtig zu sein und an einem anderen nicht mehr, achteten

Rasamov alias Brooks und sein Fahrer immer darauf, freitagabends bis kurz vor Mitternacht über die Stadtgrenze zu Brooks' Heim nach Long Island zu kommen. So musste der Folgetag nicht mitgerechnet werden und es wurden weniger Steuern fällig.

Janine musterte Rasamov einen Augenblick, als der nicht hinsah. Ja, die Story stimmte sicherlich. Das passte zu ihm.

Sie schaute auf die Notizen, die sie sich gestern während und nach dem Empfang auf der Botschaft gemacht hatte.

»Es geht um Coltan?«, fragte sie unvermittelt.

Rasamov verharrte ein paar Sekunden und nickte dann. »Columbit Tantalit. Es ist ein Erz, das vorwiegend in Zentralafrika vorkommt und aus dem Metall Tantal gewonnen wird. Es wird wegen seiner hohen Temperatur- und Korrosionsbeständigkeit in der Industrie vielfältig eingesetzt, zum Beispiel zur Herstellung von chirurgischen Instrumenten und auch in der Hochvakuumtechnik. Und für solche Dinge.« Er zog ein Handy aus der Tasche. »Kleinste Kondensatoren mit hoher elektrischer Kapazität. Für Handys, Smartphones und Laptops.«

Er schaute nach draußen, wo sich ein niemals endender Wald unter dem Flugzeug erstreckte.

»Coltan wurde vor fünfzig Jahren von Belgiern entdeckt, doch den Wert für die Industrie entdeckte man erst in den achtziger Jahren. Deutsche Firmen sind übrigens Weltmarktführer im Handel mit Coltan.« Er grinste. »Hier in dieser Gegend gibt es das meiste davon. Es gibt zwar keine Maschinen, dafür aber billige Arbeitskräfte. Und die Leute sind es gewohnt, dass sie herumgescheucht werden. Erst von den Belgiern und König Leopold, dann von Mobutu, dann von Kabila, dann von den Stammesarmeen. Und jetzt von uns.«

Janine fand das nicht witzig.

»Und die Ware wird dann aus dem Kongo nach Europa verschifft?«

»Nach Europa. In die USA. Nach Asien.«

»Und was sagt der Zoll?«

»Wenn wir uns als UNO-Maschinen ausgeben wie hier«, er klopfte auf die Innenwand des Flugzeugs, »und auch noch gefälschte UNO-Papiere haben, sagt er gar nichts. Und es wird für alle billiger.« Er zeigte nach hinten, wo ja tatsächlich das UNO-Logo an der Maschine angebracht war.

Janine fragte sich, in was sie da hineingeraten war. Und wie ihre künftige Karriere wohl aussehen würde.

Sie landeten auf einem Flughafen in der Nähe von Goma und fuhren mit einem gepanzerten Jeep in die Stadt. Unterwegs gab es mehrere Straßensperren, bewaffnete Patrouillen, die ihre Nasen und Gewehre in den Jeep hielten und sie misstrauisch musterten, so lange, bis Rasamov ihnen ein gestempeltes Dokument zeigte und einige Hundert Dollar in die Hand gab. Mit einer der Patrouillen besprach Rasamov mit gedämpfter Stimme, dass »die Ware« aus Grosny kommen würde. Was immer diese Ware sei, aber Janine hatte sich nicht getraut zu fragen.

Dann durften sie weiterfahren.

»Wir hätten einen Helikopter nehmen sollen«, knurrte Rasamov. »Aber es gab leider keinen. Dann hätten wir direkt bei der Villa landen können.«

In *der Villa,* dachte Janine, würde sich wohl der viel zitierte Auftraggeber aufhalten.

Kapitel 58

Demokratische Republik Kongo
Goma

Lucia Ming näherte sich dem festungsartigen Anwesen in der Nähe der zerstörten Stadt Goma. Das Haus war eine Mischung aus Villa und Festung, ein sicher mehrere Millionen Dollar teurer Komplex, bei dem niemand wusste, wie weit unter der Erde sich der Keller erstreckte. Sie verließ gerade ihren Jeep, als vor dem Zaun ein Helikopter landete und zwei Personen ausstiegen. Eine Schwarze und ein Weißer. Sie erkannte die beiden von weitem nur schemenhaft.

Im Inneren des Hauses empfing sie eine Art Butler, ein Schwarzer in ebenso schwarzem Anzug mit weißen Handschuhen, der ihren Koffer in eine der luxuriös ausgestatteten Gästesuiten brachte. Offenbar war dieses festungsartige Anwesen für mehrere Bewohner entwickelt worden.

Sie schaute auf den Reiseführer für Ruanda, den Bugali ihr mitgegeben und den sie eben auf der Fahrt angeschaut hatte. Dort hatte auch etwas zu den Berggorillas gestanden. Dass sie dem Land pro Jahr mehr als zweihundertfünfzig Millionen Dollar brachten. Und dass besonders Hutu-Armeen diese Gorillas abschlachteten, um den Tutsi in Ruanda eins auszuwischen. Ranger im Auftrag der Regierung machten wiederum Jagd auf die Wilderer und wurden dabei auch von den Tutsi-Rebellentruppen der M23 unterstützt. Irgendwie schien hier jeder jeden zu erschießen: die Hutu die Tutsi, die Tutsi die Hutu, die Wilderer die Gorillas und die Ranger die Wilderer.

Sie packte ihre Sachen aus, verstaute alles akkurat in den Schränken und zog sich ein neues Kostüm und eine frische Bluse an. Die schwüle Luft kannte sie von zu Hause, und genauso wie in Peking und Hongkong lief auch hier die Klimaanlage auf vollen Touren. Sie wusste, dass dieses Haus von Chinesen gebaut worden war, wie die ganzen Wohncontainer, die sich wie eine blecherne Kolonie den Hügel entlanggruppierten.

Eine der Wachen, ein schwarzer Riese, der gleichermaßen gut Englisch und Französisch sprach, holte sie nach etwa zehn Minuten ab.

»Herzlich willkommen«, sagte er in fast akzentfreiem Englisch.

»Wer sind die beiden, die mit dem Helikopter gekommen sind?«, fragte sie.

Der Mann grinste.

»Das erfahren Sie gleich!«

Kapitel 59

Goma
Demokratische Republik Kongo

»Wer ist dieser ... Kunde?«, fragte Martin, als er mit Sophie über dicke Teppiche und eichenvertäfelte Korridore inmitten des festungsartigen Gebäudes ging.

»Man nennt ihn *den Eisbären«*, erklärte Sophie. »Er war zu Sowjetzeiten ein sogenannter *Roter Direktor*, leitete ein staatseigenes Nickelkombinat in Sibirien und ist jetzt Chef des staatseigenen, russischen Aluminiumkonzerns Alcorp. Er hat viel Geld, viel Einfluss, eine eigene Söldnerarmee. Und eine Menge Ideen.«

»Hat er auch einen Namen?«

Sophie schaute ihn ob seiner Frechheit einen Moment erstaunt an.

»Worotnikow«, sagte sie. »Wasily Worotnikow.«

Der Mann, der Martin die Hand schüttelte, war ein Berg von einem Mann, an dem alles teuer aussah: die Uhr, der Anzug, das Wodkaglas und die Schuhe. Einzig sein Lächeln war billig.

»Sie sind der Experte, den ich gesucht habe«, begann Worotnikow und reichte Martin ein Glas Wodka. »Martin Fischer, ein Journalist, der es versteht, über unsere Unternehmungen zu berichten.« Rechts und links von Worotnikow standen jeweils zwei Leibwächter. Scheinbar unbewaffnet. Aber mit Sicherheit nur scheinbar.

Martin räusperte sich. »Welche Unternehmungen?«, fragte er. Er wusste nicht, ob er nicht gerade gegen sämtliche kulturelle Etikette verstoßen hatte. Doch in irgendeinem Cross-Cultural-Seminar von Global News hatte er einmal gelernt, dass man bei den Russen ruhig schnell zur Sache kommen konnte. Vorausgesetzt, man zerredete nicht alles, wie dies den Deutschen gerne unterstellt wurde.

»Das Himmelreich, hat Jesus gesagt«, begann Worotnikow »ist wie ein Acker, in dem ein Schatz liegt.«

Seit wann kam ein russischer Oligarch mit Jesus?, fragte sich Martin. Oder war er Mitglied der russisch-orthodoxen Kirche?

»Doch in diesen Acker hier«, sprach Worotnikow weiter, »hat Gott einen verfluchten Schatz gelegt.«

Er breitete die Arme aus und deutete aus dem riesigen Fenster hinaus auf die Umgebung.

»Sie meinen, der Schatz, der in der Erde ist?«

Worotnikow hob das Glas und sah kurz zu Sophie hinüber. »Einen schlauen, jungen Mann hast du uns mitgebracht von unserem Freund Otega.« Er stieß das Glas gegen Martins Glas. »Nastrovje!« Er trank. »Der Schatz nennt sich Columbit Tantalit, auch genannt Coltan. Ich nehme an, Sophie hat dir schon davon erzählt?« Sophie nickte.

Er hob Martins Handy in die Höhe, das offenbar über irgendeinen Umweg direkt bei dem Russen gelandet war. »Ohne dieses Coltan würde kein Mobiltelefon funktionieren. Kein Smartphone, kein iPad, kein MacBook, kein anderer Rechner. Wir *modernen* Menschen«, er hob einen Füllfederhalter vom Schreibtisch, »müssten wieder Briefe schreiben, anstatt bei Facebook zu … posten.« Das Wort *posten* zog er bewusst in die Länge.

Er ging wieder zum Fenster.

»Unsere Firmen machen viel Gutes für die Menschheit«, sagte er. »Wir sorgen dafür, dass die westliche Welt mit der besten Technologie ausgerüstet wird, verstehen Sie?«

Martin verstand, auch wenn er noch nicht ganz verstand, worauf der riesige Rote Direktor hinauswollte. Da sprach Worotnikow schon weiter.

»... aber kann man dabei immer nach dem Lehrbuch vorgehen? Ich denke nicht. Nach Coltan zu suchen ist niemals einfach. Entweder wird nicht abgebaut. Oder die Arbeiter werden zu schlecht bezahlt. Oder die Arbeiter haben gar keine Arbeit und bekämpfen sich gegenseitig. Das ist die Kehrseite, wenn wir nicht in Afrika investieren würden.«

Er schaute Martin etwas vorwurfsvoll an, als träfe ihn daran irgendeine Schuld. Martin schwieg. »Doch würden wir so handeln, wie es die Öffentlichkeit will, würden alle verhungern. Aber irgendjemand muss ja auch das Geld verdienen.«

Er ging zu einem riesigen Tisch, auf dem Hummer, Garnelen, Hühnchen und Kaviar lagen. Er nahm sich ein Stück ausgelöste Hummerschere und schob es sich in den Mund, wobei er mit einem Schluck Wodka nachspülte.

»Mobutu, der frühere Herrscher des Kongoss hat sich immer die besten Dinge aus Paris per Privatjet einfliegen lassen.« Er zeigte auf den Tisch. »Nun ja, was Mobutu kann, das können wir auch. Ich nehme an, du hast auch Hunger?«

Martin nickte. Das hatte er in der Tat. Er blickte Sophie an. Die nickte.

»Iss nur«, sagte sie. »Leerer Bauch verhandelt nicht gern.«

Den Spruch kannte Martin irgendwie anders, aber da hatte er sich schon einen Hühnerschenkel gegriffen und begann, gierig zu essen. Worotnikow sah ihm aufmerksam dabei zu.

»Siehst du«, sagte Worotnikow, während Martin noch kaute, »wer nie auf seinen Vorteil schaut, kann vielleicht gut schlafen. Er kann aber nicht gut essen. Und darum geht es im Business: Du kannst entweder gut essen oder gut schlafen. Aber nicht beides.« Er schenkte an der Bar zwei Gläser Krimsekt ein und reichte Martin ein Glas. »Du hast dich offenbar gerade fürs Essen entschieden.«

Martin zog es vor, weiterzuessen und die Diskussion erst einmal Worotnikow zu überlassen. Was der von ihm wollte, würde er ihm schon noch früh genug sagen.

»Worum es geht«, sagte Worotnikow, »unsere Konzerne haben alles, nur keine gute Presse. Vor allem nicht in Deutschland, da, wo Sie herkommen.« Martin fiel auf, dass Worotnikow ihn abwechselnd siezte und duzte. Wobei ihm nicht klar war, ob das Absicht oder Zufall war. »Es ist doch so: Alle haben zwar gerne iPhones und iPads, aber mit den Mineralien, die man dafür braucht, wollen sie nichts zu tun haben. Die Produkte gelten als gut und cool«, er zog das Wort in die Länge, »aber die Firmen, die für die Rohstoffe sorgen, gelten als böse. Und damit werden uns lauter Steine in den Weg gelegt. Von Regierungen. Von NGOs. Von Greenpeace. Und von was weiß ich noch! Aber so geht das nicht!«

Martin aß weiter und nickte.

»Und was hat die westliche Welt denn bisher groß für Afrika getan?«, fragte er, aber es war eine rhetorische Frage. »Wir Russen und die Chinesen sind doch die Einzigen, die wirklich etwas für die Infrastruktur im Kongo tun, während die Hilfe der westlichen Welt seit mehr als fünfzig Jahren nichts gebracht hat. Und dennoch«, er trank von seinem Wodka und ging mit schweren Schritten auf dem Parkettboden auf und ab, »dennoch spielt sich der Westen nach wie vor als Moralapostel auf.« Er ging zu Martin und sah ihn an.

»Wäre das nicht eine schöne Story?«

Martin schluckte hinunter. »Story wofür?« Er wusste nicht,

was dieser Russe alles über ihn wusste und er wusste, immer noch nicht, was er von ihm wollte.

»Eine schöne Story für dich! Diese Doppelmoral sollest du doch einmal in einem Artikel aufdecken! In … Global News!«

Das hatte Martin befürchtet. Der Mann wusste alles.

»Ich soll einen wohlwollenden Artikel über die Doppelmoral des Westens schreiben?«

Worotnikow nickte gütig. »Und gleichzeitig die chinesischen und russischen Konzerne, die zusammenarbeiten, in einem guten Licht darstellen.« Er nickte noch einmal. »Besonders natürlich die russischen. Das wäre auch alles!«

Russland und China, dachte Martin. Einerseits hassten sie sich, andererseits kooperierten sie. Und um Europa zu zeigen, dass man auch anders konnte, war Russland mehr und mehr bereit, seine riesigen Energievorräte eher mit China zu teilen als mit Europa. Himmelfahrtskommandos wie die Energiewende in Deutschland, die dafür sorgten, dass Stromausfälle wahrscheinlich irgendwann auch in Deutschland an der Tagesordnung wären, machten die Energieabhängigkeit Deutschlands von anderen nicht gerade kleiner. Und diese Abhängigkeit kannte Worotnikow. Und er war sicher bereit, sie auszunutzen. Sicher stand er auf einer Gehaltsliste von Putin und sollte nicht nur Deutschland von russischen Exporten abhängig machen, sondern für Russland auch noch für gute Presse sorgen.

Martin antwortete nicht gleich.

»Sehen Sie ein Problem?«, fragte Worotnikow.

»Na ja …« Martin druckste herum. Und wusste nicht, ob er gerade einen großen Fehler machen würde. »Ich bin als Journalist der Wahrheit verpflichtet. Und damit …«

»Lassen Sie mich Ihnen eine Geschichte erzählen«, sagte Worotnikow stattdessen, bei dem Martin wieder auffiel, dass er ihn abwechseln siezte und duzte. Wenn er den Kumpel spielte, war es ein *Du,* wenn es formell wurde, war es ein *Sie.* Vielleicht war es aber auch gar keine Absicht, sondern Zufall. »In Kasachstan«, sagte Worotnikow, »nahe Astana, wurden vor einiger Zeit zwei Banker gefoltert und getötet. Bei einem fand man sogar einen langen spitzen Stein im Darm, er wurde ihm rektal eingeführt.« Worotnikow machte eine Pause. »Beide Leichen waren voll mit Würgemalen, Prellungen und Knochenbrüchen. Und auch noch voll mit Schmerzmitteln und Psychopharmaka, wahrscheinlich, um sie länger foltern zu können, ohne dass sie bewusstlos wurden.«

Martin schaute Worotnikow entgeistert an. Er hatte von der Story gehört.

»Die Leichen waren in Betonfässern mit löslichem Kalk versteckt. Kalk, so sagte man mir, beschleunigt den Verwesungsprozess und verhindert verdächtige Gerüche. Und es hat sehr lange gedauert, bis man sie gefunden hat.«

Martin schluckte. »Das, äh… das kann ich mir vorstellen.«

»Was ich damit sagen will«, erklärte Worotnikow und sein Gesicht entspannte sich wieder, »dass es immer Möglichkeiten gibt, sich zu entscheiden. Man kann einen Weg nehmen, bei dem man gut fährt, oder einen Weg, bei dem es nicht so gut ausgeht, wie bei unseren Freunden aus Kasachstan. Jetzt wird so etwas, wie es in Kasachstan geschah, in Deutschland nicht ganz so einfach gehen. Andererseits«, er blickte sich um, »gehen einige Dinge hier, im Kongo, noch viel einfacher als in Kasachstan. Gesetzt den Fall, ich hätte einen Mann, der auch noch ein Weißer ist und den ich loswerden will. Dann müsste ich nichts anderes machen, als ihn einfach in einem Wald hier ganz in der Nähe … auszusetzen!«

Er schaute Martin an, als würde gleich die Weihnachtsbescherung beginnen. Auch wenn diese Bescherung für Martin eine Bescherung des Todes wäre. »Haben Sie verstanden?«

Martin nickte ergeben. »Ja, ich habe verstanden!«

Worotnikow legte Martin den Arm um die Schulter. »Ich weiß, ihr Leute aus dem Westen habt immer etwas gegen das … Geldverdienen! Ihr seid eher bereit, gut zu schlafen als gut zu essen.« Er schenkte Martin noch einen Schluck Krimsekt ein.

»Wollen wir Geld verdienen? Ja, wir wollen auch Geld verdienen!«

Das glaubte Martin ihm aufs Wort. Vor allem, wenn er diesen Palast mit den eingeflogenen Spezialitäten sah. Worotnikow sprach weiter.

»Aber wenn es uns nur ums Geld gehen würde, würden wir mit anderen Dingen handeln, nicht mit Coltan.« Er trank das Glas mit Krimsekt aus. »Wenn Sie Anfang 2012 tausend Euro in Apple-Aktien investiert hätten, würden Sie heute tausendsechshundert haben. Aber wenn Sie tausend Euro in Kokain investiert hätten, dann besäßen Sie heute hundertzweiundachtzigtausend. Etwas mehr Geld als bei Apple, oder? Wobei das ja auch nicht verwundert. Schließlich sorgt Kokain dafür, dass die Mühle bei Apple läuft. Kein Wunder also, dass die Wertsteigerung höher sein muss.«

Martin nickte mechanisch.

»Wenn wir also nur Geld machen wollten, hätten wir gleich in Kokain investiert.« Martin fand diese moralische Rechtfertigung etwas fragwürdig. Doch er hörte weiter aufmerksam zu. »Hätten wir aber in Coltan investiert, hätten wir noch weniger als mit den Apple-Aktien.«

Er schaute Martin an.

»Wir sind nicht nur hier, um Geld zu verdienen! Wir sind auch hier, um den Menschen zu helfen. Und Sie …«, er trat einen Schritt auf Martin zu und tippte ihm mit dem Finger an die Brust. Martin sah den riesigen Ring, dessen Brillant im Licht des Kronleuchters funkelte. »Sie entscheiden sich noch heute Nacht, ob Sie dabei sind.« Damit bewegte er den Kopf nach draußen, in Richtung der Wälder. Der Minen. Und der Söldner. »Oder ob Sie nicht dabei sind!«

Kapitel 60

Demokratische Republik Kongo
Goma

Martin blickte dem russischen Oligarchen in die Augen. Er nahm allen Mut zusammen.

»Es ist doch so«, sagte er. »Ich soll für Sie und Ihre Unternehmen, wer auch immer noch dazugehört, Propaganda-PR schreiben, richtig?«

Worotnikow atmete tief ein. »Sie sollen die Wahrheit schreiben! Und nicht diese Lügen, die westliche Medien über unsere Firmen verbreiten!«

Martin schluckte noch einmal.

»Habe ich wirklich Bedenkzeit?«, fragte Martin. Der Russe hatte ja von *heute Nacht* gesprochen.

»Erlauben Sie eine Gegenfrage?« Worotnikow wartete nicht auf eine Reaktion, sondern sprach weiter. »Ich habe Ihnen doch die Geschichte mit den kasachischen Bankern erzählt, ich glaube, es war die Nurbank in Kasachstan. Einen der Banker haben sie schon vorher eingeschüchtert. Sie haben ihn nackt in einer Sauna angekettet und ihm vor die Füße geschossen. Geholfen hat es nichts. Dann hat Rachat Alijew, der Bankchef, ihn zu einem Termin geholt.« Er senkte die Stimme. »Einem Termin, von dem der Mann nie mehr zurückgekommen ist. Mittags rief er seine Frau an, sagte, dass es später wird, dann nachmittags noch einmal und dann gar nicht mehr. Seine Stimme war ängstlich, gepresst.«

Worotnikow ging wieder zum Büfett und schenkte sich

Krimsekt nach, den er munter mit dem Wodka durcheinandertrank.

»Alijew hatte auch eine Geliebte, die ihn verpfeifen wollte. Er hat sie in ihrer Wohnung gefoltert und ihr sogar männliche Hormone eingespritzt, damit sie Bartwuchs bekommt. Dann hat er lauter Spiegel in ihrer Wohnung aufstellen lassen, damit sie sieht, wie sie sich *verwandelt*. Von einer Frau zum Mann. Und sich dann irgendwann selbst umbringt.« Er schaute aus dem riesigen Fenster. Aber offenbar war er noch nicht fertig mit seiner Horrorstory.

»In Simbabwe, wo unser Freund Robert Mugabe regiert, gibt es ein Gefängnis, in das man immer am Freitag gesteckt wird, da die Gerichte erst am Montag wieder arbeiten. Man ist also am Freitag, Samstag und Sonntag dort. Mit dem üblichen *Afrika Hardcore Programm:* Man holt sich so ziemlich alle Krankheiten, wird zusammengeschlagen und vergewaltigt. Drei Tage können eine Ewigkeit sein.« Er schaute wieder nach draußen. »Und ich bin ziemlich sicher, so ähnliche Gefängnisse gibt es im Kongo auch. Vielleicht sogar ganz in der Nähe.«

Er ging einen Schritt auf Martin zu.

»Was ist die Moral von der Geschichte?« Er zuckte die Schultern. »Die Nurbank ist mittlerweile die größte Bank in Kasachstan. Der Präsident Kasachstans, Nursultan Nasarbajew und Alijew sind Freunde. Freunde und Feinde zugleich. Denn sie wissen, in was der andere verstrickt ist. Und das schweißt zusammen!«

Martin spürte sein Herz lauter schlagen.

»Die Moral von der Geschichte ist«, sagte Worotnikow, »teile ein Geheimnis mit Freunden, und es wird dir gutgehen. Teile ein Geheimnis, zum Beispiel unser Geheimnis, mit Feinden, zum Beispiel den Moralaposteln im Westen …« Er ging noch einen Schritt auf ihn zu. »Dann denke dabei immer an unsere Bankerfreunde in Kasachstan.« Er hob die Stimme. »Sie wollen Bedenkzeit?«

Martin nickte unsicher, sagte aber nichts.

»Sie bekommen Bedenkzeit! So viel Sie wollen! Beziehungsweise so viel jemand erwarten kann, dem wir gerade das Leben gerettet und dessen Pass und Handy wir haben. Was habe ich gesagt? Du kannst entweder gut essen oder gut schlafen. Vielleicht kannst du ja in der Mine gut schlafen. Aber gut essen? Ich weiß nicht ...«

Martin schaute ein paar Sekunden aus dem Fenster.

Dann machte er den Mund auf. Und es schien ihm, als würde ein anderer sprechen.

»Okay«, sagte er. »Sie haben mich!«

Kapitel 61

Goma
Demokratische Republik Kongo

Das Zimmer, das man Martin gegeben hatte und das sich in dem Palast des Russen befand, war eher eine Suite. Jedenfalls war es das prächtigste Zimmer, das Martin jemals bewohnt hatte. Und es wollte nicht so ganz zu seiner Situation passen, denn so frei und groß wie dieser Raum war Martin nicht, das war ihm schon in den ersten Sekunden klargeworden.

Bedenkzeit. Es hätte ihm klar sein müssen, dass er nicht viel hatte, was er in die Waagschale werfen könnte. Er hatte ja nicht einmal ein Handy. Und Geld hatte er auch keins, bis auf hundert Dollar in seinem Schuh in Zehndollarscheinen, die offenbar niemand entdeckt hatte. Irgendwann würde er sich damit nach Goma schleichen müssen, um eine Telefonkarte und ein Prepaid-Handy zu kaufen. Er musste Janine anrufen. Sie war doch auch hier in Afrika, hatte sie gesagt. Aber wahrscheinlich war sie ewig weit weg, *irgendwo in Afrika* konnten auch schnell dreitausend Kilometer oder mehr sein.

Welche Chance hatte er? Er konnte nur das Spiel mitspielen. Doch vielleicht gab es auch die Hoffnung auf Informationen, die seine Gorilla-Story bei weitem übertreffen würde.

In dem Moment war der Gedanke an seinen ursprünglichen Auftrag wieder da. An Global News. An Flori das Fass. Und an Bernd. Bernd, der noch immer tot auf der staubigen Piste lag. Den die Kindersoldaten vielleicht ausgeplündert hatten. Und dann hatten sie die Leiche wahrscheinlich ein Stück in den Wald gezerrt und liegen gelassen.

Der Deal mit Worotnikow war faul. Was würde passieren, wenn der Russe Martin nicht mehr brauchte? Dann war er doch genauso tot wie Bernd.

Bevor du anderen hilfst, musst du dir selbst helfen, dachte er. Er ging in seiner Suite auf und ab, wie ein Tiger an einer zu kurzen Kette. Er brauchte irgendetwas. Eine Art Rückversicherung. Wissen, mit dem er Worotnikow zur Not drohen konnte, denn allzu legal schien es bei den Geschäften des Russen nicht zuzugehen. Daher könnte die internationale Gemeinschaft durchaus Interesse an den zwielichtigen Geschäften dieses russisch-chinesischen Kombinats haben und wer auch immer noch damit zu tun haben mochte. Und wenn es ihm gelang, seine Erkenntnisse in der globalen Ausgabe von Global News zu plazieren, würden vielleicht auch die Amerikaner Wind davon bekommen. Und bei denen konnte man sich immerhin darauf verlassen, dass sie nicht, wie die Europäer, devot den Kopf einziehen, sondern handeln würden.

Er schaute aus dem Fenster. Morgen, ganz früh, würde er versuchen, sich aus dem Haus zu schleichen und irgendwie an ein Handy zu kommen. Ein Handy mit Prepaid-Funktion. Oder er musste schauen, ob es hier im Haus irgendwo einen Apparat gab. Nicht gerade jetzt. Wahrscheinlich überwachten sie ihn. Aber morgen. Ganz früh.

Er zuckte zusammen, als es an seiner Zimmertür klopfte.

Er atmete tief durch und ging zur Tür. Er erwartete, dort einen der Wächter zu sehen, einen Warlord, einen Söldner. Oder den Russen selbst.

Doch es war eine Frau.

Schwarz, grazil, wunderschön.

»Du bist Martin«, sagte sie in einem Englisch mit einem exotischen Akzent und strich über seine Brust. Martin vergaß fast zu atmen, als er in die hypnotischen Augen der Frau blickte und dann über ihren perfekten Körper bis zu ihren silberfarbenen Schuhen.

Das ist doch bestimmt eine …, gab der rationale Teil seines Gehirns zu bedenken.

»Wasily schickt mich«, sagte die Frau in einem gedehnten, verführerischen Tonfall. »Ich soll mich ein wenig um dich kümmern.« Sie strich mit ihrem Zeigefinger über sein Kinn. »Damit du dich nicht langweilst!«

»Wasily …«, stotterte Martin, »ach so, Sie meinen Mr. Worotnikow.«

»Wen auch immer«, hauchte die dunkle Schönheit, von der Martin nicht einmal den Namen kannte. »Was interessiert uns Wasily. Heute Nacht sind nur zwei Menschen wichtig. Du … und ich!«

Mit diesen Worten schlüpfte sie ins Zimmer und schloss die Tür hinter sich.

Kapitel 62

Goma

Demokratische Republik Kongo

Er lag neben der Frau, deren Namen er gerade erfahren hatte, und dachte nach.

Leoni. So hieß die Dame also. Und etwas Löwenartiges hatte sie tatsächlich gehabt.

Wie eine Löwin, die grazil war, aber umso schneller zum tödlichen Sprung ansetzen konnte. Denn eigentlich hatte sie Martin angesprungen. Und er hatte nichts dagegen tun können. Oder tun wollen.

Leoni. Eigentlich hatte sie einen anderen Namen. Aber den verriet sie niemandem. Sie nannte sich seitdem nur Leoni. Martin hatte sie gefragt, seit wann sie Leoni hieß. Sie hatte ihm von ihren Verwandten erzählt. Einige von ihnen lebten tatsächlich noch in einem Stamm. Es war ein Stamm, der als einer der Einzigen einen Weißen in den Stamm aufgenommen hatte. Er hatte wochenlang nur Kaulquappen gegessen, hatte dann eine Stammesfrau geheiratet, Kinder mit ihr bekommen, hatte Lepra, Typhus und so ziemlich alle anderen Krankheiten überlebt. Eines Tages war sie mit ihrer Großmutter über den Elefantenpfad zu der Lichtung gegangen, auf dem der geheimnisvolle Weiße, den der Stamm aufgenommen hatte, Gäste zu empfangen pflegte. Es hieß, dieser geheimnisvolle Weiße hätte gottesgleiche Kräfte, weil er all die Krankheiten überlebt hatte. Und daher könnte er auch in die Zukunft schauen. Und den Leuten ihren richtigen Namen sagen. Er hatte Leonis Hand gehalten, und irgendwann hatte er ihr gesagt, dass sie eine Löwin sei. Diesen Namen, sagte er, müsse sie ab heute tragen, denn das sei ihre Bestimmung. Er hatte ihr aber nicht gesagt , in welcher Sprache. Und irgendwann hatte sie sich den Namen Leoni ausgesucht. Leoni hatte Martin vorgeschlagen, diesen Mann auch aufzusuchen, um seinen wahren Namen zu erfahren. Dann hatte sie ihn gefragt, was »Martin« eigentlich bedeutet. Und Martin konnte nicht viel mehr tun, als auf den heiligen Martin zu verweisen, den Leoni nicht kannte, von dem Martin ihr aber sagte, dass der seinen Mantel mit einem Armen geteilt habe.

Martin, sagte sie, du scheinst ein guter Mensch zu sein.

Ein guter Mensch.

Leoni, dachte er, war offenbar auch ein guter Mensch. Denn immerhin hatten sie verhütet, die Frau hatte Kondome dabeigehabt, westliche Kondome. Und das war wichtig. Er wollte nicht der Kugel eines Warlords entgehen, um dann in fünf Jahren an Aids zu krepieren. Da piepte das Handy der jungen Dame. Und Martin fiel auf, dass er schon seit zwei Tagen ohne sein Handy war, ohne irgendeinen Kontakt zur Außenwelt, außer zu den Menschen, die er sah. Wie es die Menschen seit Jahrtausenden gemacht hatten, bevor es so etwas wie mobile Kommunikation gab. Die Frau schaute auf das Display. Lächelte.

»Er will dich noch mal sprechen«, sagte sie.

Martin betrat wieder den riesigen Empfangsbereich. Worotnikow stand dort, gestikulierte mit den Armen und sprach mit Sophie, die mit verschränkten Armen etwas abseits stand.

»Die Chinesen«, sagte Worotnikow, »spielen sich nicht als Lehrmeister auf. Die Europäer, Deutschland oder die EU oder die Weltbank kommen immer mit erhobenem Zeigefinger. Das gefällt den Afrikanern gar nicht. Und uns Russen gefällt es übrigens auch nicht.«

Martin trank von seinem Wodka, den ihm gerade ein Diener eingeschenkt hatte, in sehr kleinen Schlucken, denn er wusste, wie erschöpft er war und wie schnell der Alkohol dann bei ihm wirkte. Offenbar wusste das auch der Russe. Er schaute aus dem großen Wohnzimmerfenster und sah einen künstlichen Wasserfall, der hinter dem Fenster herunterlief. Draußen die künstliche Natur und drinnen die Klimaanlagen, die auf Hochtouren liefen.

»Denk an Obamas China-Besuch«, sagte Worotnikow. »Er hat kurz die Menschenrechte angesprochen, mehr Spielraum gab es nicht für einen Präsidenten, der beim größten Gläubiger seines Landes zu Besuch war. Denn wer hat all die Schulden Amerikas in seinem Portfolio? China! Das wird die Weltmacht Nummer zwei. Und Russland«, fügte er leise hinzu, »hoffentlich Nummer drei.«

Sophie nickte. »Chinas Regierung stellt keine Bedingungen, schulmeistert uns nicht, beschwert sich nicht über Korruption oder Menschenrechtsverletzungen. Die Europäer hingegen reden immer von irgendwelchen Menschenrechten. Dabei gehören gute Wohnungen, Verkehrswege und Infrastruktur doch genauso zu den Grundrechten. Die Europäer wollen die Leute nur immer missionieren. Erst mit dem Christentum und jetzt mit ihrem Gender-Studies! Aber ihr Leben verbessern wollen sie nicht. Dennoch: Wie sagt man in Europa? Zu viele Köche verderben den Brei. Wir haben Russland, Afrika und Deutschland.«

Martin zuckte zusammen. Hatte sie *Deutschland* gesagt? Meinte sie Martin damit?

Sie sprach weiter. »Russland: Klar! Afrika: Klar! Und

Deutschland hat die Ware, die wir brauchen. Warum aber noch China?«

»Weil …«, Worotnikow hatte Martin entdeckt und begrüßte ihn mit einem Schlag seiner riesigen Pranke auf die Schulter.

»Guten Abend, willkommen bei einem kleinen Mitternachtsumtrunk!« Offenbar hatte sich seine Laune gebessert. Er reichte Martin ein weiteres Glas Wodka. »Hat es dir gefallen mit Leoni?«

Leoni, dachte er, *die Dame, die sich ihren Namen selbst ausgesucht hatte.*

»Es gibt nichts Stabiles in der Welt, und Verträge sind flexibel«, sagte Worotnikow und hob die Hände. »Und das Leben ist größer als jeder Vertrag und immer unabsehbar.«

Das Leben ist größer als jeder Vertrag.

Martin fiel das Seminar zum *Cross-Cultural-Management* wieder ein. *»Schicken Sie mir mal einen konkreten Vorschlag«* hieß in Russland: *Der Deal steht zu siebzig Prozent.*

»Schicken Sie mir bitte den Vertrag« hieß: *Der Deal ist zu hundert Prozent sicher.*

»Gleichzeitig ist es mir eine Freude«, erklärte Worotnikow weiter, »dass eine hochgeschätzte Person Sie bei Ihrer Arbeit unterstützen wird. Ich glaube nicht, dass Sie sie kennen.«

Martin hatte erst geglaubt, dass es Sophie sei, die der Russe meinte, doch die kannte er ja.

Dann sah er besagte Person, die mit vorsichtigen und grazilen Schritten den großen Raum betrat. Und er traute seinen Augen nicht. Es war Erkennen. Und Wiedererkennen. Er wusste, dass er sie erst vor kurzem gesehen hatte. Zweimal. Und dass er sich nicht sonderlich geschickt dabei angestellt hatte. Und er wusste, dass er ein schlechtes Gewissen hatte wegen dem, was gerade auf seinem Zimmer geschehen war.

Auch wenn es dafür gar keinen Grund gab, denn Martin war Single und hatte mit der Frau, die gerade die Suite betrat, noch niemals etwas zu tun gehabt. Von den zwei Unterhaltungen einmal abgesehen, die nur ein hoffnungsloser Romantiker überhaupt als Unterhaltungen bezeichnen würde.

Und dennoch merkte er, wie sein Atem schneller ging und sein Herz schneller schlug, als er sah, dass er sich nicht irrte, dass es nach absolutem Zufall aussah und dennoch Realität war. Und dass das Schicksal offenbar Sinn für Ironie hatte. Oder für Überraschungen. Denn die Frau, die er sah, war …

Lucia Ming erkannte den Mann sofort, als sie die Suite betrat. Er hatte sie in Dubai angesprochen. Und dann an der Bar des Hilton in Kigali in Ruanda noch einmal. Er hatte sich recht unbeholfen angestellt, und dennoch hatte sie ihn nicht so abblitzen lassen, wie sie es normalerweise bei Männern tat.

Wie kam es? Fand sie ihn interessant? Aber warum? Und noch wichtiger: Warum war er hier? Was machte er hier? War es Zufall, dass sie sich in Dubai schon gesehen haben? Sollte es so sein? War es Schicksal oder Vorsehung? *Zeit ist Glück* sagte Lucia immer. War es Glück, dass sie sich nach so kurzer Zeit schon wieder gesehen hatten? Oder war es an der Zeit, dass sie, Lucia Ming, einmal Glück hatte mit den Menschen, besonders den Männern, die ihr begegneten? Und doch kannte sie diesen Mann gar nicht. Und wusste nicht genau, ob sie ihn kennenlernen wollte. Denn jedes Wissen, jede Nähe birgt die Gefahr, sich zu verletzen. Man kann zwei Blätter Papier zusammenkleben, hatte ein Lehrer in der Schule gesagt. Und sie dann wieder auseinanderreißen. Doch egal, wie vorsichtig man sie auseinanderreißt, ein Stück von einem Blatt bleibt immer am anderen hängen. Und umgekehrt.

Kapitel 63

Goma

Demokratische Republik Kongo

»Ich bin nicht sicher«, sagte Sophie, als sie wieder allein mit Worotnikow war. »Wobei sind Sie nicht sicher?«, fragte Worotnikow.

»Ich bin nicht sicher, ob es nicht gefährlich ist, einen Outsider wie Martin mit in unserem Team zu haben. Schließlich kann er Geheimnisse ausplaudern.«

»Wird er nicht!«

»Warum?«

»Ich muss ein bisschen ausholen.« Worotnikow hob die Arme, als wollte er seinen Worten Taten folgen lassen. »Erst einmal: Die Deutschen brauchen uns! Sie können nicht anders.« Er lächelte. »Gerade haben wir BASF zwanzig Prozent der Gasspeicherkapazitäten in Deutschland abgekauft. Und auch der größte westeuropäische Erdgasspeicher in Rehden bei Bremen gehört mittlerweile uns.« Er hob die Hände. »Wir besitzen nicht nur das Gas, sondern auch die Speicherstätten. Und bald haben wir die Deutschen richtig am Angelhaken. Und sie kooperieren auch noch mit uns. Machen uns stärker ,als wir sind.« Er rieb seine dicken Hände. »Deutsche Rüstungskonzerne errichten Trainingslager für das russische Heer. Im Auftrag von Moskau. Eine topmoderne Trainingsbasis und Simulationseinheit. Eine der modernsten der Welt. Sie helfen uns sogar dabei, sie irgendwann komplett zu beherrschen. So dumm sind die Deutschen!«

Sophie nickte. Das klang alles plausibel, dennoch schien es ihr, als wollte der Russe sie nicht verstehen. »Das weiß ich. Aber brauchen wir Martin?«

»Der große Bankier J. P. Morgan hat einmal gesagt: Es gibt für alles zwei Gründe: einen guten Grund und einen wahren Grund.«

J.P. Morgan, dachte Sophie. Der, der US Steel, den damals größten Konzern der Welt, geformt hatte. Der Banker, der einmal die größte Bank der Welt hatte. »Was ist der gute Grund?«

»Der gute Grund ist der, dass Martin in der Tat für uns Propaganda-PR schreibt. Das wird nicht schaden, und vielleicht hilft es sogar.«

»Und der wahre Grund?«

»Otega«, sagte Worotnikow nur kurz.

»Robert Otega?« Sophie kannte den unheimlichen Hutu-Warlord. Und sie hasste ihn. Denn zuallererst war er ein Hutu. »Der, bei dem ich Martin aus der Zelle geholt habe?«

Sie hörte, wie die Klimaanlage wegen einem der häufigen Stromausfälle stoppte, und kurz darauf das Geräusch des Notstromaggregat-Generators. Wie ein Riese, der einatmet. Die meisten Leute im Kongo hatten allerdings keine Notstromaggregate, das wusste Sophie. Wenn in einer Kneipe der Strom ausfiel, sprachen die Leute einfach im Dunkeln weiter, so als wäre nichts gewesen.

»Richtig«, sagte Worotnikow. »Ich musste Martin Otega wegnehmen. Nicht, weil Otega ihn töten wollte.«

»Das hätte er wahrscheinlich schon viel früher gemacht, wenn er gewollt hätte.«

»Genau. Er wollte Martin nicht töten. Er wollte ihn entführen.« Er trank von seinem Wodka. »Und das passt mir überhaupt nicht.«

»Otega soll sich um sein Kerngeschäft kümmern«, vermutete Sophie.

»Richtig.« Worotnikow nickte. »Er soll die Minen sichern, die Transportwege frei halten, Aufständische erschießen. Die Drecksarbeit. Dafür kriegt er Geld, und zwar nicht zu knapp.«

»Mit Entführungen könnte er aber noch mehr verdienen.«

Worotnikow strahlte, als wäre er stolz auf seine Mitarbeiterin. »Sie verstehen alles! Und diesen Zahn musste ich ihm ziehen. Er darf gar nicht erst auf den Geschmack kommen, dass das ein attraktives Geschäftsfeld ist. Er darf nicht wissen, dass das deutsche Auswärtige Amt immer zahlt. Und zwar nicht wenig. Anders als die Briten und die Amis. Ich habe ihm für Martin viel Geld gegeben. Bis er wieder einen Deutschen findet, wird es dauern. So lange ist er von mir abhängig. Beziehungsweise von meinen Zahlungen.«

Sophie nickte. Seinen Machiavelli hatte Worotnikow offenbar gelesen.

»Und das ist alles?«

»Nicht ganz.« Er schaute sie an. »Was hatte ich eben gesagt?«

»Es gibt immer zwei Gründe. Einen guten und einen wahren Grund.«

»Hier auch. Erst einmal«, er schenkte sich noch einen Wodka ein, und Sophie fragte sich, ob Worotnikow ein schwarzes Loch in der Speiseröhre hatte oder wie er all den Alkohol vertrug. Gleichzeitig wunderte es sie nicht, dass die durchschnittliche Lebenserwartung russischer Männer nur vierundsechzig Jahre betrug. Das lag sicher an dem ganzen Wodka.

»Erst einmal«, sagte Worotnikow, »soll er sein Kerngeschäft nicht vernachlässigen. Und zweitens: Wir haben kein Öl.«

Sophie schaute irritiert drein. »Ich fürchte, ich verstehe nicht.«

»Die Deutschen sind von russischem Öl abhängig. Wenn wir ihnen den Hahn abdrehen, haben sie ein Problem, da können frühere Bundeskanzler noch so oft nach Russland fliegen.« Er schaute sich um. »Wir haben hier aber kein Öl. Jedenfalls haben wir nicht die Konzessionen für die Gegenden hier, wo es Öl gibt. Wie auch immer, das ist ohnehin nur metaphorisch gemeint. Wir müssen die Deutschen also anders gefügig machen.«

Sophie versuchte, den Intrigen des Russen zu folgen. »Durch Martin?«

»Richtig. Ich möchte Martin, als Deutschen, selbst als Druckmittel haben, um unsere deutschen Freunde gefügig zu machen: Tiamat, den BND und Schmidt.«

Er blickte sie wieder an. »Denn was wäre, wenn Martin entführt wird, Otega tatsächlich die Deutsche Botschaft erpresst und Martins Arbeitgeber, immerhin eine globale Zeitung, davon Wind bekommt und das Ganze an die große Glocke hängt? Das bedeutet Medienrummel. Meinen Sie nicht auch?«

Sophie blieb einen Moment mit offenem Mund vor dem Russen stehen. »Es würde in die dunklen Machenschaften von Tiamat einen Lichtstrahl senden, gegen den ein Laserstrahl schummerig ist.«

»Das haben Sie schön gesagt«, sagte Worotnikow, »in Ihnen steckt auch ein Russe!« Er ging ein paar Schritte auf und ab. »Es kostet Deutschland viel Geld. Wir wissen alle, dass Deutschland zahlen wird. Deutschland gehört mit Frankreich, der Schweiz, Spanien und Österreich zu den *Premium-Kunden* von Entführern. Den Ländern, die am meisten zahlen.« Er blickte Sophie stolz an. »Doch es kostet nicht nur

Geld. Vor allem kostet es einige Menschen sehr viel Ansehen. Schmidt, von Stein und wer noch dabei ist.« Er lächelte sie an. »Solange dieser Martin bei uns ist, sind die Deutschen sicher. Sobald er bei Otega ist, platzt die Bombe. Und solange wir Martin unter Kontrolle haben …«

Sophie beendete den Satz: »… können wir bestimmen, wann die Bombe platzt.«

Kapitel 64

Demokratische Republik Kongo
Goma

Martin wartete am frühen Morgen vor der Villa auf Worotnikow.

»Ich will dir etwas zeigen«, hatte der Russe gesagt, »eine von den berühmten Minen.«

Eine von den berühmten Minen. Martin war nicht scharf darauf, er war schließlich gerade aus einer entkommen. Lucia Ming immerhin würde ebenfalls mitkommen. Martin hatte noch einen Pappbecher mit Kaffee in der Hand, als er die zwei Wachen sah, die am Vorabend bei dem Gespräch im Hintergrund gestanden hatten und mit denen er eben beim Frühstück schon ein paar Worte gewechselt hatte.

Einer von ihnen hatte sich als Brian vorgestellt, ein Engländer mit rotblonden Haaren, die an eine rostige Stahlbürste erinnerten. Der andere war Walter, ein Deutscher, mit kurzen, exakt gescheitelten Haaren, als wäre er gerade aus einer Zweiter-Weltkrieg-Reportage entstiegen. Gebräunte Haut und Augen in der Farbe seiner Army-Jacke, die Martin fixierten. Aufmerksam, aber voller Ruhe.

Überhaupt die Augen, dachte Martin. Beide hatten Augen, die man normalerweise hinter einem Gewehr gewohnt war. Brian hatte lange bei Blackwater gearbeitet, das jetzt Xe Services hieß, während Walter ein früherer KSK-Kämpfer war und jetzt als privater Söldner arbeitete.

Sie waren Worotnikows Leibwächter. Stille Profis, abgeklärt, ruhig und meist verheiratet, was er bei diesen beiden nicht wusste, aber jedenfalls waren sie keine testosterongesteuerten, waffengeilen Typen mit Sonnenbrille.

Brian, der ständig Kautabak kaute und ausspuckte, war viel rumgekommen. Er kannte einen aus dem Team Six der Navy Seals, das am 2. Mai 2011 Osama bin Laden erschossen hatte. Walter war einer, der schon an allen Krisenorten der Welt gewesen war, wo sich die Bundeswehr normalerweise nicht hinbewegte, aber inoffiziell dann dennoch hinkommandiert wurde. Sudan, Somalia, Mali, Tora-Bora. Er brauchte drei Sekunden, um sich die Schuhe anzuziehen, und zwei Sekunden, um das Magazin zu wechseln.

»Wenn du zu langsam bist, fehlt dir die Zeit, die du brauchst, um dem Gegner zwischen die Schlüsselbeine zu schießen. Dann schießt er. Und du bist tot.« Und Brian ergänzte: »Be quick or be dead.«

»Was habt ihr vorher gemacht?«, fragte Martin und nippte an seinem Kaffee. »Ich meine, bevor Sie …«

»Bevor wir für den Eisbären gearbeitet haben, aber nachdem wir nicht mehr Soldaten waren?« Brian grinste.

»VPO«, sagte Walter. »Und als er den verständnislosen Blick von Martin bemerkte, ergänzte er. »Vessel Protection Officer. Wir schützen Handelsschiffe vor Piraten.«

»Ist das tatsächlich so schlimm?«

Walter nickte.

»Da die Regierungen nichts machen, müssen die Reeder Söldner gegen Seeräuber einsetzen.«

»Wo kommen die Waffen her? Ihr habt doch Waffen an Bord?«

Walter lachte wissend.

»Die Waffen besorgen spezielle Agenturen, die in der Region sind. Die Waffen werden von Mittelsmännern auf hoher

See an Bord gebracht. Es ist allerdings gefährlich, wenn man in den Hafen einläuft und die Waffen gefunden werden. Einer von uns kam mal wegen eines Nachtsichtgeräts in Ägypten ins Gefängnis. Das lohnt sich überhaupt nicht, all der Ärger wegen eines Nachtsichtgeräts!«

»Und was macht ihr dann mit den Waffen?«

»Wir werfen sie nach dem Einsatz ins Meer.« Er zuckte die Schultern. »Wir wollen keine Scherereien mit den Zollbehörden.«

»Ist das nicht viel zu teuer?«

»Billiger jedenfalls als Anwälte zu beschäftigen, um Leute aus dem Gefängnis rauszuhauen. Und Ägypten zum Beispiel hat keine schönen Gefängnisse.«

»Was kostet der Spaß?« In Martin war der Journalist wieder erwacht.

»Hunderttausend Dollar pro Passage mit einem erfahrenen Sicherheitsteam, also mit drei bis sechs Leuten.«

»Ganz schön viel.«

»Kommt drauf an. Wir sind ja auch einige Wochen an Bord, dann bleibt für den Einzelnen gar nicht mehr so viel übrig. Vielleicht sechstausend Euro pro Monat. Da kriegt jeder Anwalt mehr. Und der hält nicht seinen Arsch zum Reinschießen hin.«

Brian nickte. »Und es lohnt sich für die Reeder. In Afrika ist ein Drittel der Staaten instabil oder chaotisch. Die meisten Attacken finden in Ostafrika statt, mehrere Hundert Schiffe werden da im Jahr gekapert, es gibt Geiselnahmen und Erschießungen. Jedenfalls so lange, wie Leute wie wir nicht dabei sind.« Er grinste. »So wie wir es machen, können wir das Sicherheitssystem unserer Länder zum Exportschlager machen. Denn das Risiko, ohne Sicherheitsteam zu fahren, ist meist noch teurer. Im August 2008 wurde die BBC Trinidad der Beluga Shipping Bremen entführt. Das hat über eine Million Dollar Lösegeld gekostet.«

Brian kaute auf seinem Tabak herum und spuckte einen braunen Strahl aus.

»Kriegsversicherungen kosten heute ohne Sicherheitsleute an Bord deutlich mehr«, sagte er. »Manche Versicherer wie zum Beispiel German War Cover von Lampe & Schwartze weigern sich sogar, ohne Sicherheitsteam an Bord Risiken zu versichern.«

»Ist ja eine völlig eigene Welt.« Martin blickte auf den Helikopter, dessen Rotoren zu kreisen anfingen. Worotnikow würde sicher in den nächsten Minuten die Villa verlassen.

»Und wenn ihr angegriffen werdet?«

»Dann schießen wir!« Brian grinste. »Offiziell dürfen wir das nicht. Es gibt sogar Blödmänner in der Regierung, besonders in Deutschland, die so etwas als Mord deklarieren würden. Meist können sie die Zeugen aber nicht vorladen, weil sie entweder kein Deutsch können, viertausend Kilometer weit entfernt oder tot sind.«

»Auf Waffengewalt kann man nur mit Waffengewalt reagieren«, sagte Walter und ließ die Knöchel knacken. »Wer auf mich schießt, muss damit rechnen, dass ich zurückschieße.« Er grinste. »Ich kann allerdings besser schießen als die Somalis.«

Er zeigte eine seiner Waffen. »Ich und meine AK 47. Zwei Könige auf See.«

»Das ist sie also?«, fragte Martin.

»Ja, das ist eine Kalaschnikow AK 47.« Er drehte die Waffe nach allen Seiten, als wäre er auf einem Model-Contest. »Das G 36 ist auch sehr gut, die Standardwaffe der Bundeswehr. Ein Schnellfeuergewehr, besteht zu einem großen Teil aus Kunststoff und wiegt nur 3,6 Kilo. Feuert zwölf Kugeln pro Sekunde.«

»Und die gibt es nur bei der Bundeswehr?«

Walter lachte und schüttelte den Kopf.

»Die gibt es überall. In den früheren Waffendepots von Gaddafi liegen noch einige von denen rum, teilweise originalverpackt. Die kannst du überall kriegen. Teilweise gibt es Trainings für das G 36, die überall auf der Welt stattfinden. Und dann bleiben die Waffen dort.« Er zündete sich eine filterlose Zigarette an und paffte Rauch in den Morgenhimmel. »Jeder Imbiss wird besser kontrolliert als Waffenexporte.«

»Aber Sie bevorzugen trotzdem die Kalaschnikow?«

»Sie ist kinderleicht zu bedienen«, sagte Walter, nahm die Zigarette zwischen die Zähne und hielt die Waffe mit beiden Händen. »Wirklich kinderleicht!«

»Darum wird sie auch häufig von Kindersoldaten eingesetzt«, ergänzte Brian.

»Das stimmt. Erstmals gebaut 1947, darum AK 47. AK für automatische Kalaschnikow. Damals war es der Traum der Russen, im Zweiten Weltkrieg die Dominanz der Deutschen mit ihren MP 38 zu brechen und damit das Mutterland zu verteidigen. So wie das General Kutusow im Kampf gegen Napoleon schon vorgemacht hat.« Er wies mit dem Kopf Richtung Villa. »Erzählen Sie die Story mal dem Eisbären, der wird sie mögen.«

»Kannte er Kalaschnikow, ich meine, den Erfinder?«

Da waren schwere Schritte hinter ihnen zu hören. Worotnikow kam mit gravitätischer Würde die Treppe heruntergelaufen.

»Kalaschnikow«, sagte Worotnikow, und er schien den Klang des Namens zu genießen, »wollte für seine Gedichte in Erinnerung bleiben, nicht für seine Waffen.«

Er schaute alle nacheinander an.

Walter nahm ihm eine große Tasche ab.»Sein Lieblingsspruch beim Wodkatrinken war: ›Mögen unsere Kinder in Frieden leben.‹ Er wies mit dem Kopf zum Helikopter, dessen Rotoren sich langsam in Gang setzten. »Lasst uns losfliegen!«

Kapitel 65

Demokratische Republik Kongo
südöstlich von Goma

Mögen unsere Kinder in Frieden leben, dachte Martin. Das hatte Michail Kalaschnikow gesagt. Doch die Kinder waren die, die unter seinen Waffen am meisten litten, und in Frieden lebten sie normalerweise auch nicht.

Martin schaute aus dem Fenster des Helikopters auf die grüne Ebene. Lucia Ming saß neben ihm und sagte nichts, Brian und Walter waren vorne beim Piloten, und Worotnikow nahm die ganze hintere Bank ein.

Sie waren unterwegs zu einer Verladestation, wo irgendwelche Rohstoffe weggeschafft wurden, wie er beiläufig von Brian erfahren hatte.

»Sind auch deutsche Unternehmen hier aktiv?«, fragte Martin, als sie abgehoben hatten.

»Aber ja«, sagte Worotnikow. »Polychlor zum Beispiel. Es gibt sogar besonders günstig Kredite für deutsche Firmen im Kongo, gesichert mit Hermes-Bürgschaften durch die Bundesregierung.«

»Und die Warlords, die hier aktiv sind?«

Der Russe blickte ihn an, als habe er ihn nicht verstanden.

»Ich meine, vertreiben die nicht die Investoren, wenn hier immer Krieg ist?«, fragte Martin weiter.

»Hier ist nicht *immer Krieg*«, erklärte Worotnikow, »sondern nur *fast immer.* Und sie vertreiben nicht alle. Uns zum Beispiel nicht. Die Warlords kennen die lokale Bevölkerung, geben ihnen Arbeit. Und sie sichern die Minen. Das könnten wir niemals leisten.«

»Ich habe einmal gehört«, begann Martin, und wusste im selben Moment nicht, ob es unklug war, was er jetzt sagte, »dass die Warlords für die ständigen Unruhen verantwortlich sind, weil sie immer wieder einen Bürgerkrieg anfachen.«

»Und die Gegenreaktionen der westlichen Welt?«, fragte Worotnikow zurück. »Was bringen die?«

Brian sprach anstelle von Worotnikow weiter. »Die UN-Friedensmission hat Truppen der African Union bereitgestellt. Die haben zwar schon Mogadischu in Somalia befreit, aber hier bisher wenig ausgerichtet. Und Kongos Partner, allen voran Präsident Kagame in Ruanda? Da weiß auch keiner, ob er dem Kongo wirklich helfen will oder ob ihm das Chaos nicht ganz gut in den Kram passt. Bleibt noch die Diplomatie. Wir haben immer mehr Botschaften in Kinshasa. Aber Kinshasa«, er zeigte nach draußen, »ist weit im Westen. Die Probleme sind aber hier, im Osten.«

Die Botschaft, dachte Martin. Und da fiel ihm ein, dass er Janine unbedingt anrufen musste. Fragte sich nur, wie er das ohne eigenes Telefon und unter ständiger Kontrolle machen sollte?

Sie flogen im Tiefflug über eine Mine. Ein Stich ging durch Martins Magen, denn sofort sah er sich selbst als Gefangenen in der anderen Mine, aus der er vor nicht einmal zwei Tagen entkommen war. Doch hier trugen alle Arbeiter vorschriftsmäßig Helme. Und alles war mit Absperrband versehen. Vielleicht erwarteten sie dort Kontrollen von der UNO oder von wem auch immer. Martin kam das seltsam vor, als würde diese Mine absichtlich so aussehen, damit Martin einen guten Bericht darüber schreiben konnte.

Hunderte Schürfer gruben dort nach Kobalt, Kupfer oder anderem Erz. Und wahrscheinlich auch nach dem besagten Coltan.

Nachdem sie gelandet waren, stiegen sie aus und warteten.

Nach geraumer Zeit kam ein bulliger Mann, auf den der Begriff *Warlord* wohl am besten passte, aus einer Baracke heraus. Martin stockte kurz der Atem. Zu sehr erinnerte ihn dieser Mann an den unheimlichen Krieger, dessen Kindersoldaten Bernd erschossen hatten. Doch es schien ein anderer zu sein, denn er erkannte Martin nicht.

»Es ist wichtig, dass ich selbst komme«, sagte Worotnikow und gab dem Mann ein Bündel Scheine in die Hand. Der Mann zählte die Scheine und machte ein Zeichen. Zwei Arbeiter kamen mit zwei großen Säcken und verluden beide in den Helikopter.

Coltan, dachte Martin.

»In manchen Minen arbeiten auch Kinder«, sagte Worotnikow. »Es gibt Kinder, von denen man sagte, dass sie bis zu zwanzig Meter in die Tiefe kletterten. Von einigen sagte man, dass sie abgerutscht waren und nie wieder auftauchten. Aber hier nicht.«

»Und wie sind die Arbeitszeiten in diesen Minen?«, fragte Martin.

»Human, mit Pausen«, erklärte Worotnikow, »und das können Sie ruhig schreiben. In manchen Minen dauern die Schichten zwölf bis dreizehn Stunden, sieben Tage in der Woche. Mit einer sehr kurzen Mittagspause. Aber nicht bei uns.«

Martin merkte, dass Worotnikow offenbar nie ein Medientraining absolviert hatte. Sonst wüsste er, dass es immer die negativen Dinge waren, die hängenblieben. *Bei uns arbeitet niemand dreizehn Stunden* blieb dann hängen als: *Bei uns ar-*

beiten alle dreizehn Stunden. Und so war es wahrscheinlich auch.

»Pro Sack Coltan gibt es in anderen Minen fünf Dollar«, sprach der Russe weiter. »Bei uns zehn.«

»Ist das viel?«

»Zehn Dollar? Im Kongo? Aber ja!«

»Zehn Dollar«, sagte Martin. »Und keine Kinderarbeit?«

»Wir legen Wert auf Sicherheit«, sagte Worotnikow. »Natürlich gibt es Unternehmen, die Kinder beschäftigen, die in Minen arbeiten sollen oder die auf Müllhalden giftigen Elektroschrott aus der westlichen Welt verbrennen, damit die brauchbaren Teile, Kupferdrähte und Metalle übrig bleiben. Doch unser Unternehmen gehört nicht dazu.«

Eine seltsame Spannung herrschte in der Luft, als sie bei dem Helikopter standen und warteten, bis alle Kisten verladen waren.

Plötzlich durchriss ein Schrei die Luft. Und dann stürzte ein etwa zwanzigjähriger schwarzer Arbeiter aus dem Nichts auf sie zu, eine Waffe im Anschlag.

Brian wechselte ein paar Worte mit ihm auf Französisch, doch er wollte die Waffe nicht herunternehmen. In der gleichen Sekunde zuckte sein Arm nach vorne, die Hand am Abzug. Doch Brian war schneller. Die Handfeuerwaffe, die er trug, fauchte auf, die Kugeln zerrissen den jungen Mann und hämmerten seinen Körper auf den Boden, bis er reglos dalag.

Martin schaute entgeistert auf die Leiche, dann auf Brian und die Waffe. Das war also die andere Seite dieser scheinbar so netten privaten Söldner. Sie konnten ganz anders sein, wenn sie wollten.

»Mein Kollege ist etwas nervös«, sagte der bullige Warlord. »Oder besser: Er war es. Tut mir leid.«

Worotnikow gab ihm noch ein paar Scheine in die Hand. »Damit findest du einen neuen.«

Der Mann lächelte und verbeugte sich halb.

Worotnikow blickte zurück zum Helikopter. »Wir müssen zurück.«

»War das geplant?«

Worotnikow: »Planen lässt sich im Leben nun mal nichts! Planung ersetzt lediglich Zufall durch Irrtum.«

Er wandte sich noch einmal um. »Und das, was du eben gesehen hast, schreibst du nicht in deiner Story!«

Kapitel 66

Demokratische Republik Kongo
nördlich von Goma

Die letzten Ausläufer von Goma zogen an dem Jeep vorbei, in dem Janine, zusammen mit Rasamov und Andreas Schmidt, saß. Zwei bewaffnete Söldner saßen auf der hintersten Bank und hielten, die Kalaschnikows im Anschlag, Ausschau.

Es war eine schaurig-schöne Mondlandschaft, durch die sie fuhren, überwuchert von hellgrüner Vegetation. Solche Farben entstanden offenbar, wenn sich die Lava des Vulkans Nyiragongo mit grünem Gras mischte.

»Hierhin haben sich die geflohenen Hutu geflüchtet, nachdem die Tutsi in Ruanda den Spieß umgedreht hatten«, sagte Rasamov. »Früher waren hier viele Flüchtlingslager. Bevor der Vulkan ausgebrochen ist. Sie hatten sich vorher in den Wäldern versteckt. Später glaubten sie, dass sie in den Lagern besser versorgt wurden.«

»Das sollte sich als Falle erweisen«, sagte Schmidt.

»Allerdings. Die Tutsi zahlten heim. Und die Flüchtlingslager waren am Ende nur dafür da, die Flüchtlinge möglichst eng zusammenzupferchen, um sie umzubringen. Die Lager waren dann aus logistischen Gründen für Hilfsorganisationen oder gar Journalisten gesperrt. Man sollte schließlich nicht sehen, was für Greuel angerichtet wurden, um frühere Greuel zu rächen.«

Ein scheinbarer Rückzugsraum wurde zur Falle, dachte Janine. *Rache konnte grausam sein.*

»Sie wurden erschossen?«, fragte Janine, um irgendeine Frage zu stellen, die einigermaßen intelligent klang.

»Viel zu teuer«, sagte Rasamov, und bei ihm klang es so, als würde er solche Kosten und Ertragsfragen tatsächlich auch in einem solchen Kontext durchrechnen. Wie manche Menschenhändler bei jugendlichen Prostituierten von »Marktreife« sprachen.

»Nicht mit Kugeln, sondern meistens mit der Machete oder dem Hammer.« Er blickte sie an und zuckte die Schultern. »Munition ist teuer. Und es ist mühsam, sie durch den Wald zu schleppen.«

»Sie waren nicht viel besser als die Hutu gegen die Tutsi, damals 1994«, sagte Schmidt. »Die haben Babys mit Stiefeln den Schädel zermalmt oder sie gleich gegen die Wand geschleudert.«

»Sie haben ihren Machiavelli gelesen«, stellte Rasamov fest. »Lass keine Nachkommen am Leben, die sich rächen werden.«

»Rache«, sagte Schmidt, »ist ein Gericht, das am besten kalt serviert wird. So viele Menschen kann man gar nicht umbringen, als dass nicht ein paar übrig bleiben, die sich dann wieder rächen. Feuer mit Feuer bekämpfen. Doch diese Flamme erlöscht niemals. Die Rachegelüste sorgen dafür, dass die Kriegsmaschine immer weiterläuft. Immer weiter.« Schmidts Stimme klang so, als hätte er von all den Kriegen und Kriegsplänen langsam die Nase voll, weil sie ohnehin zu nichts führten. »Beim Genozid in Ruanda sind insgesamt fast eine Million Tutsi ermordet worden. Bei der Rache der Tutsi an den Hutu waren es dreihunderttausend. Und jetzt tobt hier der Bürgerkrieg. Schon seit mindestens zehn Jahren.«

»Es werden halt immer die gleichen Fehler gemacht«, sagte Rasamov und schaute auf sein Navigationsgerät. »Der Zivilisation ist es schließlich gelungen, das Raubtier im Menschen auszuschalten, aber nicht den Esel.«

Der Jeep bahnte sich unterdessen einen Weg durchs Niemandsland. Vulkane, Wälder, Nebel und Stille. Keine Menschenseele. Hätte Janine nicht gewusst, wo sie war, sie hätte geglaubt, sie wäre im Paradies. Dann fuhren sie langsam den Berg hinauf.

Und hätten sie keinen Jeep, gehörte der Weg zu den mühsamsten, die es in Afrika gab, trotz der Schönheit der Landschaft, oder vielleicht gerade deswegen. Steil, glitschig, voller Schlamm und Morast. Aber auch ein sattes Grün der Vegetation, das Janine so noch nie gesehen hatte. Überhaupt gab es nur wenige Gegenden in Afrika, in denen in der Regenzeit mehr Regen fiel als hier in Goma und Virunga.

Allmählich tauchten auch wieder Menschen auf. Adobehütten reihten sich aneinander, und Frauen in bunten Kleidern balancierten Feuerholz auf ihren Köpfen, während irgendwo Trommeln dröhnten und Hühner durcheinandergackerten. Die Kinder am Wegesrand, dic zum Glück keine Kindersoldaten waren, waren die Einzigen, die sich für den Jeep interessierten. Die meisten Erwachsenen schauten so, als wüssten sie nicht, was diese weißen Besucher oben auf dem Berg wollten. Entweder, dachten die Einheimischen, diese Weißen wussten nicht, wer dort oben war – dann waren sie so gut wie tot. Oder diese weißen Besucher, so dachten sie wohl, waren mit *dem da oben* befreundet. Dann sollte man ihnen besser nicht in die Quere kommen.

»Unterschreiben Sie das«, sagte Schmidt plötzlich und hielt Janine einen Briefbogen des Auswärtigen Amtes hin, darunter ein Stempel und ganz oben ihr Name. Dahinter entdeckte sie noch eine Kopie ihres Diplomatenausweises.

»Was ist das?«, fragte Janine.

»Ihr Briefpapier.«

»Und warum verwahren Sie das?«

»Weil ich auf Sie aufpasse und Sie an mich berichten. Und jetzt Ende der Fragestunde!« Er klappte einen kleinen Tisch an der Rückseite des Vordersitzes herunter. So ähnlich, wie sie es vor Jahren einmal in dem James-Bond-Film *Goldfinger* gesehen hatte.

Sie unterschrieb mit zittrigen Fingern, was hätte sie auch sonst tun sollen? Es war ihr klar, dass hier ihr guter Name und der ihres Arbeitgebers missbraucht wurden, aber was sollte sie tun? Ihr Vorgesetzter war offenbar Teil dieses seltsamen Spiels, der obskure Schmidt, an den sie direkt berichtete, ebenfalls, und was den zwielichtigen Rasamov anging, da erübrigte sich ohnehin jeder Kommentar.

Nach einigen Kilometern holpriger Fahrt durch Urwald, Plantagen und Bananenpflanzungen endeten die Anzeichen von Zivilisation schon wieder. Wenn »Zivilisation« der richtige Begriff für diesen rechtsfreien Raum war, durch den sie fuhren. Sie passierten mehrere Straßensperren von Rebellentruppen. Daneben Jungen auf abenteuerlich zusammengebauten Holzfahrrädern, beladen mit Bananen, Zuckerrohr oder Kohle. Janine wurde jedes Mal übel, wenn sie die Kindersoldaten und die Kalaschnikows sah, die es hier wieder gab. Doch die meisten der Straßensperren gaben sich mit ein paar Zigaretten und ein paar Dollars zufrieden. Eine Wache mit einer Uzi winkte sie durch.

Sie fuhren weiter, Serpentinen hinauf und an Papyruspflanzen vorbei.

Endlich oben, verschlug die Aussicht ihr den Atem. Den

Berggipfel hatte sie schon von weitem gesehen. Und von hier aus konnten sie mehr als fünfzehn Kilometer weit sehen: auf Berge, Vulkane, Täler, riesige Wolkenformationen, die den Himmel einnahmen, und blitzendes Wetterleuchten in der Ferne. Wie ein Landschaftsgemälde aus dem 18. Jahrhundert.

»Ab hier zu Fuß«, sagte Rasamov, und alle stiegen aus.

Sie wurden von zwei Reihen Soldaten nach einem kurzen Marsch durch Morast und Schlamm zu einer Holzbaracke geführt, die auf dem Gipfel des Berges lag, halb verborgen von dichtem Wald.

»Überlasst das mir«, sagte Rasamov zu Schmidt und Janine. »Wir müssen ein bisschen ... vorsichtig sein.«

In der Baracke brannte nur ein schummeriges Licht. Als Janines Augen sich an die Dunkelheit gewöhnt hatten, sah sie einen massigen, bulligen Schwarzen, der auf einem abgewetzten Ledersessel saß und aus einer braunen Flasche Bier trank. Ein Kühlschrank stand daneben, ein Dieselgenerator, der den Kühlschrank mit Strom versorgte, ratterte außerhalb der Baracke.

»Wir kennen uns«, sagte Rasamov. »Das ist Janine Drieling, Botschafterin der Bundesrepublik Deutschland, und das ist Andreas Schmidt, Honorarkonsul der Zentralafrikanischen Republik.«

»Wo ist das Produkt?«, fragte der schwarze Warlord statt einer Begrüßung.

»Es ist unterwegs«, sagte Rasamov und blickte zum Himmel. »Fünftausend Teile.«

Der Warlord streckte die Hand aus. Rasamov reichte ihm den Briefbogen, den Janine vorhin im Auto unterschrieben hatte.

»Das Produkt gehört jetzt Ihnen. Der deutsche Staat garantiert Ihnen das Eigentum.«

Der Mann hob die Augenbrauen, trank noch einen Schluck Bier und zog an dem Patronengurt, den er um die Schulter trug.

»Gut«, knurrte er. Dann blickte er Schmidt an. »Und Sie arbeiten in der Zentralafrikanischen Republik? Bangui?«

Schmidt nickte.

»Da ist wahrscheinlich so viel Chaos und Bürgerkrieg, dass man selbst in ein Land wie Kongo flüchten muss, um Ruhe zu haben.« Er lachte ein rauhes Lachen und trank noch einen Schluck Bier. Dann schaute er auf den Brief. »Aber Deutschland. Gut ... »«

Janine schaute teilnahmslos zu. Wahrscheinlich hätten sie dem Warlord auch einen Briefbogen aus dem Copyshop geben können, hier ging es wohl nur darum, dass er etwas in der Hand hatte, was wichtig aussah. Eine Art »Reservewährung«, wie Rasamov es immer nannte.

Dann ging der Blick des Warlords nach oben, musterte alle drei wie eine Mischung aus Suchscheinwerfer und Bulldoge. »Wo ist das Produkt?«, fragte er noch einmal. Diesmal hörte man die Ungeduld und die Schärfe in seiner Stimme.

Rasamov sprach ein paar Worte in sein Funkgerät. Nach kurzer Zeit war das Rauschen von Helikopter-Rotoren über ihnen zu hören.

»Da ist das Produkt«, sagte Rasamov, grinste und zeigte nach oben.

Janine verstand. Der Warlord musste das Produkt sehen, aber er durfte es noch nicht in der Hand haben. Denn offenbar fehlte noch etwas. Zu jedem Handel gehörten zwei. Ein Käufer und ein Verkäufer. Oder, wenn es ein Tauschgeschäft war, brauchte man einen, der Ware 1 brachte, und einen, der im Besitz von Ware 2 war. Tausch war ohnehin im Kongo ein besserer Weg, Geschäfte zu machen, als mit Geld zu bezahlen, wenn es nicht gerade Dollar waren. Sie wusste, dass Mobutu sich das Geld seines Landes von der deutschen Gelddruckerei Giesecke & Devrient drucken ließ. Sobald das Geld geliefert wurde, musste es damals in Windeseile in Dollar umgetauscht werden, um die Lieferanten bezahlen zu können, da es aufgrund der manchmal dreistelligen Inflation jener Zeit am nächsten Tag komplett wertlos sein konnte.

Geld drucken, um den Gelddrucker zu bezahlen, dachte Janine. Das konnte man als Ironie der Ökonomie bezeichnen.

Der Warlord gab unterdessen seinen Wachen ein Zeichen. In einem hinteren Winkel der Hütte lagen mehrere riesige Plastiksäcke übereinandergestapelt. *Coltan,* flüsterte Schmidt.

Die Ware war da. Für Rasamov und Schmidt und für den Warlord. Rasamov sprach noch einmal in sein Funkgerät.

Der Lärm des Helikopters wurde lauter. Janine blickte nach draußen und sah das riesige Monstrum, das langsam auf der Bergspitze landete. Der Wind der Rotorenblätter wehte bis in die Hütte hinein. Es war ein AS 332 Super Puma von 1982, der damals noch von der französischen Aérospatiale gebaut worden war, die später mit Daimler Benz Aerospace zu der Firma Eurocopter fusionierte. In dem Moment, als er auf dem Plateau gelandet war, öffnete der Pilot den Kofferraum der Maschine und Janines Blick fiel auf mehrere Zarges-Kisten, die im hinteren Teil des Stauraums der Maschine, festgezurrt waren, dort, wo sonst Truppen mitfliegen konnten.

Ein hagerer Mann in der Ecke der Baracke stempelte mit verbissenem Gesicht ein Dokument ab, das der bullige Warlord unterschrieb. Er reichte es Rasamov, der es in seiner Aktentasche verschwinden ließ.

»Jeder bekommt, jeder verdient«, sagte er. »Es hat mich gefreut, wieder mit Ihnen Geschäfte zu machen.« Sie gingen nach draußen.

Zwei Wachen lösten die Kisten aus dem Helikopter, während zwei andere die großen Plastiksäcke, in denen offenbar seltene Erden waren, ins Hintere des Helikopters verfrachteten.

»Was ist in diesen Kisten?«, fragte Janine, obwohl sie wusste, dass sie es nicht fragen sollte. Sie meinte die Kisten, die gerade im Inneren des Helikopters verschwanden.

»Unverderbliche Lebensmittel«, sagte Rasamov knapp.

Dann schaute Rasamov noch einmal in die Baracke und winkte dem bulligen Warlord zu. Der legte die Hand an sein Barett und nickte kurz.

»Vielen Dank für die Zusammenarbeit«, sagte Rasamov, »Und bis zum nächsten Mal … Mr. Otega.«

Kapitel 67

Südöstlich von Goma
Demokratische Republik Kongo

Am Horizont türmten sich Gewitterwolken auf. Worotnikow brüllte unterdessen wütend in sein Funkgerät.

»Warum dort? Warum nicht hier?« Die Stimme seines Gesprächspartners knackte und rauschte.

»Gut. Wir holen es ab. Over!« Er schaltete das Funkgerät aus und wandte sich an Lucia und seine Bodyguards. »Diese Idioten. Sie haben die Ware nördlich von Goma angenommen und die Erden in den Helikopter verfrachtet. Wir müssen hin!«

»Können wir nicht bis morgen warten?«, fragte Lucia. »Wir werden doch morgen ohnehin nach …«

»Ausgeschlossen«, fauchte Worotnikow. »Wir haben die Ware geliefert! Sie kam aus Russland, und wir wollen im Gegenzug unsere Ware haben. Ich muss mit den Traffickern sprechen. Und zwar sofort. Außerdem haben sie den Brief von Otega. Ich bin der Zwischenhändler, und nicht Rasamov.«

»Das heißt, wir müssen nach Norden?«, fragte Walter.

»Mit dem Helikopter, ja!«

Er schaute Martin und Lucia an.

»Ich fliege mit dem Piloten hin, ihr bleibt hier!« Der Russe zeigte auf Martin, Lucia und die Bodyguards. »Ihr zwei passt auf meine Freunde auf.«

»Wäre es nicht besser, wenn wir mitkommen?«

Worotnikow funkelte Lucia an. »Nein, wäre es nicht!«

Martins Blick wechselte von einem zum anderen. Wollte Worotnikow nicht, dass er irgendetwas sah? Zum Beispiel, *was* die Ware überhaupt war?

»Wir sind in zwei Stunden zurück«, sagte Worotnikow, als er in den Helikopter stieg. »Ihr steht alle unter dem Schutz des Warlords dieser Mine. Und Brian und Walter sind auch noch da.«

Die beiden lächelten.

Es war dunkel geworden. Mittlerweile waren mehr als zwei Stunden vergangen. Der Regen trommelte auf das Dach. Lucia und Martin saßen auf dem Bett in der Hütte, die ihnen der Warlord zur Verfügung gestellt hatte. Welch eine Ironie: Erst war er von einem Warlord gejagt, dann gefangengenommen worden und jetzt war er Gast eines Warlords. Und tatsächlich saß er zusammen mit Lucia, die er noch in Dubai gesehen und dann in Kigali unsicher angesprochen hatte, in einer Hütte auf einem Bett, als wären sie seit Jahren gute Freunde. Der Grund dafür war allerdings nicht Martins Charme oder Lucias Zuneigung, sondern das Wetter gewesen.

Das Gewitter war irgendwann mit voller Wucht ausgebrochen, und der Pilot konnte es nicht riskieren, bei einem solchen Unwetter Martin und Lucia abzuholen.

»Das heißt, wir bleiben hier?«, hatte Martin Walter gefragt, als der Funkspruch des Piloten eingegangen war.

»Richtig.«

»Auch heute Nacht?«

»Ja, aber keine Sorge. Wir passen auf euch auf.« Walter hatte ein Auge zugekniffen. »Mittlerweile sind zwar fast zwanzigtausend UNO-Soldaten im Kongo, aber mit uns könnt ihr euch sicherer fühlen.«

Brian hatte sich bereits auf eine der Pritschen gelegt und schlief, während Walter die erste Wache vor der Tür absolvierte.

Damit sich Lucia und er nicht nur anschwiegen, hatte Martin ein paar Geschichten über Deutschland erzählt. Über deutsche Autos, deutsches Bier und über das Dritte Reich. Von allen drei Themen wusste er, dass sich Chinesen dafür interessierten.

»Und«, fragte Lucia. »Sind die Deutschen wirklich die Herrscher von Europa? Wie ist es dazu gekommen? Ich dachte, nach dem Zweiten Weltkrieg wollte Deutschland nie wieder eine Führungsrolle übernehmen?«

»Es kam eines zum anderen«, sagte Martin. »Ich habe für meine Zeitung mal darüber geschrieben, obwohl ich gar nicht mehr weiß, ob der Artikel überhaupt gedruckt worden ist.« Martins Aufgabe hatte ja meist darin bestanden, irgendwelchen B-Promis aufzulauern, was er Lucia aber nicht unbedingt erzählen wollte. »Nach der Finanzkrise kam die Eurokrise.«

»Europa war genauso pleite wie manche Länder der Dritten Welt?«, fragte Lucia.

Martin nickte. »Ein Europa, das immer mit pädagogischem Eifer anderen Nationen gezeigt hatte, wie man sich zu verhalten habe, war jetzt selbst an den Rand des Abgrunds gerückt. Und es musste bei den Ländern, die es gestern noch schulmeisterlich zurechtgewiesen hatte, selbst um Geld betteln.« Er schaute Lucia an. »Und ihr steckt ja auch mit drin. Was wollt ihr kaufen? Dollar oder Euro? Beide Länder sind de facto pleite. Wie groß ist euer Devisenschatz noch?«

»Über drei Billionen Dollar.«

»Das sind dreitausend Milliarden?«

»Richtig.« Lucia lehnte sich gegen die Holzwand, die das

Bett zum Kopfende hin abgrenzte. »China hatte schon einen großen Teil der Währungsreserven in Dollar angelegt und wollte sich dann mit einer Anlage in Euro vor einem Kursverfall des Dollars absichern.« Sie schüttelte den Kopf. »Dass nun der Euro der nächste Wackelkandidat war, war in unserer Anlagestrategie nicht vorgesehen. Und auch nicht erwünscht. Immerhin ist der Euro seitdem wieder gestiegen.«

»Es gibt Banken, die sind *too big to fail*«, sagte Martin. »Dann sind es doch Staaten erst recht.«

»Seid ihr Deutschen nun die Herrscher Europas?«, fragte Lucia. Martin wusste, dass die Chinesen am liebsten immer einen Ansprechpartner hatten. Und im letzten Fortune Magazin war Angela Merkel zur mächtigsten Frau der Welt gewählt worden. *Wen muss ich anrufen, wenn ich mit Europa sprechen will?*, hatte schon Kissinger gefragt und meist keine Antwort darauf bekommen. Präsident und Premierminister in China fragten sich das auch. War Deutschland der Anführer Europas, »Europe's Engine« – »Europas Maschine«, wie es der britische Economist, das traditionelle Wirtschaftsblatt, gefordert hatte?

»Ich bin nicht sicher«, antwortete er. »Wahrscheinlich erwartet man das von uns.« Gerade China schien das zu erwarten. Vielleicht auch deswegen, weil Deutschland für China überhaupt nicht negativ besetzt war. Es gab nur eine ganz kurze Kolonialverstrickung, aus der das berühmte Tsingtao-Bier herrührte, das auch nach dem deutschen Reinheitsgebot gebraut wurde und an das sich die Chinesen eher gern erinnerten. Und das sie nach wie vor gerne tranken.

»Ich muss dich aber auch etwas fragen«, sagte Martin.

»Was denn?« Sie hob überrascht die Augenbrauen. Und Martin befürchtete schon, dass sie glaubte, er wollte ihr jetzt einen Heiratsantrag machen. Oder sie fragen, ob er sie küssen dürfte. Wahrscheinlich würde er das gerne. Aber er wusste genau, dass es dafür noch viel zu früh war. Wenn es überhaupt je dazu kommen sollte.

»Ich habe mal die Legende vom Affenhirn gehört, das gegessen wird, während der Affe lebt. Mit silbernem Besteck. Und das passiert häufig in China, sagte man mir.« Er schaute sie an. »Stimmt das?«

Sie schüttelte den Kopf. »Du meinst die Geschichte mit dem Tisch, der sich in zwei Teile klappen lässt? In der Mitte ein Loch, darin der Affe? Und alles muss aus Silber sein, um den Geist des Affen aufzunehmen? Und dann muss der Chefkoch den Schädel mit einem silbernen Hammer aufbrechen?«

Martin nickte gequält. »Genau die Geschichte habe ich gehört.«

»Und?« Sie blickte ihn erwartungsvoll an. »Hast du es mal gesehen?«

»Ehrlich gesagt … nein.«

»Aber du warst schon mal in China?«

»In Peking und Shanghai, ja.«

»Aber gesehen hast du es dort nicht?«

»Nein. Ich habe die Geschichte nur gehört.«

»Und auf YouTube hast du es gesehen oder woanders im Internet?«

»Auch nicht.«

»So ist es doch immer mit Geschichten. Ein Freund von einem Freund hat etwas gesehen.« Sie breitete die Arme aus. »Ich kenne die Geschichte auch. Seitdem ich ein Kind bin. Komischerweise hat das immer nur einer woanders gesehen, niemals dort, wo man selbst gerade ist. Dann könnte man es ja nachprüfen. Und dann funktioniert die Geschichte nicht mehr. Einer in Indonesien hat das in Hongkong gesehen, der hat es in Singapur gesehen, der wieder in Shanghai und der in

Taiwan, der in Nordchina und der wiederum in Südchina. Und so weiter.«

»Und die Mäusebabys, die mit Honig gestopft und dann lebend gegessen werden …?«

»Die gleiche Geschichte.« Lucia zuckte die Schultern. »Mit dem einzigen Unterschied, dass sie noch ekelhafter ist.« Sie lehnte sich zurück. Und Martin merkte, wie er am liebsten den Arm um sie gelegt hätte. Aber er würde einen Teufel tun, die kleine Flamme des Vertrauens jetzt gleich durch eine plumpe Handlung auszutreten. Das war ihm früher mit anderen Frauen schon ein paar Mal passiert.

»Ein Freund von einem Freund hat etwas Tolles, Spannendes gesehen. Und zwar immer etwas, das wir noch nie gesehen haben. Und auch sonst niemand. Weißt du, was uns das sagt?«

»Dass die Freunde von unseren Freunden ein verdammt aufregendes Leben haben müssen, wenn sie ständig so etwas sehen. Wir aber nicht.«

Sie lachte. »Oder dass die Geschichten schlicht und einfach erfunden sind.«

Sie schwiegen eine Weile.

»Ich kenne auch eine schöne Geschichte«, sagte Lucia. »Mein Vater war einmal in Deutschland. Und da gab es eine Stadt, in der ein Hotel neu gebaut wurde. Und dieses Hotel wurde direkt um einen Baum herumgebaut. Weil man den alten Baum nicht fällen wollte. Das hat meinen Vater sehr beeindruckt.«

»Wahrscheinlich ist man in China weniger sentimental, was Bäume angeht.«

»Das stimmt.« Lucia nickte. »Doch dort, in Deutschland, wollten sie den Baum nicht fällen und auch seine Wurzeln nicht ausreißen. Mein Vater sagte damals zum Abschied von der Stadt, dass er der Stadt wünscht, dass sie noch lange ein Verständnis für ihre Wurzeln hat. Auch wenn das Neue kommt, wie das Hotel. Man darf die Wurzeln nicht vergessen in all dem Wandel. Er meinte damals, China müsse bei der Geschwindigkeit, mit der es sich entwickelte, aufpassen, dass es nicht all seine Wurzeln vergisst.« Sie blickte einen Moment irgendwo ins Nirgendwo. »Manchmal scheint es, dass wir viele unserer Wurzeln vergessen haben. Wir in China erzählen unsere Geschichte, indem wir andere Geschichten nacherzählen.«

»Müsst ihr aber doch gar nicht! Ihr habt doch eure eigene Geschichte.«

»Mein Chef bei SAFE sagt immer, wir haben die industrielle Revolution verpasst und darum müssen wir jetzt in kürzester Zeit so viel wie möglich schaffen. Und das schaffen wir am besten, wenn wir uns andere anschauen, die es gut machen, und es dann nachmachen. So hat es auch Deutschland vor dem Ersten Weltkrieg gemacht.«

»Mit Imitation beginnt die Innovation, sagt man.« Martin versuchte, ein weltmännisches Gesicht zu machen, was aber in der Dunkelheit kaum zu sehen war.

»Wir müssen lernen«, sagte Lucia. »Von den anderen. Wir müssen uns verändern. Das, was die Russen nicht machen. Darum haben wir die Russen auch überholt. Manchmal bin ich nicht sicher, ob wir nicht zu schnell sind. Und den Rest des Landes nicht mitnehmen. Es gibt bei uns einen Spruch.« Sie wandte sich ihm zu. »Egal, ob eine Katze schwarz oder weiß ist, Hauptsache, sie fängt Mäuse.«

»Stimmt ja eigentlich auch.«

»Ja, nur wenn die weiße Katze im Haus alles umwirft und die schwarze Katze nichts umwirft, dann ist die schwarze Katze besser.«

»So wie der schwarze Kontinent?« Martin erschien das als guter Themenwechsel. »Afrika? Ihr wollt euch langfristig die Bodenschätze sichern?«

Lucia lächelte und schüttelte den Kopf. »Der Westen tut immer so, als hätten wir uns gestern erst überlegt, jetzt auf einmal Afrika auf dem Radar zu haben. Dabei sind wir schon seit mehr als fünfzig Jahren dort. Auch im Kongo. Sogar, als der Große Vorsitzende noch lebte.«

Der Große Vorsitzende, dachte Martin. *Mao Tse Tung.* Der Millionen Menschen ins Grab befördert hatte, und den die Chinesen dennoch als Gründer des modernen Chinas ansahen. Das Ganze zählte für die Chinesen halt mehr als die einzelnen Teile, die es zu einer Summe machten.

»Mao und Mobutu«, sagte Martin. »Sind sie sich je begegnet?«

Lucia zuckte die Schultern. »Ich weiß es nicht. Aber ich denke, sie hätten sich gut verstanden.« Sie schlang die Arme um den Körper. Offenbar war ihr kalt. Und gerne hätte Martin sie in den Arm genommen. Aber da blinkte wieder das Stopp-Schild in seinem Kopf auf. *Versau es nicht, das hast du schon öfter hingekriegt!*

»Mao ist vorbei«, sagte Lucia. »Eine neue Zeit bricht an. Und wir müssen uns ändern. Eines der größten Bücher Chinas ist das I Ging. Das Buch der Wandlungen. Wandlung ist die Essenz des Lebens. Anders geht es nicht. Mein Vater sagte immer: Wahnsinn ist, alles beim Alten zu lassen und zu hoffen, dass sich etwas ändert.«

Martin nickte.

»Sich ändern. Sich immer neue Herausforderungen suchen. Das ist es offenbar, was den Menschen antreibt.« Er tippte sich an den Kopf. »Mir hat mal jemand gesagt, dass das limbische System im Gehirn nur dann Glückshormone, also Endorphine, ausstößt, wenn wir etwas Schwieriges erreicht und überwunden haben. Wir sind dann am Ende sogar glücklicher, als wenn es diese Schwierigkeit niemals gegeben hätte.«

»Yin und Yang«, sagte Lucia. »In jedem Schlechten ist etwas Gutes. Und in jedem Guten etwas Schlechtes.«

Lucia beobachtete Martin, der auf die Lampe schaute. Dieser Mann war anders, dachte sie. Aber nicht zu anders. Stand out and fit in, hatte man ihr einmal gesagt. Rage heraus, aber pass trotzdem hinein. Das war gerade in China wichtig, wo alle erfolgreicher und vor allem reicher als die anderen sein wollten, aber dennoch niemand unangenehm auffallen wollte. Anderssein oder zu großer Reichtum konnte einen dabei schnell ins Gefängnis bringen. Davon konnten der Künstler Ai Weiwei und das Parteimitglied Bo Xilai ein Lied singen.

Hier schien es zu passen. Sie ahnte, dass Martin sie mochte, und auch sie fühlte sich zu Martin hingezogen. Sie kannte ihn nicht, sie war mit ihm zur falschen Zeit am falschen Ort. Und wahrscheinlich war er auch der Falsche. Doch einem Teil von ihr war das egal. Sie dachte noch eine Weile darüber nach, bevor sie einschlief und draußen Brian und Walter abwechselnd Wache hielten, während der Regen mal leiser, mal lauter auf das Dach der Hütte trommelte.

Kapitel 68

Demokratische Republik Kongo
nördlich von Goma

Es war Nacht.

Rasamov und seine Freunde waren längst weg.

Und Otega konnte nicht schlafen. Er hatte schon die sechste Flasche Bier getrunken, ohne auch nur eine Spur von Alkoholisierung oder von Müdigkeit zu merken. Er nahm sein Funkgerät und stapfte nach draußen. Der Boden war nass, das Gewitter war zu Ende und der Mond schien über dem Berggipfel und der Baracke, die Otega und seine Krieger immer »das Adlernest« nannten.

Der Schein des Mondes tauchte die Landschaft in ein blauweißes Licht.

Er drückte auf das Funkgerät.

»Ja?«, meldete sich die Stimme am anderen Ende.

»Hat Rasamov Ihnen von dem Deal erzählt?«, fragte er.

»Ja«, sagte die Stimme am anderen Ende auf Englisch mit russischem Akzent. »Wir beide haben die Ware, die wir brauchen.«

Otega schüttelte den Kopf, ohne dass sein Gegenüber am anderen Ende dies sehen konnte. »Ich habe die Ware noch nicht. Sie wissen, was ich meine …«

»Die Ware, von der Sie glauben, dass sie noch viel teurer ist?«

»Sie *ist* viel teurer. Oder haben Sie sie etwa schon verkauft?«

»Nein, sie ist noch hier. Und ich habe ehrlich gesagt auch nicht vor, sie zu verkaufen.«

»Was zahlt man denn dafür im Westen?«

»Nicht so viel, wie Sie glauben.«

Das war eine Finte. Das wusste Otega. Der Russe wollte die Ware, die Otega ihm verkauft hatte, klein- oder billigreden. Weil er sie Otega viel zu billig abgekauft hatte, was Otega noch immer ärgerte. Warum hatte er das nur mit sich machen lassen? Er, vor dem hier alle im Kongo zitterten? Wahrscheinlich war es der falsche Gehorsam gegenüber weißen Männern, den auch ein Mann wie Otega nur schwer aus sich herausbekam.

»Sie machen doch gerne mit mir Geschäfte«, sagte Otega , und man konnte die Drohung in seiner Stimme heraushören.

»Sehr gerne.«

»Dann machen wir als Nächstes ein Geschäft, das vor allem mir gefällt. Sonst gibt es keine Geschäfte mehr!«

Er beendete die Verbindung.

Wasily Worotnikow stand in seiner Suite, das Glas Wodka in der einen, das Funkgerät in der anderen Hand.

Otega wollte Martin. Um mit ihm viel Geld zu machen. Doch wenn er ihn tatsächlich verkaufte, war er weg. Und damit war auch das Druckmittel weg, das er für Schmidt brauchte. Gleichzeitig brauchten sie die Waren. Was wäre, wenn Otega den Warenstrom unterbrechen würde? Konnte er sich das leisten? Oder war das nur eine Drohung?

Worotnikow dachte einen Moment nach.

Alles im Leben hat seinen Preis. Wie hoch war der Preis, um Martin zu verkaufen und ein Druckmittel aus der Hand zu geben, um gleichzeitig weiterhin Geschäfte mit dem Coltan machen zu können?

Kapitel 69

Demokratische Republik Kongo
südöstlich von Goma

Martins Herz klopfte. Er hörte das gleichmäßige Atmen von Lucia, die neben ihm auf dem behelfsmäßigen Bett lag. Er hatte gestern gesehen, welchen Code sie in ihr Handy eingegeben hatte. 8888. Viermal die Acht. Das war nicht sonderlich kreativ, denn die Acht war *die* Glückszahl in China. Wohingegen alles mit der Vier Unglück brachte, da das Wort für »vier« auf Chinesisch ähnlich klang wie das Wort für »Tod«. Daher war es auch strikt verboten, Chinesen zum Geburtstag vier Gegenstände oder auch nur ein Quartett-Spiel zu schenken.

Martin nahm das Handy und schlich vorsichtig in den Korridor der Hütte. Hier würden die Leibwächter ihn nicht sehen. Und Lucia hoffentlich auch nicht. Er musste nur leise genug sprechen. Eigentlich wollte er sich von den hundert Dollar, die er in seinem Strumpf hatte, ein Handy mit einer Prepaid-Karte kaufen. Aber dazu war er nicht gekommen. Und er bezweifelte, dass er dazu kommen würde.

Mit zitternden Fingern wählte er die Handynummer. Die er noch auswendig kannte. Denn die Frau, der die Nummer gehörte, war einmal seine Freundin gewesen. Nun hoffte er nur, dass Janine ihr privates Handy mit dabeihatte.

Es klingelte. Fünfmal. Sechsmal. Siebenmal.

Martin war schon kurz davor, aufzulegen, während er sich hektisch umblickte. Gab es keinen Empfang? Doch er war ohnehin mit dem Handynetz von Ruanda verbunden, das in vielen Teilen des Ostkongos genutzt wurde, denn das Netz im Kongo brach entweder immer zusammen oder es existierte gar nicht.

»Drieling«, meldete sich plötzlich eine verschlafene Stimme.

»Janine«, sagte Martin, und es gelang ihm kaum, seine Aufregung zu zügeln. Es war nicht einfach, mit aufgeregter Stimme leise zu sprechen.

»Martin!« Ihre Stimme konnte die Überraschung nicht verbergen. Es schien, als wäre sie innerhalb von Sekunden wach geworden. »Wo bist du?«

»Vielleicht ganz in der Nähe«, flüsterte er. »Solltest du nicht auch in den Kongo?«

»Bin ich auch. In der Nähe von Goma.«

»Goma?« Er glaubte, seinen Ohren nicht zu trauen. »Da bin ich auch. Jedenfalls fast.«

»Wo bist du?«

»Weiß ich nicht.«

»Was heißt hier, du weißt es nicht?«

»Wir sind hier mit dem Helikopter hingeflogen. Ich und mein … Auftraggeber.« Von Lucia sagte er nichts. »Wobei der eher ein Geiselnehmer ist.«

»Mein Gott, Martin! Bist du in Gefahr?«

»Nicht wirklich, aber ein bisschen schon. Dieser Typ ist im Rohstoffgeschäft. Er will hier an die Bodenschätze. Und ich soll für ihn Propaganda-PR machen.«

»Und deine Kollegen?«

»Es war nur einer dabei. Bernd.«

»Und wo ist der?«

»Der ist tot.«

»Wie tot?«

»Erschossen. Von Kindersoldaten.«

»Martin, pass auf dich auf.« Sie hielt einen Moment inne, als müsse sie das Gehörte verarbeiten. »Wer ist dieser Typ, der im Rohstoffgeschäft ist?«

»Ein Russe. Wasily Worotnikow. Er scheint viel Geld zu haben. Weißt du etwas über ihn?«

Martin hörte, wie Janine etwas aufklappte. Wahrscheinlich ihren Laptop.

»Mein Gott«, sagte sie, »das ist ein dicker Fisch.« Martin hörte, wie Janine durch irgendwelche Webseiten klickte. Und er merkte, wie abhängig er mittlerweile vom Internet war. Ohne Internet fühlte er sich wie eine Schildkröte ohne Panzer. Oder ein Vogel ohne Flügel.

Janine sprach weiter. »Er hat damals im März 1995 Jelzin einen Deal für die Lösung der Finanzprobleme des russischen Staates vorgeschlagen, gemeinsam mit Wladimir Potanin, dem Chef der Oneksimbank.«

»Was haben sie gemacht?« *Kenne deine Feinde,* dachte er. Auch wenn sie sich als Freunde ausgeben, dachte er.

»Sie boten der russischen Regierung einen Kredit für ein Jahr an. Die Sicherheit dafür war der Staatsanteil an neunundzwanzig Rohstofffirmen. Wenn Russland nicht zurückzahlen konnte oder wollte, ging der Anteil an das Konsortium.«

»Und das waren dieser Wladimir P. und Worotnikow?«

»Und noch ein paar mehr«, sagte Janine. »Und Überraschung: Der Staat konnte nicht zahlen. Und ein riesiger Anteil der russischen Rohstofffirmen ging an diese Oligarchen. Die Kommandohöhen wurden abgegeben, sagte man damals. Die Sberbank hatte die Finanzierung übernommen. Staatskonzerne wurden fast zum Nulltarif an Leute wie Chodorkowski oder Worotnikow verschleudert.«

»Chodorkowski kam dafür in den Knast«, sagte Martin. »Worotnikow offenbar nicht.«

»Der war unverdächtiger, und er hat offenbar niemals den Eindruck erweckt, er wäre nicht auf Parteilinie«, meinte Janine.

»Behaupten kann man viel.«

»Bei ihm war es nicht nur Behauptung. Er war vorher ein sogenannter Roter Direktor, der Leiter eines riesigen Nickelkombinats in Sibirien. Das Unternehmen, das er vorher als staatseigenen Betrieb geleitet hatte, gehörte ihm plötzlich. Er hat aber ständig Putin eingeladen oder ihn besucht und dem Präsidenten dadurch immer den Eindruck vermittelt, Putin würde das alles gehören, auch wenn Worotnikow das Geld machte. Es ist halt nicht wichtig, was man wirklich macht, sondern was die Leute wahrnehmen. Besonders Herrscher und Politiker.«

»L'État c'est moi«, kommentierte Martin in Anlehnung an den französischen Sonnenkönig. *Der Staat bin ich.* »Glaubst du, er handelt mit Coltan?«

»Mit Sicherheit«, sagte Janine. »Ich habe das hier sogar gesehen. Die Rohstoffe werden illegal außer Landes geschafft. Die malen das UN-Logo auf den Hubschrauber, dann gibt es keine Kontrollen. So kriegen sie in kleinen Lieferungen bis zu fünf Tonnen monatlich außer Landes.«

»Und das merkt keiner, ich meine, keiner weiß, wo es herkommt?«

»Auf den Erzen steht leider nicht drauf, woher sie kommen, ob von den Rebellen oder von anderen. Oft werden die Erze in Goma gekauft und dann über Kenia nach Asien weiterverkauft. Die Chinesen sind auch ganz wild drauf. Alle wollen schließlich mindestens alle paar Jahre ein neues Handy haben.«

»Gab es da nicht ein Embargo zu Coltan?« Martin hatte sich vor der Reise etwas in die Thematik eingelesen.

»Ja, es gibt ein Embargo für den Coltan-Handel, direkt von der UNO. Es führt aber nur dazu, dass Kongolesen, die Minen betreiben, nichts verdienen. Daher ist der Coltanpreis von zweihundert Dollar auf jetzt sechzehn Dollar runtergesackt.«

»Und wer verdient noch was?«

»Irgendwelche Warlords, die die Leute so auspressen, dass sie fast umsonst arbeiten. Weil sie sich sonst eine Kugel einfangen.«

Eine Kugel, dachte Martin. Davon hatte er sich fast einige eingefangen. Und es war vielleicht nicht das letzte Mal.

»Ich bin hier gefangen! Was soll ich jetzt überhaupt machen?«, fragte Martin.

Janine schien einen Moment zu überlegen. »Solange ich nicht weiß, wo du bist, kann ich nichts machen. Beim zweiten Anruf werde ich versuchen, dein Handy zu tracken. Ich habe mir die Nummer aufgeschrieben von dem Handy. Aber ist das überhaupt dein Telefon, mit dem du anrufst?«

»Äh, nein, ist von einem Kollegen.«

Kollege, dachte Martin. *Eher die Nachfolgerin von Janine, was seine Beziehungshistorie anging. Wenn überhaupt alles gutging. Aber das musste er ja Janine nicht erzählen.*

»Du hast Kollegen mit chinesischer Vorwahl?«

»Wie auch immer. Bleibst du in Goma?«

»Sieht so aus. Melde dich sofort, wenn du wieder weißt, wo du bist, ja?« Janine klang ernsthaft besorgt.

»Wie geht's dir eigentlich?«, fragte Martin dann. Das war zwar eine recht blöde Frage, aber erst jetzt fiel ihm auf, dass sie die ganze Zeit nur über ihn geredet hatten.

»Viel auf Reisen hier im Kongo. Diplomatie. Wir versuchen, mit Worten zu bewegen, was mit Waffen auch nicht gelingt, wir …«

In dem Moment hörte Martin, wie sich Lucia drinnen regte. Offenbar war sie wach geworden.

»Ich muss Schluss machen«, sagte er hastig. »Kriege ich dich auf diesem Handy?«

»Meistens ja. Ich lass es an für dich.«

»Danke!«

Er beendete die Verbindung, schlich in das Zimmer zurück, löschte den Anruf auf der Anzeige der durchgeführten Anrufe und ließ das Handy wieder in Lucias Tasche verschwinden.

Kapitel 70

Demokratische Republik Kongo

südöstlich von Goma

Lucia hatte nichts gemerkt.

Der Morgen kam, und Martin schaute auf die Ebene, die sich vor ihm erstreckte. Die Sonne war aufgegangen, und Hunderte von Vögeln sangen aus Hunderten von Kehlen. Oder waren es Tausende oder gar Zehntausende?

Als er diese wunderschöne Landschaft sah, mit der Sonne, die sich wie ein oranger Feuerball über der Ebene erhob, begann er das erste Mal, Afrika zu verstehen. Berggorillas, deretwegen er gekommen war, hatte er noch keine gesehen, doch das machte nichts. Der Anblick der Landschaft war auch ohne Gorillas so überwältigend schön, dass Martin einen Moment nicht atmen konnte.

Afrika, unsere Mutter, sagten manche. Unsere Vergangenheit. Wo wir Menschen herkommen. Ist es auch unsere Zukunft?

Er hatte gestern Nacht in den Sternenhimmel geschaut, und auch jetzt, wenn er nach oben blickte, war es ihm, als wäre der Himmel näher, die Sonne größer und der Horizont weiter.

Hier hatten vor über vier Millionen Jahren die ersten Menschen gelebt, der Ursprung der menschlichen Rasse war irgendwo hier gewesen, vielleicht genau an dem Ort, an dem er stand. Die Mutter aller Menschen war eine Afrikanerin. Es konnte nicht anders sein. Hier hatten seine Vorfahren, seine Urur- und tausendmal Urahnen gesessen und sich am Feuer

Geschichten erzählt. Wie sie das Mammut jagten, dem Säbelzahntiger entkamen, Schutz vor dem Gewitter suchten. Sie alle, die von diesen Menschen abstammten – und auch Martin gehörte dazu –, waren nur auf der Erde, waren nur am Leben, weil sich irgendwelche Vorfahren Geschichten erzählt hatten, in denen sie Erfahrungen austauschten, wie sie überleben konnten. Darum gab es die Menschen. Es waren Storys, Geschichten, mit denen sie ihr Überleben gesichert hatten. Und Storys waren es auch, die Martins Überleben sicherten. Als Journalist, weil er davon lebte. Und jetzt, als Geisel, weil er gute Geschichten schreiben musste, die sein Auftraggeber hören und lesen wollte.

Und für einen kurzen Moment hatte er vergessen, in welcher misslichen Situation er eigentlich war. Hatte er vergessen, dass er eine Nacht gemeinsam mit Lucia Ming in einer Hütte verbracht hatte, was irgendwie romantisch war, was aber nichts daran änderte, dass er nach wie vor kein eigenes Handy hatte, kein eigenes Geld, bis auf die hundert Dollar in seinem Schuh, und nicht einmal über das wesentliche Grundrecht verfügte, das jedem Mensch in der sogenannten freien Welt zugestanden werden sollte: nämlich dahin zu gehen, wohin man gehen möchte.

Afrika, dachte er. Vielleicht lag es an dem Blick auf die unendliche Landschaft, den Himmel, der sich wie ein Zelt erstreckte, und die Sonne, die hier viel größer war als im kalten und diesigen Deutschland. Man sagte, dass Menschen, die nach Afrika kommen, sich öffnen. *Habe ich nur halb gelebt?*, fragte sich Martin, als sich die Tür der Hütte öffnete und Lucia ihren Kopf herausstreckte und in die Morgendämmerung blinzelte. Martin war froh, dass er ihr Handy sofort wieder in ihre Tasche gesteckt und den Anruf gelöscht hatte. Würde sie es merken? Vielleicht irgendwann auf ihrer Telefonrechnung.

Die kam wahrscheinlich auch in China nur einmal im Monat. Vielleicht per Post an ihre Firma in Hongkong. Und sonst per E-Mail. Und auch das konnte ein paar Wochen dauern. Hoffentlich.

Er war schon wieder dabei, in Szenarien und Alternativen zu denken, wie ein Mensch in Gefangenschaft. Oder auf der Flucht. Oder beides. Denn beides traf auf ihn zu.

In das Gezwitscher der Vögel mischte sich ein anderes Geräusch. Das Schlagen der Rotorblätter eines Helikopters.

Der Helikopter Worotnikows.

Kapitel 71

Demokratische Republik Kongo
Goma

Sie waren zurück in der Villa. Worotnikow hatte Martin in seine Suite gerufen. Aus einem Impuls hatte Martin seine Digitalkamera mitgenommen. Ein sehr kleines Gerät. Die hatte man ihm wiedergegeben, falls er gute Fotomotive finden sollte, was könnte er damit auch tun, sie war ja weder internetfähig noch an irgendeine Cloud angeschlossen.

Worotnikow sprach mit einem glatzköpfigen Mann in einem sandfarbenen Anzug. Über sein Gesicht lief eine lange Narbe. Martin war sich nicht sicher, ob sie echt oder Dekoration war. Gepasst hätte zu dem Mann beides.

Der Mann hörte kurz auf zu sprechen, als Martin den Raum betrat. So wie es ein Mann halt tut, der weiß, dass das meiste von dem, was er sagt, nicht für jedermanns Ohr bestimmt ist. Aber Worotnikow winkte ab. »Gehört zu meiner Truppe, der Junge! Sprich weiter! Was sagt Kabila?«

»Er macht mit«, sagte der zwielichtige Mann mit der Narbe. »Er sagte so schön: *Wer Eier trägt, sucht keinen Streit.* Seine Truppen wissen Bescheid, aber er hat eh nichts zu melden. Er soll nur glauben, dass uns seine Meinung wichtig ist.« Er hob die Arme. »Und wer weiß? Vielleicht gewinnt er ja an Macht. Und dann ist es gut, wenn er uns hilft, den Chinesen etwas wegzunehmen.« Der Glatzkopf zuckte die Schultern.

»Schhh«, machte Worotnikow. Und als er den erstaunten

Gesichtsaudruck des Mannes sah, fuhr er fort. »Eine aus meiner Truppe ist Chinesin.«

»Tja, dass überall die Chinesen dabei sein müssen. Aber gut, sie sind nun mal die Ersten gewesen, die einen Deal mit dem Kongo gemacht haben. Sie haben gleich gemerkt, dass dieses Land zu reich für den Frieden ist.« Rasamov hob die Hände und ließ sie wieder herunterfallen, als wäre dieser Teil der Unterhaltung beendet.

»Dann sind wir erst mal durch«, sagte Worotnikow, was ein Zeichen war, dass der andere gehen konnte. »Und beim nächsten Mal koordinieren wir das besser! Ich will, dass die Ware dorthin geliefert wird, wo ich bin.«

Der andere nickte ergeben, wobei sein Blick auch etwas Spöttisches hatte.

»Machen wir!«

Die beiden schüttelten sich die Hände, und Worotnikow begleitete seinen Partner zur Tür.

In dem Moment hatte Martin die Kamera in eine unauffällige Position an seiner Hüfte gebracht und ein schnelles Foto von dem Mann geschossen. Er klickte kurz auf die Wiedergabe. Ja, der Mann war klar zu erkennen. Er ließ die Kamera in der Tasche verschwinden, als sich der Russe ihm zuwandte.

»Kennst du Marc Rich?«, fragte Worotnikow unvermittelt.

»War das nicht ein Rohstoffhändler?«

»Global Energy and Commodity and Resources«, sagte Worotnikow, und bei diesen Worten klang der russische Akzent in seinem Englisch besonders seltsam. »Heißt was?« Er sah Martin prüfend an.

»Ähhmm«, Martin stockte und versuchte, eine sinnvolle Bezeichnung aus all diesen Worten zu machen. »Glo... Gle... Re... Glencore?«

»Glencore«, erklärte Worotnikow. »Der größte Rohstoffhändler der Welt. Sitzt in der Schweiz. Marc Rich war sein Gründer.«

Worotnikow ging zu seinem riesigen Schreibtisch und nahm einen Brieföffner von seinem Tisch.

»Wenn das hier ein Messer wäre, würde Marc Rich Folgendes sagen: *Als ein Händler laufen Sie oft auf der Klinge*. Dennoch nahm Rich von den Leuten nie mehr als notwendig. Er sagte immer: Wenn du Leuten, die es sich nicht leisten können, zu viel wegnimmst, dann ist das so, als würdest du dem Baby die Milch wegnehmen.«

Er ging einen Schritt auf Martin zu.

»Wir sind genauso«, sagte er. »Wir trauen uns in Gebiete, in die niemand sonst hingeht. Wir helfen Menschen, denen niemand sonst hilft. Wir laufen auf der Klinge. Wir machen auch Gewinne. Aber niemals … niemals würden wir dem Baby seine Milch wegnehmen.«

Er zeigte auf Martin.

»So einen Bericht schreibst du jetzt! Über uns!«

Kapitel 72

Demokratische Republik Kongo
Goma

»Was ist da eigentlich bei Ihnen los?«, fragte Flori das Fass. Und es war Martin, als würde er seinen Atem durch das Telefon spüren. Und Floris massive Gestalt sehen.

Es hatte lange gedauert, bis er Worotnikow davon hatte überzeugen können, mit Flori zu sprechen. Aber ansonsten würde man ihn, so hatte er es dem Russen erklärt, irgendwann als vermisst melden. Und dann würden Fragen kommen. Da wäre es doch besser, mit offenen Karten zu spielen und bei Global News einfach nur zu sagen, dass er an einem anderen Projekt arbeitete. Ohne freilich zu benennen, was es war. Darum saß auch Walter die ganze Zeit hinter ihm. Er hatte eine Pistole in der Hand und zeigte sehr deutlich, dass er auch anders als freundlich und witzig sein konnte. Falls nämlich Martin irgendetwas sagen sollte, was er nicht sagen durfte. Die Frage war nur, ob er dann nur die Verbindung beenden würde oder auch das Leben von Martin. In Anbetracht der Tatsache, dass sie in Worotnikows Suite telefonierten und der Russe sicherlich etwas gegen Gehirnspritzer auf seiner Seidentapete hätte, vielleicht nur Ersteres. Da Walter aber ein Profi war und Martin gehört hatte, dass Auftragskiller sowieso nie in den Kopf schossen, da das die Identifizierung erschwerte und somit weniger Honorar gab, vielleicht auch Letzteres. Walter war zwar kein Auftragskiller, aber schießen konnte er sicherlich genauso gut wie einer.

»Was ist das für ein komischer Artikel, den Sie mir da geschickt haben?«, fauchte Flori. »*Die Glücksritter des Kongos*? Mann, Sie sollen über Dian Fossey schreiben, nicht über nachhaltige Rohstoffgewinnung! Und wieso kriege ich die Artikel eigentlich immer von so einer komischen Mailadresse? Was soll das? Wieso benutzen Sie nicht Ihre Firmenmail?«

»Äh, tja, da gibt es Schwierigkeiten. Das WLAN-Netz hier nimmt den VPN-Tunnel unseres äh … Firmenmail-Netzwerks nicht an. Da musste ich schnell eine andere Adresse finden, die aber auch als sicher gilt. Dabei hat mir einer der Einheimischen geholfen.«

Dass Martins Laptop für Mails gesperrt war und man ihm sein Handy weggenommen hatte, konnte er dem Fass ja schlecht sagen. Jedenfalls nicht, solange Walter, der jedes Wort verstand, mit der Kanone hinter ihm saß.

»Als ob einer von den Bimbos dort sich mit Internet auskennen würde«, fauchte Flori. »Dennoch: Wieso diese Kehrtwende bei den Artikeln?«

»Das, äh, hat sich gerade so angeboten. Wir … äh«, er dachte die ganze Zeit an die Pistole in seinem Rücken. »Wir hatten Ärger auf dem Weg zu den Gorillas. Und dann ist Bernd krank geworden. Da kamen die Ranger, die mit den Rohstoffen. Und sie haben uns gerettet. Und das ist eine Superstory, die sie haben. Sie …«

»Bernd krank?« fauchte Flori. »Was ist mit ihm?«

»Er … er hat ein Fieber. Wir haben ihn hier in ein privates Hospital eingeliefert. Keine Sorge, es geht ihm gut.« Martin fühlte sich abgrundtief schlecht, als er das sagte. *Bernd geht es gut. So gut es einem gehen kann, der mit aufgesprengtem Kopf irgendwo im Ostkongo neben einer staubigen Straße liegt oder schon hektisch irgendwo verscharrt oder von Vögeln angepickt wurde.*

»Fieber?«, brüllte Flori. »Dann muss er sofort nach Deutschland! Dafür gibt es Regeln!«

»Er ist aber nicht reisefähig. Er ist in einer Klinik der UNO und dort in Sicherheit. Da muss er aber ein paar Tage bleiben, bis er wieder zurückreisen kann. Glauben Sie mir, er ist in guter Behandlung. Ich war vorhin gerade bei ihm. Er lässt Sie schön grüßen.«

»Er soll mich anrufen, sobald er kann«, schnaubte Flori.

»Okay, das werde ich ihm sagen. Er hat die letzte Zeit recht viel geschlafen.«

Die Ausrede erschien Martin plausibel. Er konnte dem Fass schlecht erzählen, dass man für eine Unterhaltung mit Bernd eigentlich einen Geisterbeschwörer bräuchte. Da hatte Martin noch einen Geistesblitz: »Es kann sogar sein, dass er in einer Woche wieder fit ist. Dann schreiben wir den Artikel über die Gorillas zu Ende. Ich dachte nur … dass ich in der Zwischenzeit die Zeit sinnvoll nutze. Und eben diesen Artikel über die Glücksritter im Kongo schreibe.«

Flori schwieg einen Moment. »Gar nicht so blöd, die Idee«, knurrte er. »Und der Artikel ist flott geschrieben. Den nehmen wir.«

»Die Verbindung wird schon wieder schlechter«, sagte Martin. »Ich melde mich, sobald ich was Neues weiß. Und Bernd sage ich, dass er Sie anrufen soll.«

»Gut«, grunzte Flori. »Zurück ins Glied! Und weitermachen!«

Die Verbindung endete.

Martin war schweißgebadet.

Er blickte Worotnikow an. Der blickte Walter an. Der Deutsch konnte und alles verstanden und kontrolliert hatte. Der nickte. Martin atmete auf. Dann nickte auch Worotnikow. »Gut gemacht«, sagte er.

Aber Martin fühlte sich schlecht. Er hatte nicht nur seinen Chef angelogen, er hatte auch Bernd verraten.

Doch wäre es besser, er hätte die Wahrheit gesagt und wäre erschossen worden? Oder irgendwo ausgesetzt? Schließlich hatten Worotnikow und Sophie noch immer seine Papiere.

Vielleicht war es etwas anderes, sagte eine Stimme in ihm. Vielleicht war es auch die dunkle Seite der Macht, die ihn lockte, die Deals, die Worotnikow einfädelte, das Verbotene, das Geheime, das große Geld und das große globale Geschehen.

Er sah Worotnikow an und sah, dass er noch einmal nickte. So als hätte er seine Gedanken gelesen.

Kapitel 73

Demokratische Republik Kongo
Goma

In dieser Nacht träumte Martin.

Er träumte von Bernd.

Aber er sah ihn nicht so, wie er ihn kannte. Er sah ihn auf dem Stammesfriedhof, wo sie gemeinsam gewesen waren. Kurz bevor die Chinesen den Friedhof gesprengt hatten. Kurz bevor sie der Patrouille um den bulligen Warlord in die Hände gefallen waren. Kurz bevor sie Bernd erschossen hatten.

Jetzt sah er Bernd wieder.

Er kam ihm auf dem Stammesfriedhof entgegen, der Kopf aufgeplatzt, die Augen schwarzrot von geronnenem Blut.

Dann kam die Explosion. Die Leichen flogen durch die Luft. Landeten rechts und links von ihnen, vor und hinter ihnen.

»Komm«, sagte Bernd, der sich seltsam tänzelnd bewegte. »Lass uns tanzen. Den Tanz des Todes!«

Die Geschosse hämmerten durch Bernd hindurch, rissen Stücke von verwestem Fleisch aus seinem Körper, das in verfaulten Fetzen in alle Richtungen spritzte, ließen Knochensplitter wie kalkweiße Projektile durch den schwülen Urwald fliegen. Um ihn herum tanzten halb verfaulte Kindersoldaten, die ihre Kalaschnikows wie Liebende oder Mütter umklammerten, während die Geschosse auch aus ihnen Stücke herausrissen, die in chaotischem Stakkato über die Lichtung flogen.

»Tanz mit uns«, schrie Bernd und vollführte ein paar bizarre Luftsprünge. »Tanz mit uns«, wiederholten die Kindersoldaten im Takt und blickten Martin aus irren und toten Augen an, als wäre Martin auf einem höllischen Kindergeburtstag gelandet. »Tanz mit uns! Wir schießen«, schrie Bernd, während eine Patrone ihn am Kinn erwischte und sein halber Unterkiefer weggesprengt wurde. »Wir schießen«, schrie Bernd. Und Martin konnte durch seinen weggesprengten Unterkiefer bis in seinen Kehlkopf hineinblicken. »Wir schießen und wir tanzen. Aber niemals …« Er kam auf Martin zu, das verweste Gesicht an seinem, die schwarzroten Augen auf ihn fixiert. Die blutige Knochenmasse, die einst sein Kiefer gewesen war, berührte sein Kinn. Martin zuckte zurück.

»Wir schießen und wir tanzen«, schrie Bernd weiter, während die Explosionen rechts und links von ihm weitere Leichenteile in die Höhe schleuderten

»Wir schießen und wir tanzen … Aber niemals werden wir … STERBEN!«

STERBEN!

STERBEN!

STERBEN!!!!

Martin erwachte schweißgebadet. Er blickte sich schwer atmend um. Das Bett. Die Decke, die er von seinem Körper gewühlt hatte. Die Klimaanlage, die geduldig und monoton summte.

Ein Traum, dachte er.

Das Perfide an Träumen war, dass man sie für wahr hielt, in dem Moment, in dem man sie erlebte. Unabhängig davon, ob sie wahr sein konnten oder nicht. Ob sie logisch waren oder nicht. Wenn in einem Traum ein Mann in tausend Teile zerschossen wurde, glaubte man es. Und wenn er trotzdem noch sprach, glaubte man es auch.

Er hatte Bernd gesehen. Als Toten. Als Zombie. Aber vielleicht auch als Ankläger? Denn was hatte er für Bernd getan? Nichts. Die Kindersoldaten hatten ihn erschossen, das hätte er nicht verhindern können. Aber hatte er sich um ihn gekümmert? Nein. Hatte er nicht sogar seinen Boss angelogen, nur um weiter hier mit Worotnikow *Big Business* spielen zu können, während sein Kollege und Freund irgendwo einige Kilometer entfernt an einer Weggabelung von Maden zerfressen wurde?

Tanz mit uns …

Er drehte das Kissen um, versuchte, all das zu vergessen, und wartete auf den Schlaf.

Wartete und wartete.

Sie erwarteten die Gabe des Schlafes, hatte er mal bei Homer gelesen. Der Schlaf war eine Gabe. Und bei Gott, das war er wirklich. Der Schlaf war ein Geschenk. Das wusste jeder, der nicht einschlafen konnte, der die Stunden und sogar Minuten zählte, bis er sich am Morgen übernächtigt und gerädert aus dem Bett schälte.

Der Schlaf war eine Gabe. Eine Gabe, die nicht jedem zuteilwurde.

Und auch Martin konnte noch Stunden später nicht schlafen.

Bin ich verrückt?, dachte er. Doch er hielt sich nicht für verrückt, weil er nicht schlafen konnte. Er hielt sich für verrückt wegen dem, was er vorhatte.

Er öffnete vorsichtig die Tür seines Zimmers.

Schlich einige Meter den Gang hinunter.

Noch nie hatte er so etwas getan.

Vielleicht würde es deswegen funktionieren?

Und dann klopfte er an eine andere Zimmertür. Leise. Vorsichtig. Wenn die Person, die dort wohnte, schlafen sollte, würde er sie nicht wecken.

Doch er hörte eine Stimme.

»Ja?«

»Äh … ich bin's. Äh, Martin. Ich … äh … kann …«

Da öffnete sich die Tür, und er sah das Gesicht. Diesmal nicht das Gesicht von Bernd, das ihn verwest und zerschossen aus diabolischen Zügen angrinste. Dieses Gesicht war das Leben.

»Du kannst nicht schlafen?«, fragte die Stimme, die zu dem Gesicht gehörte.

Er schüttelte den Kopf. »Nein.«

»Das trifft sich gut«, sagte Lucia Ming. »Ich auch nicht. Komm rein.«

Kapitel 74

Demokratische Republik Kongo
Goma

Es war morgens.

Er sah Lucia, die neben ihm noch leise atmend schlief. Normalerweise war es immer die Frau, die vor Martin aufwachte, da er ein notorischer Langschläfer war. Doch diesmal war es die Frau, Lucia, die tief und entspannt schlief. Irgendwie so, als hätte sie schon lange nicht mehr so gut geschlafen. Als würde die Nähe von Martin auf sie in irgendeiner Weise beruhigend wirken.

Es war verrückt, dass Lucia ihn in ihr Zimmer gelassen hatte. Aber manchmal waren es die unmöglichen Dinge, die möglich wurden, während die rationalen Dinge, von denen alle glaubten, sie würden funktionieren, sich als viel schwerer herausstellten.

»Warum hast du mich reingelassen?«, hatte Martin gefragt. »Ich selbst …«

»Ich hätte auch nie gedacht, dass ich so etwas tun würde«, sagte Lucia. »Ich habe das Orakel befragt. Um zu erfahren, was mit uns beiden ist. Gestern im Laufe des Tages.«

»Das Orakel?«

»Ja, das I Ging. Das Buch der Wandlungen. Ich habe dir doch in der Hütte draußen davon erzählt. Es gibt dabei das Scharfgarbenorakel. Man wirft Scharfgarben und schaut sich an, was das Schicksal für einen bereithält« Sie hatte gelächelt. »Wir Chinesen sind manchmal ein bisschen abergläubisch.«

Sie hatte ihm von dem uralten Buch der Wandlungen erzählt, das die ganze Welt in vierundsechzig Zeichen einteilte und das einem über die Vergangenheit und die Gegenwart die Zukunft erklären konnte. Sie hatte das Zeichen »Dschun« gesehen, das dritte der vierundsechzig Zeichen. Es stand für die »Anfangsschwierigkeit« und bestand aus den Zeichen für Wasser und Donner.

»Eigentlich ist Dschun das Wort für Gras«, hatte Lucia gesagt. »Das Gras, das durch die Erde wächst und dem sich überall Widerstände im Erdreich entgegenstellen. Aber am Ende erreicht das Gras dennoch die Wasseroberfläche.«

Martin hatte interessiert zugehört. »Machst du das öfter? Mit dem I Ging und den Schafgarben?«

»Ja, manchmal, wenn ich nicht weiterweiß.« Lucia hatte verlegen gelächelt, »dann befrage ich das Orakel.«

»Und hat es dir das gesagt, was du hören wolltest?«

Sie wiegte den Kopf hin und her. »Ja und nein. Aber dich habe ich trotzdem reingelassen. Ich dachte, die Anfangsschwierigkeit können wir überwinden, wenn ich dir eine Brücke baue.« Sie lächelte. »Normalerweise überlege ich bei allem, was ich mache, zehnmal, ob es richtig ist, zu irgendetwas ja zu sagen. Es sei denn, es ist ein Befehl vom Boss.« Sie lächelte immer noch. »Dich hereinzulassen war völlig spontan. Und völlig verrückt.«

Martin wusste, was sie meinte. »Deswegen hat es auch funktioniert.«

Er hatte Lucia erzählt, was er vorher gemacht hatte. Dass er Journalist war. Wie er von Flori dem Fass nach Afrika geschickt wurde, zusammen mit Bernd, den Lucia auch kurz in der Bar in Kigali gesehen hatte. Einiges davon wusste sie schon, zum Beispiel die Sache mit den Gorillas. Denn das hatte Martin ihr großspurig in der Bar erzählt, als er noch glaubte, der ganze Auftrag würde ein schöner Spaziergang mit etwas Safari-Touch werden. Dann hatte er erzählt, was mit Bernd geschehen war. Und das wusste Lucia noch nicht. Und wie er zu Worotnikow gekommen war. Er wusste nicht, ob es schlau war, einer Frau, die er kaum kannte, irgendetwas zu erzählen, auch wenn sie zusammen in einem Bett geschlafen hatten, ohne dass etwas Bahnbrechendes passiert wäre.

»Und was machst du genau?«, fragte er nun.

Und sie erzählte ihm von der Firma, bei der sie arbeitete. SAFE. Der riesige Staatsfonds Chinas, der zu den größten der Welt gehörte. Sie investierten die Überschüsse des Landes in riesige Investmentvehikel. »Anders als ihr Deutschen«, sagte Lucia. »Ihr seid eines der reichsten Länder mit einem der höchsten Überschüsse, aber euer Land macht nur Schulden. Ihr besitzt so gut wie gar nichts.«

Da hatte sie recht, dachte Martin. Und andere Länder hatten auch solche Staatsfonds, nicht nur China. Da gab es noch die Abu Dhabi Investment Authority, den Norwegischen Pensionsfonds, dann CIC, ebenfalls aus China, Temasek aus Singapur, die Kuwait Investment Authority und wie sie alle hießen. SAFE jedenfalls bewegte Milliarden. Und hatte sich den Kongo als Investitionsziel ausgesucht. Schon vor einiger Zeit, so sagte Lucia, hatte der Kongo einen Deal mit China abgeschlossen. Ein Vertrag, der gerade einmal sieben Seiten lang war, kürzer als jeder Mietvertrag, und der Erz gegen Infrastruktur tauschte. Rohstoffe gegen Straßen und Minen. Der Vertrag hatte nur eine Klausel: Sollte es nicht genügend Rohstoffe geben, müsste der Kongo anderweitig zurückzahlen.

»Der Westen hat uns damals Neokolonialismus vorgeworfen«, sagte Lucia. »So als ob der Westen Afrika nicht auch ausgebeutet hätte.«

Martin hörte zu, und ihm wurde klar, dass er hier tatsächlich Storys schreiben könnte: nicht über Worotnikow und sein White Washing seiner obskuren Deals. Sondern im Gegenteil genau darüber: Russlands Interessen und eine alte Garde aus der Sowjetzeit, die zu früherer Macht zurückstrebt, Chinas Rohstoffhunger und dann noch seltene Erden, Metalle, Coltan aus Konfliktgebieten, keiner wusste genau, wo die Erze herkamen. *Conflict Minerals* wie man sie auch nannte. Und eine seltsame Ware, die die Warlords im Gegenzug bekamen und von der er noch nicht einmal wusste, was es war. Was man aber wusste, war, dass im Kongo seit 1998 mehr als fünf Millionen Menschen getötet worden waren. Und dass Typen wie dieser dicke Russe, aber auch die Chinesen und wer auch immer hier beteiligt war, gut daran verdienten.

Das konnte kein Zufall sein. Er merkte, wie sich die Puzzleteile langsam zusammenfügten. Diese Story würde ihn weltberühmt machen, das spürte, nein, das wusste er. Er hatte einiges von Lucia gehört. Und fragte sich, ob Janine nicht noch mehr wissen könnte. Er musste mit ihr sprechen. So bald wie möglich.

»Geld bringt Frieden«, sagte Lucia plötzlich, und ihre Worte durchstachen seine Gedanken an die große Story. »Aber hier scheint es nicht zu funktionieren.«

»Mir hat mal einer gesagt: Der Kongo ist zu reich für den Frieden.«

»Zu reich für den Frieden?«, wiederholte Lucia. »Das klingt weise. Könnte aus China kommen.« Dann sah sie ihn an. »Was machst du jetzt genau? Was ist dein Job?«

»Ich … habe ich doch gesagt. Ich schreibe Berichte für Worotnikow. Über seine Unternehmungen. Aber …« Er hielt einen Moment inne. »Gleichzeitig weiß ich nicht, was ich machen soll. Klar ist da irgendetwas hinter dem Ganzen, und das könnte eine große Story werden. Aber andererseits …« Er blickte zur Zimmerdecke und bereute schon, dass er gerade überhaupt von der *großen Story* erzählt hatte. »Es kommt mir immer noch so vor, als hätte ich meinen Kollegen verraten, meinen Boss angelogen und mein eigenes Leben gefährdet.«

Nur um eine Affäre in einem hochgefährlichen Umfeld zu leben und eine tolle Story zu landen. Das dachte er. Aber er sagte es nicht. Dennoch fühlte er es. Den klassischen Widerstreit zwischen den Verlockungen der Macht und seinem moralischen Gewissen.

Und was war mit Lucia? Liebte sie ihn, oder kontrollierte sie ihn? Auch wenn ihm diese Kontrolle, wenn es sie geben sollte, nicht unangenehm war und er in seinem Leben schon auf schlimmere Weise kontrolliert wurde. Und wenn es Kontrolle war, war es wie eine süße Fessel, die er nur ungern abstreifen mochte.

»So wie es ist, ist es falsch«, sagt Lucia zu ihm. »Aber es ist auch richtig. In jedem Guten ist das Schlechte. Und in jedem Schlechten auch das Gute. Yin und Yang.«

Kapitel 75

Demokratische Republik Kongo
Goma

»Es sind doch immer die gleichen Themen«, sagte Andreas Schmidt. Er hatte eben im Spiegel gesehen, dass er graumeliert und gehetzt aussah. »Big money, big data und big guns.«

»Richtig, mein lieber Kollege Schmidt«, sagte Worotnikow und reichte Schmidt einen Wodka. Doch der lehnte ab. »Vor allem big money. Und wir wollen big money sparen. Kosten. Und Steuern sind auch Kosten! Und die sparen wir hiermit!«

Sie hatten sich, gemeinsam mit Rasamov, über einige Unterlagen gebeugt. Schmidt fragte sich, wo Lucia Ming war. Er hatte erfahren, dass sie ebenfalls in Worotnikows Team arbeitete, und ein Teil von ihm wünschte sich, sie wiederzusehen.

Die PowerPoint-Präsentation auf dem Rechner ließ in blauem Licht Diagramme von Zahlungsströmen an der Wand entstehen. Worotnikow saß an dem großen Schreibtisch, hinter ihm durch das Panoramafenster die malerische Aussicht auf die Landschaft des Kongos und den großen Binnensee, der sich südlich von Goma erstreckte.

»Das Netz der Aufsichtsbehörden wird immer enger«, erläuterte ihm Rasamov, einen Laserpointer in der Hand, »und solange wir nicht alles in trockenen Tüchern haben, sind wir angreifbar.«

»Meine Regierung weiß, was wir hier treiben«, sagte Schmidt. »Vor ihr brauchen wir keine Angst zu haben.«

»Die Deutschen sind Hasenfüße«, sagte Rasamov, »das wissen Sie, Schmidt, besser als jeder andere. Die Deutschen beißen immer die Hand, die sie füttern will.«

»Das kann man so nicht …«, begann Schmidt, aber Rasamov unterbrach ihn.

»Sie müssen niemanden verteidigen«, erklärte Rasamov. »Denn wie ist es Ihnen damals nach dem Syrien-Debakel ergangen? Hat Ihr … *Vaterland* … hinter Ihnen gestanden?«

Schmidt sagte nichts. Die Erinnerung an damals tat weh. Und noch weher tat, dass Rasamov dies vor allen Leuten thematisieren musste. Und damit auch noch recht hatte.

»Wir haben«, fuhr Rasamov fort, »Mehrheiten an diversen Minenfirmen und Holding-Gesellschaften, in denen wir die Gewinne aus den Coltan-Verkäufen parken können. Wie immer so, dass es keiner merkt.« Er schaute Worotnikow fast vorwurfsvoll an, als ob er vorher das Gegenteil behauptet hätte. Der aber trank nur von seinem Wodka und hörte aufmerksam zu.

Rasamov ging zum Tisch, blätterte in seinen Unterlagen und schob einen Stapel Blätter zusammen, an dem er mit Haftnotizen all die Stellen markiert hatte, die zu unterschreiben waren.

»Die sind von unseren Anwälten heute per Kurier eingetroffen«, sagte Rasamov. »Wir haben das Konto bei der HSBC in Hongkong bereits eröffnet, in fünfzehn Tagen haben wir dann unsere Offshore-Firma im Landmark Tower in Hongkong Central, mit Büro, Briefkasten und Sekretariat.«

»Also alles andere als eine Briefkastenfirma?«, fragte Schmidt.

»Das genaue Gegenteil«, antwortete Rasamov. »Ebenso werden wir eine Holding Company als steuerfreie Einheit auf den Cayman Islands gründen, die einem Trust vorgelagert wird, der die Gewinne unserer Rohstofftransaktionen verwaltet. Verschiedene Firmen, verschiedene Banken, verschiedene Zahlungen und verschiedene Staaten. Und damit verschiedene Jurisdiktionen.« Er deutete auf die Leinwand. »Bei diesem Trust zum Beispiel«, er zog einen Vertrag hervor, »wird das Vermögen, das offiziell der Offshore-Gesellschaft gehört, von der Geneva Holding Corporation verwaltet. Einzig und allein wir drei können der Bank Investmentanweisungen zur weltweiten Anlage unseres Vermögens geben. Ausführender Käufer und Verkäufer der Transaktionen wird stets der Trustee in Form von Geneva Holding sein, niemand wird wissen, wer hinter der Transaktion steht.«

»Was ist mit den Seychellen?«, fragte Worotnikow. »Man sagte mir, dass dort die ganzen Waffengelder gewaschen werden.«

»Da haben wir auch eine Holding«, sagte Rasamov. »Allerdings stößt ein Firmensitz auf den Seychellen manchen sauer auf. Die Seychellen sind diskret, aber ihr Name ist es nicht mehr.«

»Was ist mit den Chinesen?«, fragte Schmidt.

»Spielt keine Rolle«, entgegnete Rasamov. »Die machen die Infrastruktur und haben eh schon ihren Deal mit dem Kongo. *Wir* müssen aufpassen, dass wir nicht zu kurz kommen.«

»Wir drei müssen einstimmig handeln?«, fragte Schmidt.

Rasamov nickte.

»So gefällt mir das.« Worotnikow trank meditativ von seinem Wodka. »Bei einem guten Glas werden wir uns alle schon sehr schnell einig sein.«

Ein Trust. Schmidt dachte zurück an die Erfindung des Trusts, die weit in die Vergangenheit zurückreichte. Im Mittelalter, als die Kreuzfahrer ins Heilige Land gezogen waren, übertrugen sie ihren Freunden oder Familien ihr Vermögen, die es treuhänderisch verwalten sollten. Auch die englische Kirche, die damals kein Grundvermögen halten durfte, bediente sich des Trusts, um sich die Herrschaft über all ihre Besitztümer zu sichern. Ein Trust war damit eine privatrechtliche Vereinbarung zwischen einem Trustee, der die Vermögenswerte einer anderen Person anlegt, und einem Settler, dem das Geld gehörte. Der Vorteil bei dieser Konstruktion war und ist, dass keine Aufsichtsbehörde herausfinden konnte, wem das Geld wirklich gehörte. Die Identität des Settlers wurde durch den Trustee geschützt, der das Geld verwaltet, und dem es durch das in den Steueroasen geltende Recht erlaubt ist, die Identität seines Geldgebers geheim zu halten. Die Insel Jersey zum Beispiel lag zwar nur fünfundzwanzig Kilometer von der französischen Küste entfernt, wurde aber von Wilhelm dem Eroberer nach seiner siegreichen Schlacht um England im Jahre 1066 an die Angelsachsen übergeben. Noch heute gehörte es der Britischen Krone und war so nicht der Jurisdiktion Großbritanniens unterworfen.

»Die Anträge sind erstellt«, sagte Rasamov und zeigte auf den beachtlichen Papierstapel, der vor ihnen lag. »Ich habe schon Konten eröffnet, die offiziell von der jeweiligen depotführenden Bank verwaltet werden und auf die die Gewinne unserer Unternehmungen überwiesen werden.«

»Wie lange wird das dauern?«, fragte Schmidt.

»Circa vier bis sechs Wochen, je nachdem, wie schnell die Industrie- und Elektronikkonzerne zahlen. Aber glaubt mir, sie werden in Zukunft schnell zahlen, wenn sie nicht auf dem Trockenen sitzen wollen.«

»Und wie heißt unsere Firma?«

»Wir dachten an Tiamat Mineral Resources.« Rasamov grinste stolz.

»Tiamat«, sagte Schmidt. »Das gefällt mir.« Allmählich besserte sich seine Laune.

Rasamov hob seinen Füller. »Jetzt brauchen wir nur noch einen legalen Unternehmensmantel, der die Trusts als Investmentgesellschaften tarnt. Schließlich müssen wir uns bei der Wertpapierbehörde ausweisen, wenn wir Anteile an Unternehmen übernehmen.«

»Ist das erforderlich?«, fragte Worotnikow.

»Es kann erforderlich werden, wenn wir unsere eigenen Unternehmen von anderen eigenen Unternehmen kaufen sollten.«

»Und warum sollten wir eigene Unternehmen übernehmen?«

»Um sie verschwinden zu lassen.« Rasamovs Finger fuhr über die Papiere. »Dinge, die weg sind, provozieren keine Fragen mehr.«

»Aber vorher brauchen wir all diese Scheinfirmen?«

»Ja, je mehr Firmen, desto mehr Nebel. Je mehr Nebel, desto weniger Klarheit. Er zeigte auf das Papier. »Jeder Trust wird eine Offshore-Gesellschaft beherrschen, die im Handelsregister notiert ist. Offiziell erfolgen die Transaktionen im Namen der Offshore-Gesellschaft, hinter der die jeweilige Holding-Gesellschaft auf den Cayman Islands steht. Und dahinter steht der Trust.«

»Wir können kaufen und verkaufen, was wir wollen, wo wir es wollen. Und keiner merkt es«, frohlockte Worotnikow und knetete seine riesigen, dicken Hände.

»Bevor es dazu kommt, gibt es allerdings noch eine Menge Papier zu unterschreiben.« Rasamov gab als Erstem Worotnikow den Füller. »Den Letter of Intent und die Declaration für die Gründung des jeweiligen Trusts, die privatwirtschaftliche Vereinbarung, die Kontovollmacht, die Firmengründung der

Holding und die Firmengründung der Offshore-Gesellschaft. Bitte schön!« Er schob dem Russen den Stapel Unterlagen zu.

Schmidt blickte interessiert über die Urkunden und las den Text auf dem Letter of Intent laut vor. »›Ziel der Holding Corporation ist die Unterstützung des Internationalen Roten Kreuzes mit unterschiedlich hohen Geldbeträgen‹ …« Er schaute Rasamov an. »Ist das ein Scherz?«

»Ganz und gar nicht. Zudem hat das Ganze reinen Appellcharakter. Es weiß ja niemand, wo das Geld hingeht.« Rasamovs Mundwinkel zuckten kurz nach oben. »Durch Einsatz von karitativen Scheinbegünstigten erwecken wir den Eindruck einer wohltätigen Stiftung – und können uns so eher die Aufsichtsbehörden vom Hals halten, falls es wirklich einmal eng werden sollte.«

»Tue Gutes und rede darüber«, sagte Worotnikow lächelnd.

»Und wenn du Schlechtes tust, rede lieber nicht darüber«, ergänzte Rasamov.

Kapitel 76

Demokratische Republik Kongo
Goma

»Lucia, da sind Sie ja«, sagte Schmidt, als er die junge Chinesin sah, kurz nachdem das konspirative Treffen in Worotnikows Büro zu Ende war.

»Freut mich, Sie zu sehen«, sagte Lucia Ming förmlich. Etwas zu förmlich, wie Schmidt fand.

»Was machen Sie hier?«, fragte Schmidt.

»Das wissen Sie doch. Ich überwache im Auftrag meiner Regierung die Kooperationen im Kongo.« Sie schickte sich an, weiterzugehen. »Sie waren doch auch in Peking dabei?«

Da hatte sie recht. Und Schmidt merkte gerade, wie dumm seine Frage doch gewesen war.

»Was haben Sie jetzt vor?«

»Arbeiten«, antwortete Lucia knapp. »Und dann etwas essen.«

»Warum essen wir nicht gemeinsam? Und trinken können wir auch noch etwas.«

Lucia sah ihn nicht einmal an. So dass Schmidt schon verletzt war, bevor sie antwortete.

»Vielen Dank, aber dazu habe ich die nächsten Tage leider keine Zeit.« Sie rang sich ein Lächeln ab. »Ich bin aber sicher, dass wir uns berufsbedingt noch ein paar Mal über den Weg laufen.«

Berufsbedingt über den Weg laufen. Das klang so ähnlich wie die Absagen damals von den hübschen Mädchen beim

Abiball. Oder die Beschwichtigungen des Verteidigungsministers, wenn es hieß »*Wir wissen, Schmidt, dass der Syrien-Deal nicht allein Ihre Schuld ist. Aber Sie wissen ja, die Medien brauchen immer einen Schuldigen. Und man kann ihnen dann schwer ausreden, dass … und Sie werden auch verstehen, wir müssen Schaden von unserem Haus abwenden und …*«

»Hören Sie«, sagte er und fasste Lucia am Arm. Etwas härter, als er es eigentlich wollte. »Sie wollen doch nicht behaupten, dass Sie hier jeden Tag vierundzwanzig Stunden arbeiten und …«

»Gibt es ein Problem?«

Da war plötzlich ein Mann. Blond. So um die dreißig Jahre alt. Er schaute Schmidt mit stechendem Blick an, auch wenn leichte Unsicherheit in seinen Augen flackerte.

»Das einzige Problem, das es gibt, wird dein Problem sein«, fauchte Schmidt. »Was fällt dir ein, dich einzumischen?«

»Sie belästigen die Dame, merken Sie das nicht?«

Schmidt war aus den Augenwinkeln nicht entgangen, wie Lucia dem Mann einen dankbaren Blick zugeworfen hatte. Was Schmidt noch mehr verletzte.

»Pass auf, dass ich dich nicht als Nächsten belästige.«

»Der junge Mann hat recht«, sagte Lucia plötzlich. »Es ist besser, wenn Sie jetzt gehen.«

Schmidt wollte noch ein Wort sagen. Doch dann drehte er auf dem Absatz um und ging mit eiligen Schritten die große Treppe hinunter, während Lucia und der junge Mann vom Treppenabsatz aus auf ihn hinunterschauten.

Wer war dieser Kerl?, dachte Schmidt. Was für einen Zoo betrieb Worotnikow hier? Und was fiel diesem Burschen ein, sich in seine Angelegenheiten zu mischen?

Dir werde ich Schwierigkeiten machen, Bürschchen, dachte Schmidt, während er eilig die Treppe hinaufhetzte.

Kapitel 77

Demokratische Republik Kongo
Goma

»Wer ist dieser Kerl?«, fragte Schmidt und baute sich vor Worotnikow auf.

»Welchen Kerl meinst du, mein Freund?« Er stand von seinem Schreibtisch auf und ließ seinen Blick aus dem Fenster schweifen. »In diesem Land gibt es viele Kerle.«

»Sie wissen genau, wen ich meine.« Schmidt sah es nicht ein, auf das *Du* von Worotnikow einzugehen und das Gespräch damit in eine informelle Richtung zu lenken. »Dieser blonde Typ, etwa dreißig Jahre, der hier neuerdings rumhängt. Was macht er?«

»Ach der«, sagte Worotnikow. »Der sorgt für die gute Presse.«

»Das heißt, wir haben unseren eigenen PR-Agenten dabei?« Mit dem Wort *Presse* hatte Schmidt bei Worotnikow ins Wespennest gestochen.

»So ungefähr.« Worotnikow ordnete ein paar Papiere und betrachtete dann aufmerksam seine wulstigen Finger, so als stellte er fest: *Ja, noch alle zehn Finger da.* »Wir haben ihn aufgelesen. Beziehungsweise Otega.«

»Otega? Dieser bullige Warlord? Der, der die Kette mit Ohren um den Hals trägt?«

Worotnikow nickte.

»Der Typ schreibt also Artikel für uns? Und Deutscher ist er auch noch?«

»Das sollte Ihnen doch gefallen.« Worotnikow war wieder zum »Sie« übergegangen.

»Ist Ihnen schon mal eingefallen, dass der für uns vielleicht die falsche Presse macht? Dass er etwas schreibt oder verbreitet, was keiner wissen soll?«

Der Horror mit der schlechten Presse zu seinem Syrien-Deal steckte Schmidt noch in den Knochen. Er hatte schließlich diesen Kongo-Auftrag angenommen, um nach dem Syrien-Debakel einen Neuanfang zu haben. Und nicht, um eine zweite Schmierenkampagne durchzumachen.

Doch Worotnikow zeigte sich unbeeindruckt. »Darauf passen wir schon auf.«

»Warum hat Otega ihn nicht behalten?« Schmidt machte einen weiteren Schritt auf den Schreibtisch zu. »Oder ihn gleich erschossen?«

»Ihr Deutschen«, sagte Worotnikow, »kneift gerne den Schwanz ein. Ihr fürchtet aber Image-Desaster, wenn es rauskommt, *dass* ihr den Schwanz eingekniffen habt.« Er zuckte die Schultern. »Aber wenn es regnet, wird man nun mal nass.«

»Sie werden diesen Typen, diesen, wie heißt er überhaupt …?«

»Martin …«

»Sie werden diesen Martin sofort an Otega zurückgeben, damit er ihn erschießt.«

»Das werden Sie nicht wollen.« Man sah die Vorfreude in Worotnikows Worten.

»Warum nicht?«

»Weil Otega ihn nicht erschießen wird.«

»Und warum das nicht?«

»Weil er ihn entführen will. Was wir aber nicht wollen. Was wir aber jederzeit … veranlassen könnten.«

»Und dann?«

»Dann stehen Sie erst recht dumm da.« Er zeigte auf Schmidt.

Schmidt merkte, dass er kurz davor war, die Intrige zu verstehen. Aber eben nur kurz davor.

»Wir alle stehen dumm da.«

»Deutschland steht ganz besonders dumm da.« Er ging zum Fenster. »Hören Sie, wir haben diesen Martin nicht dabei, damit er tolle Presseberichte schreibt, sondern damit wir ihn gegen die deutsche Regierung als Druckmittel nutzen können. Dabei halten wir ihn nahe genug an Otega, aber auch weit genug von Otega weg.«

»Als Druckmittel? Gegen uns?«, platzte es aus Schmidt hervor.

»Richtig. Wenn die deutsche Regierung oder das Verteidigungsministerium und der BND nicht spuren, wird die Geisel an Otega gegeben. Allerdings nicht, um ihn töten zu lassen, sondern damit Otega für Martin ein hohes Lösegeld erpressen kann. Sie wissen selbst gut genug, dass Deutsche bei Entführungen als begehrte Opfer ganz oben stehen. Das Auswärtige Amt zahlt schließlich immer. Und nicht wenig!« Worotnikow rieb sich die Hände. »Besonders, da Martin ein Journalist ist und so ausreichende Breitenwirkung garantiert wäre, schon allein durch seinen Arbeitgeber Global News, der natürlich als Erster davon erfahren würde.«

Er ließ eine Hand auf dem Globus ruhen, der neben seinem Schreibtisch stand. In dem Moment erinnerte er Schmidt an Stalin. »Ebenso haben wir und besonders Otega über arabische Söldner in Mali gute Kontakte zu Sendern wie Al Jazeera, die die Entführung von Martin al-Qaida-artig und medienwirksam mit Bekennervideos verbreiten würden.«

»Das ist ungeheuerlich!« Schmidt konnte kaum mehr atmen vor Wut.

»Nein, das ist weise. Auf diese Weise können wir sicher sein, dass Sie keine Alleingänge machen. Weil ansonsten auch *wir* Alleingänge machen.«

Schmidt zog es vor, nichts mehr zu sagen, da er kurz davor war, dem Russen eine runterzuhauen. War er hier nur in einem Sumpf von Intrigen und Lügnern gelandet?

Er machte auf dem Absatz kehrt und lief aus dem Zimmer.

Man sollte kein Raubtier in eine Ecke drängen, war ein altes Sprichwort. Aber genau das hatte Worotnikow eben mit Schmidt getan.

Und Schmidt wusste, was er jetzt zu tun hatte.

Kapitel 78

Demokratische Republik Kongo

südöstlich von Goma

Robert Otega legte frustriert den Hörer auf.

Er will nicht, dachte er. Dieser verdammte Russe wollte doch diesen verdammten Deutschen nicht verkaufen. Er hatte schon die Dollarzeichen vor sich gesehen, doch stattdessen blieb ihm nur der karge Lohn, den Worotnikow ihm für diesen Deutschen gezahlt hatte. Und er hatte sich mal wieder über den Tisch ziehen lassen.

Da hörte er Motorengeräusche.

Einer von den Wachen näherte sich der Baracke. In der Hand hielt er einen Hundertdollarschein.

»Für dich«, sagte er und streckte Otega den Schein hin.

»Aus einem Envelope of Happyness«, sagte die Wache weiter. »Der Mann scheint Geld zu haben.«

Otega machte sich keine Illusionen, dass der Mann draußen, wer immer es war, der Wache zwei Scheine gegeben hatte. Und die Wache einen Schein behalten hatte. Aber irgendwie musste er ja auch seine Leute bei Laune halten.

»Was ist das für einer?«

»Ein Deutscher, wie es aussieht.«

Noch ein Deutscher? Kurz flammte Hoffnung in ihm auf. Vielleicht konnte der ihm helfen, seinen Plan doch noch umzusetzen?

»Bring ihn rein!«

»Auch ein Deutscher«, brummte Otega in sich hinein, als der Mann in seinem Büro stand. Der Mann kam ihm sehr bekannt vor. »Wenn auch ein seltsamer.« Und damit hatte er recht. Der Mann trug einen schwarzen Anzug, schwarze Cowboystiefel, von denen er wahrscheinlich glaubte, dass sie ihn vor Schlangenbissen schützten, und auf dem Kopf trug er einen schwarzen Tropenhut. Hätte Otega Western gekannt, hätte der Mann ihn an die Afrika-Version von John Wayne erinnert. Oder an die Kongo-Version von Crocodile Dundee. Aber es kam ihm so vor, als ob er ihn vor kurzem gesehen hatte.

»Wer sind Sie?«, fragte Otega. »Wir haben uns doch schon einmal gesehen?«

Der Mann nickte. »Das stimmt. Ich bin Honorarkonsul. Zentralafrikanische Republik«, sagte der Mann.

»Ja, sagten Sie schon mal.« Otega erinnerte sich an die erste Begegnung mit diesem Mann vor einem Tag hier oben im Adlernest. »Ist es Ihnen da zu ungemütlich geworden? Alle gegen alle. Christen gegen Muslime, Muslime gegen Christen, alle schlachten sich gegenseitig ab, fast noch schlimmer als hier.«

Der Mann nickte. »Da habe ich in der Tat einiges gesehen.«

Einiges gesehen, dachte Otega. Das konnte auch nur so dahingesagt sein.

Dieser Mann hatte keine Ahnung von den Greueln, die im Kongo stattfanden. Was sie mit Otegas Schwester gemacht hatten, als er noch klein war. Und er hatte nichts dagegen tun können. Manche vergewaltigten Babys, weil sie glaubten, dass dies gegen Aids helfen würde. Nicht nur einer. Mehrere. Hintereinander. *Baby auf links gedreht*, sagten sie dazu. Seine Schwester war auch *auf links gedreht* worden. Und tot.

»Was wollen Sie?«, fragte Otega und öffnete sich eine Flasche Bier. Er hob fragend die Augenbrauen, doch der Fremde lehnte ab.

»Ihnen sagen, dass Sie sich keine Sorgen machen müssen.«

»Ich mache mir genug Sorgen«, sagte Otega. »Welche Sorgen meinen Sie genau?«

»Die Sorge um Ihre Geisel. Die im Moment gerade *nicht* Ihre Geisel ist.«

»Wieso wissen Sie davon?«

»Ich weiß es einfach.« Der Blick des Mannes schweifte durch die Hütte. »Sie werden Ihr Geld schon bekommen.« Er trat einen Schritt näher. »Entweder, indem Leute am Leben bleiben, oder indem sie sterben.

»Dafür sorgen Sie?«

Der Mann lächelte. »Wir gemeinsam.« Er griff in sein Jackett. »Ich gebe Ihnen meine Karte. Und ich bin sicher, uns wird etwas einfallen.«

Otega las die Karte. Es war eine Visitenkarte auf Büttenpapier der Hauptstadt Bangui in der Zentralafrikanischen Republik. Darunter stand der Name des Ehrenbotschafters.

Andreas Schmidt.

BUCH 3: VERHANDLUNGSMASSE

Wenn du Schulden hast, zahl jeden Cent zurück. Wenn du Feinde hast, lass keinen von ihnen am Leben.

Kautilya

Die Hand, die du nicht abschlagen kannst, musst du schütteln.

Arabisches Sprichwort

Kapitel 79

Demokratische Republik Kongo
Goma

Martin dachte darüber nach, was er von Lucia erfahren hatte.

Wir haben keine Zukunft, hatte sie gesagt.

Warum nicht?, hatte er gefragt. *Es ist doch egal, was zwischen uns ist. Wir können es doch erst öffentlich machen, wenn das hier vorbei ist. Vorher ist das Risiko doch viel zu hoch.*

Du hast recht, hatte sie gesagt. *Aber dennoch: Eigentlich ist es doch egal, was zwischen uns ist! Weil dein Leben nicht in deiner Hand ist! Welche Zukunft haben wir da?*

Es waren Tränen in ihren Augen gewesen.

Die naheliegenden Sachen waren es, die niemand sah. Erst wenn sie nicht mehr da sind, fielen sie einem auf.

Martin dachte eine Weile über sich selbst nach: Was ihn interessiert hatte, war ihm im Leben immer leichtgefallen, aber er hatte nie für das gekämpft, für das man kämpfen sollte. »Genau genommen bin ich bei null losgelaufen und dann immer nur rückwärtsgegangen«, hatte er Lucia gesagt, »bis zu dem einen Tag, an dem ich dich getroffen habe. Hier im Kongo.«

Und als er erneut darüber nachdachte, spürte er wieder diesen Druck in der Kehle. Der Druck, wenn man weinen musste, der Druck, der schmerzhaft und befreiend zugleich war.

»Es ist verrückt«, hatte er gesagt. »Da rennt man irgendwelchen Geheimnissen hinterher, und dabei haben wir beide viel mehr Geheimnisse zu ergründen, viel mehr Schätze in uns und im anderen zu heben, als zwischen alle Zeitungsseiten dieser Welt passen. Aber dennoch, dieses eine Gefühl, das habe ich nie ergründen können. Aber jetzt, jetzt weiß ich, was es ist.«

»Welches Gefühl meinst du?«, hatte Lucia gefragt.

»Das Gefühl, zu wissen, dass das Leben ohne den anderen sinnlos ist. Das Gefühl, dass man das Leben ohne den anderen gar nicht als Leben bezeichnen kann.« Er hatte sich kurz und hoffentlich so, dass Lucia es nicht merkte, eine Träne abgewischt. Doch sie hatte es gemerkt.

»Ich wusste nie, dass es so ein Gefühl gibt, aber jetzt weiß ich nicht nur, dass es das gibt, sondern ich weiß, das dieses Gefühl« – er zögerte –»Liebe sein muss.«

Das hatte er gesagt.

Und dann hatte er erfahren, warum sein Leben nicht in seiner Hand war.

Es hatte Lucia viel Überwindung gekostet, aber dann hatte sie Martin über seine tatsächliche Rolle in dem Komplott aufgeklärt. Er selbst, Martin, war nur ein Spielball verschiedener Interessen. In Wirklichkeit ging es gar nicht um Propaganda-PR. Es ging nur um ihn. Allerdings nicht im positiven Sinne. Er stand zwar im Mittelpunkt. Das schon. Aber nur im Hinblick auf den Wert, den sein Leben oder sein Tod hatte.

Er schaute vom Balkon seiner Suite auf die Landschaft, die langsam erwachte, und sah in der Ferne die Containerstädte der chinesischen Arbeiter und noch weiter entfernt den zerklüfteten Vulkankrater.

Es war unglaublich, dachte er. Die, die auf Martins Seite stehen müssten, nämlich die Deutschen, waren an seinem Tod interessiert. Dieser Andreas Schmidt zum Beispiel, der ihn mit Sicherheit dafür hasste, dass er Lucia Ming vor ihm in Schutz genommen hatte. Und die, die eigentlich seine Feinde sein sollten oder denen das immerhin egal sein sollte, die wollten ihn lebend. Natürlich nicht, weil sie so gute Menschen waren, sondern da sie durch die Entführung eines Journalisten, verbunden mit medialer Vermarktung, mehrere Millionen vom deutschen Staat kassieren würden.

Worotnikow brauchte Martin für ein paar gute Berichte. Doch wenn er damit fertig war, war er für ihn wertlos geworden. Dann war er nur noch ein Druckmittel gegen die Deutschen, das der Russe jederzeit an diesen finsteren General Otega oder wie immer er hieß verkaufen würde. Der bullige Warlord, dessen Kindersoldaten Bernd erschossen hatten. Es war schon fast kein Zufall mehr, es schien ihm, dass das Schicksal eine perverse Freude an der Wiederholung hatte, wenn Dinge wieder und wieder geschahen und Martin ständig den gleichen Schrecken ins Auge blicken musste.

Und eines wurde Martin klar: Solange er wie ein Fisch an der Angel von Worotnikow zappelte, konnte der Russe den furchtbaren Warlord bei Laune halten. Und Otega, so hatte es ihm Lucia in der Nacht erzählt, brauchte er für die Sicherheit der Minen und dafür, möglichst viele der Rohstoffe mit möglichst wenig Aufwand und Kosten ergattern zu können.

Wenn Martin lebte und entführt wurde, wurde es teuer für Deutschland. Denn da war nicht nur Schmidt; offenbar war auch der deutsche Geheimdienst in die Affäre verstrickt, doch auch das ahnte Lucia nur. Einfacher machte es die Sache nicht. Denn jeder Geheimdienstmitarbeiter weiß, dass ein Toter keine Kosten mehr verursacht, schon allein deshalb, weil er keine sensitiven Informationen mehr ausplaudern kann, deren unkontrollierte Verbreitung andere wiederum viel Geld kostet.

Martins Gehirn sortierte die einzelnen Szenarien und wog

sie gegeneinander ab wie ein Paranoider. Doch war er paranoid? Oder war er nur realistisch? Was würde passieren? Wenn Martin also, wie es offenbar die Deutschen wollten, einfach im Urwald sterben würde, würde wahrscheinlich der Geheimdienst alles tun, um ihn schnell vergessen zu machen. Insofern würde den Deutschen eine Entführung nicht gefallen, denn dann war er am Leben. Und damit teuer. War er tot, dann war er weg. Und umsonst.

Der Russe wollte, dass er lebte. Damit er ihn an Otega ausliefern konnte. Damit der ihn entführen und die Deutschen indirekt über Worotnikow unter Druck setzen konnte. Damit sie mehr in die gemeinsame Unternehmung investierten, da ein Herauskaufen Martins noch teurer werden würde.

Es war unglaublich: Die, die Martin eigentlich retten müssten, die Deutschen, waren offenbar bereit, seinen Tod zu akzeptieren, während die, die eigentlich eher an seinem Tod als an seinem Leben Interesse haben sollten, nämlich Worotnikow, ihn am Leben erhalten wollten. Selbst ein Warlord wie Otega, dessen zweiter Name »Tod« war, war mehr an Martins Leben interessiert, da er ihm nur als Lebender Geld brachte.

»Du bist Spielball. Zwischen Ost und West«, hatte Lucia gestern Nacht traurig gesagt. »Nichts weiter.«

Und Martin war fassungslos gewesen. Und war es noch immer. In was war er hier hineingeraten?

Es ging nicht anders: Er musste irgendwie mit Janine sprechen, sie am besten treffen. Irgendwie musste er aus dieser Situation herauskommen, und das ging nur, wenn er mehr Informationen hatte. Wenn er Material gegen Worotnikow und die obskure deutsche Geheimoperation sammeln konnte. Um damit auch ein paar Trümpfe in der Hand zu haben.

Er würde Lucia bitten, ihm noch einmal ihr Handy zu leihen. Ohne dass er es ihr heimlich aus der Tasche nahm. Und dann musste sie ihm den Rücken freihalten. Während er losging, um Janine zu treffen. Wobei er noch gar nicht wusste, wie er das anstellen sollte.

Aber er musste irgendwie das Haus verlassen.

Am besten heute noch.

Kapitel 80

Demokratische Republik Kongo
Goma

In einem Plastiksack.

Martin hatte das Haus des Russen in einem Plastiksack verlassen. Schön war es nicht, und es hatte ihn an die Kadaverbeutel erinnert, in die im Krieg die Leichen gesteckt wurden, bevor man sie in ihre Heimat zur Bestattung flog. Doch der Sack, in dem Martin steckte, war normalerweise ein Müllsack.

Martin hatte sich die Routinen des Hauses in den letzten Tagen eingeprägt. Die Müllsäcke wurden alle in einem Verschlag nahe der Mauer auf einen Wagen geworfen und alle zwei Tage zu einer Lichtung im Wald gefahren, wo sie erst einmal ein, zwei Wochen herumlagen, um irgendwann mit Benzin übergossen und verbrannt zu werden. Der Wagen war wie eine überdimensionale Schubkarre gebaut. Martin hatte gezittert, dass niemand der Dienstboten den großen Müllsack, in dem er steckte, anfassen würde. Doch die Diener hatten den großen Schubkarren einfach nach vorne gekippt, und Martin war recht unsanft mit dem Sack auf dem knorrigen Waldboden gelandet.

Als sich die Stimmen der Diener entfernt hatten, hatte er sich aus dem Sack befreit.

Er schaute sich um.

In der Nähe war ein kleiner Wald aus Riesenblumen. Martin wusste nicht, dass einige der Blumen, die ihn in ihrem

Wald versteckten, bis zu dreihundert Jahre alte Senecien waren, Verwandte des deutschen Huflattichs. Er ging weiter durch den Wald aus Blumen, bis er an einen See gelangte. Das Wasser erstreckte sich wie ein erblindeter Spiegel. Große, schwarze Felsen standen im Wasser, Nebel waberte über der Oberfläche, und eine Grabesstille hing über dem Ort, nur manchmal unterbrochen von dem Schrei irgendwelcher Vögel und dem Lärm von Motoren irgendwo in der Nähe. Und es war Martin klar, dass er hier ein Eindringling war, ein Mensch, der hier nicht hingehörte.

Janine stand am Rand einer Lichtung und schaute ungeduldig nach allen Seiten.

»Da bist du ja«, sagte sie. Sie umarmten sich. Mehr als eine formelle Begrüßung, aber auch nicht viel mehr.

»Kommen wir zur Sache«, sagte Martin. »Kennst du einen Andreas Schmidt?«

»Andreas Schmidt?« Janines Augen weiteten sich. »Woher kennst du den?«

»Ich bin ihm gestern begegnet. Du kennst ihn also auch?«

Janine wand sich. »Kann sein.«

»Was macht dieser Typ?«

Sie zögerte.

»Janine, ich muss das wissen. Der steckt hinter irgendeiner großen Sache mit diesem Russen, diesem Worotnikow. Und weißt du, was ich in der ganzen Sache bin? Nicht mehr als Verhandlungsmasse!«

Er erklärte ihr in knappen Worten den Sachverhalt, den er von Lucia Ming gehört hatte. Die Rolle Worotnikows, das Kalkül von Otega und das Interesse der Deutschen, Martin, wenn es sein musste, aus dem Weg zu schaffen.

»Oh mein Gott«, sagte Janine. »Sie wollen dich als Druckmittel nutzen, um die Deutschen bei der Stange zu halten?«

»Ja. Und dazu gehört auch Andreas Schmidt.«

Janine nickte langsam. »Ja.«

Martin biss sich auf die Lippe und schaute einen Moment Richtung See. »Und du?«, fragte er. »Hast du mit diesem Team irgendetwas zu tun?«

»Indirekt ja.«

»Auch mit Schmidt?«

»Ja.« Sie hielt einen Moment inne. »Aber was hast *du* mit dem zu tun?«

»Da drüben«, Martin zeigte mit dem Kopf nach Norden, »wohnt dieser Russe in einer riesigen gepanzerten Villa. Und dieser Schmidt ist scheinbar auch ab und zu da.« Er sah sie an. »Worum geht es da? Rohstoffe?«

Janine nickte langsam. »Da liegst du gar nicht so falsch.«

Er schaute sie an und schwieg ein paar Sekunden. »Du machst auch etwas mit denen, stimmt's?«

Sie zuckte die Schultern. »Kann sein. Oder auch nicht. Ich kann nicht über alles reden.«

»Hm.« Martin wusste nicht, ob das stimmte oder ob Janine nur *ihren Arsch retten wollte,* wie man es in der Journalistensprache sagte. »Ich muss aber etwas über diese Sache herausfinden. Was da läuft. Und da kann ich wohl kaum Schmidt und Worotnikow selbst fragen. Und einfach wegfliegen kann ich auch nicht. Die haben meine Pässe, mein Handy, mein Laptop. Alles!«

»Wofür brauchst du die Info?«

»Für eine Story natürlich, was sonst? Wenn ich eine gute Story habe, mit der ich Worotnikow, Schmidt und Co. in den Arsch treten kann, habe ich eine eigene Versicherungspolice gegen sie in der Hand. Denn du kannst ja wohl kaum die Armee oder die Polizei rufen, um mich hier herauszuholen.«

»Verstehe ich ja alles«, sagte Janine. »Und ich bin die Letzte, die nicht will, dass du aus dieser Sache gut und schnell rauskommst. Ich weiß nur, dass der BND mit drinsteckt. Wenn sie die Information, die ich dir gebe, zu mir zurückverfolgen können, bin ich auch dran.« Sie überlegte. »Das müsste jemand anderes machen. Jemand, der nicht hier ist.«

»Und wer könnte das sein?«, fragte Martin.

Janine dachte fieberhaft nach. »Ich selbst kann nicht aktiv werden, sonst bin ich meinen Job los. Und kann dir dann erst recht nicht mehr helfen. Das ist ohnehin schon grenzwertig, was ich hier mache.«

Martin hob die Augenbrauen. »Was machst du denn hier genau?«, bohrte er nach.

»Das erkläre ich dir ein anderes Mal. Aber Moment …« Sie hielt kurz inne. »Ein Freund von mir arbeitet im Kanzleramt. War früher in der Abteilung für strategische Planung. Dann wurde diese Abteilung mit anderen zusammengelegt. Im Moment hat seine Abteilung nur drei Leute, aber Thomas weiß am besten Bescheid. Er hört sehr viel und schnappt viel auf. Und er hat ein super Gedächtnis. Würde mich nicht wundern, wenn der etwas weiß.«

»Okay«, sagte Martin. »Das klingt gut. Wie wollen wir das machen?«

»Ich rufe ihn nachher an, ich habe mein Smartphone extra nicht mitgenommen. Habe keine Lust, dass mich irgendwer trackt.«

»Gar nicht dumm«, meinte Martin. »Liegt es in deinem Hotelzimmer?«

»Ja, im Kühlschrank.«

»Im Kühlschrank?«

»Ja, da funktioniert das GPS-Signal nicht. Hast du nie Agentenfilme gesehen?«

»Wie auch immer.« Martin blickte sich um, als wären überall Verfolger, die ihn jederzeit wieder einfangen würden. Doch hier war niemand. Nur in einiger Entfernung die Straßenhändler, ein riesiges Werbeplakat und die Sonne, die heiß vom Himmel brannte.

»Mir ist noch was aufgefallen«, sagte Janine. »Komm mal mit.«

Sie gingen einige Hundert Meter über einen matschigen Feldweg. In einiger Entfernung standen mindestens fünf Container. Umzäunt von einem behelfsmäßig aufgestellten Stacheldrahtzaun. Zwei schwarze Wachen mit Tarnuniform und Kalaschnikows standen rauchend und redend im Schatten. Eben hatte einer von beiden das Tor geöffnet, und Arbeiter transportierten größere Kisten aus den Containern in zwei kleinere Lastwagen. In der Nähe befand sich eine asphaltierte Startbahn, die so breit war, dass man glauben konnte, dass dort auch eine Boeing landen sollte.

»Wie sieht das aus?«, fragte Janine.

»Als ob hier irgendwelche Waren weiterverteilt werden. Vom Zentrallager in die unterschiedlichen Filialen.«

»Schön ausgedrückt«, sagte Janine. »Was ich mich nur frage, ist: Was ist in den Containern?«

Martin zuckte die Schultern und zog seine kleine Digitalkamera aus der Tasche. »In jedem Fall ist es ein Foto wert.« Er machte einige Aufnahmen. »Und vor allem: Was ist das für eine riesige Landebahn? Ist hier in der Nähe ein Flughafen?«

Janine schüttelte den Kopf. »Nein. Aber es scheint so zu sein, dass hier Flugzeuge eine Zwischenlandung machen. Und zwar relativ große.«

»Mit großer Fracht?«

»Höchstwahrscheinlich.«

Janine schaute auf die Uhr. »Ich muss wieder zurück. Und sieh du zu, dass du auch wegkommst, bevor uns hier noch jemand sieht!«

Martin scrollte auf seiner Kamera durch die Fotos. »Du hast recht. Ich … Moment!«

Ihm stach sofort das Bild ins Auge, das er heimlich von dem dubiosen glatzköpfigen Kerl in dem sandfarbenen Anzug gemacht hatte, als der mit Worotnikow gesprochen hatte. Er hielt Janine die Kamera hin.

»Kennst du den?«

»Den?«, fragte Janine und schüttelte den Kopf. Etwas schneller, als es normal gewesen wäre. »Nie gesehen!«

»Gut.« Martin steckte die Kamera ein. »Man kann nicht jeden kennen. Frag am besten diesen Herrn im Kanzleramt, was die Deutschen gerade im Kongo machen. Und dann sehen wir uns bald wieder.«

»Das machen wir«, sagte Janine. Sie umarmten sich, küssten sich aber nicht. »Pass gut auf dich auf.«

Martin lächelte. »Du auch!«

Du auch.

Janine dachte an das Foto. An den Mann, den sie sofort erkannt hatte. Rasamov. Doch das hatte sie Martin nicht gesagt. Es war ohnehin schon gefährlich, dass sie ihre guten Kontakte im Kanzleramt anzapfte, nur um Martin bei seiner Story zu helfen. Andererseits war es gut, Informationen zu haben. Denn Andreas Schmidt und Rasamov würden sie jederzeit fallenlassen, sobald sie ein Risiko wurde. Da konnte es nicht schaden, auch ein paar Informationen zu haben. Denn die stärkste Währung, das war die Information.

Die zwei dunklen Augen, die sie aus einiger Entfernung anstarrten, sah sie nicht.

Kapitel 81

Deutschland
Berlin
Bundeskanzleramt

Thomas Haller saß in seinem Büro im Kanzleramt, als das Telefon klingelte. Er blickte aus seinem Fenster auf den Berliner Hauptbahnhof, die Schweizer Botschaft und in einiger Entfernung das Paul-Löbe-Haus, und daneben sah er noch einen Teil des Reichstags mit der Glaskuppel von Norman Foster, in dem tagaus, tagein Touristen wie Hamster in einer seltsamen Versuchsanordnung die Gänge hinauf- und hinunterliefen.

Die Waschmaschine, wie man das Bundeskanzleramt auch nannte, das sie intern BK oder auch BKAmt abkürzten, war ein Protzbau aus Stahlbeton und Glas, der sich von dem alten Bonner Kanzleramt ungefähr so stark unterschied wie ein SUV-Fahrzeug mit Rammgitter von einem Hollandfahrrad. Das Kanzleramt war die oberste Bundesbehörde, die den deutschen Bundeskanzler, oder in diesem Fall die Kanzlerin, bei ihren Aufgaben unterstützte.

Haller war seit 1998 dabei und hatte damals noch vor dem Einzug in das neue Gebäude am Tiergarten mit Ex-Kanzler Gerhard Schröder übergangsweise im ehemaligen Staatsratsgebäude der DDR am Berliner Schlossplatz gesessen, dort, wo heute die Business Schule ESMT ihren Sitz bezogen hatte. Und Haller musste darüber immer noch lächeln: Eine dem freien Markt verpflichtete, kapitalistische Eliteschmiede für Manager in einem ehemaligen sozialistischen Kaderpalast.

Haller war Mitglied der Abteilung für Strategische Planung, die noch unter dem damaligen Kanzleramtschef Steinmeier ins Leben gerufen wurde und die es heute in dieser Form gar nicht mehr gab. Gerade das Kanzleramt als zentrale Leitwarte der Regierung wäre prädestiniert, eine Kultur des strategischen Denkens voranzutreiben. Der Planungsstab, der eigentlich langfristige Strategien für die größte Volkswirtschaft Europas ausarbeiten sollte, bastelte aber vor allem an Sonntagsreden, die die Kanzlerin oder wer auch immer bei wichtigen oder unwichtigen Anlässen verlauten ließ. Vieles andere hingegen, was wirklich wichtig war, wurde nur zufällig oder auf Zuruf geplant. Und während große Unternehmen ganze Stabsabteilungen zur Szenarienplanung unterhielten, bot sich hier lediglich mal ein Flug an die US-Ostküste an, um sechs Stunden am Stück mit den wichtigsten Abteilungsleitern Grundsatzfragen zu diskutieren. Oder bei einem Abendessen im Einstein, wo man sich einmal die Zeit nahm, um für wenige Stunden über den Tag hinaus denken zu können. Oder sogar im Urlaub. Ob das das richtige Vorgehen war, um in einer immer komplexeren Welt zu überleben, bezweifelte Haller. *VUCA World* nannte das Militär die gegenwärtige Welt. *Volatility, Uncertainty, Complexity, Ambiguity – Volatilität, Unsicherheit, Komplexität, Mehrdeutigkeit.* Der große Stratege Clausewitz hatte dies in seinem Buch *Vom Kriege* den »Nebel der Unsicherheit« genannt. Und um diesen Nebel aufzulösen, brauchte man eine klare Strategie. Und an der fehlte es hier an allen Seiten. Also war Thomas Haller seine eigene Strategieabteilung.

Denn während Steinmeier sich für strategische Fragen interessierte, schien ihm das bei seiner neuen Dienstherrin eher unter »ferner liefen« zu laufen oder gemäß der Prämisse: *Ich bin die Bundeskanzlerin, ich bin meine eigene Strategieab-*

teilung. Jetzt hatte er eine Sandwich-Position irgendwo zwischen der Abteilung für Innen- und Rechtspolitik, der Abteilung für Außen- und Sicherheitspolitik und, wenn er Glück hatte, traf er mal Ministerialdirektor Heiß auf einen Kaffee, der den Bundesnachrichtendienst und die Nachrichtendienste des Bundes koordinierte.

Er nahm den Anruf an.

»Haller … Janine«, sagte er dann, »na, so eine Überraschung. Wie geht es dir! Bist du noch in Berlin? … Afrika? Kongo? Mein Gott, da haben Sie dir ja gleich ein richtiges Ei ins Nest gelegt für den ersten Einsatz …«

Er legte ein Bein über das andere und drehte sich mit dem Telefon zum Fenster. Das war eine seiner Angewohnheiten, bei Telefonaten möglichst nicht auf den Schreibtisch und schon gar nicht auf den Computermonitor oder den Blackberry zu schauen, um nicht von plötzlich aufploppenden Mails oder SMS während des Telefonats abgelenkt zu sein und dadurch eigentlich nur mit einem Ohr zuzuhören.

Er hörte aufmerksam zu.

»Gut, meine Liebe, ich schaue mal, was ich machen kann. Soll ich den Typen direkt anrufen? Okay, mache ich … gib mir mal seine Nummer.« Er notierte die Nummer. »Das ist ja eine Nummer mit chinesischer Vorwahl, wenn mich nicht alles täuscht? Gut, warum nicht. Okay, ich mach mal ein paar Telefonate und melde mich dann bei dem … äh … Martin … Keine Ursache … du weißt ja, so was macht mir Spaß. Wir hören uns!«

Er legte auf und blickte wieder aus dem Fenster.

Zeit, ein bisschen Geheimdienst zu spielen, dachte er. Und Dinge zu entdecken, die nicht entdeckt werden sollten.

Kapitel 82

Demokratische Republik Kongo

Goma

Robert Otega nahm den Feldstecher von den Augen, und seine Mundwinkel verzogen sich zu einem diabolischen Grinsen.

Wen hatte er dort bei den Containern gesehen? Diesen Deutschen, den er neulich entführt hatte. Und diese Frau mit den Unterlagen der Deutschen Botschaft, die ihn mit Rasamov zusammen im »Adlernest« besucht hatte.

Einige Sekunden hatte er überlegt, beide zu entführen. Doch das hätte zu viele Scherereien gegeben. Und hätte er nur Martin entführt, wäre die Frau sofort zu ihrem Boss gelaufen. Und der hätte Worotnikow Bescheid gesagt. Otega hätte als wortbrüchig dagestanden und würde nie mehr Geld von dem Russen kriegen. So war es halt immer gewesen, und so würde es auch hier sein: Wer das Geld hatte, mischte die Karten.

Nein, was er dort gesehen hatte, hatte den Preis gerade in die Höhe getrieben. Weil dieser Deutsche da mit der Botschafterin stand. Das hieß undichte Stellen. Das hieß Informationen, die vielleicht dorthin gingen, wo sie nicht hingehen sollten.

Er kannte einen, dem diese Information sehr viel wert sein müsste.

Einen Honorarkonsul der Zentralafrikanischen Republik.

Den Ehrenbotschafter Andreas Schmidt.

Kapitel 83

Demokratische Republik Kongo
Goma

Es war Martin gelungen, zurück in die Villa zu kommen. Und wenn er bedachte, wie wenig er sich Gedanken darüber gemacht hatte, wie er, ohne Verdacht zu erregen, zurück in das Reich des Russen gelangen konnte, so schien es ihm, dass das Schicksal es ausnahmsweise einmal gnädig mit ihm meinte.

Er hatte eine Weile in der Nähe der Villa auf der Lauer gelegen, bis er die Motorengeräusche gehört hatte. Denn in dem Müllsack konnte er nicht mehr zurück, also hatte er gewartet, bis einer der Jeeps der Leibwächter aus Goma vor dem Tor der Mauer stand und dann ins Innere des festungsartigen Anwesens fuhr. Martin hatte sich, mit stakkatoartig klopfendem Herzen, nahezu an das Heck des Wagens geschmiegt und war dann, mit dem Wagen, ins Innere gelangt. Drinnen hatte er so getan, als wäre er schon die ganze Zeit hier gewesen.

»Genießt du die frische Luft?«, fragte Walter, als er aus dem Wagen stieg und Martin sah.

»Ähm, ja«, sagte Martin, »ich gehe dann mal rein. Der Boss will mich, glaube ich, sprechen.«

»Das mach«, erwiderte Walter, »Leute wie ihn sollte man nicht warten lassen.«

Doch der Boss, Worotnikow, war nicht derjenige, den Martin aufsuchen wollte.

»Martin, da hat jemand aus Deutschland angerufen. Vorwahl 49«, sagte Lucia, gerade als Martin sich zu ihr ins Zimmer geschlichen hatte. Sie hielt ihr Handy in der Hand. »Spricht gut Englisch. Er versucht es gleich noch einmal. Sonst kannst du ihn auch zurückrufen.«

Er nahm das Handy. »Danke! Das ging ja schnell!«

Das Telefon klingelte wieder. Am anderen Ende eine männliche Stimme.

»Guten Tag, Herr Fischer. Wir haben eine gemeinsame Freundin. Janine.«

»Und wer sind Sie?«

»Ein Freund von Ihnen beiden. Und das war es.« Der Mann machte eine Pause. »Janine sagte mir, dass Sie an einigen Informationen interessiert seien.«

»Das bin ich.« Martin gab Lucia ein Zeichen und ging mit schnellen Schritten in sein Zimmer auf den Balkon. Er war mittlerweile so paranoid geworden, dass er überall Abhörvorrichtungen vermutete.

»Zu Ihrer ersten Frage«, sagte der Mann. »Dieser Andreas Schmidt ist derzeit für ›besondere Aufgaben‹ freigestellt und leitet eine bestimmte Einheit, die irgendetwas mit Rohstoffen zu tun hat. Inoffiziell ist sie sogar im Kanzleramt angesiedelt, Referat Außen-, Sicherheits- und Entwicklungspolitik. Jedenfalls werden die Budgets von dort aus bezahlt, damit es keine Rückfragen aus den Ministerien gibt.«

»Und was macht diese Einheit?«

»Das konnte ich noch nicht genau herausfinden. Sie ist halb im Kanzleramt, halb im Verteidigungsministerium angedockt, und der BND hat wohl auch seine Finger im Spiel.«

»Der BND?«

»Sieht so aus. Gemeinsam organisieren sie den Transfer irgendwelcher Waren über Russland nach Kongo.«

»Was für Waren?«

»Keine Ahnung, Barbiepuppen werden es nicht sein.«

»Warum macht Deutschland bei so etwas mit?«

»Na ja, sehen Sie es mal so«, antwortete die Stimme. »Der gegenwärtige Blauhelm-Einsatz im Kongo ist der teuerste aller Zeiten. Und die Deutschen haben bisher siebzig Millionen für diese Kongo-Mission bezahlt. Da wollen sie jetzt wahrscheinlich etwas zurück.«

»Wissen Sie noch mehr?«

Die Stimme lachte leise. »Ich denke, das war schon einiges. Ich schicke Janine und Ihnen dazu ein paar Infos. Von Janine habe ich die private Mailadresse. Von Ihnen nicht.«

Martin nannte ihm seine private E-Mail-Adresse.

»Gut«, sagte der Mann. »Sie bekommen um circa achtzehn Uhr Mitteleuropäischer Zeit eine Mail.«

»Gut«, sagte Martin. »Wir haben hier im Kongo die gleiche Zeitzone wie in Deutschland. Das ist der Vorteil von Afrika.«

»Stimmt«, kommentierte die Stimme, »das vergesse ich immer. Sie bekommen eine Mail mit einem Betreff, den Sie erkennen müssten. Natürlich nicht von meiner Dienstmail, sondern aus einem Internetcafé. Und dann schauen Sie sich die Informationen mal an. Vielleicht helfen Sie Ihnen.« Er machte eine Pause. »Janine sagte, Sie seien in Gefahr?«

»Kann man so sagen.«

»Viel Glück! Ich melde mich wieder, wenn ich mehr weiß.«

Die Verbindung endete.

»Martin«, fragte Lucia und blickte ihn fragend an. »Was machst du da?«

»Ich muss …«, erwiderte er und suchte nach Worten, »ich muss herausfinden, was hier gespielt wird.«

»Manchmal ist es gut, wenn man viel wissen will, um sicherer zu leben. Aber zu viel Wissen kann auch tödlich sein.«

»Es geht nicht anders.«

»Martin«, sagte sie. »Du leihst dir mein Handy für irgendwelche Gespräche, deren Sprache ich gar nicht verstehe, und bist nicht bereit, mir etwas zu erklären. Ich habe dir gesagt, in welcher Gefahr du schwebst und was Worotnikow mit dir vorhat. Und du führst irgendetwas im Schilde, was uns beide in Gefahr bringen könnte, und bist nicht bereit, das mit mir zu teilen?«

Martin fiel keine Antwort ein. Und er schwieg.

»Martin«, sagte sie noch einmal. »Bring dich nicht in Gefahr!«

Sie blickte ihn an. Und ahnte umso deutlicher, dass Martin sein Leben in Gefahr bringen könnte, wenn er zu viel herausbekommen würde. Sie wollte ihn nicht verlieren, wollte ihn weiter an ihrer Seite haben. Was konnte sie tun? Das Einfachste war wohl, ihn so gut wie möglich zu decken, damit ihre Auftraggeber nichts von Martins Recherchen merkten. *»Bring dich nicht in Gefahr«,* hatte sie eben gesagt. Doch würde Martin darauf reagieren? Wahrscheinlich wollte er irgendeine gute Story für sein Magazin schreiben. Und merkte nicht, dass er dadurch nicht nur sich selbst in Gefahr bringen würde, sondern für eine gute Story auch das Leben von ihnen beiden gefährden könnte.

Martin schaute nach draußen.

»Ich muss noch mal los«, sagte er.

»Jetzt?«, fragte sie überrascht. »Schon wieder? Du warst doch eben erst weg!«

»Es geht nicht anders! Du musst mir helfen!«

Er blickte nach draußen und schaute auf den Balkon vor Lucias Zimmer.

»Kannst du die Leute hier drin irgendwie ablenken?«, fragte er.

»Wie denn?«

»Keine Ahnung. Zünde draußen irgendein Feuer an. Es müssen nur alle abgelenkt sein, weil alle Richtung Osten blicken.«

»Warum?«, fragte Lucia.

Martin blickte nach draußen. »Weil der Balkon hier nach Westen zeigt. Und wenn alles gutgeht, kann ich vom Balkon aus auf die Mauer und dann runter.« Er lächelte. »Und keiner sieht etwas!«

Auch Lucia lächelte. Wenn auch etwas unsicher. »Ich versuche mein Bestes.«

Kapitel 84

Demokratische Republik Kongo
Goma

Robert Otega nahm sein Mobiltelefon und wählte die Nummer des Ehrenbotschafters der Zentralafrikanischen Republik, Andreas Schmidt.

»Herr Schmidt«, sagte er zur Begrüßung, als sich die Stimme am anderen Ende meldete. »Sie glauben nicht, wen ich eben zusammen gesehen habe.«

»Wen haben Sie gesehen?«

»Diesen Deutschen, den ich erst entführt habe und den mir dann Worotnikow abgekauft hat.«

»Wo?«

»Bei der Verladestation.« Otegas Stimme wurde eine Oktave tiefer. »Bei den Containern.«

»Verdammt, was macht der da?«

»Es war nicht nur er da.« Otega beschloss, die Überraschung gehörig auszukosten. Und damit die Dringlichkeit noch zu erhöhen. Wie man spannende Geschichten erzählte, das wusste er. Das hatte ihm seine Großmutter früher am Feuer beigebracht.

»Wer noch?«

»Die Dame, die eigentlich für Sie arbeiten sollte. Weiß. Rotblonde Haare. Von denen gibt es hier im Kongo nicht so viele. Es kann nur sie sein.« Er hielt einen Moment inne. »Sie war auch zusammen mit Ihnen und Rasamov oben bei mir im Adlernest.«

»Janine?«

»So heißt sie wohl.« Otega schaute in den Abendhimmel, in den sich kreischend einige Vögel erhoben. Wahrscheinlich war irgendein Tier durch das Unterholz gebrochen. So wie hier. Auf einmal wurden alle aufgescheucht. Und das war gut. Denn all das erhöhte den Preis. »Sie stand dort mit diesem Deutschen, und sie haben sich die Container angeschaut.« Er machte eine Pause. »Was werden Sie tun?«, fragte er dann. Abwartend, lauernd.

Otega konnte spüren, wie Schmidt nach Worten suchte. »Glauben Sie mir, ich werde alles Wichtige veranlassen.«

»Und wird es unserer Sache helfen?«

»Garantiert!«

Andreas Schmidt konnte es kaum glauben. Er lief in seinem Zimmer auf und ab wie ein Raubtier im Käfig. Janine, die für ihn arbeiten sollte, war zusammen mit diesem Deutschen, diesem Martin Fischer! Hatte der sie alle an der Leine? Lucia Ming und jetzt auch noch Janine? Wahrscheinlich war er scharf auf eine tolle Story. Wahrscheinlich wartete er auf Informationen, die ihm irgendwelche korrupten Plappermäuler aus Berlin schicken würden. Und wohin? Auf seinen Laptop. Also musste Schmidt wissen, was auf Martins Laptop landete.

Im Trojanischen Krieg hatten die Griechen ein Pferd vor Troja plaziert, das auf den ersten Blick schön aussah. Das aber im Inneren voll mit Elitesoldaten war. So etwas brauchte er jetzt auch. Und zwar schnell. Und wenn er es hatte, dann wusste er schon, wer dieses Trojanische Pferd überbringen würde.

Er, Andreas Schmidt, Staatssekretär A.D., *Todesengel* und Ehrenbotschafter der Zentralafrikanischen Republik, war noch lange nicht am Ende.

Er wählte eine Nummer, die er fast auswendig kannte.

Kapitel 85

Demokratische Republik Kongo
Goma

Es hatte funktioniert.

Lucia Ming hatte heimlich an der Ostmauer des großen Anwesens des Russen ein kleines Feuer entzündet. Sofort waren die Bediensteten dort, um das Feuer zu löschen, und alle Augen hatten sich nach Osten gewandt. Die Hysterie war nicht übertrieben. Denn selbst kleine Störungen nahm man hier im Kongo ernst. Es konnten immer Brandanschläge sein, der Versuch, ins Haus zu gelangen und Dinge zu stehlen. Worauf zum Glück niemand kam, war, dass jemand vom Westbalkon aus über die Mauer nach draußen kletterte. Wie Martin es tat. So war ihm die Flucht geglückt.

Es war bereits Nachmittag, als Martin wieder durch den bizarren Wald von dreihundert Jahre alte Senecien schlich. Es war ihm noch gelungen, einen Feldstecher aus der Villa von Worotnikow zu entwenden. Er hatte gesehen, dass eine der Wachen in einem Vorraum nahe der Diele Ferngläser und anderes Equipment plaziert hatte, allerdings keine Waffen. Seine kleine Digitalkamera hatte er auch dabei. Er würde sie bald aufladen müssen, hatte aber weder Akku noch Ladekabel dafür. Aber solange sie noch ihren Dienst tat, wollte er sie nutzen.

Vor sich sah er wieder die Container.

Ein Jeep näherte sich dem abgesperrten Areal. Zwei schwarze Soldaten in Tarnfarben-Uniform brüllten einander Befehle zu. Einer der beiden öffnete den Container.

Unverderbliche Lebensmittel. Das hatte er noch aus Janine herauskitzeln können, als er sie gelöchert hatte, was möglicherweise in den Containern sein könnte. Das konnte allerdings kaum sein.

Zwei der Soldaten hoben eine Kiste aus dem Container, eine Zarges-Box, so ähnlich, wie sie Bernd und Martin auch in dem Jeep gehabt hatten. Nur um einiges größer. Martin konnte durch den Feldstecher erkennen, dass sich beide Soldaten mit der Kiste abmühten, die offenbar sehr schwer war, während ihnen der Anführer unwirsch Befehle zubrüllte.

»Merde!« Einer der beiden stieß auf Französisch einen Fluch aus. Und in dem Moment krachte die Kiste zu Boden. Eine der Verriegelungen sprang auf – offenbar war die Kiste nicht richtig geschlossen worden –, und ein Teil des Inhalts fiel polternd und scheppernd auf den Boden des Containers und auf den sandigen Boden der Lichtung.

»Idiot!«, schrie der Anführer, ein Wort, das offenbar in allen Sprachen dasselbe war. Dann eilte er hinzu, versetzte einem der Soldaten eine Ohrfeige und begann selbst, die länglichen, schwarzen Gegenstände wieder zurück in die Kiste zu räumen.

Instinktiv zog Martin seine Kamera. Und drückte ab. Fünf Bilder, zehn, fünfzehn.

Sein Atem ging rasselnd vor Aufregung und gleichzeitig versuchte er, so wenige Geräusche wie möglich zu machen. Dann ging er langsam, einen Schritt nach dem anderen, zurück in den Wald aus Senecien, zurück zur Villa und weg von diesem Platz.

Er hatte gesehen, was in dem Container war. Und es waren – keine unverderblichen Lebensmittel.

Kapitel 86

Bundesrepublik Deutschland
Pullach
Bundesnachrichtendienst

Eugen von Stein wollte gerade sein Büro verlassen, als sein Telefon klingelte. Als letzte Amtshandlung des Tages leitete er immer sein Festnetz auf das Handy um, was er noch nicht getan hatte. Wenn es wichtig war, riefen ihn die meisten seiner Vertrauten auf dem Festnetz an, weil es abhörsicher war. Er erkannte die Nummer. Von Stein nahm den Hörer ab.

»Honorarkonsul Schmidt«, sagte er und setzte sich noch einmal auf seinen Ledersessel. »Wie ist die Lage im *Heart of Darkness?*«

»Wir haben wenig Zeit«, erklärte Schmidt. »Es gibt ein Problem.«

»Welches?«

»Janine Drieling«, sagte Schmidt, »die junge Dame aus dem Auswärtigen Amt, die man mir vor die Nase gesetzt hat. Sie trifft sich im Kongo mit einem deutschen Reportagejournalisten.«

»Was?« Selbst von Stein, sonst die Nervenstärke selbst, schien plötzlich kerzengerade hinter seinem Schreibtisch zu stehen.

»Sie haben die Container gesehen.«

»Auch, was drin ist?«

»Nein, aber das kann jederzeit passieren.«

Von Stein überlegte ein paar Sekunden. »Müssen wir diesen Journalisten aus dem Weg schaffen?«

»Ich denke nicht. Das würde auch zu viel Aufruhr geben. Er könnte eher unsere Verhandlungsposition verbessern.«

»Warum?«

Schmidt erklärte von Stein seine These von Worotnikow und Martin Fischer, den der Russe als Druckmittel gegen die deutsche Seite einsetzen wollte.

»Ach, so ist das«, sagte von Stein. Er klickte durch ein Verzeichnis des BKA und fand die Akte von Martin Fischer. Deutscher Staatsbürger, keine Vorstrafen. Nicht verheiratet. Keine Kinder. »Er will also diesen Fischer als Leuchtfeuer nutzen, der unsere Spiele aufdeckt, falls wir nicht nach der Pfeife des Russen tanzen?«

»Exakt«, erwiderte Schmidt. »Wenn wir Worotnikow zeigen können, was Fischer über uns weiß, verliert er sein Druckmittel. Er wird Fischer dann selbst aus dem Weg räumen wollen und wir machen uns nicht die Hände schmutzig.« Schmidt machte eine kurze Pause. »Ich vermute«, sprach er weiter, »dass Fischer jetzt weiterforscht. Vielleicht wird er Informationen bekommen oder analysieren. Wir brauchen Zugang zu seinem Computer.«

»Gut«, sagte von Stein, »ich sage der IT-Abteilung Bescheid. Sie bekommen ein Rootkit zugesandt.«

»Ein Rootkit?« Offenbar hatte Schmidt davon noch nicht gehört.

»Ja«, sagte von Stein. »Damit kann man alles, was auf Martins Rechner vor sich geht, sehen. Rootkits dringen so tief in das Betriebssystem eines Computers ein, dass kein Explorer und kein Virenscanner sie mehr entdecken kann. Sie sind der perfekte Parasit, der von seinem Wirt nicht mehr zu unterscheiden ist. Eine Art Trojaner der Extraklasse. Über Rootkits können wir Spionagesoftware tief in das Betriebssystem eines jeden Computers schleusen. Unbemerkt und ungestört.

Und die Spyware liest dann alles, die gesamte Festplatte, alle Excel-Tabellen, alle vertraulichen Briefe und alle E-Mails.«

»Klingt nach einer guten Sache.«

»Ist sie auch.« Von Stein lächelte. »Die NSA hat zur Jahrtausendwende eine Menge von den Dingern auf allen möglichen Rechnern verteilt. Erzähl den Leuten etwas von einem Millennium-Bug, und alle bekommen Panik. Keiner will im neuen Jahrtausend plötzlich ohne Daten dastehen. Alle haben der Agency freiwillig Zugang auf ihre Computer gewährt, was sie sonst niemandem erlauben würden. Wir können das jetzt auch, leider erst mehr als zehn Jahre später, wir sind halt nicht die NSA. Aber wenn das Rootkit-Netz steht, haben wir eine Standleitung auf Fischers Computer.«

»Wenn er online ist.«

»Er muss ja online sein, wenn er Mails bekommt oder recherchiert.«

»Auch wieder wahr«, sagte Schmidt. »Was muss ich tun?«

»Meine Leute schicken Ihnen gleich über eine Download-Plattform das Rootkit. Das muss auf einen USB-Stick, und der muss in Fischers Rechner.«

»So weit so gut«, sagte Schmidt. »Nur dann brauchen wir jemanden, der ihn dort plaziert.«

Von Stein lächelte wieder sein Haifisch-Lächeln. »Und da fällt mir doch sofort jemand ein!«

»Wer denn?«

»Jemand, der Buße tun muss. Und dafür alte Freunde verraten.«

»Sie meinen Janine Drieling?« Schmidt merkte mal wieder, dass von Stein um einiges durchtriebener war als er.

»Genau die meine ich.«

Kapitel 87

Demokratische Republik Kongo
Goma

Zum Reinkommen hatte Martin den gleichen Trick angewandt. Er hatte gewartet, bis einer der Jeeps Kurs auf die Villa nahm, und sich dann hinter dem Heck des Wagens postiert, um mit dem Jeep im Schritttempo durch das Eingangstor zu gelangen. Er wusste genau, dass dieser Trick jederzeit auffliegen konnte. Und dass er ihn nicht zu oft versuchen sollte. *Man sollte mit seinem Glück nicht verhandeln,* hatte ihm mal irgendwer gesagt.

Zurück in der Villa klopfte Martin bei Lucia an und stürzte ins Zimmer. Und bevor sie etwas sagen konnte, nahm er ihr Handy und rief Janine an.

»Was ist los?«, fragte Lucia.

»Erklär ich dir gleich«, entgegnete Martin knapp.

Janine nahm nach dem zweiten Klingeln ab. »Martin«, sagte sie. »Der Mann im Kanzleramt hat sich gemeldet. Er hat dir gerade ein paar Infos geschickt.«

»Ich …«, Martin war noch immer außer Atem. »Ich habe gesehen, was in dem Container ist.«

»Und?« Janine war auf einmal voll da.

»Waffen!«

»Was für Waffen?«

Er zuckte mit den Schultern.

»Keine Ahnung. Ich habe Fotos gemacht. Vielleicht kann

man sie darauf erkennen? Ich weiß nicht, wo sie herkommen, aber es sind Waffen.«

»Vielleicht kann mein Mann im Kanzleramt sie identifizieren?«

»Der große Unbekannte? Warum nicht?«

»Du solltest aber …« Plötzlich brach Janines Stimme mitten im Satz ab.

»Janine, was ist los?«

»Ich muss Schluss machen«, sagte sie. Und ihre Stimme klang, als hätte ihr jemand den Satz mit einem Schwert abgeschnitten. Oder einem Buschmesser. Die Verbindung endete.

Martin blickte Lucia an, die ihn wiederum entgeistert anblickte und kein Wort von dem Gesprochenen verstanden hatte. Und vom Rest der ganzen Sache offenbar auch nicht.

»Ich muss meinen Laptop holen«, sagte Martin und rannte zur Tür. »Und du musst mir helfen, damit ich irgendwie ins Internet komme.«

»Ich … ich habe eine UMTS-Karte«, sagte sie.

»Gut, hol sie. Ich bin gleich wieder da.«

Er stürzte aus dem Zimmer. Ihm schwirrte der Kopf von all den Dingen, die hinter, aber auch vor ihm lagen. Lucia blickte ihm nach wie jemandem, der mit offenen Augen direkt in einen Abgrund rennt.

Kapitel 88

Demokratische Republik Kongo
Goma

»Ich glaube, Sie haben einiges zu erklären!« Andreas Schmidt war in Janines Zimmer eingedrungen wie ein Racheengel. Sie ließ das Handy sinken.

»Was meinen Sie?«

»Martin Fischer.« Schmidt zeigte nach draußen. »Und Ihr kleiner Ausflug mit ihm zu den Containern. Meinen Sie, dass ist uns verborgen geblieben?«

Janine zog es vor, erst einmal gar nichts zu sagen.

»Wissen Sie, was das heißt?« Schmidt machte einen Schritt auf sie zu. »Dass Sie Ihren Job nicht ernst nehmen. Dass Sie Ihre Verschwiegenheitserklärung brechen. Dass Sie Ihren Dienstherrn betrügen.« Er machte noch einen Schritt. »Und dass Ihnen ein dahergelaufener Sensationsjournalist wichtiger ist als der deutsche Staat.« Er stand jetzt nur noch einen knappen Meter vor ihr. »Wissen Sie, was Ihnen da blüht?«

Janine merkte, wie ihr die Tränen in die Augen schossen. All die Plackerei für die Aufnahmeprüfung zur diplomatischen Laufbahn, all die Arbeit, all der Einsatz. Alles für die Katz? Nur weil sie unbedingt ihrem Ex-Freund ein paar tolle Infos geben musste? Ihm, der sich mal wieder aus eigenem Verschulden in die Nesseln gesetzt hatte und dem Janine mal wieder den Arsch retten musste, wie schon so viele Male zuvor?

»Untreue«, sagte Schmidt. »Und Landesverrat. Das bedeutet, dass Sie suspendiert werden, vor Gericht stehen, vielleicht ins Gefängnis kommen und, wenn Sie Glück haben, irgendwann noch mal irgendwo Sekretärin werden. Falls sich die Computerprogramme während Ihrer Zeit im Knast nicht so geändert haben, dass Sie damit nicht mehr klarkommen und andere, billigere Arbeitskräfte statt Ihnen den Job machen können.«

Jetzt merkte Janine doch, wie ihr die Tränen über die Wangen liefen. »Ich habe ihn doch nur kurz getroffen. Und mit ihm gesprochen. Er ist mein Ex-Freund. Und er ist zufällig auch hier. Das ist doch kein Verrat.«

Schmidt nickte. »Sie können sich Ihre Freunde aussuchen, wo Sie wollen. Und wie Sie wollen. Sie haben nur ein Riesenproblem, wenn diese Freunde plötzlich Feinde werden.« Er machte eine raumausfüllende Geste. »Feinde von uns.«

Janine schaute Schmidt aus tränenverhangenen Augen an. »Und was passiert jetzt?«

»Das hängt von Ihnen ab. Entweder Landesverrat und Untreue. Oder wir vergessen das Ganze, wenn Sie etwas für uns tun.«

Janine war in ihrer Verzweiflung nicht aufgefallen, dass Schmidt an einem Gerichtsprozess, in dem Janine aussagen musste, mit Sicherheit kein Interesse haben konnte. Genau das war das Ziel von Schmidts Überrumpelungstaktik gewesen.

»Und was muss ich tun?«

»Unser Freund Martin ist als investigativer Journalist bestimmt an Insiderinformationen interessiert. Über Rohstoffe. Über Stammesarmeen. Über geopolitische Streitereien und Kriege.«

Sie zuckte die Schultern. »Vielleicht.« Sie wischte sich die Tränen aus den Augen.

»Stellen Sie sich vor, ein Vögelchen hat Ihnen ein paar dieser Informationen zugezwitschert. Moderne Vögel machen das so.« Er hielt einen USB-Stick in die Höhe.

»Das heißt, ich soll diesen Stick in Martins Rechner plazieren?« Der Stick schien ihr sehr viel kleiner als ein normaler USB-Stick zu sein.

»Genau das sollen Sie!« Er drückte ihr den Stick in die Hand. »Auf dem Stick ist eine Datei namens *commodities*. Die öffnen Sie. Den Rest macht das Programm.«

»Und dann?«

»Dann lassen Sie den Stick im Rechner. Wenn er einmal drin ist, kriegt man ihn so gut wie nicht mehr heraus.« Er lächelte. »Das soll man auch nicht. Im Stick ist ein globales GPS-Signal. Das den Rechner ständig mit einer verschlüsselten Verbindung mit dem Internet verbindet. Aber das hat Sie gar nicht zu interessieren.«

Sie schaute den Stick an wie einen verfluchten Talisman, den sie nie wieder loswerden würde, eine glühend heiße Kartoffel, die sie weiterreichen musste. Dann hob sich ihr Blick zu Schmidt. »Da sind nicht wirklich Informationen zu Rohstoffen drauf, oder? Das ist irgendwas anderes?«

Schmidt verzog verächtlich das Gesicht. »Was Sie alles merken. Und jetzt bewegen Sie Ihren Hintern zu Martin. Ich organisiere Ihnen einen Wagen. Und danach berichten Sie mir sofort!«

Kapitel 89

Demokratische Republik Kongo
Goma

Martin blickte fieberhaft auf den Rechner. Lucia hatte es tatsächlich geschafft, den Rechner mit ihrer UMTS-Karte online zu schalten. Der mysteriöse Mann aus dem Kanzleramt hatte ihm auf seinen privaten Mailaccount einige Dokumente gesandt, unter anderem auch die Typenbezeichnungen der Waffen, die Martin in dem Container gesehen hatte. Er klickte durch die Seiten.

In dem Moment klopfte es an der Tür. Martin fuhr panisch herum und schlug reflexartig den Laptop zu.

Walter steckte seinen Kopf in sein Zimmer. »Martin, du hast Besuch«, sagte er.

Eine Sekunde glaubte Martin, dass jetzt Otega kommen würde, um ihn zu erschießen, weil Worotnikow herausgefunden hatte, was Martin wusste. Doch die Person, die hinter Walter stand, kannte er. Und vor ihr musste er keine Angst haben.

»Janine! Was machst du hier?«

»Darf ich kurz reinkommen?«

»Klar!«

»Ich lass euch allein.« Walter schloss die Tür von außen, und seine Schritte halten auf dem Flur wider.

»Du kommst einfach hierher?« Martin sah Janine fassungslos an. Erst jetzt wurde ihm klar, wer hier gerade gekommen war.

»Hör zu«, sagte Janine und versuchte, Martin dabei nicht anzusehen, »es ist wichtig. Es gibt ein paar Dinge, die du wissen musst.«

»Okay, kommen wir schnell zur Sache.« Martin öffnete den Laptop wieder. »Diese Waffen«, erklärte er Janine, »die ich dort gesehen habe. Das waren Heckler-&-Koch-Gewehre G 3 aus Deutschland. Hier steht es.« Er zeigte auf den Bildschirm. »Die Dinger sind fast so bekannt wie die AK 47. Die RAF hat damals die HK MP5 sogar in ihrem Logo verewigt.«

Er scrollte weiter durch die Dateien. »Unglaublich«, sagte er. »Das G 36 ist ein Nebenmodell des G 3, es wird vom saudischen Staatskonzern MIC, der eine Lizenz bekam, auch außerhalb Deutschlands hergestellt.«

Janine blickte ebenfalls staunend auf den Bildschirm. Ein weiteres Bild zeigte einen großen Messestand mit Waffen auf der Industriemesse IDEX in Abu Dhabi. *International Defence Exhibition and Conference.* Alle bekannten Rüstungskonzerne waren dort: Lockheed Martin, Boeing, EADS, Rheinmetall, Krauss-Maffei, Heckler & Koch, Rohde & Schwarz und wie sie alle hießen.

Scheichs, Generäle, Bosse von privaten Sicherheitsdiensten und anderen Waffennarren liefen wie Kinder bei der Weihnachtsbescherung um den Messestand herum, fassten die Waffen an, blickten durch Zielfernrohre und staunten. Ein Einkaufsparadies, nicht nur für Waffennarren, sondern auch für Schurkenstaaten

»Der Typ im Kanzleramt hat einiges zusammengesucht.« Martin klickte weiter. »Angeblich begreift sich die IDEX wie jede normale Industriemesse. Nur«, er schaute Janine an, »auf der Textilmesse zum Beispiel hängt neben der Nähmaschine ein schönes Kleid. Auf der IDEX hängen hingegen keine Leichen mit Schusswunden. Oder Bilder davon.« Er konnte sich ein Lächeln nicht verkneifen, in einem Stadium zwischen Triumph und Euphorie. »*Boys and their toys.* Das wäre eine tolle Story, meinst du nicht?«

»Ich habe noch etwas«, sagte Janine. Weil Martin so angestrengt auf den Bildschirm starrte, merkte er nicht, wie schwer ihr das Sprechen fiel. »Hier!«

»Was ist das?«

»Ein USB-Stick. Mit jeder Menge Daten.«

»Ganz schön klein.«

»Ja, sorry, hier gab es keinen anderen. Ein Freund hat mir noch einige Daten geschickt. Könnten interessant für dich sein. Mein Computer hat sie die letzten drei Stunden runtergeladen. Ich hab noch 'ne recht schnelle Verbindung, aber wenn du dir das runterladen wolltest, würde es wahrscheinlich tagelang dauern. Daher dachte ich, ich bring sie dir auf dem Stick mit.«

Martin nahm den Stick und schaute Janine an. »Und dafür wagst du dich hierher?«

Janine schaute einen Moment auf den Boden und knetete ihre Hände. »Na ja … ich kenne hier einige. Aus deinem … ähm … Team meine ich. Ich kann nicht alles darüber sagen. Aber ich will dir trotzdem helfen, damit du hier wieder rauskommst. Die Daten werden sicher interessant sein.«

»Na, dann her damit!« Und schon hatte Martin den Stick in die Buchse in seinem Rechner gesteckt. Als Janine das Klicken hörte, atmete sie kurz erleichtert auf.

»Ich nehme an, das ist diese Datei? *Commodities?*« Martin war mit der Maus schon auf dem Dateinamen.

»Genau, die ist es.«

»Na, dann schauen wir mal.«

Als Martin die Datei öffnete und Janine das Surren der

Festplatte hörte, fühlte sie sich wie die Einheit, für die sie arbeitete und die Andreas Schmidt gegründet hatte.

Die Einheit Tiamat. Seine Einheit.

Benannt nach einer babylonischen Göttin, die gut und böse zugleich war.

Kapitel 90

Demokratische Republik Kongo
Goma

Worotnikow saß in seinem riesigen Büro, als sein Leibwächter Brian einen Besucher hereinbrachte.

Worotnikow erhob sich. »Herr Schmidt! Sie habe ich nicht erwartet.«

»Tja, unverhofft kommt oft.« Schmidt stellte einen Laptop auf den Tisch und klappte ihn auf. »Ich habe hier eine sehr schnelle Internetverbindung.«

»Ungewöhnlich im Kongo«, meinte Worotnikow. »Aber Sie sind sicher nicht gekommen, um mir das zu zeigen?«

»In der Tat nicht«, sagte Schmidt. Er drückte ein paar Tasten und der Rechner zeigte eine Benutzeroberfläche. Ein E-Mail-Postfach. Allerdings nicht das von Schmidt.

»Was ist das?«, fragte Worotnikow.

»Das ist die Computeroberfläche von Martin Fischers Laptop.«

»Und wieso ist der im Internet? Er hat absichtlich keinen Online-Zugang. Nur dann, wenn wir es wollen, damit er Artikel an seine Redaktion schickt.«

»Ich nehme an, er hat eine UMTS-Karte.«

»Von wem?«

»Vielleicht von Lucia Ming?«

Das Gesicht des Russen verfinsterte sich. »Warum sollte das der Fall sein?«

»Vielleicht weil sie einiges übersehen haben?« Schmidt

zeigte auf den Monitor. »Und jetzt schauen Sie mal hier! Was unser Freund sich gerade anschaut.«

Worotnikow blickte Schmidt unsicher an. »Wie haben Sie das geschafft?«

»Wir haben eine Wanze auf seinem Rechner installiert.« Er setzte sich auf einen Stuhl neben Worotnikow. »Gerade Sie sollte es nämlich sehr interessieren, was unser Freund gerade recherchiert.« Er merkte, wie Brian auf den Monitor starrte und kurz die Muskeln spannte. Es lag in der Luft, dass hier irgendetwas nicht stimmte. Und das hatte Worotnikow gleich gemerkt. Allerdings hatte er etwas länger gebraucht, als Schmidt erwartet hätte.

»Was recherchiert er denn?«

»Na ja«, sagte Schmidt, »diese Information ist auf Deutsch. Ich werde mal übersetzen. Es geht um Rohstoffe. Und Waffen …«

Worotnikow schlug sich mit einer Faust in die offene Hand. »Verdammt, Schmidt, wo hat dieser Kerl die Information her?«

Beide schauten auf den Monitor, auf dem sich der Cursor bewegte, als Martin E-Mails öffnete und PDFs herunterlud.

»Lassen Sie uns doch einen Moment zuschauen«, sagte Schmidt und lehnte sich zurück, während Worotnikow mittlerweile auf dem vorderen Ende seines Stuhls saß. »Wenn wir Glück haben, erfahren wir es gleich!«

Kapitel 91

Demokratische Republik Kongo
Goma

Martin klickte durch die Bilder der Waffen, die der Mann im Kanzleramt ihm geschickt hatte.

»*Die Rüstungsindustrie soll auch die Wirtschaft am Laufen halten und Zugang zu Rohstoffmärkten sichern*, steht hier sogar in einer Erklärung des Verteidigungsministeriums. Aber was heißt das?«

»Heißt das«, begann Janine, »dass Deutschland sich Rohstoffe durch Waffenlieferungen kauft?«

Martin nickte. »Mir hat mal jemand gesagt, Waffenexport ist Hiroshima in Zeitlupe. Schau mal hier!«

Er zeigte ihr ein weiteres Dokument. Und wollte nicht wissen, wo der Kontakt im Kanzleramt das alles herhatte. Entweder war der Mann dort unterfordert und freute sich über einen »richtigen« Auftrag. Oder er war verdammt gut vernetzt. Vielleicht beides. »Deutsche Waffenlieferungen gehen erst einmal nach Russland. Um die Beziehungen zu Russland, die ja allen deutschen Politikern so wichtig sind, weiter zu stärken. Und von dort aus landen sie dann im Kongo.«

»Das sind die unverderblichen Lebensmittel aus dem Container«, sagte Janine. Sie dachte an den Weg mit dem Jeep zum Adlernest von General Otega, an den Helikopter, der die mysteriösen Zarges-Kisten gebracht hatte. »Und auf demselben Weg wandern Rohstoffe zurück. Coltan. In großen Beuteln. Unverzollt. Unerkannt. Völlig intransparent.«

»Und das koordiniert die Gruppe Tiamat?« Martin sah Janine an. »Kennst du die?«

Die Gruppe Tiamat, dachte Janine, *geleitet von Andreas Schmidt, einem Staatssekretär aus dem Verteidigungsministerium, der auch mit dem BND kooperiert und der diese Aktivitäten geheim aus dem Untergrund heraus koordinierte.* Janine hielt es für keine gute Idee, alles zu erzählen. »Ich habe von ihnen gehört«, sagte sie. Und sie wusste selbst nicht, ob es richtig war, was sie hier tat. Sie wusste nur, dass sie einer großen Sache auf der Spur war. Und dass die Neugier in einem solchen Fall manchmal stärker wurde als der Selbsterhaltungstrieb. So war es jetzt selbst bei ihr. Obwohl sie sich als sehr viel vorsichtiger als Martin beschreiben würde, der schon immer als Erstes losgelaufen war und sich erst beim zweiten Schritt gefragt hatte, wohin es eigentlich gehen sollte.

»*Tiamat*«, Martin machte einen Check bei Wikipedia, »eine sumerische Gottheit, die gleichzeitig gut und böse ist. So wie dieser ganze Deal!«

Er lehnte sich einen Moment zurück und schloss die Augen. »Janine«, sagte er dann, »das muss man sich mal vorstellen: Deutschland, ein Land, das jede Beteiligung an Militäraktionen ablehnt, exportiert gleichzeitig Waffen wie ein Weltmeister. Und offenbar auch in Diktaturen und zu irgendwelchen Warlords in Krisenregionen. Deutschland, das sich sonst immer als Moralapostel aufspielt.« Er schüttelte den Kopf. »Mein Gott, das wird eine Megastory!« Er klickte weiter. »Hier steht: Briten und Franzosen ändern ihre Meinung, wenn sich die Fakten ändern. Deutschland nicht. Während Frankreich und die USA Flugzeugträger schicken, schickt Deutschland Bedenkenträger.«

»Oder Waffen.« Janine nickte gequält. »Und andere müssen es ausbaden. Unser Land exportiert Waffen, außer wenn daraus, wie im Fall von Syrien, Interventionsverpflichtungen erwachsen könnten. Wenn die deutschen Waffen erwartungsgemäß in falsche Hände fallen, gilt wieder die Interventionsdoktrin, Deutschland hält sich raus und man lässt Franzosen und Briten die deutschen Exportschlager wieder einsammeln.«

»Die deutschen Exportschlager?« Martin sah Janine an. »Das klingt super! Das ist schon fast eine Überschrift für die Story.«

»Es stimmt sogar. Deutschland ist nach den USA und Russland der drittgrößte Waffenexporteur der Welt.«

»Der Markt ist offenbar sehr attraktiv«, sagte Martin. »Allein 2010 sind weltweit über 1,6 Billionen Dollar für Waffen ausgegeben worden. Und ein Drittel kommt wahrscheinlich aus unserem Land. Ein Grund mehr, dass die Bundesregierung die deutschen Waffenschmieden erhalten will.«

Janine nickte. »Der Tod ist ein Meister aus Deutschland. Hat Celan gesagt.«

»Und ich sage es auch. Janine«, er drehte sich zu ihr um, »das wird die Megastory! Und ohne dich hätte ich diese ganzen Daten nicht. Danke! Danke!« Er scrollte durch ein weiteres Dokument. »Und hier ist noch mehr. Schau mal ...«

»Martin«, sagte Janine, und ihre Stimme wurde sehr ernst. »Ich kann nicht hierbleiben. Das Zeug ist zu heiß. Wenn meine Vorgesetzten mich damit in Verbindung bringen, bin ich komplett erledigt. Und du auch.«

Er nickte. »Noch eine Sekunde«, sagte er, »dann mache ich den Laptop zu.«

Doch es wurde mehr als eine Sekunde. Was den anderen vier Augen, die zuschauten, nicht ungelegen kam.

Kapitel 92

Demokratische Republik Kongo
Goma

Worotnikow schaute auf den Bildschirm, und es war das erste Mal, dass Schmidt den riesigen Russen zittern sah.

»Das ist unglaublich!«, schnaubte Worotnikow. »Wo hat er das her? Wo hat dieser Kerl das alles her?« Er machte Anstalten, sich zu erheben, doch Schmidt hielt ihn zurück.

»Warten Sie, bis er sich endgültig in die Scheiße geritten hat. Da!« Er zeigte auf den Bildschirm und kritzelte einen Namen auf ein Stück Papier. *Matahari2010@gmx.de.*

»Und wer ist das?«, fragte Worotnikow.

»Das haben wir gleich.« Schmidt wählte die Handynummer von Steins.

»Was gibt's?«, fragte von Stein.

»Wir müssen eine E-Mail-Adresse checken. Unser Presse-Freund hat offenbar einen gut informierten Zulieferer.«

»Schießen Sie los!«

»Matahari2010@gmx.de.«

»Gut, gebe ich gleich selbst in den Rechner ein. Eine Sekunde, es … verdammte Scheiße!«

»Was ist?«

»Das ist Thomas Haller, Abteilung 1 im Kanzleramt!«

»Können Sie den sofort aus dem Verkehr ziehen?«

»In Ordnung«, sagte von Stein, »ich rufe meine Leute in Berlin an.«

Schmidt legte das Handy zur Seite.

»Und jetzt zu uns«, sagte er zu Worotnikow. »Wir sind uns doch einig, dass wir diesem Treiben sehr bald ein Ende bereiten sollten, bevor unser Journalistenfreund, von dem Sie glaubten, er würde gute Presse schreiben …«, er ließ Worotnikow ein paar Sekunden, um die Worte sacken zu lassen, »bevor unser Freund all diese Informationen an die falschen Leute schickt und das ganze medial an die große Glocke hängt, oder? Dann ist unsere Kooperation in etwa so wertvoll wie eine Immobilie direkt hier auf dem verdammten Vulkan.« Er zeigte nach draußen. »Was sagen Sie?«

Worotnikow nickte zerknirscht. »Ich fürchte, Sie haben recht.«

»Wir schauen uns das noch ein paar Minuten an. Dann platzt die Bombe. Und Martin Fischer wird ausradiert.« Schmidt verschränkte die Arme wie ein Rachegott.

»Wie wollen wir das anstellen?« Ganz recht war es Worotnikow noch immer nicht, dass er seinen Experten für Propaganda-PR verlieren sollte. Doch die Ereignisse hatten sich auch für ihn so überschlagen, dass er keine andere Möglichkeit mehr sah. Und ein derartiger Skandal würde ihn im Kreml sicher nicht beliebt machen. Und von seinem Penthouse in Moskau und London, seiner Villa auf dem Land und seinem Privatjet konnte er sich dann sofort verabschieden.

»Wir müssen ihn auf stille Weise auslöschen«, sagte Schmidt. »Dort, wo es keiner merkt. Und es sollte keiner von uns sein. Wir wollen uns nicht die Finger schmutzig machen. Wir wollen nur das Problem lösen.«

»So spricht nur ein echter Deutscher«, stellte Worotnikow fest. »Wer soll das also machen?«

»Ich habe schon mit einem von ihnen telefoniert«, sagte Schmidt. Er hob das Handy. »Ich muss ihn nur anrufen, dann ist er mit seinen Leuten in drei Minuten hier.«

»Nicht etwa ...?«
»Doch«, sagte Schmidt, »Robert Otega.«
»Wer?«
Worotnikow sah ihn mit großen Augen an.
»Sie kennen ihn.« Schmidt lächelte.

Kapitel 93

Bundesrepublik Deutschland

Berlin
Friedrichstraße

Christian Kuhn saß in seinem schwarzen Volkswagen Eos und aß einen Döner, wobei es ihm mit bewundernswertem Geschick gelang, weder zu kleckern noch irgendwelche Salatteile oder Krümel auf die Inneneinrichtung des Autos zu verstreuen, als sein Handy klingelte. Das Essen im Auto hatte er sich in den USA angewöhnt, wo er einige interessante Jobs erledigt hatte. Vorher hatte er für die KSK gearbeitet, bis seine Knochen diesen Job nicht mehr mitmachten. Viele ehemalige KSK-Kämpfer machten nach ihrem Job etwas anderes. Er hatte auch für private Sicherheitsdienste gearbeitet, für Oligarchen und für globale Konzerne. Manager, die ihrer Firma Millionengelder unterschlagen hatten und dann geflohen waren, waren seine Spezialität. Er fand Leute, die nicht gefunden werden wollten. Und er holte sie zurück.

Eigentlich war es nicht richtig, dass ehemalige Elitekämpfer des deutschen Staates in die Privatwirtschaft gingen und einige der Geheimnisse mit sich nahmen und auch anwendeten, die für niemanden außerhalb der Bundeswehr bestimmt waren. Doch die Bundeswehr hatte ihnen zugesagt, dass sie alle nach ihrer KSK-Laufbahn einen guten Job bei der Truppe bekommen würden. Und diese Zusage hatte sie bei vielen nicht gehalten und die Elitekämpfer, die ihren Arsch für ihr Land hingehalten hatten, mit den Worten *Gute Leute finden doch immer einen Job* in eine ungewisse Zukunft verabschiedet. Wenn die Bundeswehr nicht ihr Wort hielt, brauchte Kuhn es auch nicht zu tun.

Er dachte an die Worte von Nietzsche: *Staat ist der Name des kältesten aller kalten Ungeheuer. Was immer der Staat sagt, er lügt. Und was immer der Staat hat, er hat es gestohlen.*

Dass der Staat jeden verarschte, vor allem die, die ihn am Leben erhielten, daran hatte Kuhn keinen Zweifel. Doch dass der Staat jetzt sogar anfing, seine eigenen Bediensteten über's Ohr zu hauen, war etwas Neues. Da hatte auch Kuhn keine Hemmungen, wortbrüchig zu werden.

Wobei er sich nicht beschweren konnte. Denn jetzt arbeitete er für den Bundesnachrichtendienst. Und er musste nicht einmal nach München dafür ziehen, da das Hauptquartier sehr bald von Pullach nach Berlin verlegt werden würde. Kuhn war schon einer der ersten Außenposten in der Hauptstadt. Mit der Aufgabe, Leute zu finden. Sie zu fangen. Und sie dann unschädlich zu machen. Manche, indem sie einfach für kurze Zeit verschwanden und dann, wenn sie keinen Schaden mehr anrichteten, wieder freigelassen wurden. Manche allerdings auch für immer. *Tote reden nicht,* war sein Wahlspruch. Und wenn die Leute, um die er sich gekümmert hatte, geredet hatten, war es manchmal am besten, wenn sie in Zukunft keine Möglichkeit hatten, noch einmal mit den falschen Personen über falsche Themen zu reden. Und dafür gab es Leute wie Christian Kuhn.

Er nahm den Anruf an. Die Nummer kannte er.

»Direktor von Stein, was gibt es?«, fragte er und knüllte mit der anderen Hand die Reste des Papiers, in dem der Döner gesteckt hatte, zusammen. Von Stein begann zu sprechen, während Kuhn aufmerksam zuhörte.

»Wie heißt er …? Thomas Haller? Kanzleramt? Ja, schicken Sie mir das Foto.«

Er nahm das Gespräch mit seinem Smartphone auf. Das ersparte es ihm, sich irgendwelche Notizen zu machen. »Soll er für immer weg oder nur für kurze Zeit? … Okay. Und vorne rein oder durch die Hintertür? … Nichts Offizielles? Gut, das kriege ich hin. Ich melde mich, wenn ich ihn habe! Bis später.«

Er legte das Handy in die Dockingstation und startete den Wagen.

Der BND würde dafür sorgen, dass Haller sehr schnell sein Büro verlassen würde. Und draußen würde Kuhn auf ihn warten. Und ihn mitnehmen. So lange, wie von Stein es wollte.

Kuhn musste nicht wissen, warum das passierte. Was Haller getan hatte. Und was er überhaupt machte.

Ein Auftrag war wie der andere. Und nur das Ziel war wichtig. Sein Job war es, genau den Job zu erledigen. Und damit das Ziel zu erreichen.

Eine SMS zeigte ihm an, dass in diesem Moment der Anruf bei Haller im Büro erfolgte. Erst auf seinem Festnetz. Dann auf seinem Handy.

Er stieg kurz aus und warf das Döner-Papier in einen Mülleimer. Dann setzte er sich ans Steuer und verließ die Parklücke an der Friedrichstraße, um Kurs auf die Willy-Brandt-Straße zu nehmen. Richtung Kanzleramt.

Kapitel 94

Bundesrepublik Deutschland
Berlin
Bundeskanzleramt

Thomas Haller packte eilig seine Sachen zusammen.

»Ich muss eher los, etwas in der Familie«, rief er seiner Sekretärin zu, bevor er in den Fahrstuhl stieg, der ihn zum Hintereingang des Kanzleramts brachte.

Sein Vater litt schon seit längerem an Bluthochdruck, jetzt war er ins Krankenhaus eingeliefert worden, Campus Benjamin Franklin der Charité. Haller musste sofort hin. Der Arzt hatte ihm zwar gesagt, dass es nichts Ernstes sei und nur der Verdacht auf einen Infarkt bestehe, aber immerhin wollte Thomas seinem Vater ein paar Sachen von zu Hause mitbringen.

Sein Vater hatte schon einmal eine schwierige OP durchgestanden, bei der er einen Aortenersatz bekommen hatte, ein Teil der Körperhauptschlagader wurde ausgetauscht. Der Eingriff hatte fünf Stunden gedauert und war nicht unkritisch gewesen. Aber am Ende war alles gutgegangen. Bis auf die Tatsache, dass Haller seitdem höchst alarmiert war, wenn er die Worte *Vater* und *Herz* hörte.

Seitdem seine Mutter gestorben war, kümmerte sich Thomas ab und an um seinen alten Herrn.

»Guten Tag, Kuhn mein Name«, sagte der Mann hinter ihm, der wie aus dem Nichts aufgetaucht war. »Haben Sie zwei Minuten Zeit?«

Haller blickte sich um. »Bedaure, ich kenne Sie nicht. Und außerdem habe ich es sehr eilig.« Er blickte sich nach einem Taxi um und zückte sein Handy, um notfalls eins zu bestellen.

»Ich habe zwei Nachrichten für Sie«, sagte der Mann. »Eine gute und eine schlechte.«

Haller musterte den Mann kurz. Eine große, gepflegte Erscheinung, Anzug und Krawatte. Durchtrainiert. Keiner von denen, die man in Berlin so häufig sieht und die einem Zeitungen oder sonst was andrehen wollten oder Zigaretten schnorrten. Dennoch zog Haller es vor, den Mann nicht zur Kenntnis zu nehmen. Das änderte sich schlagartig, als der große Mann weitersprach.

»Die gute: Ihr Vater ist kerngesund. Er ist nicht im Krankenhaus.«

»Was sagen Sie da?« Hallers Kopf zuckte zur Seite, und er fixierte den Mann, als würde er mit einem Gespenst reden. »Und woher wissen Sie das mit meinem Vater …«

»Dazu kommen wir jetzt.« Der Mann lächelte. »Ich habe leider noch eine schlechte Nachricht.« Er zückte einen Ausweis. Auf den ersten Blick konnte Haller die Worte »Bund« und »Nachrichtendienst« sehen. *Bundesnachrichtendienst. BND. Verdammt, was sollte das bedeuten? In was war er hier hineingeraten?* Da sprach der Mann schon weiter. »Sie werden heute nicht mehr ins Kanzleramt zurückgehen und morgen wahrscheinlich auch nicht. Sie werden stattdessen erst einmal mit mir kommen.« Er zeigte auf eine schwarze Limousine, die in der Nähe stand.

»Was …«, brachte Haller stockend hervor. »Warum?« Doch ein Teil in seinem Kopf konnte sich denken, worum es ging. Vielleicht die Daten, die er verschickt hatte?

»Sie haben zwei Möglichkeiten«, erklärte der Mann, der sich als Kuhn vorgestellt hatte, und zeigte noch einmal auf die schwarze Limousine. »Sie können freiwillig einsteigen, Sie sind ein bis zwei Tage von der Arbeit freigestellt, wir klären alles geräuschlos mit Ihrem Arbeitgeber. Wir erklären, dass Sie den BND in einer Frage der nationalen Sicherheit unterstützten, und Sie sind spätestens übermorgen ganz normal in Ihrem Job. Oder …«, Kuhn streckte sich zu voller Größe und spannte seine Muskeln, »… sie leisten Widerstand und ich muss Sie gewaltsam in den Wagen verfrachten, was mir ohne Zweifel gelingen wird, was aber für Sie und Ihre Karriere«, er schaute die Fassade des Kanzleramts hinauf, »möglicherweise negative Auswirkungen haben könnte.«

Er blickte Haller an. »Können wir uns auf Option eins einigen?«

Haller nickte ergeben. »Können wir«, sagte er und stieg in den Wagen.

Kapitel 95

Demokratische Republik Kongo

nahe Goma

Der Chrysler-J8-Militärjeep von Robert Otega fuhr krachend über Äste und durch Morastpfützen – das, was man südlich von Goma als Straße bezeichnen würde. Für einen sperrigen Jeep konnte man den Chrysler erstaunlich leicht fahren, obwohl dieser »Offroad-Opa«, wie man ihn nannte, keine Servolenkung hatte. Man musste sich an einiges gewöhnen bei diesem Wagen, doch wenn man erst einmal die Tricks und Kniffe kannte, wurden Mensch und Maschine gute Freunde. Das wusste Otega aus zahlreichen Einsätzen, bei denen es drauf ankam. Und hatte man endlich den ersten der drei Gänge gefunden, wobei manch einer erst einmal den Rückwärtsgang einlegte, der oben links in der Gangschaltung saß, kam das über eine Tonne schwere Monstrum ganz gut in Fahrt. Otega saß selbst am Steuer und blickte nach rechts. Zu Jacques, seinem Leutnant, neben ihm auf dem Beifahrersitz. Er schaute in den Rückspiegel. Hinter ihm sechs Soldaten, die auf der Ladefläche auf hölzernen Pritschen saßen. Einer von ihnen hatte eine Panzerfaust in der Hand. Man wusste ja nie, was sich Unerfreuliches nähern könnte. Und je größer und unbeweglicher das Ziel, desto besser war die Panzerfaust als Waffe. Qualitätsware aus England. Nicht leicht zu bekommen. Und hier im Kongo eine echte Rarität. Eine Plane in Tarnfarben deckte das Truppenabteil im hinteren Bereich des Jeeps ab und schützte die Mannschaft vor dem Regen, der gerade einsetzte.

»Bin unterwegs«, sagte Otega in sein Funkgerät. »Worotnikows Villa. Wir sind sechs Mann. Alle bewaffnet. In zehn Minuten. Over.«

Er legte das Funkgerät auf die Ablage.

»Wer hat angerufen?«, fragte Jacques »Worotnikow?«

Otega nickte. »Es geht um diesen Deutschen. Wahrscheinlich wollen sie, dass wir ihn kaltmachen.«

»Dann zahlt aber keiner mehr für ihn, wenn er tot ist. Wolltest du nicht die Regierung erpressen?«

Otega nickte. »Worotnikow wird hoffentlich gut zahlen. Wenn er ebenso viel zahlt wie die Regierung, erschieße ich den Typen auch.«

»Sicher, dass sich das lohnt?« Jacques war noch nicht zufrieden.

Otega zuckte die Schultern. »Ehrlich gesagt kann ich mir vorstellen, dass der Geldbetrag geringer ist als das, was ich von der Deutschen Botschaft als Lösegeld bekommen würde. Andererseits können wir uns nicht beklagen, da wir doppelt kassieren: erst für die Übergabe Martins an Worotnikow vor ein paar Tagen und jetzt noch mal für die Hinrichtung.«

»Ist einfacher so«, sagte Jacques.

»Ja, viel einfacher, als eine Entführung medial zu verbreiten, um ein hohes Lösegeld zu erpressen.« Otega kniff die Lippen zusammen, während der Jeep durch eine riesige braune Pfütze fuhr und Wasser nach allen Seiten spritzte. Irgendein schwarzer Vogel flatterte krächzend nach oben. »Ein Dollar heute ist halt mehr wert als zwei Dollar übermorgen.«

Sie fuhren einen Moment schweigend. Nur die Stimmen der Truppe im hinteren Bereich des Wagens waren zu hören, neben dem Plätschern des Regens, dem Röhren des Motors und den Geräuschen des Waldes.

»Vielleicht«, begann Otega, und ein Lächeln umspielte sein

Gesicht, was umso seltsamer aussah, da er fast nie lächelte, »vielleicht kassieren wir aber auch dreimal.«

Jacques schaute ihn verwundert an. »Dreimal?«

»Einmal für die Übergabe, einmal für die Hinrichtung. Und einmal …«

Otega stoppte den Wagen und schaute Jacques durchdringend an.

»Kannst du ein Geheimnis bewahren?«

Jacques nickte und trank einen Schluck aus seiner Feldflasche. »Klar.«

»Dann pass auf«, sagte Otega. »Ich habe noch einen Auftrag für dich. Das hier ist die Vorauszahlung.« Er drückte Jacques ein Bündel Hundertdollarnoten in die Hand, unauffällig, sodass die Truppen hinten nichts mitbekamen. »Südlich von Goma ist doch dieses Lager von der Fairtrade Organization. Such dir einen aus, der so ähnlich aussieht«, er zeigte Jacques ein Foto auf seinem Handy, »Größe etwa eins achtzig, Statur wie auf dem Foto.«

»Und dann?«

»Betäube ihn. Und halte ihn bereit. Bis ich dich anrufe. Und noch was!«

Jacques hob die Augenbrauen, während er die Dollarscheine einpackte. »Ja?«

»Behalte es für dich! Kein Wort zu den anderen.«

Jacques lächelte. Die Dollars waren Schweigegeld genug. Und das war erst die Anzahlung. »Mach ich, Boss. Noch eine Frage?«

»Ja.«

»Glaubst du, dass die Regierung gut zahlt?«

»Von dem Typen, den du gleich entführen sollst? Der von Fairtrade?«

»Genau der.«

»Nein.« Otega schüttelte den Kopf.

»Wofür brauchen wir ihn dann?«

»Wirst du sehen. Denk erst mal an das Geld. Und dann erst an die Fragen.«

»In Ordnung, Boss!«

Jacques stieg aus. Schulterte seine Waffe.

Er blickte dem Jeep von Otega hinterher, der mit den vier Soldaten Richtung Goma fuhr. Zur Villa von Worotnikow.

Dann griff er nach seinem Funkgerät. Ein Soldat der *Engel der Herrn* meldete sich.

»Jacques, was gibt's?«

»Ich brauche in fünfzehn Minuten einen Wagen nahe dem Dorf von Fairtrade. Und Kabelbinder, Fesseln, das Übliche.«

»Okay, Chef, ich komme selbst«, sagte der Mann am anderen Ende. »Over.«

Jacques zog eine Uzi aus seinem Waffenholster und lud zwei Betäubungspatronen hinein. Sie waren eigentlich für Tiere gedacht, aber was waren Menschen anderes, wenn nicht besonders gefährliche Tiere? Und wenn der Kerl nicht überlebte, war es auch nicht schlimm. Bis heute Abend musste er leben. Länger nicht.

Jacques machte sich auf den Weg ins Unterholz.

Kapitel 96

Demokratische Republik Kongo
Goma

Janine war doch noch länger als eine Sekunde bei Martin geblieben. Zu spannend war das Material, das Haller aus dem Kanzleramt geschickt hatte.

»Da sitzt also der Hase im Pfeffer«, sagte Martin. »Dieser Russe, Worotnikow …«

»Der Rote Direktor?«, fragte Janine.

»Genau der. Er garantiert die Rohstoffversorgung Deutschlands aus Russland und stellt dafür die Handelswege. Wobei allerdings viele dieser Rohstoffe in Wirklichkeit aus Minen aus dem Kongo kommen, so wie hier, wo zu unmenschlichen Bedingungen gearbeitet wird.«

»Und der Weg über Russland ist nur ein Alibi?«

»Ja, durch den Umweg über Russland werden diese ›blutigen‹ Rohstoffe im Zuge deutsch-russischer Freundschaft reingewaschen. Und dann ist da noch dieser andere zwielichtige Typ, den ich mal fotografiert habe.«

»Rasamov heißt er«, sagte Janine. Mittlerweile hatte Martin so viel herausgefunden, dass sie diesen Namen auch nicht mehr geheim halten musste.

»Rasamov? Klingt vertrauenerweckend.« Martin hatte auf dem Rechner eine Karte Russlands, Vorderasiens und Ostafrikas geöffnet. »Jedenfalls organisiert der offenbar die Waffenlieferung, die mit Galaxy-Transportern von Frankfurt nach Moskau gehen und dann über versteckte Flugrouten von Moskau über Grosny nach Kigali und Goma. Verdammt, darum war da auch diese riesige Landebahn in der Nähe der Container.«

»Du meinst, da können sogar Galaxy-Truppentransporter landen?«

»Ausgemusterte Dinger, die keiner mehr braucht?« Martin zuckte die Schultern. »Warum nicht? Richtiges Big Business in großen Stückzahlen. Als wäre es ein globaler Logistikkonzern.«

»Das ist sogar größer als ein Konzern«, sagte Janine. »Deutschland, Russland, China. Wir sprechen hier von Staaten. Die allesamt auf der globalen Bühne nicht gerade eine kleine Rolle spielen!«

»Und jetzt schau hier«, sagte Martin. »Deklariert werden diese Lieferungen als Lebensmittelspenden, die sogar teilweise über kaschierte Hilfsorganisationen und NGOs finanziert werden.«

»Mein Gott«, sagte Janine, »irgendwelche gutmeinenden Leute, die Gelder für Afrika spenden, finanzieren damit Verkehrswege und Logistikkosten für Waffentransporte nach Afrika.«

»Nennt man Working Capital. Das Geld, das erst einmal vorgestreckt werden muss, bevor bei der Lieferung der Ware bezahlt wird. Die werden vielleicht sogar durch Spenden gedeckt.« Martin schickte eine kurze Mail an den Kontakt im Kanzleramt.

»Spenden für Waffen. Perfide«, meinte Janine. »Und die Chinesen?«

»Die sind offenbar schon länger hier«, antwortete Martin. »Hat mir Lucia auch erzählt. Diese chinesische Rohstofffirma, CMCC. Die liefern die Infrastruktur, Straßen, Schienen und Pipelines.«

»Also noch mal alles zusammengefasst«, sagte Janine. »Deutschland bekommt Coltan und seltene Erden aus dem Kongo und liefert dafür Waffen. Und die gehen über Russland an den Kongo, und die Warlords, die die Rohstoffpreise durch die Ausbeutung der Minenarbeiter künstlich niedrig halten, so dass die westlichen Industrien, allen voran in Europa die deutsche Industrie, niedrige Produktionskosten haben.«

»Und Worotnikow«, ergänzte Martin, »versorgt über ein Subunternehmen die Warlords der Minen, allen voran die Stammestruppe *Engel des Herrn* unter General Otega mit Waffenlieferungen, um die Minen zu sichern und verfeindete Stämme auszurotten.«

Janine legte den Kopf in die Hände. »Das ist unglaublich! Deutschland befeuert einen Krieg, der schon Millionen von Menschenleben gekostet hat, nur damit westliche Industrien billig produzieren können und damit Leute wie wir jedes halbe Jahr ein neues Smartphone haben.«

»Schon verrückt«, sagte Martin und blickte zur Decke. *»In jedem Handy steckt ein Stückchen Kongo«*, sinnierte er. Dann hob er den Kopf und blickte Janine an. »Hey, das wäre eigentlich ein guter Untertitel für meine Story.« Er warf einen Blick in seine Inbox.

»Seltsam«, meinte er. »Der Typ vom Kanzleramt antwortet gar nicht mehr. Sonst hat er sofort auf Mails geantwortet.« Martin blickte auf seine Mailbox.

»Vielleicht ist er kurz zu einem Meeting«, schlug Janine vor.

»Vielleicht.«

Da hörte er ein Klopfen an der Tür.

»Wahrscheinlich Lucia«, sagte er, »eine Kollegin von mir.« Und auf Englisch. »Komm rein!«

Doch es war nicht Lucia.

Kapitel 97

Demokratische Republik Kongo
Goma

Es war nicht Lucia.

Lucia war für ihn die Liebe. Und das Leben.

Aber hier stand der Tod.

Als Erstes blickte Martin in den schwarzen Lauf einer Waffe. Wie gebannt folgte sein Blick dem Waffenlauf, sah den Abzug, sah die mächtige Hand hinter der Waffe und die bullige Gestalt des Mannes. Die Glatze, das rote Barett, die Tätowierungen an den riesigen Oberarmen, die zwei Augen, die ihn unverwandt anstarrten, wie ein Jäger seine Beute. Und wieder sah er die zwei Ketten, die der Mann um den Hals trug. Eine mit einem silbernen Kreuz, die andere mit sechs menschlichen Ohren.

»Mitkommen«, knurrte General Otega.

Hinter Otega standen die zwei Leibwächter von Worotnikow, Walter und Brian. Und dahinter Worotnikow selbst. Und dahinter der Mann, der vor zwei Tagen Lucia belästigt hatte. Dieser Deutsche, bei dem es sich wahrscheinlich um Andreas Schmidt handelte, den Anführer der Einheit Tiamat. Die, die verantwortlich waren für die Deals, das Coltan und die Waffen.

Waffen. In eine schaute er gerade. Eine Uzi, keine AK 47, aber es war sicher die Waffe, mit der sie auch ihn erschießen würden.

Worotnikow schaute ihn missmutig an. »Das war's, mein junger Freund«, sagte er. »Ein Bär sollte seine Schnauze nicht zu tief in den Honigtopf stecken. Sonst bleibt er darin kleben. Und erstickt.« Er klopfte ihm auf die Schulter, aber es war klar, dass dies alles andere als freundschaftlich gemeint war. »Und das ist dir, junger Freund, nun leider passiert.« Er zeigte mit dem Kopf die Treppe hinunter. »Führt in ab.«

Martin merkte, wie ihm die Tränen über die Wangen liefen. Er hatte gefürchtet, dass er wieder in die Gewalt dieses Mannes geraten würde, und genau das war geschehen.

Draußen wartete bereits ein Jeep.

Jemand fixierte Martin blitzschnell die Hände mit Kabelbindern hinter dem Rücken. Ein anderer hob einen Sack, um ihn Martin über den Kopf zu stülpen.

Er sah noch, wie der Russe Otega ein Mobiltelefon reichte.

»Ihr werdet die Hinrichtung aufnehmen. Und mir den Film schicken.« Er drückte Otega das Handy in die Hand. Ein Handy, genau um das ging es hier. Coltan, Waffen. *In jedem Handy steckt ein Stückchen Kongo.*

Und der Tod. Der jetzt auch Martin heimsuchen würde.

»Ich will auf keinen Fall, dass irgendjemand irgendetwas von ihm erfährt. Verstehen wir uns?« Worotnikow sah Otega prüfend an. Der nickte. »Klar, Boss!«

Worotnikow und Otega waren das Letzte, das Martin sah, bevor ihm der Sack über seinen Kopf gestülpt wurde und er sich in einem filzigen schwarzen Tunnel wiederfand. Er wurde unsanft auf die Rückbank des Jeeps gedrängt, rechts und links von ihm zwei Wachen, deren Schweißgeruch ihm unangenehm in der Nase brannte.

»Auf Wiedersehen auf deiner letzten Reise, Martin Fischer«, sagte Worotnikow in den Jeep hinein. »Denn alles, was einen Anfang hat, hat auch ein Ende. *Doswidan'ja*«, sagte er auf Russisch. »*Auf Wiedersehen!*«

Mit diesen Worten heulte der Dieselmotor auf und der Jeep setzte sich in Bewegung.

Zu dem Ort, wo Martin sterben sollte.

Der Jeep war einige Meter südlich gefahren und dann nach rechts abgebogen. Und damit war er aus Janines Blickfeld verschwunden. Sie verfolgte den Abtransport von Martin regungslos. Sie fühlte sich furchtbar. Was hatte sie getan? Erst hatte sie ihm geholfen. Und dann hatte sie ihn verraten. Und den Mann, den sie vielleicht einmal geliebt hatte oder den sie vielleicht noch immer liebte, weil sie sich hier, in diesem seltsamen Umfeld, irgendwie wieder nähergekommen waren, würde sie nie mehr wiedersehen. Weil er in nicht einmal einer Stunde tot sein würde.

Sie schaute zur Tür des Zimmers. Und ihr Blick traf den von Andreas Schmidt.

»Gut gemacht«, sagte Schmidt. »Da haben Sie ja Ihren Schnitzer noch einmal ausgeglichen. Man muss manchmal …«

Janine knallte ihm die Tür vor der Nase zu, während ihr die Tränen in die Augen schossen.

Dann rannte sie auf die Toilette. Und übergab sich.

Kapitel 98

Demokratische Republik Kongo
Goma

Lucia schaute aus dem Fenster, als wäre sie zur Steinsäule erstarrt.

Martin im Jeep von diesem Otega und seinen Söldnern. Was konnte das bedeuten? Das konnte doch nur eine Hinrichtung sein!

Gerade noch wollte sie zu ihm gehen und ihn fragen, wann sie die UMTS-Karte wiederhaben könnte. Dann hatte sie gesehen, wie zwei Milizen der *Engel des Herrn* aus Martins Zimmer gekommen waren. Sie war in ihr Zimmer gestürzt und hatte schnell aus dem Fenster geblickt. Und gerade noch gesehen, wie sie Martin, mit einem Sack über dem Kopf, auf die Ladefläche befördert hatten.

Es war Martin. Sie erkannte ihn sofort. Die Haltung, die Bewegung.

Sie schaute auf das Handy. Ihr Handy. Sie wusste nicht, wen sie jetzt anrufen sollte, wer ihr helfen konnte. Mit diesem Handy hatte Martin telefoniert, zum ersten Mal heimlich, als sie in dieser seltsamen Hütte bei der Mine geschlafen hatten. Er hatte es ihr erst später erzählt. Dieses Handy war in seiner Hand, an seinem Ohr, an seinem Mund. Es war Martin, der in dieses Handy gesprochen hatte, und sie ertappte sich, wie sie das Handy anschaute, als würde es einen Teil von Martin konservieren, als wäre Martin schon längst Geschichte und als würde die Erinnerung an ihn nur noch in Gegenständen weiterleben.

Doch noch war Martin nicht Geschichte. Noch war er am Leben. Und er war der Mann, den sie liebte. Der Mann, der sie verstanden hatte. Und den sie verstanden hatte. Und das, obwohl sie Kontinente trennten. Sie waren füreinander geschaffen. Und jetzt kam er in die Gewalt dieses Warlords, was einem Todesurteil gleichkam?

Der Mann, den sie liebte? Und der sie liebte?

Zeit ist Glück. Das hatte sie immer gesagt. Aber es durfte nicht immer gelten. Glück hieß nicht, nicht zu sterben. Denn am Ende stand immer der Tod. Es war doch noch längst nicht so weit? Es gab doch noch Hoffnung? Sie hatten doch noch Zeit? Und damit Glück? Sie waren doch viel zu jung. Viel zu jung, um dem Tod ins Auge zu blicken und das Leben in Trauer und Einsamkeit zu verbringen, weil der, den man liebte, auf den Schwingen des Todes verschwand, unterwegs in eine andere Welt.

Sie musste etwas tun.

Lucia Ming beobachtete die Szene fassungslos vom Fenster auf.

Der Mann, den sie liebte! In der Gewalt dieser Scheusale!

Der Mann, den sie liebte! Und der womöglich in wenigen Minuten Geschichte war!

Sie suchte fieberhaft nach einer Lösung.

Otega und seine Leute konnte man nur mit Gewalt aufhalten.

Sie brauchte Menschen, die auch Gewalt anwenden konnten.

Sie brauchte Menschen, die die Hutu nicht mochten.

Sie brauchte Tutsi-Krieger, die bewaffnet waren. Die schnell waren. Und die ihr helfen konnten.

Ein Name war sofort in ihrem Kopf.

Sie ergriff das Handy mit zitternden Händen und wählte die Nummer.

Kapitel 99

Demokratische Republik Kongo
nördlich von Goma

Martin litt Todesängste. Die Fahrt über die steinige Piste schien kein Ende zu nehmen, als er, schweißgebadet, den Sack über dem Kopf und die Hände mit Kabelbindern auf dem Rücken gefesselt, auf der harten Bank auf und ab geworfen wurde. Ständig musste er sich mit aller Kraft nach hinten lehnen, um nicht das Gleichgewicht zu verlieren und mit verbundenen Händen nach vorne zu kippen – und mit dem Gesicht auf dem Boden der Ladefläche aufzuschlagen oder sich im Schoß eines Söldners wiederzufinden. Er hörte die Männer, wie sie Witze machten und offenbar schon überlegten, wie viel sie auf dem Markt für Martins Kleidung bekommen würden.

Sie zogen das Los um meine Kleidung. So etwas Ähnliches stand doch schon in der Bibel, bevor die Römer Jesus gekreuzigt hatten. Irgendwie schienen alle Hinrichtungen nach dem gleichen Muster abzulaufen.

Jetzt redeten sie weiter. Ob sie die Leiche einfach verscharren oder verbrennen sollten. Oder einfach liegen lassen. Den Rest würden doch die Ameisen machen. Oder die Geier. Martin war kurz davor, sich zu übergeben. Und eine kurze Sekunde überlegte er, wie es wäre, wenn er sich in diesen Sack, den er über dem Kopf hatte, übergeben würde. Und ihm wurde klar, wie absurd diese Sorge im Angesicht seines Todes war.

Nach einer Zeit, die ihm unendlich vorkam, zerrten sie ihn nach draußen. Es war etwas heller als in dem dunklen Verschlag auf der Ladefläche des Jeeps. Er sah Umrisse. Hohe Bäume streckten ihre Äste in den Himmel, als wollten sie für Martin schon am Himmelstor anklopfen und sagen: *Wir haben gleich eine weitere Seele.*

»Vorwärts!« Knorrige Hände ergriffen Martin und zerrten ihn nach vorne. Martin stolperte und wäre fast gefallen, hätten ihn nicht zwei andere Hände aufgehalten. Dann noch einmal zwei Hände, die ihn aufrecht stellten. Er glaubte, vor sich schemenhaft zwei Männer zu sehen, die Waffen erhoben. Glaubte, obwohl er sich unter dem Sack in filziger Dunkelheit befand, in die schwärzeste Dunkelheit überhaupt zu blicken, in den Lauf einer Waffe, die auf ihn gerichtet war. Und anders als sonst würde diese Waffe diesmal abgefeuert werden. Auf ihn. Die Kugel würde ein paar Hundertstel Sekunden unterwegs sein, in einem Nichts zwischen Leben und Tod, bevor sie Martin treffen würde.

Sein Herz raste. Schon oft hatte er darüber nach gedacht, wie es wäre, zu sterben. Würde es weh tun? Würde er gar nichts spüren? Oder würde er lange leiden, bevor er starb? Und wenn er starb, was kam dann? Er hörte, wie Waffen entsichert wurden, hörte Befehle, die gebrüllt wurden. Und war nicht sicher, ob er in Schweiß gebadet war oder ob er sich gerade in die Hose gemacht hatte. Aber es war egal. Würde es so ablaufen? Der letzte Moment in Martins Leben? Der Tod, hier auf der Lichtung im Urwald, umgeben von Söldnern, die seinen Tod filmten und die Aufnahme an diesen fetten Russen schicken würden?

Und Lucia? Wo war sie? Wusste sie überhaupt, was mit ihm geschehen war? Würde sie ihm verzeihen, dass er wieder einmal zu unvorsichtig gewesen war, dass er wieder einmal alles auf eine Karte gesetzt – und verloren hatte? Sie kannte ihn kaum. Und jetzt hatte sie ihn von seiner schlechtesten Seite kennengelernt. Und diese schlechte Seite wurde zu seiner toten Seite. Wurde zu dem, was auch er bald sein würde: tot.

Lucia. Was hätte er darum gegeben, jetzt ihre Hand halten zu können. Wenn er schon starb, dann hier gemeinsam mit ihr.

Das Sterben. Wie würde es sein? Martin hörte ein Klicken. Gleich würde es kommen, ein gedämpftes Geräusch, mehr einem Fauchen als einer Explosion gleich. Schwärze würde ihn umgeben, dann diese wohlige Wärme, von der die Patienten immer sprachen, die vom Tod zurückgeholt wurden. Vielleicht würde noch einmal sein ganzes Leben im Zeitraffer an ihm vorbeilaufen, und gleichzeitig würde die Wärme in ihm aufsteigen und ihn sanft in die Höhe heben. Dann wäre er eins mit der ganzen Welt, dem Wald, dem Himmel, der Abenddämmerung, den Sternen – und mit Lucia. Das Fauchen der Explosion würde verschwinden, wie es gekommen war, gleich dem Nachhall eines schnellen Zuges, und am Horizont würde ein helles Licht aufflammen, das sich rasch näherte.

Er hörte noch einmal ein Klicken, hörte die Befehle, die so klangen, als wäre das Getriebe der Realität ein paar Gänge nach unten geschaltet worden, als wäre alles viel langsamer, als es vorher gewesen war. Dann schloss er die Augen. Sah die absolute Schwärze. Hörte die absolute Stille.

Dann hörte er zwei Schüsse.

Und dann nichts mehr.

Kapitel 100

Demokratische Republik Kongo
Goma

Der Film von Otega war gerade per SMS auf dem Handy von Worotnikow eingetroffen und wurde über seinen Rechner auf den großen Monitor übertragen.

»Dann schauen wir uns den Tod unseres Freundes mal an«, sagte Worotnikow und lehnte sich zurück. Andreas Schmidt stand hinter ihm, ebenso Rasamov und die zwei Leibwächter. Dahinter stand Janine, die sie auch gezwungen hatten, sich die Szene anzuschauen. *Dann siehst du, was mit Leuten passiert, die ihren Mund nicht halten,* hatte Worotnikow gesagt. Und es klang nicht wie eine Drohung. Es klang wie ein Versprechen.

Janine blickte widerwillig auf das Display des Smartphones.

Sie führten Martin aus dem Jeep heraus. Auf dem Kopf den schwarzen Sack, die Hände mit Kabelbindern gefesselt. Zwei Wachen dirigierten ihn mit ihren Gewehren zu einem Baum. Erschießungen wurden im Kongo, wenn es ein Wald war, meist vor einem Baum vorgenommen. Sollte ein Schütze danebenschießen, ging der Schuss in den Baum. Und nicht ins Unterholz, wo vielleicht ein gefährliches Tier getroffen wurde, das im Todeskampf aus dem Wald gestürzt kam und sofort angriff.

Martins Hände zitterten, das konnte Janine sofort sehen. Mehr erkannte sie von ihm nicht. Wie es ihm ging. Was er dachte. Das sah sie nicht. Sie sah keine Regung, denn der schwarze Sack verdeckte alles. Angeblich war der Sack dafür da, damit das Opfer nicht sehen musste, wie die Waffen ausgerichtet wurden. Und es nicht hin- und herzuckte und der Schütze präzise ins Ziel treffen konnte.

Denn genau das geschah jetzt. Die Söldner richteten die Gewehre auf Martin. Einer von beiden zählte.

Sie sah wieder die Hände. Hände, die zitterten. Hände … von Martin?

»Die Hände«, erklärte sie. Mehr zu sich, doch es war laut genug, dass die anderen es hörten. Schmidt schaute sie erstaunt an.

Einer der Wachen zählte. »Anlegen, zielen …«

Die Hände zitterten jetzt so stark, als wären sie unter Strom gesetzt.

»Das sind nicht …« Janines Stimme zitterte genauso wie die Hände des Opfers.

»Feuer!«

Schüsse krachten, und Martin brach tot zusammen.

»Erledigt«, sagte Worotnikow und trank einen Schluck Wodka.

Doch Janine stand regungslos da. »Das sind doch nicht Martins Hände«, murmelte sie wieder, mehr zu sich selbst. Und merkte nicht, dass sie dafür eigentlich zu laut sprach.

»Was sagen Sie da?«, fragte Schmidt.

»Die Hände …« Dann verstummte sie.

»Moment«, sagte Worotnikow. »Das war doch ein Weißer, den Otega erschossen hat?« Er blickte Schmidt und die Leibwächter an. Alle nickten. »Er hat sich keinen Schwarzen genommen und Martin behalten?«

»Die Hände waren doch die eines Weißen«, stellte Schmidt klar.

»Ja, aber was hat Frau Drieling gerade gesagt?« Worotnikow blickte Janine mit bohrenden Blicken an. »Es sind nicht seine Hände?« Er zeigte auf Janine, sein Zeigefinger wie ein Pistolenlauf. »Sie! Sie kannte ihn gut! Vielleicht stimmt es?«

Andreas Schmidt ließ den Film noch einmal zurücklaufen. Blickte auf die Hände. Die Waffen. Und schließlich auf das Opfer, das tot zusammenbrach. »Aber wo hat er so schnell einen Weißen her? Hat der Kerl uns etwa betrogen?«

Worotnikow brütete eine Weile vor sich hin. Dann sprang er auf. »Dieser Mistkerl! Natürlich! Er hat sich einen von den weißen Buren von Fairtrade geholt! Die kommen aus Südafrika. Und die zahlen viel weniger Lösegeld für Entführungsopfer! So einen kann er ruhig erschießen! Auch ein Weißer! Aber extra mit diesem Sack über dem Kopf! So dass wir denken, er habe Martin erschossen! Aber der lebt wahrscheinlich, und Otega zieht jetzt sein Entführungsspiel mit ihm durch!«

Er rannte in die Mitte des Raumes. »Brian, Walter, worauf wartet ihr noch? Trommelt die Mannschaft zusammen! Wir holen uns unsere Geisel zurück! Dieser Betrüger!«

Er schlug mit beiden Fäusten auf seinen Schreibtisch, dass Füllfederhalter und Briefbeschwerer auf und ab tanzten. »Dieser Betrüger!!!«

Mit einem Mal hatte sich die ruhige Atmosphäre in Worotnikows Büro, das Gefühl des Triumphes, in eine schlagartige Hektik verwandelt. Draußen fuhren Militärjeeps vor, Waffen wurden durchgeladen, Befehle gebrüllt.

»Den holen wir uns«, schrie Worotnikow. Janine hatte den Russen noch nie so wütend gesehen. »Den holen wir uns! Und gnade dir Gott, Otega, wenn wir dich kriegen!«

Nach nicht einmal einer Minute war das riesige Büro leer.

Janine stand noch immer dort und blickte auf den Film, der gestoppt war. Gerade in dem Moment, kurz bevor die Schüsse fielen. Sie blickte auf die Hände des Opfers, die nicht die von Martin waren. Sie stand dort, wie festgebunden, und wusste nicht, ob sie nicht einen riesigen Fehler gemacht hatte. Ob sie Martin nicht ein zweites Mal verraten hatte. Oder ob sie ihn gerade gerettet hatte.

Kapitel 101

Demokratische Republik Kongo
nördlich von Goma

Martin hatte zwei Schüsse gehört.

Doch gespürt hatte er nichts. Sein Herz schlug noch immer, als wollte das Blut nach oben hindurch seine Schädeldecke sprengen. War es vorbei? Oder hatten die Wachen nur in die Luft geschossen, und jetzt war er dran? Jetzt richtig? Doch er hörte nichts mehr. Nur die Stille nach dem Schuss. Die Stille nach dem Tod. Oder war es tatsächlich so, dass man nichts spürte, wenn man angeschossen wurde? Doch er stand noch, an dem Baum. War von keiner Druckwelle zurückgeworfen worden. Er schaute durch den Sack auf seinem Kopf und konnte im Gegenlicht ein paar Bewegungen wahrnehmen. Männer mit Gewehren, Rauch, der aufstieg. Und eine Gestalt, ein Schatten, der sich krümmte und zu Boden fiel.

»Schau nach, wie der Kopf aussieht«, hörte er Otegas Stimme.

»Vollkommen im Eimer.«

»Gut so. Dann erkennt ihn keiner. Zurück in den Jeep mit ihm. Wir zeigen ihm, dem Russen, wenn er ihn sehen will. Und den hier«, offenbar meinte Otega jetzt Martin, »nehmen wir mit.«

Allmählich dämmerte es Martin, was geschehen war. Offenbar hatte Otega jemand anderen erschossen. Dessen Hinrichtung gefilmt und die Bilder an Worotnikow gesendet. Und Martin wollte er offenbar behalten. Lebend. Um ihn doch zu entführen. Und um die Deutsche Botschaft zu erpressen. Und seinen Auftraggeber, Worotnikow, zu betrügen. Was er die ganze Zeit vorgehabt hatte.

Vom Regen in die Traufe. Martin lebte. Aber wie so oft auf dieser Reise war die Rettung aus einer Falle nur eine zweite Falle, die gnadenlos zuschnappte. Wie lange würde er jetzt in einer Zelle sitzen, bis irgendein Staatssekretär in einem Ministerium die Zahlung bewilligen würde? Und wenn niemand zahlte, würden sie ihn genauso erschießen. Er war am Leben. Aber freuen konnte er sich darüber nicht. Denn sein Tod war aufgeschoben, vielleicht ein paar Tage. Oder ein paar Wochen. Aber er würde kommen. Hier, an diesem Ort. Hier, von diesen Söldnern.

»Rein mit ihm!«, brüllte Otega, und vier Arme griffen nach Martin und zerrten ihn zurück in den Jeep.

In dem Moment hörte er die Motoren.

Und die Schüsse.

Er sah durch den Sack den Schatten von dem Mann, der die Schüsse auf den anderen armen Kerl abgefeuert hatte. Den armen Kerl, der statt Martin gestorben war. Ein Schuss fauchte und der Henker wurde selbst zum Gehenkten und krachte mit zerschossenem Kopf nach vorne.

Weitere Schüsse hallten über die Lichtung.

Diesmal kamen sie nicht von den Söldnern Otegas.

Diesmal schienen es die *Engel des Herrn* selbst zu sein, die beschossen wurden.

Kapitel 102

Nördlich von Goma
Demokratische Republik Kongo

»Feuer!«, brüllte Otega. Dann krachten Schüsse.

Der Jeep gab Gas. Und Martin fiel nach hinten aus dem Jeep, rollte sich ab und versuchte, hinter einen der Bäume zu gelangen, so gut das mit gefesselten Händen und einem Sack über dem Kopf ging. Alles tat ihm weh. Er drehte den Kopf nach unten. Mit gefesselten Händen einen Sack über dem Kopf abzustreifen, war so gut wie unmöglich. Doch schließlich gelang es ihm, den Sack an einem Ast festzuhaken und dann den Kopf langsam herauszuziehen. Nur gut, dass niemand den Sack unten zugebunden hatte, wie dies im Nahen Osten bei Hinrichtungsopfern oft geschah, besonders im Iran, bei denen, die gehängt werden sollten.

Er sah Brian und Walter, die mit Worotnikows Söldnergarde mit einem großen Jeep auf die Lichtung gebraust kamen. Brackwasser spritzte auf, Schüsse krachten und leere Projektile fielen rauchend auf den matschigen Boden der Lichtung, als der Jeep einen von Otegas Männern über den Haufen fuhr und die Söldner aus allen Rohren feuerten. Der Soldat der *Engel des Herrn* krachte gegen das Rammgitter des Jeeps und wurde in einem bizarren Salto quer über die Lichtung geschleudert, fiel zu Boden und blieb zitternd und zuckend in einem Gewirr aus grünen Blättern hängen.

Worotnikows Söldnereinheit stürmten den Platz und eröffneten vom Jeep aus das Feuer auf Otegas Männer.

»Die Panzerfaust«, schrie Otega, »sofort!«

Martin traute seinen Ohren kaum. *Eine Panzerfaust? Hier, mitten im Wald?* Er ging in Deckung. Auch wenn er jetzt wieder sehen konnte, bewegen konnte er sich mit auf den Rücken gefesselten Armen nach wie vor kaum.

Zwei der *Engel des Herrn* rannten aus dem Jeep des Warlords und trugen einen Gegenstand in der Hand. Etwa anderthalb Meter lang, mit einem Hohlladungsschoss am Ende. Es sah aus wie ein Relikt aus dem Zweiten Weltkrieg.

Einer der *Engel des Herrn* nahm die Panzerfaust auf die Schulter, während der andere ihn stützte.

»Feuert endlich«, schrie Otega, während die Schüsse um ihn herum fauchten und zwei seiner Leute tot zu Boden gingen.

Die Panzerfaust zischte und das Geschoss flog in einer eigentümlichen Langsamkeit über die Weite der Lichtung. Der Fahrer des Jeeps aus Worotnikows Truppe versuchte, das Fahrzeug umzulenken, doch Brian und Walter hatten sofort begriffen, dass dies nichts nützen würde. Beide sprangen aus dem Wagen heraus und rollten sich ins Unterholz ab, während im gleichen Moment das Hohlladungsgeschoss den Jeep traf.

Eine gewaltige Explosion erschütterte die Lichtung, und Wrackteile, Metall und Reifen flogen durch die Luft. Irgendwo meinte Martin, menschliche Gliedmaßen zu erkennen, die durch die Explosion zerrissen wurden. Es waren die Unglücklichen, die noch im Inneren des Jeeps gesessen hatten. Jedes Fahrzeug konnte auch eine Falle werden. Flammen züngelten um das zerstörte Fahrzeug, und der verbrannte Schädel des Fahrers grinste Martin durch den schwarz verkohlten Rahmen der zersprengten Windschutzscheibe an.

Es war unglaublich, dachte Martin, die *Engel des Herrn* hatten den Angriff von Worotnikows Söldnern mit einem einzigen Schuss aufgehalten. Diese Leute, die da für Otega arbeiteten, waren nicht einfach nur Typen, die Minenarbeiter auspressten und ansonsten in irgendwelchen Armeezelten im Wald herumlungerten. Sie waren harte Söldner. Verdammt gefährlich. Verdammt zäh.

Martin schaute noch einmal auf die Lichtung und wich dann, langsam einen Schritt vor den anderen setzend, immer tiefer in den Wald zurück, während auf der Lichtung die letzten Wrackteile des Jeeps brennend zu Boden fielen.

»Gut gemacht«, brüllte Otega und gab zwei Schüsse auf Walter ab, der sich mit einem Hechtsprung in Sicherheit brachte. Dann drehte sich der Warlord um. Martin und sein Blick trafen sich. Als sollte es so sein. Als würden die beiden zusammengehören, was immer auch passieren würde.

Er zeigte auf zwei der Wachen, die sich nicht im Feuergefecht mit Walter und Brian befanden.

»Schnappt ihn euch«, brüllte er und wies zu Martin hinüber. »Rein in den Jeep. Und dann nichts wie weg!«

Martin wurde wieder von knorrigen Händen ergriffen.

Das war das Ende.

Es gab niemanden mehr, der ihn herausholen würde.

Er war dem Warlord ausgeliefert. Für immer.

Entweder würde jemand für ihn bezahlen, oder man würde ihn erschießen.

Aber eines war sicher: Er konnte Otega nicht entkommen.

Otega war seine Nemesis.

Als die zwei Wachen ihn hinten in den Jeep warfen, spürte er die Tränen, die über seine Wangen liefen.

Kapitel 103

Demokratische Republik Kongo
zwischen Kigali und Goma

Der Helikopter zog mit brausenden Rotorblättern über den diesigen Abendhimmel. Vorne der Pilot, auf der Bank dahinter Lucia Ming. Neben ihr Bugali vom ruandesischen Geheimdienst.

Es war der Black Hawk S-70A, ein Multi-Mission Helicopter, der seit 1978 in den USA hergestellt wurde und durch den Film *Black Hack Down* Berühmtheit erlangt hatte. *Black Hawk Down* von Ridley Scott spielte in Somalia während des Bürgerkrieges und behandelte die Schlacht von Mogadischu im Jahre 1993. In dem Film, den Lucia kannte, stürzte der Helikopter allerdings ab. Und sie hoffte, dass dieser hier bis zur Landung oben bleiben würde.

Der Black Hawk wurde von fünfundzwanzig Ländern geordert. Ruanda war offiziell nicht dabei, inoffiziell aber schon. Krisengebiete hatte dieser Typus Helikopter viele gesehen: In Panama, Kuwait, Afghanistan, Irak und Bosnien. Elf Soldaten passten in den hinteren Teil des Helikopters, und jeder Zentimeter Raum war genutzt. Zwei Maschinengewehre blickten rechts und links wie Stacheln aus der Maschine heraus.

Es war Bugali auf die Schnelle gelungen, eine Elitetruppe der Armee und eine Guerilla-Einheit der M23-Tutsi-Miliz zusammenzutrommeln.

Bugali hatte Lucia von den M23-Milizen erzählt. Die so

hießen, weil sie am 23. März in die kongolesische Armee integriert werden sollten, was aber nicht geschehen war. Und die dem März, der seinen Namen dem Kriegsgott Mars verdankte, alle Ehre machten. Bugali hatte selbst mit dem Anführer der M23 gesprochen, Bosco Ntaganda, ein desertierter General, der sich selbst »Der Terminator« nannte.

Melden Sie sich, wenn es mal schwierig wird, hatte Bugali zu Lucia bei ihrem letzten Gespräch gesagt. Und das hatte sie gemacht. Und Bugali hatte ihren Hilferuf erhört und war da gewesen. Bugali, der offenbar auf irgendeiner chinesischen Gehaltsliste stand.

Hinzu kam, dass die Truppen des ruandesischen Militärs als Angehörige des Tutsi-Stammes noch immer mit den Hutu-Kräften Otegas verfeindet waren. Daher waren sie bereit, Bugali und Lucia zu helfen, um Otegas Truppe und auch der Garde von Worotnikow eins auszuwischen. Die Maschinen von General Electric dröhnten, während der Wind durch die halb offenen Fenster ins Innere fegte.

Bugali war mit dem Helikopter in der Nähe der Villa gelandet. Die Villa war fast komplett leer gewesen. Otega und Martin waren weg, aber wo waren die anderen? Worotnikow und seine Wachen? Hatte das Geschehen eine andere Wendung genommen?

Der Black Hawk donnerte Richtung Westen, während Bugali angestrengt auf das Radarsystem blickte. Auf einer Lichtung nahe des Waldes bewegten sich mehrere Punkte, ein anderes Gefährt, offenbar ein größerer Jeep, näherte sich der Lichtung mit großer Geschwindigkeit.

»Das müssen sie sein!«, sagte Bugali.

»Und wer ist das?« Lucia zeigte auf das Gefährt.

»Sie bekommen Besuch. Oder Verstärkung?«

»Das heißt, es ist noch nicht zu spät?« Lucias Herzschlag drohte ihren Brustkorb zu sprengen. Was würde sie vorfinden? Eine leere Lichtung mit einem blutbespritzten Baum? Einen toten Martin? Oder würde sie die Exekution live erleben?

»Vielleicht«, sagte Bugali, »ist es noch nicht zu spät.«

Kapitel 104

Nördlich von Goma
Demokratische Republik Kongo

»Verdammt«, brüllte Robert Otega, als er das Geräusch von Rotorblättern hörte. Kurz darauf peitschten Projektile durch den Regenwald. Rinde splitterte von den Bäumen, und Morast und Dreck spritzten auf. Zwei von Otegas Männern fielen tot zu Boden.

»Feuert, verdammt noch mal!«

Martin blickte nach oben. Sah ein paar Schritte von sich entfernt, aus der Froschperspektive, die massige Gestalt des Söldnerführers. Martin folgte seinem Blick.

Ein riesiger Helikopter schwebte über der Lichtung, wie ein bedrohliches Insekt. Waffen ragten aus den Öffnungen des fliegenden Ungetüms wie die giftigen Stacheln einer monströsen Hornisse. Schüsse zischten rings um ihn in den Boden, Blätterfetzen, Erde und Baumsplitter spritzten durch die Luft, und Schreie hallten durch den Wald.

Martin kniff die Augen zu, wischte sich mit der Schulter, so gut dies mit gefesselten Händen ging, den Dreck aus den Augen, blickte noch einmal nach oben. Sah grimmige Gesichter, die aus automatischen Waffen nach unten feuerten.

Und dazwischen sah er sie!

Lucia Ming!

Sie stand dort, hinter den Soldaten im Inneren des Helikopters. Und blickte zu ihm nach unten.

Lucia!

Konnte sie hier sein? Die Liebe inmitten des Todes. Seine Lippen formten Worte, die von keinem Laut begleitet wurden. Dann war die kurze Stille schon wieder vorbei.

Die Bordwaffen des Helikopters ratterten. Zwei weitere Söldner der *Engel des Herrn* fielen zu Boden.

»Verdammt noch mal«, schrie Otega und rannte auf die Lichtung. »Ihr verdammten Tutsi!« Er reckte den Kopf nach oben, nahm seine AK 47 und feuerte aus voller Kraft. Zwei unterdrückte Schreie tönten von oben herunter. Und zwei der Soldaten fielen in einem grotesken Salto zu Boden, eine Spur aus Blut und Stofffetzen hinter sich, bevor sie krachend auf dem aufgewühlten Grund aufschlugen.

»Ha«, schrie Otega, »mehr habt ihr nicht zu bieten?«

In dem Moment trat ein anderer Mann nach vorne. Ein Schwarzer, groß und untersetzt. An seiner linken Hand fehlten ihm zwei Finger. Es war Martin, als würde er drei Worte murmeln. So etwas wie *Jetzt wird heimgezahlt.* Er legte an. Zielte. Feuerte.

Und mit einem Mal war dort, wo zuvor die Brust von General Otega war, dort, wo das Kreuz und die Kette mit den Ohren hing, nur noch ein dunkler Krater. Einen Moment stand der Riese da, schaute nach oben, schaute nach unten auf die Wunde in seiner Brust, stand dort – und schien zu warten. Bis sich eine schwarzrote Mischung aus Blut und Gewebe aus der riesigen Wunde ergoss. Und Robert Otega, ohne einen einzigen Ton von sich zu geben, tot nach vorne kippte.

Krachend fiel er auf sein Gesicht.

Warlord Otega war Geschichte.

Irgendwie hatten sie es geschafft, Martin mit einem Seil nach oben in den Helikopter zu transportieren. Zwei, drei Projektile waren an ihm vorbeigeflogen, als er, das perfekte Ziel, zwischen Himmel und Erde hing. Doch dann hatten die Truppen an Bord der Maschine auch den letzten Söldner der *Engel des Herrn* entweder erschossen oder vertrieben.

Martin blickte ein letztes Mal auf die Lichtung, auf all die Leichen, auf den jungen Mann, den sie statt seiner erschossen hatten und der noch immer, mit dem Sack über dem Kopf, auf dem schmierigen Untergrund lag. Er sah die Reste des explodierten Jeeps, den Walter und Brian gefahren hatten und von denen er nicht wusste, ob sie noch lebten oder auch geflohen waren.

Starke Hände zogen ihn ins Innere des Helikopters. Er blickte in kantige Gesichter. Und Gewehre. Die aber nicht auf ihn gerichtet waren. *M23* stand auf den Uniformen der Wachen.

Dann sah er den Anführer.

Und dann Lucia Ming.

Sie versuchte zu lächeln.

»Da bist du ja …«, sagte sie mit einer Stimme, die so klang, als würde ihr das Sprechen unendliche Mühe machen. Im gleichen Moment kam ein Schwall von Blut aus ihrem Mund. Und in dem Moment sahen sie alle die Wunde in ihrem Bauch. Irgendeiner der Söldner der *Engel des Herrn* hatte sie erwischt. Vielleicht war es sogar Otega selbst gewesen, der kurz vor seinem Tod noch einmal seine Klauen aus dem Grab gestreckt hatte, um eine weitere Person mit in den Tod zu reißen.

»Zeit ist Glück«, sagte Lucia. Sie nahm seine Hand. Versuchte, ihn anzulächeln. »Und … beides … vergeht …«

Dann sackte ihr Kopf nach hinten.

Kapitel 105

Bundesrepublik Deutschland
Berlin
Bundespresseamt

Der Empfangssaal des Bundespresseamtes war bis auf den letzten Platz gefüllt.

Martin saß neben Janine, im schwarzen Anzug und mit Krawatte, eine Kombination, in der man ihn sonst eher selten antraf.

Dr. Jochen Wilhelm, der Leiter der Berliner Journalistenschule, trat ans Pult.

»Der Grundstein für die heutige Weltinformationsordnung«, sagte Wilhelm, »wurde am ersten Februar 1870 gelegt. Damals, vor mehr als hundertvierzig Jahren, wurde die Welt nachrichtengeographisch aufgeteilt. An diesem Tag schlossen die drei großen Agenturen – die britische Agentur Reuters, die französische Agentur Havas und das bis 1934 bestehende Wolffsche Telegraphen-Bureau – einen Kartellvertrag, dem später auch die amerikanische Associated Press beitrat.«

Er machte eine Pause. »Aber was waren die Themen? Vor den Weltkriegen war es immer Europa, denn Europa war damals der Mittelpunkt der Welt. Dann kamen die Weltkriege, und das Thema war die Sowjetunion. Und die USA. Dann kam der Aufstieg Asiens. Aber von einem Kontinent hören wir noch immer viel zu wenig: von Afrika. Was dazu führt, dass die westlichen Medien den Entwicklungsländern dort kaum Aufmerksamkeit schenkten, solange es dort keine Katastrophen zu vermelden gibt. Das …«, und er blickte Richtung Martin, »ist ab heute anders!«

Wilhelm hielt eine Zeitung nach oben, die heutige Ausgabe von Global News. Martins Geschichte war auf der Titelseite, und auch die Folie auf dem Beamer zeigte den Artikel. Alle im Saal blickten auf die Überschrift:

Todesdeal mit Afrika – in jedem Handy steckt ein Stückchen Kongo.

»Eine unglaubliche Geschichte«, fuhr Wilhelm fort, »bei der man glauben könnte, sie wäre der Feder eines Tom Clancy entsprungen, mit dem einzigen Unterschied, dass es hier nicht nur Anleihen bei der Wahrheit gibt, sondern dass diese Geschichte von vorne bis hinten wahr ist. Was also sind die Bestandteile dieser Geschichte? Menschen wie du und ich, die jedes halbe Jahr ein neues Handy wollen, Industrien, die seltene Erden brauchen, und ein Land wie der Kongo, der alles hat, alle Bodenschätze, aber keine stabile Regierung. Und Regierungen des Westens, die diese instabile Lage ausnutzen, indem sie Warlords im Kongo mit Waffen versorgen, um im Gegenzug seltene Erden und Rohstoffe billig zu bekommen. Auf Kosten des Kongoss. Auf Kosten von Millionen von Menschen, die in den Bürgerkriegen des Kongoss gestorben sind. Auf Kosten von Frieden, Sicherheit und Leben.«

Wilhelm ließ seinen Blick durch den Raum schweifen.

»In jedem Handy steckt ein Stückchen Kongo«, sprach er weiter, »was fast ein bisschen romantisch klingt, ist in Wirklichkeit blutige Wahrheit. *Wir sprechen nicht nur von seltenen Erden,* heißt es am Anfang des Artikels, *wir sprechen von* tödlichen Erden. *Und das Kongo-Komplott, das diese Zeitung aufgedeckt hat, zeigt, wie tief wir alle in diesen Skandal verwickelt sind.«* Er schaute zur Seite, bevor er weitersprach.

»Und der Mann, der das alles geschrieben und die Informationen unter Einsatz seines Lebens zusammengetragen hat, dieser Mann ist heute bei uns, um den Preis unserer Journalistenschule entgegenzunehmen. Meine Damen und Herren, begrüßen Sie mit mir den Starjournalisten des Jahres, begrüßen Sie den besten Auslandskorrespondenten der Zeitung Global News, begrüßen Sie mit mir … Martin Fischer!«

Jedes weitere Wort wäre im tosenden Applaus untergegangen.

Nach der Preisverleihung stand Martin, in der Hand ein Glas Champagner, mit Janine an einem der Stehtische, als sich eine voluminöse Gestalt zu ihnen gesellte.

»Gut gemacht, Fischer, sehr gut«, sagte Flori das Fass. In einer Hand hielt er auch ein Champagnerglas, mit der anderen klopfte er Martin auf den Rücken, so dass der fast sein Getränk verschüttete. Floris Anzug spannte über seinem mächtigen Bauch. »Ich wusste immer, aus Ihnen wird noch was.«

»Ich hoffe«, sagte Martin, »Sie verstehen jetzt, dass ich Ihnen damals die Wahrheit über Bernd nicht sagen konnte. Ansonsten wäre ich der nächste Tote gewesen.«

Das Fass nickte. »Hat schon Jean-Claude Juncker damals gesagt, als er die Eurorettung koordinierte: *Wenn es ernst wird, muss man lügen.* Wir sehen uns gleich wieder!« Er klopfte Martin erneut auf die Schulter und verschwand im Gewühl. Wahrscheinlich hatte er ein paar interessante Leute für künftige Interviews oder Artikel gesehen.

»Das Ding ist eingeschlagen wie eine Bombe«, sagte Janine, »einige Politiker sind schon zurückgetreten, ein Untersuchungsausschuss wurde eröffnet, und der BND wehrt sich mit Händen und Füßen, um ja keine Informationen rauszurücken.«

»Was ist mit Worotnikow?«, fragte Martin. »Lebt der noch?«

»Der ist nach Moskau geflüchtet. Wobei ich nicht glaube, dass Putin mit ihm zufrieden ist.«

»Und dein Informant? Wie hieß er noch?«

»Du meinst Thomas Haller? Der ist sofort wieder freigekommen, als die Sache mit deiner Story publik wurde. Selbst dem BND wurde klar, dass es sich nicht gut machen würde, wenn hier die große Pressekonferenz läuft und Haller unterdessen noch festgehalten wird.«

»Und Andreas Schmidt?«

»Soweit ich weiß in Untersuchungshaft. Oder gegen Kaution draußen bis zum Prozess.« Janine versuchte, zu lächeln. »Alle sind da, wo sie sein sollten. Und du hast es endlich geschafft! Ich freue mich so für dich.«

Auch Martin rang sich ein Lächeln ab. *Alle sind da, wo sie sein sollten.* Nur *eine* nicht.

»Ich geh mal kurz nach draußen«, sagte Martin, »etwas frische Luft schnappen. Bin gleich wieder da!«

Kapitel 106

Bundespresseamt
Berlin
Bundesrepublik Deutschland

Janine schaute Martin hinterher. Würden sie wieder zusammenkommen, nach all dem, was sie gemeinsam durchgemacht hatten? Aber hatte sie ihn nicht verraten? Sogar zweimal verraten? Petrus hatte Jesus dreimal verraten … Zunächst hatte sie das Rootkit auf Martins Laptop installiert. Und dann war ihr aufgefallen, dass Otega einen Buren aus Südafrika entführt hatte, der für eine NGO in Goma arbeitete, und dass Otega diesen jungen Mann stellvertretend für Martin erschossen hatte. Und Janine war sofort aufgefallen, dass die Hände des Mannes nicht die von Martin waren. Frauen achteten auf die Hände. Und in dem Moment hatte sie es gar nicht böse gemeint, sie war nur so erleichtert und glücklich gewesen, dass es nicht Martin war, den die Kugel getroffen hatte. So erleichtert, dass sie es ausgesprochen hatte. Ohne nachzudenken.

Dennoch hatte sie ihn verraten. In dem Moment noch einmal. Würden sie so zusammenleben können? Würde sie ihm das irgendwann beichten müssen? Oder wäre das ein Geheimnis, das für immer unter einer dunklen Decke bleiben würde, für immer, bis einer von ihnen sterben würde? Viele ihrer Freundinnen sagten immer: *Ich will nicht, dass mein Mann fremdgeht. Aber ich will noch weniger, dass ich es erfahre, falls er es tut.*

Die Wahrheit, das wusste Janine, war ein zweischneidiges Schwert.

Und durfte sie es überhaupt verraten? Denn es war ihr klar, dass ihre weitere Karriere auf wackeligen Füßen stand. Zu sehr hat sie sich auf den zwielichtigen Andreas Schmidt und seine Einheit Tiamat eingelassen. Und ob die Einheit weiterarbeiten würde, ob sie womöglich bald wieder mit Andreas Schmidt zusammentreffen würde, oder mit einem anderen aus dieser obskuren Bande, das wusste sie nicht.

Nein, in diesem Fall war Schweigen das Beste.

Sie wusste nicht, welche Aufgabe sie morgen haben würde, genauso wenig, wie sie wusste, was passieren könnte, wenn Martin alles erfahren würde. Es stimmte, die Menschen verdienten die Wahrheit. Doch manchmal verdienten sie mehr. Manchmal verdienten sie es, dass ihr Glauben und ihre Hoffnung belohnt wurden. Auch wenn es nicht der Wahrheit entsprach.

Dass sie Martin ans Messer geliefert hatte, durfte er niemals erfahren.

Kapitel 107

Bundesrepublik Deutschland
Berlin
Bundespresseamt

Martin schaute auf die Windungen der Spree vor dem Bundespresseamt, die Ebene bis zum Kanzleramt, die zahlreichen Hotelbaustellen, die sich rechts und links des Hauptbahnhofs in den Himmel erstreckten. Es sah fast schon so aus wie in Peking. Wenn auch nicht ganz so riesig.

Peking.

China.

Lucia. Die Frau, die er geliebt hatte.

Lucia Ming war tot. Sie waren mit dem Helikopter sofort in ein Krankenhaus nach Kigali geflogen. Doch es war zu spät gewesen. Die Baucharterie war durchschossen. Trotz der Ersten Hilfe, die der Notarzt noch im Helikopter geleistet hatte. Lucia war dennoch verblutet.

Bugali, der Mann vom ruandesischen Geheimdienst, der Robert Otega erschossen hatte, hatte ihm gesagt, dass er die Rückführung mit der Chinesischen Botschaft regeln würde. Und dann war schon die Maschine für Martin bereit gewesen. Die Maschine, die ihn direkt nach Berlin gebracht hatte.

Er sah Lucias Gesicht noch vor sich.

Die Augen, die ihn anblickten und schon kurz davor waren, zu brechen.

Der Mund, aus dem das Blut kam. Und die letzten Worte, die nicht nur weise, sondern auch eine unheilvolle Prophezeiung waren.

Zeit ist Glück.

Lucia war tot.

Und erst jetzt wurde ihm klar, dass er gar nicht richtig Abschied von ihr hatte nehmen können. Nicht nur Lucia war genauso schnell aus seinem Leben verschwunden, wie sie in sein Leben hineingetreten war. Auch all das, was ein Mensch normalerweise brauchte, um seine Trauer zu verarbeiten, der Abschied, die Begräbnisfeier, die Bestattung, war unerreichbar, als wäre es Teil dieser anderen Welt, in die Lucias Seele gegangen war. Weit entfernt und unerreichbar für die, die auf der Erde zurückblieben.

Martin spürte eine seltsame Leere im Herzen. Fühlte sich irgendwie schuldig, schuldig für Lucia, die sich doch für ihn geopfert hatte, er konnte es drehen und wenden, wie er wollte. Denn wäre nicht Lucia mit den M23-Leuten gekommen und mit General Bugali, wäre Martin jetzt wahrscheinlich noch immer in der Gewalt des Warlords Otega, in irgendeiner Zelle, in irgendeinem Drecksloch, bis irgendjemand für ihn zahlen würde. Oder auch nicht.

Er überlegte, ob er die Eltern von Lucia kontaktieren sollte. Ihnen irgendwie sagen, dass er ihre Tochter gekannt hatte, dass es ihm leidtat, auch wenn er sicher nicht mehr tun konnte, als ein paar Worte auf Englisch zu sagen und vielleicht noch etwas in brüchigem Chinesisch. Er dachte an die Zeit, die sie zusammen in der Hütte verbracht hatten. Und in ihrem Zimmer, in der letzten Nacht, als er nicht schlafen konnte. Eine sehr kurze und eine sehr glückliche Zeit. Eine Zeit wie ein Traum. Eine Zeit, in der man nur flüstern durfte, da man ansonsten aus dem Traum aufwachen würde. Eine Zeit, die sich mit nichts besser zusammenfassen ließ, als mit den Worten, die Lucia immer gesagt hatte.

Zeit ist Glück. Das war der eine Satz gewesen. Der andere Satz aber war sehr viel desillusionierter. Aber auch sehr viel wahrer. Und weiser. Denn er zeigte, dass man die Zeit entweder nutzte oder sie verrinnen ließ. Und damit die Chance, das Glück nicht nur zu finden, sondern es auch zu halten.

Zeit ist Glück.

Und beides vergeht.

Kapitel 108

Zhongnanhai
Peking
Volksrepublik China

Beijing. Die Hauptstadt des Nordens.

Es war ein neuer Tag, der über der Achtzehn-Millionen-Metropole von Peking begann. Und heute war der Himmel klar und blau, mit einem leichten Ton von Rosa, wo sich die Sonne allmählich in die Höhe schob. Keine Spur von dem Smog, der die riesige Stadt so oft bedeckte und einige Wissenschaftler in Shanghai zu dem Ausspruch bewegt hatte, Peking wäre keine Stadt, die für Menschen gemacht sei.

Vielleicht nicht für Menschen, aber für große Pläne.

General Ku Shang Ku und der Präsident Chinas standen vor dem Pavillon des Purpurnen Lichts im Regierungsbezirk Zhongnanhai und das Licht der Sonne spielte auf der Oberfläche des Sees.

Ku Shang Ku hielt einen Artikel in der Hand, den ihm die Übersetzer aus seinem Büro in Windeseile vom Deutschen ins Chinesische übersetzt hatten.

»*Todesdeal mit Afrika*? *In jedem Handy steckt ein Stückchen Kongo?*«, fragte der Präsident. »So heißt der Artikel, den dieser deutsche Journalist geschrieben hat?«

Ku Shang Ku nickte. »Ein Feind kann ein Freund werden. Eine böse Absicht eine gute Absicht. Und jede Krise eine neue Chance.«

Krise. Das Wort Krise bestand im Chinesischen aus zwei Zeichen: einem für Gefahr und einem für Chance.

»Die Waffenlieferungsachse Deutschland, Russland, Kongo ist durch den Bericht dieses Journalisten aufgeflogen«, sagte Ku Shang Ku. »Worotnikow wurde kaltgestellt. Wenn er sich noch einmal in den Ostkongo oder Ruanda wagt, ist er ein toter Mann.«

Der Präsident blickte ihn an. »Tatsächlich?«

»Ja, er hat sich mit seiner Privatarmee und Tutsi-Milizen ein Feuergefecht geliefert. So etwas vergibt Präsident Kagame nicht.«

Der Präsident lächelte. »Ein eingekreistes Tier ist gefährlich. Es fängt an zu beißen. Wo ist Worotnikow?«

»Wieder in Moskau. Er wird Genossen Putin erklären müssen, warum die Russen in Zukunft Richtung Kongo leer ausgehen.« Er schaute eine Weile in den Morgenhimmel und über die Dächer der Verbotenen Stadt, die sich im Osten erhob. »Damit haben wir die ungeliebten Russen ausgebootet und können jetzt direkt mit dem Kongo verhandeln. Und die Rohstoffe können wir an Deutschland weiterleiten und uns von den Deutschen mit Hochtechnologie-Know-how und Waffen bezahlen lassen.«

Der Präsident nickte. »Deutschland. Das Land der Tugend. Ohnehin unser präferierter Partner.«

Ein Diener kam nach draußen und servierte den beiden Männern grünen Tee.

»Denken wir an unseren Freund Andreas Schmidt«, sagte Ku Shang Ku, »wir werden ihn sicher wiedersehen.« Am Morgenhimmel waren noch ein paar Sterne der Nacht zu sehen. Er zeigte auf den Himmel. »Einige unserer Sterne sind dieselben.«

Die beiden Männer standen dort eine Weile schweigend, in ihren Händen die dampfenden Teetassen wie brennende Opfergaben.

»Und denken wir an Lucia Ming«, sagte Ku Shang Ku. »Sie haben wir leider verloren. Und noch einige andere.« Er kniff die Lippen zusammen und trank vorsichtig von dem heißen Tee. »Aber so ist das in der Schlacht. Manche sterben. Und manche gewinnen. Und manche müssen sterben, damit die Mehrheit gewinnt.«

Der Präsident legte Ku Shang Ku die Hand auf die Schulter. »Aber Sie, Sie sind weise, General.« Es war Stolz in seiner Stimme. »Sie haben die Schlacht gewonnen.«

General Ku Shang Ku ließ sich Zeit mit der Antwort. Er blickte über die Stadt und sah am Horizont, wie sich Himmel und Erde vereinigten. Unten die Erde, Yin. Oben der Himmel, Yang. Und im Himmel die Sonne, so wie in jeder Hälfte von Yin auch ein Teil von Yang war. Wie in jedem großen schwarzen Halbkreis auch ein kleiner weißer Kreis war. Und umgekehrt.

»Ich fühle mich geehrt«, sagte Ku Shang Ku schließlich und blickte den Präsidenten ergeben an. »Aber weise wäre ich, wenn es keine Schlacht gegeben hätte.«

Er trank von dem Tee und blickte in die Ferne, und der Rauch aus der Tasse zog nach oben, bis er sich mit dem Himmel vermischte, wo die Fahne wehte. Die Fahne auf rotem Grund mit den vier kleinen Sternen und dem einen großen. Die vier kleinen Sterne waren die Arbeiter, die Bauern, die Wissenschaftler und die Soldaten, während der eine große Stern die Kommunistische Partei darstellte. Andere sagten, die vier kleinen Sterne seien Taiwan, Südkorea, Hongkong und Singapur, die kleinen Drachen. Und der große Stern war China selbst.

Der große, rote Drache.

Der der Mittelpunkt der Welt war. Für Ku Shang Ku

und den Präsidenten. Und für 1,4 Milliarden anderen Chinesen.

Der große Drache.

Zhongua.

Das Reich der Mitte.

Epilog

Andreas Schmidt blickte nach oben und sah die Fassade des Kriminalgerichts in Moabit, ein riesiges Gebäude aus dem 19. Jahrhundert, dessen zwei Meter sechzig hohe Türme den Eingang flankierten und das riesige Bauwerk wie eine Mischung aus Sakralbau und Festung wirken ließen. Und wenn es irgendwann ein himmlisches Gericht geben sollte, dachte Schmidt, würde das wahrscheinlich ähnlich aussehen.

Hier waren Honecker und die SED-Granden verurteilt worden, hier kümmerten sich fast dreihundert Richter und noch mehr Staatsanwälte um Kapitalverbrecher, Mörder, Geldwäscher, Menschenhändler – und um Leute wie ihn, Andreas Schmidt.

Er war nicht mehr nur in der Zeitung. Er war nicht nur aus dem Regen in die Traufe gekommen, nicht nur vom Scheiterhaufen ins Brackwasser. Er war dort, wo er trotz der »Todesengel«-Affäre niemals gelandet wäre. Vor Gericht.

Und es war unglaublich. *Es wird alles gut,* hatte man ihm gesagt. Aber war es das auch?

Er betrat das riesige Treppenhaus mit seinen verschlungenen Wendeltreppen, ein endloses Gewirr aus Korridoren, die gleichzeitig eine perfekte, geometrische Ordnung aufwiesen. Und wenn es das Ziel dieser Vorhalle war, jeden Besucher einzuschüchtern, so war dieses Ziel mehr als erreicht.

Es wird alles gut, hatte man ihm gesagt. Und tatsächlich

schwankte Schmidt zwischen Angst und Hoffnung. Könnte man es sich leisten, ihn wegen der Sache im Kongo einzusperren? Steckten nicht alle viel zu tief selbst drin, der BND, das Verteidigungsministerium und am Ende sogar das Kanzleramt? Er wusste von der CIA, dass die Agency öfter Gerichtsprozesse zu ihren Gunsten entscheiden ließ, wenn jemand hinter Gitter landen könnte, den der Geheimdienst noch brauchte. Wenn die Gefahr bestand, dass jemand redete, der nicht reden sollte, weil er, mit Aussicht auf eine langjährige Gefängnisstrafe, nicht anders konnte. Oder wollte. Denn nicht alle waren bereit, zehn Jahre abzusitzen und sich darauf zu verlassen, dass sich in zehn Jahren noch jemand daran erinnerte, den Ex-Häftling mit der versprochenen neuen Identität, dem Konto in Singapur mit fünf Millionen Dollar und einem Penthouse in einer der Großstädte Asiens auszustatten, um noch einmal »von Neuem zu beginnen«, wie man es nannte. Die CIA hatte manchmal sogar wenig Angst davor, unpassende Richter und Staatsanwälte einfach aus dem Verkehr zu ziehen, und zwar endgültig. Die Leichen schnell in ein der Agency genehmes Krematorium zu bringen und es so aussehen zu lassen, als hätten diese Menschen nie existiert. *Operation Oblivion* hatte mal ein Agent aus Langley dazu gesagt. Doch wäre der BND dazu auch in der Lage? Wäre er stark genug? Hart genug? Er hatte von Fällen gehört, wo der BND Gefangene auf dem Weg ins Gefängnis abgefangen und mit einem Koffer voller Bargeld in ein Flugzeug nach Kanada gesetzt hatte. Doch wäre das bei ihm auch so? Und würde sich an ihn, Andreas Schmidt, überhaupt noch jemand erinnern, wenn er nach fünf Jahren aus dem Gefängnis kam? In einer Zeit des *slow hiring, fast firing,* wo eigentlich jeder jederzeit gefeuert werden konnte oder von selber ging, weil das Gras auf der anderen Seite grüner schien? Und hatte nicht

Schmidt aus denselben Motiven bei von Steins Angebot angebissen? Weil das Gras auf der Tiamat-Seite grüner war als auf der Todesengel-Seite?

Aber was wäre die Alternative? Würden sie zulassen, dass man ihn einsperrte? Was wären die Konsequenzen? Nicht nur für ihn, sondern für Tiamat, für die Administration, für Deutschland?

Die Alternative wäre, dass die deutsche Industrie keinen Zugang zu Rohstoffen mehr hätte und ein massiver Wohlstandsverlust in Deutschland die Folge wäre. Was selbst Fortschrittspessimisten, Gutmenschen und Wohlfühlpolitiker, wenn man mit ihnen allein sprach, als ein durchaus großes Risiko einschätzten. Was würde geschehen?, dachte Schmidt. China würde sich halb Afrika einverleiben, die Russen sähen sich als neues Weltreich, mehr noch als ohnehin schon, und der Zusammenschluss der BRIC-Staaten, des lockeren Staatenverbunds, der sich aus Brasilien, Russland, Indien und China zusammensetzte, würde die Vormachtstellung des Westens endgültig ablösen. Und Afrika wäre erst ihr Rohstofflager und dann ihre verlängerte Werkbank. Amerika hingegen würde sich schon irgendwie behaupten und hätte, durch Ölfelder, Fracking und Gas ohnehin bald genug eigene Rohstoffe, sodass es von niemandem abhängig wäre. Aber Deutschland, und am Ende ganz Europa, wären draußen.

Das wäre die Alternative. Und nichts anderes.

Darum gab es Tiamat. Es war eine Bestie, die am Boden lag, aber noch längst nicht tot war. Weil sie noch gebraucht wurde.

Er stieg die riesige Treppe hinauf, schaute auf den gigantischen Kronleuchter, bei dem er einen kurzen Moment nachdachte, was passieren würde, wenn der einmal herunterfallen würde, so wie Schmidt gerade gefallen war, und weiter spukten die Szenarien durch seinen Kopf.

Deutschland ist draußen. Europa ist draußen. Vorindustriell. Dies würde man doch niemals zulassen. Egal, wie die Presse zeterte, und egal, wie viele investigative Journalisten wie dieser gottverdammte Martin Fischer mit irgendwelchen reißerischen Storys aus dem Unterholz kamen.

Und am Ende, davon war er nach wie vor überzeugt, gab es keinen anderen Weg als den, den er eingeschlagen hatte und den er, wenn alles gutging, weiterverfolgen musste.

Ein Teil von jener Kraft, die stets das Böse will und stets das Gute schafft, hatte von Stein gesagt. Und Machiavelli sagte, dass der weise Herrscher manchmal kurzfristig grausam und vertragsbrüchig agieren musste, um langfristig Erfolg zu haben, um langfristig, ja, so konnte man es nennen, *das Gute* zu bewirken.

Er dachte an den Satz, den Sophie gesagt hatte. Als sie vor ein paar Tagen mit dem Auto vom Flughafen Kigalis in die Innenstadt gefahren waren.

Wir sind nicht mehr als die paar Erzählungen, die die Zeit überdauern.

Eigentlich ein schöner Satz.

Gerade als Andreas Schmidt die letzten Treppenstufen hinaufstieg, piepte sein Blackberry. Eine SMS.

Der Absender: Eugen von Stein.

»Sie glauben, es ist vorbei?«, stand in der SMS.

»Nein, wir fangen gerade erst an. Machen Sie sich keine Sorgen, wir holen Sie da schon raus. Und zwar schnell. Unsere Freunde erwarten Sie im Reich der Mitte.«

»Schalten Sie bitte Ihr Handy aus?« Die Stimme von einem der Wachleute, die ihn in Empfang nahmen, durchschnitt seine Gedanken. Wenigstens hatten sie ihm die Schmach erspart, ihn über einen der Nebeneingänge in Handschellen in das Gebäude zu bringen.

Er schaltete das Handy aus, blickte in den großen Gerichtssaal, sah den Richter, die Staatsanwälte, seinen Verteidiger, sah die riesigen Ordner und Dokumente. Und draußen vor den Fenstern die klassizistische Häuserfront der Turmstraße gegenüber dem Strafgericht.

Machen Sie sich keine Sorgen, wir holen Sie da schon raus. Und zwar schnell. Unsere Freunde erwarten Sie im Reich der Mitte. Die SMS von Steins hallte in seinem Kopf wider. Und plötzlich erschien ihm das alles, der Prozess, der Raum, der Richter, die Anwälte, wie ein großes Theaterstück, in dem er die Hauptrolle spielte. Und in dem er gleichzeitig Regisseur war. Und ein wenig auch Zuschauer. Und bei dem er wusste, dass das Spiel vielleicht doch weitergehen würde, auch wenn es eigentlich nicht weitergehen durfte.

Weil das hier nur eine Art Vorfilm war. Und die Hauptvorstellung noch folgte. Bald. Sehr bald.

Im Reich der Mitte, in Afrika, wo auch immer.

Er, Andreas Schmidt, würde gebraucht werden. Und ein seltsamer Stolz erfüllte ihn, der stärker war als die Angst vor dem Prozess, bei dem er keineswegs wusste, ob er tatsächlich so ausgehen würde, wie es von Stein ihm gerade geschrieben hatte.

Kurzfristig das Schlechte tun, um langfristig das Gute zu ermöglichen.

Naiv zu denken, die Welt der Gesetze würden für jeden gelten. Souverän ist, wer über den Ausnahmezustand entscheidet, hatte Carl Schmitt gesagt. Und das hier, das Kongo-Komplott, die Kooperation mit China, die Gruppe Tiamat. Das war der Ausnahmezustand. Ständig. Und er, Andreas Schmidt, war ein Teil davon. Wenn nicht gar der wichtigste.

Und als er dem Gericht seinen Namen und seine Personalien bestätigte und der Richter den Prozess für eröffnet erklärte, sah Schmidt sich schon wie jemand, der kurz vor dem Tod von oben auf sich und sein eigenes Leben blickt, außerhalb des Saales, außerhalb des Landes und außerhalb der Wege, die für die Mehrheit galten, aber eben nicht für alle. Denn so hatte es George Orwell in *Animal Farm* schon richtig gesagt: *Alle Tiere sind gleich. Aber manche sind gleicher.*

Und in dem Moment fühlte sich Andreas Schmidt selbst wie die sumerische Gottheit Tiamat.

Die geheimnisvolle sumerische Gottheit, nach der seine Einheit benannt war.

Ambivalent. Genauso wie er selbst.

Gut und böse zugleich.

Dankeswort

Wie immer bei meinen Büchern geht der erste Dank natürlich an Sie, die Sie dieses Buch in den Händen halten: Die Leserinnen und Leser! Falls Sie mich bereits von den Clara-Vidalis-Thrillern kennen, von den All-Age-Thrillern oder noch aus alten »Das Große Tier«-Zeiten, bin ich sehr gespannt, wie Ihnen dieser Ausflug in den Politthriller gefällt. Und allen neuen Leserinnen und Lesern kann ich nur sagen: Herzlich willkommen an Bord. Beziehungsweise im Kongo! Schön, dass Sie da sind!

Die Entstehung dieses Buch reicht bis in den März 2012 zurück. Damals trank ich am Hackeschen Markt in Berlin einen Kaffee mit einem sehr guten Freund, den ich noch aus Beratertagen bei BCG kannte und der einen Investmentfonds managte, der in Afrika investierte. Ich hatte diesen Freund, der nicht genannt werden möchte, schon bei einigen Projekten unterstützt, und er sagte mir: »Veit, wieso schreibst du nicht mal einen Politthriller über Afrika?« Wir fachsimpelten eine Weile darüber, und bereits einige Tage später hatte ich ein Kurzexposé verfasst.

Ein Buch ist meist nur dann von Nutzen für die Leserwelt, wenn es auch ein Verlag herausbringt. Dabei geht der größte Dank an die Geburtshelfer von »Todesdeal«, nämlich Roman

Hocke, Markus Michalek und das Team von der Literaturagentur AVA International, die nicht nur während der »Tragezeit« des Exposés und Buches immer mit Rat und Tat zur Seite standen, sondern die auch nach der Geburt dafür sorgten, dass der neue Erdenbürger der Buchwelt bei Droemer Knaur seine Familie gefunden hat.

Bei Droemer Knaur möchte ich Michaela Kenklies, die das Buch gleich unter ihre Fittiche nahm, herzlich danken, ebenso Steffen Haselbach, Verlagsleiter Belletristik, Verleger Hans-Peter Übleis und dem gesamten Team für die sehr freundliche und sehr professionelle Aufnahme. Ebenso geht ein großer Dank an Antje Steinhäuser für ihr hervorragendes Lektorat. Die Tatsache, dass sie vor meinem Manuskript »Das Kartell« von Don Winslow lektoriert hatte, machte mich schon ein bisschen stolz.

Für hoch aufschlussreiche und informative Gespräche zum Thema China und Afrika geht ein großes Danke an: Robinson Steinke für eine aufschlussreiche Insider-Tour durch die chinesische Hauptstadt, Frank Sieren (Peking) für spannende Diskussionen in der chinesischen Hauptstadt vor Ort im Sommer 2012, Leif Göritz, der mich an seinen Erfahrungen einer Jeep-Tour durch Afrika teilhaben ließ, Peter Strüven, früherer Senior-Partner der Boston Consulting Group und Gründer der asiatischen Büros von BCG, und Sebastian Heilmann vom Mercator Institute for China Studies für spannende Gespräche zum Thema Asien, Staatskapitalismus und der Zukunft der westlichen Welt.

Danke auch an Boris Udina und sein Team von AdOne für schöne PR-Ideen sowie an meine Managerin Cathrin Jacob, die bei all meinen unterschiedlichen Aktivitäten immer die perfekte Übersicht behält.

Zu danken bliebe noch vielen anderen Menschen, die aus nachvollziehbaren Gründen unerwähnt bleiben möchten und die aus so unterschiedlichen Bereichen stammen wie der Politik, dem Bankenwesen, Private Equity, Geheimdiensten und Elitetruppen.

Und letztlich und am meisten danken möchte ich meiner Frau Saskia, die zwar bei diesem Thema nicht ständig mit rechtsmedizinischen Fachfragen von mir genervt wurde (Wie lange lebt ein Kopf ohne Rumpf weiter? Gar nicht? Okay, danke!), aber dennoch meine ständige geistige Abwesenheit während des Schreibens tapfer ertragen hat (vielleicht war sie aber auch froh darüber, wer weiß?). Die erste Fassung des Manuskripts lesen musste sie aber trotzdem.

»Im Geschäft ist es so«, sagt der Oligarch Wasily Worotnikow, »du kannst entweder gut essen oder gut schlafen.« Die Protagonisten in »Todesdeal« entscheiden sich fürs Essen. Ob es mit dem Schlafen dann noch klappt, ist eine andere Frage. Bei uns Buchfreunden ist das Ganze einfacher: Wenn wir nicht schlafen können, können wir immer noch lesen.

Ich freue mich auf das Wiedersehen bei einer Lesung, einem Event oder nur an der Bar! Es muss ja nicht die Bar in Kigali sein oder das »Adlernest« von Robert Otega. Zwischen Berlin und München, Hamburg und Stuttgart wird sich sicher etwas finden.

Wenn Sie Feedback zum Buch haben, schreiben Sie mir unter info@veit-etzold.de oder besuchen Sie www.veit-etzold.de oder auf Facebook unter www.facebook.com/veit.etzold.

Herzlich
Ihr
Veit Etzold

Berlin, im Frühjahr 2015

Der Autor

Dr. Veit Etzold ist Autor von drei SPIEGEL Bestseller-Thrillern, die in sieben Sprachen übersetzt wurden. Er studierte internationales Management an der IESE Business School mit Stationen in Barcelona, New York, San Francisco/Silicon Valley und Shanghai. Er arbeitete für die internationale Strategieberatung Boston Consulting Group in Europa, Asien und den USA, Booz & Company, die Allianz Gruppe und als Berater für die globale Bergbaufirma Gaia Mineral Resources und die Investmentholding African Development Corporation in Ruanda, Hongkong und Peking. Er ist Berater des Auswärtigen Amtes, Mitglied in unterschiedlichen Expertengruppen der Atlantikbrücke und Dozent für Geopolitik an der IESE Business School und an der Singapore Management University.

MICHAEL TSOKOS · ANDREAS GÖSSLING

ZERSCHUNDEN

TRUE-CRIME-THRILLER

Mit »Zerschunden« legt Tsokos nun seinen ersten Thriller vor. Der basiert – wie könnte es anders sein – auf einem echten Fall und echten Ermittlungen, ist dabei aber so actionreich geplottet wie ein Blockbuster. Mit dem Rechtsmediziner Dr. Fred Abel vom BKA hat Tsokos einen charismatischen Protagonisten geschaffen. In seinem ersten Fall bekommt er es mit einem europaweit agierenden Serienmörder zu tun. Und ein spezieller Gentest führt Abel ausgerechnet auf die Spur eines alten Freundes aus gemeinsamen Bundeswehrzeiten.

»Hier geht es richtig zur Sache.«
Stern

KNAUR

GLENN GREENWALD

DIE GLOBALE ÜBERWACHUNG

DER FALL SNOWDEN, DIE AMERIKANISCHEN GEHEIMDIENSTE UND DIE FOLGEN

Bereits in seinen ersten Artikeln über die NSA-Affäre brachte Glenn Greenwald das ganze Ausmaß der Massenüberwachung im digitalen Zeitalter ans Licht. Seine Berichterstattung, für die er mit dem Pulitzer-Preis und dem Geschwister-Scholl-Preis ausgezeichnet wurde, löste international ein politisches Erdbeben aus. In seinem Buch deckt Greenwald anhand einer Fülle von brisanten Geheimdokumenten aus dem Archiv des Whistleblowers Edward Snowden die illegalen Praktiken der amerikanischen Geheimdienste auf. Alles und jeder wird ausgespäht, es gibt keine Privatsphäre mehr – nirgends.

»Eines der wichtigsten Enthüllungsbücher überhaupt.«
Frankfurter Allgemeine Zeitung

»Ein furioses Buch über die NSA-Enthüllungen.«
Andrian Kreye, Süddeutsche Zeitung

KNAUR